童心燦爛

吳曉華 著

目錄

序：春風化雨潤童心……七
第一篇：中文學校……九
第二篇：七樓兄弟……二一
第三篇：犯眾憎……三五
引子 囉唆 凝固 矯情 的士
奇葩 施為
第四篇：英文名字……五一
起名 米奇 米妮 寵物 同學
成長 查理 拉利 馬田 背書
夾 BAMD
第五篇：爸爸好嘢……六六
第六篇：地鐵小品……八三
國語 對峙 著急 成長
第七篇：潛臺詞……九三
標語 興趣 課程 污染 希望
第八篇：街頭書畫攤……一〇七
上學之路 旁若無人 感慨往事
從旁觀察 唯唯諾諾 歷史故事
投入身心 未免不公 做好自己
很是回味
第九篇：四格漫畫……一三一
老夫子 喜好 喚醒 期待 開始
禪意 生趣 痛快 美好
第十篇：咆哮信……一五三
楔子 背景 金卡 颱風 電話
救星 隙遊 饕食 道歉
第十一篇：寫作故事……一七九
回味 為難 天份 基礎 書信
投入 故事 原來 如此 結局

第十二篇：作文故事……………二〇九
體會　誘導　學習　路人
上演　公證　真相　選擇
感性　鵝肝　回味
第十三篇：迪士尼……………二二三
玩具　作文　內疚　想像
好奇　冷汗　比較　責任
第十四篇：作文花絮幾篇………二四七
魚缸　觀魚　老榕樹　後巷
聖誕節　鵝肝　詩　小巷深深
第十五篇：瀟灑……………二七三
影響　早餐　天橋　瀟灑　佛學
心念　體會　明白　樂事
第十六篇：風衣……………三〇一
胎教　進補　冷風　風衣　搭配
新意　命運　差異　領會
第十七篇：軍迷……………三二一
小軍迷　說事　收藏　納粹
氣場　風光　光明
第十八篇：活著……………三三九
活著　快樂　過程　希望　痛快
第十九篇：童子故事……………三五七
說不清楚　說明什麼　順其自然
怎麼解釋　天公地道　很難明白
親子伯樂　才能對位
第二十篇：進補花絮十則………三七三
代價　理解　胡謅　哲學　閱讀
監獄　思懷　童林　共鳴　勇敢與想當
後記：回歸自然……………四〇三
善與惡　取與舍　苦與樂

序

春風細雨潤童心

又一本新書出來了，但書名叫什麼好呢，開頭有點傷腦筋。

幾年前出過一本書，就叫做「上學路上」，書名很簡單，也沒有什麼花巧，說的就是孩子們小時候，作為家長的送他們上學時在路上的一些親子互動。當時那本書還獲得香港藝術發展局的資助出版，有過不錯的反應。

上學路上與孩子的互動，大都是以說話的形式進行，是在隨意中讓孩子們增加一些學堂外的小知識而已，也可以說是小常識了，所以很輕鬆快意。

是的，日常生活裡，如果父母們能夠言傳身教，讓孩子在學知識的同時也學會講道理、明是非、有誠信、敢擔當，這樣健康愉快的成長才是重要的。而如果有條件的話，這每天的上學路上，便是一個影響孩子和引導孩子的好時機。我們不過是有幸做到了，然後把一些小事情寫出來，與其他的家長們分享罷了。現在的這本書，也是這樣的，可以說是由小學到中學，是那本書的繼續，但總不能因此就把書名隨便的叫做「『上學路上』之下集」吧？

其實，下集就下集吧，因為這類書向來就沒有什麼商業價值，其中有些文章甚至還是與某些商業行為唱反調的，寫它，不過是覺得有趣和回味而已，也讓自己樂在其中。而如果拿出來，可以與一些喜歡看的學生或者家長交流，那就更好了，最少可以在一些共鳴裡，感到了在教育和培養孩子成長的道路上，我們並不孤單。畢竟，孩子是我們和社會的未來，我們都希望他們能夠健康快樂的成長，也證明我們有努力和付出過。

基本上來説，這兩本書裡的內容都是以前的一些筆記，因為我平時的愛好除了看書，還有寫筆記的習慣，尤其是有了孩子以後，覺得人生更充實了，肩膀上有了更大的責任，不覺中就把生活的重點放在了孩子們身上，所以筆記不斷，樂趣不斷，也感悟不斷，而且較多的就是有關孩子的事。

與孩子的互動，常常使我們樂此不疲又開心愉悦，多年來，身邊不知不覺的就留下了許多孩子成長的筆記。有許多路，我們是陪伴著他們一道走過來的。父母對子女的關愛，就像春風化雨，時時處處滋潤著他們的心田，讓他們有一個陽光燦爛的心態。於是，想了想，這本書就把它叫做「童心燦爛」吧，這也是一直以來，我們奇語童心，一種「春風細雨潤童心」的期望。

現在，孩子們已經讀上大學，甚至出來工作了，但在我們眼裡和心中，他們還是孩子。一些以往成長變化的生活影像，還是常常在我們心頭蕩漾縈迴，給我們帶來溫馨的回味。

細語童心，寄語童心，春風化雨潤童心，當年上學路上的諸多互動就這樣成了我們現在的思想財富。因為，怎樣做人，怎樣做好人，怎樣做一個有用的人，是一門學問來的。用的好，做的好，就是一種財富，我們就是這樣來理解、學習和積累的。

這本書，就這樣獻給那些有需要的同學和家長吧。

讓我們望子成人，希望孩子們都能成為健康、快樂和有用的人。

第一篇：中文學校

第一篇：中文學校

（一）

這是孩子們小學時候的事了，距今已經快二十年。孩子的小學校就在港島上環的中半山，是一所普通的中文學校。

這裡是老區了，周圍環境清幽僻靜，有許多舊式唐樓，學校也有幾十年的歷史了，它毗鄰一個小小的公園，叫卜公公園，周圍都是些小老百姓的住家。

這一帶，有許多殘舊剝落的樓臺、橫街窄巷和長著苔蘚與小草的泥牆石階梯。居民與偶爾經過的行人，就在這學校附近上上下下、逶迤穿行。但是最好的，還是這裡終日都有綠樹環繞，鳥語花香，又有許多名校聚集在周邊，使得這一派陳舊和靜謐裡，有著相當祥和、素雅的文化氣息。

作為一間小學校來說，這裡無論是空間、視野、景觀、校舍和氛圍都是一流的。它的環境也令人精神爽朗、心曠神怡，實在是一個可以讓孩子們靜靜讀書、愉快成長的好地方。

不過，這學校的位置和環境雖然很好，但因為它是處在一個小山坡上的，學校的上面與下面，也即是前門與後門，都沒有車道可以直接到達。於是，在這裡讀書的小朋友，每天上學放學，走在這一段路上時，都是要背著沉重的書包，徒步的走上或走下好幾段頗長的斜坡路，那都是一級級的石階梯啊。然後，再去乘搭其他的車輛包括校巴，來或者去。但最主要的，卻恐怕是在這個名校區裡，它還不算是名校，而香港的家長們，卻是很為孩子的前程而重視名校的。

於是，加上了每日來來去去都要爬諸多段階梯的原因，這間不是名校的學校，就只能淪為家長們為孩子報名選校的次選。要知道，在孩子們讀書的階段裡，那些對學校報名的選擇權可都是掌握在家長們手上的，孩子們不知道這些，而只有名校，才是家長們的首選、正選和熱選。

我們也不能免俗，我們也是這種心態。所以當年我們的孩子讀進了這間學校，不過是「搞珠」時的不幸結果而已。當時「搞珠」的無奈，讓我們很是無言，因為這間學校，只是我們為孩子報名選校中的「第六」志願。

第六啊，很糟糕的名次。

所以，雖然我們的孩子是讀進來了，但我們也很感到委屈、失望和不情不願。

（二）

在香港，中文學校和英文學校的差別很大，尤其是到了中學以後。

在英文學校裡，除了中文課，其他科目也都是用英文來教學的。所以六年又六年哪，從小學到中學，那些一開始就被英文「浸泡」出來的學生，其英文程度如何就可想而知了。就算是一個不怎麼愛學習、或者是不善於學習的學生，在英文學校裡讀書，到了最後其英文水準，還是要比一般中文學校裡的學生要好些的。尤其是將來上了大學以後，在學習中的應用和感受，那比較將會更加的大。所以，香港的所謂名校，就幾乎全部的都集中在英中裡（英文中學）。也就是說，只要是英文學校，那幾乎就是名校。也因此名校的最大特點，就是英文水平好，被錄取入大學的機率高。

長久以來，這已經是香港社會和家長以及學生們的普遍共識了。有了此共識，每年小學升讀中學的時候，孩子們對英文中學的種種競爭，就非常非常的激烈。因為香港的英文中學，比起中文中學來說，實在是鳳毛麟角，少的太多太多了。

但是，小學的情況，又有些不同。

因為在香港，英文小學更加是鳳毛麟角，一位難求。而且它們基本上都是「一條龍」的私校來的，都在一些英文中學的附屬之下。加上了它們有很昂貴的學費和雜費等等，不是人人都讀得起。

於是，小學裡的所謂名校，除了是英文私校以外，就只有是歷史長、資格老、名氣大，尤其是將來升中學時，學生獲取英文中學比率較高的那些了。

如此說來，我們孩子的這間學校，顯然就不是受人追捧的那種，它只是名校區裡很平常的一間中文學校罷了。甚至從某種意義上來說，它只是綠葉一般，烘托著那些紅花般名校的存在罷了。難怪當年初讀進來的時候，我們中的一些家長就都有些憂心忡忡，很不看好，甚至還早早的就擔心起孩子們，生怕將來他們與人競爭時，有很大的壓力，和路子難行種種……

我們也是一樣的，只知道讀這樣的學校，要想讓孩子以後能夠快人一步，脫穎而出，如願的升上一間英中，就只有加倍努力，拼命的學好英文了。但是英文，偏偏是英文，卻正正是我們這個家庭裡的弱項，我們都不懂英文，也不善用電腦。所以，在很多時候對著孩子們的英文學習，我們就只有乾瞪著眼著急。

既然孩子的小學只是普通的中文學校，那麼，我們只有將期待放在將來的衝刺上，希望他們可以在這樣普通的學校裡，也能學好英文，然後考進一所心儀的英文中學。

（三）

在孩子的學校裡，有位英文老師叫程雅莉。

程雅莉實際上是主任來的，她早前就是英文教師了，然後移民美國。因為英文很好，回流香港以後，就在這所小學校裡面擔任了英文教學科的主任。

程主任的英文水平當然是很好的，但這間小學只是中文學校，除了英文科，這裡其餘的科目都是中文教學，包括聖經。於是，程主任良好的英文水準在這裡可真是大材小用，沒用武之地了。或者說，她在這裡是有點「屈材」。因為中文學校不比英文學校，它們常常是只有在上英文課的時候才用到英文老師。

也許就是這個原因吧，當有人叫她「程老師」的時候，她也不會介意。因為這個學校裡也就那麼幾個英文老師罷了。而當老師的，能直接的教授孩子英文，那種責任、那種機會、那種效果和滿足感，可比當主任的是重要又充實得多了。就這樣，程主任寧願把自己當成老師來看待，只要能給她一方領土，讓她在課堂上認認真真、實實在在的教好孩子們英文，使這些學生學會、學好和能應用，她就滿足。所以，當人們稱呼她程老師的時候，她也一樣的自然和樂意。

只不過由那幾年起，這間學校裡就陸陸續續的來了許多新移民學生，而且以後是越來越多了，他們漸漸的就成了學校裡學生的主流。這些學生的英文程度本來就比較弱的，所以有些孩子居然就怕起了英文科來。奇怪的是，怕英文的不僅僅是學生，連同有些家長，她們竟然也就莫名其妙的，害怕甚至反感了英文老師，仿佛教英文的，就有些與她們過不去，仿佛教英文也是英文老師的錯。

有許多微妙的反應，這裡就不說了。單是對程主任的稱呼——只因為她的人長的矮矮胖胖的，有些學生和家長居然就將她的綽號叫做了「肥婆」，其「不待見」之用心，其嫌棄及敵視的表現，由此可見一斑。

於是，這樣一年年、一屆屆的傳下來，到了我們孩子入讀這個學校的時候，程雅莉就有了三個稱呼：分別是程主任，程老師，還有「肥婆」，全看是什麼人，在什麼時候，和什麼地方叫她罷了。

不過，在我們這些對英文心存敬畏，又巴不得孩子能在她那裡學會、學好英文的家長們心裡，程雅莉雖然矮矮胖胖，卻也甜甜善善。她經常的笑臉迎人，使我們對她的英文充滿了期望，以致她這番形象看在眼裡，就像是電視藝人「肥姐」沈殿霞，讓我們很有好感。於是，我們這一批人，就挺樂意的把她叫做了「開心果」。

想不到啊，從我們這一屆起，「開心果」就成了程稚莉私下裡的第四個稱號。

（四）

小學裡有六個年級，二十四個班。程主任帶著幾位英文教師進行著全校的英文教學，自己也兼教著其中某些班的英文課。

別看平時程主任戴著大黑框子眼鏡，待人處事笑咪咪的，好一副「肥肥」（香港藝人沈殿霞）的開心果樣子。但到了英文課堂上，她卻是認真嚴肅、判若兩人，常常是像貓頭鷹一樣，用凌厲的大眼睛緊緊的盯住每一個學生，既細心教授，又嚴格督促，還安排好作業，然後緊追猛測，這是她的教學原則。作為教師的，她只是一心想讓孩子們學好英文而已，為她的這一科負責。於是，在這方面來說，她就真的是一個給人很大壓力、很多煩惱、很多作業，既嚴厲又認真的英文老師了。

不過，程老師對英文教學的要求，她那些執著和一絲不苟，卻不是人人都喜歡和受落的。尤其是那些基礎差、作業又經常做不好的學生，因為怕了英文課，怕了作業，怕了在課堂上時常受斥，便也就懼怕了她。有些學生，甚至還視她為噩夢。順帶的，就連他們的家長，因為疼惜和偏袒孩子，便也一樣的就不喜歡了程老師起來。她們甚至寧願她去當主任，而不要來當老師好了。

單單是不喜歡，那也沒什麼。奇怪的是，一些家長有了抵觸情緒，便除了肆意的叫她「肥婆」以示不滿外，居然還向學校投訴起她來。投訴什麼？投訴她教的英文太深、作業太難、花樣太多、測試太經常和要求太嚴厲等等，搞得她們孩子弱小的心靈受損，整天提心吊膽的處在緊張和害怕中。

甚至，有的家長還認為這樣的英文學習，簡直是拖累了孩子其他功課的成績……看看，急起來，她們把什麼都算到程老師「英文教學」的惡帳上了。

課堂上，因為教學的認真嚴格而受到了投訴？平常裡，因為英文作業多、活動多、檢測多受到了投訴？教學過程裡，因為學生的初期成績不好、分數不高、興致不大也受到了投訴？……在一心想教好英文課的程主任來說，這可真是荒謬又委屈的事。

殊不知，現在的社會，早已經衍生出一些怪獸家長來了，她們過於溺愛自己的孩子，總是生怕孩子在學習上受苦、學習太累和吃虧。仿佛教學嚴格了就是分數不好的原因，就會比不過別人，就會傷害到孩子。她們喜歡比較孩子間分數的高低，而忽略了真正學識運用的實效和基礎，仿佛作業多和測驗常，就會使孩子受到折磨，不開心和失去快樂……

於是，她們就狀告程老師了。

只不過，她們怎麼就沒有想到，是不是也要檢討一下孩子、或者自己方面的某些問題呢？是不是要給多些時間和機會，看看孩子實際所學的效果如何呢？等等。

程老師又是程主任，既然投訴到老師了，她主任的身分也跑不了。這樣，「肥肥」就以程主任的身分出面了。

其實，程主任的出面，只能是讓其他的老師收斂一下罷了——不再搞太多的活動，不再佈置太多的作業，不再進行太多的測試等等。總之是，將以往一些嚴厲的做法「壓縮」掉了，不再那麼的雷厲風行和大展拳腳，以平息一些家長的不滿與怨懟。

只是，輪到她自己教授的英文課，她就仍是一樣的認真、細緻和嚴格，就仍是像貓頭鷹一樣的瞪大眼睛炯炯而視，而不是像「肥肥」那樣，笑咪咪的憨態可親，收買人心。

於是，漸漸的，程主任的本身也受到了一些家長的投訴。這些家長啊，她們只曉得心痛孩子的「辛苦」，而沒能理解老師的苦心。她們以為學習是不需要辛苦的，而且最好是不要受到英文科所累。這一些家長，只看到孩子眼前的「成積」，只熱衷於比較其他孩子的分數，不覺中便忽視和迴避了自己和孩子身上的許多問題和現狀了。

她們這樣想和這樣做，真的是在為孩子們好嗎？

（五）

到我們的孩子讓程主任教授英文課時，大概是二、三年級，這是要講緣分的。畢竟，學校裡，程主任只是兼教極少數的幾個班級。而且，她還是有實驗性和比較性的，可以說是在做一些示範，要將其中的一些學生，由低年級教起，一直潛浸到高年級。然後，再拿出他們英文的實際水準，向學校和家長們交代。一些事，她很難即時向家長們解釋清楚，便只有默默的做給她們看。而這樣做，是需要機會和時間，需要一個全過程，要看到結果才算，急不得。

程老師的教授雖然細心，卻又很嚴格，她佈置的英文作業和測試，仍是比別的班級多，而且盯得很緊，常把孩子們的每一本作業簿，改得花邊滾滾，紅藍相映，就像是一幅幅抽象畫。

而且，因為她把關太嚴格了，不以分數去討好學生和家長，不輕易給獎勵和高分，於是，在頭兩年的期中或者期末考試裡，她的學生英文分數並不見得比別的班級好。甚至在一些評比或者考核活動中，她的學生裡英文成績總體上差強人意，以至一些學生和家長比較起別的班級來，那種「分數不如人」的抱怨就越來越多了。

我們孩子的情況，也是一樣。

我們孩子的其他科目，學習起來都算是輕鬆的，成績也不錯，唯獨是英文科，儘管是很認真，很想努力的學好，但因為底子差，我們自己又不會，結果常常只能是對著英文學習乾著急。這種英文分數不好，甚至還很差，常常是令我們暗地裡沮喪。

但不同其他人的，卻是我們並沒有抱怨老師，反而是喜歡她的認真與嚴格。我們常常督促和鼓勵孩子，讓他們主動的去親近老師，請教老師，接受老師的訓示。我們也「不在意」他們一時裡分數的高低，不去與別人比較。因為孩子還小，我們沒有其他路子可走，便只有「笨鳥先飛」，一心一意的去相信老師、依靠老師、和苦練自己。

孩子們很聽話。

因為小，他們便格外的依靠我們、親近我們。這種崇拜和聽從，其實就是影響孩子和教育孩子的黃金時期，也是參與親子活動，能有許多自然和貼心機會的歡樂時期。許多言傳身教的事，趁他們還小的時候及時進行，往往就事半功倍——我們就是這樣一步一步從小學裡走過來的。

開頭一年，因為程老師的嚴格，許多學英文的學生很吃不消。有些人叫苦連天，還因為成績比不過別班的人而怨聲載道。背地裡，尤其是拿到不好分數的時候，有人甚至是加倍的叫她「肥婆」、「肥婆」，以發泄不滿與怨氣。

但是，「肥婆」卻毫不在意。叫就由他們叫吧，她可以假裝聽不到。於是，每當是她執掌教鞭的時候，就仍是依然故我，一絲不苟，不退縮半步。程老師也是有脾氣的，她佈置的作業似乎越發的多了起來；對測試和各項活動的要求，也更加的嚴厲了。

這樣，一年、兩年、三年的時間很快的過去，大部分的學生，居然就慢慢的開始習慣了程老師的認真和嚴格，開始接受了一些英文詞語和文法的經常應用，也接受和習慣了那些有實際基礎的低分數了。

又漸漸的，許多程老師教授的學生，在無奈和被迫中，就慢慢的適應了下來。而這種適應，就像一些人的初期工作或生活一樣，是在不情不願裡，在畏懼、厭煩和麻木中，逐漸的加深和自如起來的，古時候的賣油郎，不就是這樣不知不覺的，終於練成了「倒油入樽口」的高超手藝了嗎？

於是，幾年下來，這班孩子的英文程度，就不知不覺的有了顯著的提高。

（六）

我們孩子這一班的學生，讓程老師教了三、四年的英文，便是上五、六年級的時候，要畢業了。

香港小學的五、六年級開始，就要準備為升上中學而呈報選校分數。在香港，孩子們能否進入名校，能否就讀英文中學，這是一個特別重要的時刻。而這個時候呈報分數的高低，對選擇一流學校、二流學校、還是三流學校的資格，有著很大的影響。而其中，英文分數的好壞，又可以說是能否進入英文中學的關鍵。

程老師的教學方式，到了這個時候就像雨後天晴忽然開朗了，她驕人的展現出了一種實在、穩定和觸目的光采。

這不，她教的班級，那些學生的英文成績，不但已經在不知不覺中追上來了，還遠遠的超過了其他班級。有許多學生在一些隨意的測驗和模擬試中，也表現得輕鬆紮實又靈活自如。而在許多英文活動裡，那些學生都顯得分外的活潑自信，讓人很是意外。

於是，默默的、不覺中，程老師教的班，就把其他的班級拋得遠遠的。她負責教學班級的英文成績，終於是全校第一。

我們的孩子就是在這樣的班級裡，辛苦學習、逐漸進步，最後分別考進了他們心儀的英文中學的。

六年級的時候，無論是學生還是家長，都面臨著將要到來的選校壓力，大家都不由自主的緊張了起來。畢竟，進名校不易，進英文中學也不易。於是，名額之間的激烈競爭就不可避免的出現了。

其實，許多形式的競爭早已經開始，那些自認為孩子學科成績不夠好，分數也不高，或者對競爭信心不足的家長，已經未雨綢繆早作準備了。她們除了加緊送孩子進各種補習班惡補以外，還爭取著走「多材多藝」和「參加公益活動」的路，希望用一些學習成績以外的優勝表現，為孩子在將來的選校競爭裡，作一些「加分式」的輔助（事後才知道完全沒用——絕大多數人。）

於是，不少家長總是要花上許多許多的金錢和時間，陪伴孩子們去學這學那：像琴棋書畫啊、像游泳體藝啊、像童軍警訊啊、還有賣旗等公益活動，和爭取各種各樣的獎狀……

分秒必爭、馬不停蹄啊，許多的努力，為的就是在將來叩門選校的時候，孩子的身上能多添上多幾道引人注目的光環，一些緊張的付出和攀比，就這樣頻頻出現了。為了孩子的讀書和前程，家長們真是用心良苦，而孩子們也是緊張萬分。而這一切，緊鑼密鼓、驚天動地，把學校的內內外外搞得像是另類戰場一般。

（七）

可以說，在這間普通的中文學校裡，我們的孩子是幸運的學生，因為他們能在程老師的英文班裡學習和成長。尤其是英文的這一科，他們選擇了接受「嚴格」與「認真」的模式，選擇了不怕受訓和被罰抄寫的磨練，選擇了親近老師和尊敬老師，選擇了慢慢適應許多英文活動，還有完成大量英文作業的練習與苦修……

當然，這些學習過程是辛苦的，但結果，卻是日子有功。孩子們終於為自己打下了堅實的基礎，營造了日後在英文中學裡，享有良好和輕鬆的學習興趣與條件。要知道，如果英文基礎不好，就是進了英文中學或者名校，那種學習和追趕，也是蠻吃力和艱苦的。

因為成績好，我們的孩子不但在最後選校的環節上輕鬆快意、毫無懸念，而且一直以來他們連什麼補習班、興趣班、藝術班也不必參加了，節省下來的許多時間，用去享受其他喜歡的活動。而我們的小哥哥，最後是獲得了學校裡唯一的推薦名額，直接的進入了港島中半山的英文男校。而小妹妹呢，兩年後，也順利的進入了港島西半山的英文女校。

分別是半山上的男女英中，十分理想和愜意啊。

由一間普通的、大家都不看好的中文小學裡讀書出來，分別順利的晉升入了心儀的男英中和女英中，這於我們這樣的平凡家庭，是何等開心和幸運的事情。而在他們各自六年的小學生活裡，這分明是老師教的好，他們也適應得好。還有的，就是他們與諸位老師、與學校、與生活的美好情緣了。所以，每每回想起這些種種，我們都很是感恩。

現在，多年過去了。

我們的孩子，最後都以優秀的成績，考入了香港最好的大學，也選讀了他們心儀和最好的學科。他們的抱負，他們的前程，他們的人生，都是在小學裡奠下，並且在那些點點滴滴的小學生活裡起步的。

這裡，既有賴於許多像程主任這樣認真、嚴格教學、又關心他們成長的老師，也有著一個能讓他們每天步行上學的優美環境。還有的，就是他們自己的努力、受教和不急於求成的悄悄進步。這一切，都使得孩子們整個小學的學習過程，顯得生動、活潑、豐富和難忘了。而且，讓我們感恩和回味至今。

可以說，學校，尤其是小學和中學，與孩子的學習和成長有著很重要的關係，但又不是絕對的被左右和不可改變。人生裡，有許多事情很無奈，像選校的問題就是。對許多人來說，它未必理想，未必如願，因而時常困擾著許多家庭，因為有的人是太依賴學校的名氣了，甚至熱衷於攀比中。

其實，事在人為，在無可選擇的情況下，只要應對得當，一樣會有好結果、好機緣、好出路。這裡，只是拿出我們的一些經歷和體會，與其他還在幼兒及小學階段的家長們交流及分享罷了。希望別的家庭，別的孩子，也能夠在任何環境的學校裡，讀出一個好天地來。

一切都要從小做起，從親子做起，從尊敬老師和努力學習做起。

這是我們必須做到，和能夠做好的。

事在人為啊。

第二篇：七樓兄弟

第二篇：七樓兄弟

（一）

我們那幢大廈，住七樓某座的伍家有兩個小兄弟。這兩兄弟與我們家的孩子一般大，當年，分別是讀小學的四年級和二年級。

不過，他們的小學，在家長們心目中的名次（檔次），比我們孩子的學校要高些，因為它是排名在我們學校之上的，師資方面較好，升讀入名校的比率也較高，所以，當初我們還曾經為了進不了它，而感到了惋惜和氣餒。

因為我們兩家孩子的學校都是在那片半山上的，相距不遠，上下學的時間也都差不多，所以，每天早上出門，到了下午放學歸來，我們兩家人的孩子和家長，都常會在電梯裡或者大堂中碰面。在大堂裡看更的何伯，每次見到了我們，也總會笑呵呵的稱贊孩子們乖巧和精叻，也稱讚我們教育孩子有方。

何伯在這裡當值多年了，是看著孩子們長大的。他總是認為教育孩子，要多鼓勵、多贊美，多陪伴，多用光明和正氣的說話，等等。

我們都很贊同他的說法。

因我們孩子學校所處的半山腰上沒有車路可以直達，上學放學全要靠走路，所以我們這一家的家長，是經常要陪伴著孩子，背著沉重的書包上學放學的。而七樓他們孩子的學校，位置雖然高了我們一些，但他們的學校門口可以停車，於是，他們的孩子便可以在家門口不遠處，坐上校巴直達學校。

這樣，我們兩家人孩子上學與放學的模式，就有些不同了：我們由頭到尾，是步行往返；而他們卻可以乘車。

不過，於我們來説，這步行上學雖然辛苦些，但也有一個很大的好處，就是一路上，我們可以互動，可以與孩子們嘰嘰喳喳、東拉西扯的説話，可以每天多了些「親子活動」的時間。

別小看了這每天的半小時（上學和放學加起來就是近一個小時），它能讓孩子與我們，有著多一個心靈和信息交流的機會。而這些交流，貴在及時、豐富和實在，而且還是在順便與經常裡進行的，不但自然親切，點點滴滴，還一點也不浪費時間。

為此，我們用心的安排好自己的一些日常作息時間，儘量的去配合和滿足這個意外得來的親子時刻。因為在心裡，我們早就把接送孩子上學下學，當作是一個神聖又珍貴的親子機會了，覺得那不但不是負擔，反而是一種享受。

孩子與我們一樣，也是非常的享受它。甚至是何伯，每天，他看到了我們一家子開心愉快的出門，又笑逐顏開的回來，總是贊不絕口，感慨連聲。

何伯時常説：「你們這樣重視孩子、教育孩子和親近孩子，天長日久，必定會有好結果的」，等等。講得我們唯唯諾諾的，都不好意思回答了。

（二）

七樓伍家的孩子就不同了。

他們的學校，位置雖然比我們的更高些，但因為校巴能夠直達校門口，所以每天早晨，他們都可以由父母親只是送到家附近的路口就可以了，再乘車上學。這樣相比起來，七樓孩子的每天上學，就比我們輕鬆和從容多了。

不過，他們的放學卻很不輕鬆。因為從回家的路上起，或者是回到了家裡，再到了又要出家門口的時候，一次一變的，他們家的全體就都是行色匆匆、馬不停蹄，緊張匆忙的像是在行軍打仗。

看他們老是在大門口進進出出，忙到了團團轉的樣子，像競爭、像逃難、像熱鍋上的螞蟻，有時候連何伯看著看著，也禁不住會呼吃呼吃的喘息起來，替他們著急啊。

七樓孩子們的母親，就在這附近的銀行裡上班。

每天，她下了班急匆匆地趕回家，便立即是忙這忙那的手腳不停。她忙的，十有八九都是這小兄弟倆學習的諸事。而孩子們的父親，是公務員，有固定的作息時間。他每放了工回家，也接龍似的為小兄弟忙起來，把他們餘下的那些其餘的事，都給包辦著完成掉。

這對父母親與我們一樣，對孩子的學習和成長，都是關心極了、重視極了、又緊張極了。為了孩子，他們幾乎是奉獻了所有的工餘時間，而且是理所當然，毫無怨言。

那麼，他們全家人主要是忙些什麼呢？

啊哈，好奇的了解了一下，原來，七樓孩子除了每天要上尋常的補習課之外，還有就是隔三差五的，要分別去參加各式各樣的興趣班、體藝班和學習班等等。於是，他們兄弟在正課的補習之餘，居然還有些國畫班、書法班、游泳班、乒乓球訓練、國際象棋、跆拳道和普通話等等學習活動。

令人意外的是，單單只為了培養學習普通話的興趣，提高普通話的發音水準，孩子們還有一門「京劇」的課程要學習，以便做到朗讀時，能字正腔圓、節奏明朗，將來考試可以勝人一籌，得到較優異的成績……

父母們對孩子的教育和成長，真是苦心孤詣、恨鐵不成鋼。所以，對於他們家的忙碌和緊張，我們十分理解，而且在敬佩之餘，也都感受到了身為父母的辛苦和責任重大。

（三）

七樓孩子們的父親，在政府某體育營地工作。他的身形厚重結實，行動穩健有力，難怪孩子們都像他了，而且連興趣、愛好與行動，也都是有所效仿，有所承繼，甚至有所發揮。

但是，孩子們的母親卻是另一種類型。別看她瘦小精靈，卻像是裝上了發條的小機器，整天是咚咚不知疲倦的來回奔跑，忙著家務事和孩子事，那些精力和活力的旺盛與源源不絕，很是讓人嘆服。最特別的，是她走路時總是急急忙忙，説話也是氣喘呼呼的。每見到她的時候，臉上、鼻尖上、脖子上，都滿是汗珠，好一副慌慌張張、急不容緩的樣子，像是永遠在追趕時間，但又永遠都那麼精力充沛，沒完沒了。有空站下來的時候，她就只是來得及搧搧涼、抹抹汗和喘喘息而已。然後，稍停一下又是繼續奔忙了。

平時，住在同一座大廈裡面，我們兩家人見面的時間，就多是在電梯裡和大堂上。不過，就是有時候在街上或者哪裡遇到了，情況也都是一樣的：那就是七樓的孩子，多半是懶洋洋、慢吞吞模樣，他們甚至是愛動不動，垂頭喪氣的像是沒什麼勁兒；而他們的母親，卻常常是生龍活虎、急手快腳，連頭上都會冒出煙來。尤其是當她氣急敗壞的對著孩子們碎碎唸的時候，那種頻率掀起的小氣場，還是蠻震撼的。

每當看到母親囉唆孩子、催促孩子，對他們耳提面命又心急如焚的樣子，而那些孩子卻無動於衷，無甚反應，真不知道是要憐惜母親好呢，還是哀怨孩子好。於是，這種母親滿頭大汗、暈頭轉向，不停的用手巾抹汗搧涼，又不停的數落著孩子的樣子，和孩子們目無表情，作懶散狀的無所謂表現，就成了很大的反差，也常常給我們留下了深刻的印象。

看到了七樓這家人每天進進出出都是這麼緊張忙碌的樣子，真是令人感慨。而他們，尤其是母親，她碎步而過時帶動起來的小旋風，很是催迫人。難怪門房何伯受到這種緊張急切氣氛的感染時，常常忍不住要搖頭晃腦的嘆息一番了。

目睹這一幕幕，我卻是奇怪這小兄弟倆，他們也不過是四年級與二年級的孩童而已，卻又哪來這麼多的時間與精力，去參與這讀書以外的諸多活動呢？

他們的作業做了嗎？

他們的功課懂了嗎？

他們的考試怎麼樣了？

他們的愛好究竟是什麼？

……

比較我們自己的孩子，我們的孩子卻是要很努力、很勤力、很吃力，才能夠學懂功課，做好作業，和應付一些測驗與考試的。平時，我們的孩子根本就沒有什麼多餘的時間，去參與眼花撩亂的課外活動。而且他們如此的善用時間，貼緊功課，努力學習，成積也只是馬馬虎虎而已。

其實，在這麼大的升學競爭環境裡，現在孩子的讀書，真是一點也鬆懈不得、馬虎不得、偷閒不得，而一些課外學習，居然是標榜著「為了升學競爭」而來，這樣就掀起了一股潮流，帶動了很多人都這樣去做。

難怪了，難怪有那麼多的孩子，紛紛參與著品項繁多的課外活動或者課程，而且有不少人還是受到了父母的「催迫」，或者是鄰家影響的。那麼，像我們這樣選擇了「空白」的沒參與，以後還可以競爭過人家嗎？

有時想起來，不免也有些心虛。

唉呀，或者是他們的學校比我們的好吧——我們只能是這樣認為了。

是不是這樣呢？那時候，我們都一直沒有能夠真正弄明白，只是我行我素的，默默走自己的路罷了。

（四）

有天下午，七樓兩個孩子在大堂裡等著母親。

這時已經是四點多鐘了，我們兩個孩子放學回家，就趕忙做功課去，而他們這倆個孩子，卻是剛剛從外面回來，但不上樓，而是把書包寄放在值班室裡的何伯處，並且告訴了何伯，說是剛上完了一個叫做「奧數班」的課程（奧林匹克數學興趣班），正在等媽媽來呢。接著，他們要趕去參加另外一個演藝學習興趣班。

我接完孩子回家，剛下樓要回公司去，在樓下的門口就遇到了他們的母親，她是一溜小跑著回來的，滿頭大汗。

在門口，她氣喘呼呼的與我打了個招呼以後，門也不進了，只是向著門內的孩子們比劃了一下手勢，就又掉頭急匆匆的往外面走去。兩個孩子在大堂裡正與何伯聊的起勁呢，見母親到了外面，就丟下何伯跑出來了。

我好奇的攔住了後面的一個，問他道：「這麼急，又上哪去？」

那個大的回頭說：「學唱大戲。」

我剛好順路，就加快了腳步跟上他們，再問到：「唱什麼大戲？到哪裡演出？」那孩子說：「不是演出，是學朗誦來的。」見我仍是不明，他又接著說道：「媽媽說，將來去參加普通話比賽，就可以爭取多一個獎牌，或者證書。」

他們的媽媽在前面，邁著小碎步疾走，頭也不回，看來是要遲到了。孩子們卻是不緊不慢、東張西望的跟在後面一點也不在乎。

我與他們一路走著，一邊又問那個小的孩子：「你的功課做好了嗎？」他嘻皮笑臉的向我做了個鬼臉，說道：「還沒有。唱大戲才好玩呢。」

我一臉愕然。

想了想，又有些不解的問那個大的孩子：「你們剛上完了奧數回來，還沒有休息呢，不累嗎？」

他見媽媽在前面正擰過頭來，咬牙咧嘴的催著他們走快點呢，便貼近我的耳邊，用手捂住嘴角，陰陰笑地悄聲說道：「唱大戲才好玩呢，緊係（當然）好過做功課啦。」

說罷，哈哈哈笑著，拉著弟弟快步趕上媽媽去了。

看著他們母子三人遠去的身影，我嘆了口氣，不知道要怎麼說好。

看得出來，這些孩子，其實並不是真的喜歡一些「興趣班」的，他們只是利用這些頻繁的活動，來哄父母開心，或者逃避溫書和做功課，甚至是把這些課外的學習當成是一種玩的機會罷了。難怪有的時候一個接一個緊湊而來的「課程」，他們也都能夠應付的那麼「順攤」和自然。因為，相比之下，這些個「學習」，好玩過那些個「讀書」多多呢。

不知道，這樣孩子的心態和行為是幼稚呢，還是早熟？是聰明呢，還是愚笨？是青出於藍呢，還是一代不如一代？

（五）

後來，我想了想，這也許就是新潮流了。要不然，就是一種社會上的大勢所趨。因為我們以前的學習，不是這樣、也沒有這樣的。

我們以前，要學的，老師基本上在課堂上就教完了。放學回家，只需要做功課而己。確實不懂的，才去問老師或同學。但現在，孩子們的功課似乎是太多了，而老師在課堂上又不全部講完，總會留一些讓他們去外面「補習」或者「加料」。更何況，還有將來報考名校、英文學校的競爭厭力籠罩著……

於是，當孩子怕作業、怕各種測驗及考試、怕升學壓力的時候：一句話，當他們怕讀書的時候，自然就喜歡了許多所謂的興趣班活動了，並且在可以選擇的情況下，一些孩子也樂意利用這樣的另類學習，來取代讀書和逃避功課。畢竟，還是孩子嘛，這些學習比起那些學習（讀書），是輕鬆、活潑又有趣多的。

是不是現在的教育，在哪裡出現了問題呢？

而這種靠教育去旺商業的現象，又是不是有些荒謬呢？

又或者，這會不會令人啼笑皆非、又無可奈何呢？

也許，這只是個別的現象吧？而且只是剛好的就讓我們遇上了？

不過，看看我們的身邊，確實也是有不少這樣心態的孩子。而他們的家長，也不過是要為孩子額外的爭取到一些證書或者獎牌罷了，以彌補他們在學分上的不足。他們為的，只是將來參與升學競爭時多一些勝算罷了。

更何況，在商業社會裡，在坊間，作為一門「生意」來說，搗鼓和折騰多一些這樣的氛圍，讓更多的孩子來參與「學習」，已經是一種商業需要了。

於是，當這種以「輔助教育」為名堂的各種學習班如雨後春筍般的應運而生，而且是越來越多的時候，就成全了現在教育環境下社會上的一種大商機。如果只是為了升學的競爭，為了求得某些證書或獎牌，為了考進一間好學校，而不是真的要培養孩子，真的滿足他們的興趣與愛好，甚至是為了發現或者發揮他們的某種天分的話，那麼，這種遍地開花的「好生意」，這種「人有我有，不甘後人」的學習心態，這種「趕鴨子上架」的行為，又是不是正常呢？

想到這些，令人不禁有些黯然和擔憂。

那天回來，在大廈門口，又看到了七樓的母親帶著孩子們匆匆的出去，留下了一串急促的腳步聲。在大堂裡等候電梯的時候，看著他們消失的背影，何伯向我發出了好一番感慨。他說：「現在當父母的真辛苦啊，七樓的孩子放學回來，已經出去兩次了。他們的媽媽，放工回來就沒有消停過……」。接著又說：「晚上，是他們的爸爸帶他們去青年會學游泳。這兩兄弟呀，就像鐵打的一樣不知疲倦，但他們的父母放工回來，還要這樣跟上跟下、貼身奔忙，這父母心啊，也真是沒得說的……」

何伯是年紀大了，看到了別人忙碌，自己又有心無力，所以有感而發。我卻是突然的想到了：七樓的孩子，不會是真的把參加各種興趣班活動，當作是逃避功課和好玩的機會吧？如果是這樣，那就真是辜負了父母們的苦心了。

唉，如果是這樣的話，不知道他們的父母又會怎麼想呢？

所以，對著何伯的感慨，我也只有報以無言的苦笑。

（六）

不覺中，這段時間，這種現象，也維持有幾年了。

每在樓下或者街上，遇到了匆匆趕路的七樓母子（或者是父子）時，我總會沒來由的在腦際裡「蹦」出一個詞兒來——那就是「羊群效應」，或者是「羊群心理。」

其實，說「沒來由」也不對，還是「有來由」的。比如說，看到別人家的孩子去學這班那班的，那麼，自己的孩子要是什麼也沒有學，心理上便總會有些心虛或者不踏實了。於是，怎麼也要搞一、兩個班來學學。

尤其是：如果能夠花些錢，弄到些證書或者獎牌來的話，那麼，對日後升學的競爭，或許就有了用武之地（其實，這只是「以為」而已）。這樣，難怪就會有越來越多的家長，對一些才藝班、興趣班什麼的趨之若鶩了。且不管讓孩子們這樣泛濫的多學些「班」有沒有效果，其實，只要有一個人曾經這樣「成功」過，那就會有許多人來效仿和跟風，不見一些「羊群心理」，就是這樣悄無聲息、不知不覺的形成，從而影響著更多的人嗎？

「人有我有，不甘後人」的心態固然可笑，但又很難避免。尤其是面臨升學壓力，而英文學校又僧多粥少、競爭激烈的情況。所以這些種種，就都是父母們愛孩子心切而必會有的現象。所以，儘管如此，我們不但沒有笑話人家，而且是要笑也笑不出來。要不然，就笑自己好了，笑這個社會，笑這種教育，笑這個時代。

七樓的孩子，顯然是「跟風」，而且還是跟得很急的那種。但他們這樣的追風，孩子們還不是太辛苦。最辛苦的恐怕是他們的父母了。他們除了捨身相陪、隨形附影之外，還有一大筆額外的花費要付出呢。

年長日久，這筆花費也不會少。

於是，幾年時間下來，能夠讓孩子們愉快的學習和成長，也就難為了這對父母，還有許多許多這樣的父母。不管孩子們學過的東西日後有沒有用，不管孩子們取到的獎牌、證書於升學選校有沒有用，但總是些希望，總是父母們的一片痴心。這真如何伯所說的——可憐天下父母心啊。而這些，只是現在香港常見的一種學習模式而已。

好多年過去了。

以上的敘述不能算是什麼故事，只是一些個人的回味而已。七樓的孩子，後來總算也升讀入了英文中學，但讀得很辛苦。於是，父母就還是把他們送到了外國去深造了。他們是公務員子女，在這方面的福利是比其他許多人優勝多了。而且，外國的教育和生活方式，也許更加適合他們。

生活中，每個人都有不同的生活條件和環境，無從攀比。但父母愛子女的苦心卻是一樣的。很多時候，他們對子女的各種付出，是只有天知、地知、和自己知道而已。別人是不會太關心的。甚至是許多子女，他們長大以後，也未必會記得。

只是我，最少，還有我吧，我雖然是旁觀者，但卻是很重視這種回味。就像七樓孩子的這一小段往事，已經讓我久久的記住了。

——也許還有何伯吧。

事隔多年以後，寫下這篇文章就是要告訴他們，告訴那些子女們，告訴那許多許多曾經倍受父母恩情和愛護的孩子們：

——我要告訴他們，他們的身邊，都曾經有過父母為他們辛苦付出的一幕幕。雖然每一幕的故事都有不同，但父母親對子女的愛卻是一樣的。這就不僅僅是七樓孩子的故事，而是所有孩子們的故事了。

那麼，當他們日後也成為父母的時候，他們與他們的孩子，又會有些什麼樣的故事呢？

那時候，教育的許多問題，解決了沒有呢？

如何解決呢？

是變好了、還是變壞了呢？

那將是另外的文章了。

第三篇：犯眾憎

第三篇：犯眾憎

引子

「犯眾憎」是一個名詞，一個專門用在一些「討人厭」、「不得人心」、「叫眾人厭惡」和「過街老鼠，人人喊打」等行為上的名詞。「犯眾憎」的表現，甚至可以用「神憎鬼厭」來形容。

雖然，「犯眾憎」的行為有大有小，也有各種各樣，但這個「眾」字卻是一種共識來的，也就是說，它已經影響到大家了，所以，就得到了人們「同仇敵愾」般的反應。甚至說，有些時候，「犯眾憎」幾乎就是孤立、惡心、卑劣和不堪入目、不齒於口的行為之代名詞。

這裡講的一宗「犯眾憎」事件，其實只是一齣「街頭戲」而已。而且它還是很小很小的身邊事，小到了在錯綜複雜、豐富多彩的生活裡面完全可以忽略掉。不過，仍然是把它寫出來，是因為它就發生在孩子們的面前，發生在一次孩子們的上學路上。讓人不看也得看，不想也會想，不煩也要煩。而它的背景和環境，卻又是那麼的清幽靜美、擬幻擬真；它的某些內容，又是那麼的文雅溫馨、楚楚動人……

所以呀，這樣的「犯眾憎」，居然就有了某些迷惑性和可觀性，尤其是在心裡天真無邪、眼中一切美好的孩子們心裡。那麼，如此特別，如此甜美，如此隨意又如此矛盾，它究竟還犯不犯眾憎、又算不算犯眾憎呢？

其實，這犯不犯眾憎，有時候，也是受利害關係影響和評判的。

假如那天，我們並不是急著趕時間送孩子上學；

假如那時候，在場的人不會怕上班會遲到；

或者其他人，並不是趕著時間去辦什麼事，等等；

那麼，這「犯眾憎」的眾人裡，也許就會少了許多。而所謂「犯眾憎」的程度，也就沒那麼強烈了。

如果少了一些人，或者不成眾，那「犯眾憎」當然就不成立。最多的，也許只是某些人眼裡的「乞人憎」而已。

所以說，犯不犯眾憎，還得看什麼時候，在什麼地方，對什麼人，等等。

不過，當時我們身歷其境，就像看著一齣「矯情戲」在身邊緩緩啟幕、上演，並且還朝著「犯眾憎」逐步變化時這就不禁的會令人想到：像這類迷你的「犯眾憎」如果不及時的發現它，警覺它，然後去引導孩子、教育孩子，那麼，恐怕在日後，這種現象也許會在孩子們的身上得到了甜蜜的模仿，無意識的延續，還有沉迷局中的不知覺等等，甚至是演化成了大件事也不定。

於是，事後我們就給孩子們做了一些評說，並且把它定性為「犯眾憎」的一種，讓他們有所認識和警惕。

畢竟，「犯眾憎」這種現象，在任何時代，任何地方，任何情況下，它都是不得人心的。

囉唆

這是孩子們上小學時候的事情了。那時候，孩子還小，他們的學校就在中半山上。因為這一段路，沒有車道可以直達，所以每天早晨我們都要徒步送他們上學。孩子們的書包可重呢，這是現在每一個在香港讀書的小朋友，都要經歷和承受的。

送孩子們上學，其實就是一種陪伴。在他們還小的時候，這是一種支持和鼓勵，也是一種愛護和放心。許多家長，因為各種原因做不到這點，所以對孩子們背著沉重書包上學，他們就只有擔心，甚至揪心，而並非是不做。

這當然是很無奈的，不能拿來作比較。

我們剛好有些條件，可以這樣做到，這只是好運而已。因此，我們就非常的珍惜這樣的機會，並且把每天的送孩子上學，接孩子放學，當作了一次次「額外的」親子活動。

既然是親子活動了，那麼，最大的好處，就是可以隨時隨地的跟孩子們交流思想，互通心事。知道他們想要什麼，擔心什麼，又有些什麼變化。而孩子們呢，正處於弱小的階段。這個時候的孩子，在許多事情上都會很依靠我們、需要我們和信賴我們。一些孩子對父母的崇拜，往往也在這段時間裡。所以，這時候家長與孩子間的一些交心和互動，就自然、親切和方便多了，甚至就像朋友一樣。這也是孩子們長大以後，與我們不會再享有、而又很值得回味的一個「黃金時期」。

相信很多的人，都會有這樣的感受。

該說到正題了。

這天，我們送兩個孩子去上學。哥哥是四年級，妹妹正好上二年，他們在同一間學校裡。天氣很好，當下是秋高氣爽，風清雲淡，我們沿著小山坡的斜路上到了公園邊的曲徑裡時，就見到處都是綠樹成蔭，鳥兒啾叫，花香陣陣，連撲面而來清風都是甜絲絲的，有都市裡難得的泥草清新味。

小兄妹的心情很好。他們精神抖擻，手拉著手，一路上說說笑笑、蹦蹦跳跳的往山上走去，每天都是這樣。畢竟是上斜坡的，所以走了一段路，剛出了公園的小徑，來到了一個叉路口的時候，他們就滿臉通紅、氣喘咻咻了。

這是一個半山邊的「胡同」路口，叫做普慶坊。往上，又是一段斜斜的石頭階梯，學校就高高的屹立在上面。下面上來的所有的車輛，到了這裡就只有掉頭轉回去。要往上，只有步行著爬幾十級的石階梯。或者，將車子繞行老遠的一個大彎，由上面的馬路走下來……

這裡說的這麼囉唆和詳細，只是為了讓讀者們看著看著，也能夠在腦子裡浮現出一點「圖像」來，以便感受現場環境，讓心境更投入些罷了。因為「犯衆憎」這種感覺，到時候也許還包括了您。

然後，遇到一會兒的「街邊戲」時，就比較容易共鳴了。

凝固

從學校上面的方向沿著石階梯下來了幾個路人，這些人上上下下都很平常。因為臺階不寬，平時這些過往的人們，在長長的石階梯上相遇時，就都是你謙我讓，微笑著擦身而過的，沒有什麼特別。

但是今天，卻有點不一樣了，因為路人裡面有兩個男女青年，他們的形象和行為舉止都頗為特別，令人見到了不由得會眼前一亮。

男的，是玉樹臨風，端行矩步，像鹿角盈盈款款而下；

女的，卻柔情似水，楊柳輕輕，如小鳥依人步步生蓮。

偏偏他們是走在一起的，而且是並蒂蓮一般，比翼鳥一樣。

他們手挽著手，肩並著肩，一路上幾乎是親親熱熱、摟摟抱抱的挪動著下來。所以，就給了人一種地動山搖、海枯石爛都不分開的深刻印象。

乍看去，好不令人賞心悅目啊——儘管是有些誇張和不真實。

大好清晨，大好景緻，大好情懷；

有見階梯上出現了這樣溫馨甜蜜、恩愛糾纏的美好身影，一時間就把路邊各位的眼光都吸引住了。上下的人，路過的人，甚至是附近唐樓窗口裡，探頭出來張望的人，尤其是下面我們這一眾送孩子上學的家長，此時都自動的站在了一邊，迎接著這對年青男女走下來。

這對小青年，顯然是深陷在兩人世界的愛河裡了，並沒有看到大家。而且他們沉醉到連走路都有些搖搖擺擺和飄拂起來，所以大家都不禁的向他們投去了一道道好奇的注目禮。

一時間，除了他們的蠕動，整個清晨的畫面便似乎是凝固了。只不過，大家的眼光都有點複雜和奇怪：不知道是要贊他們好，還是損他們好。

大家都只覺得：他們的動作，似乎是太矯情和誇張了。

那段石階梯比較長，也比較徒，而且還不太寬，當他們兩人如此親蜜無間的走下來時，側身的空間就沒有了。於是，在他們上面的幾個人都不得不放慢了腳步，慢到了最後，甚至是「堵塞」住了。而下面要上去的人，也不得不在臺階旁停下，駐足等待。

就因為大家都停下來了，慢慢蠕動的只有他們兩個，所以，當上面和下面的人都默默無聲的看著他們時，這個美麗的早晨，這一派平和、寂靜與溫馨甜蜜的場面，就顯得有點詭異。

一切，就像是突然間的被膠結住了一樣，連鳥兒也不叫了。

這時候，下面的路上，剛好駛過來了一輛的士。的士上的乘客下了車後，司機就把空車開到路的盡頭，在那裡掉頭。這個掉頭處，剛好就在石階梯下的側旁一角。

於是，「犯眾憎」的重頭戲，就不意的在這裡上演了，而且這「眾人」的角色，也不斷的有所增加。主角，當然就是那一對男女青年。配角，又包括了那輛的士司機，還有下了車要上石臺階的女乘客。

而我們大家，一眾在旁邊默默等候的人們，就算是觀眾吧。

矯情

本來，那對青年男女單單是甜情蜜意、搖曳生姿的步下階梯，那還不算是什麼「戲」，最多他們只是行為親熱些、做作些，誇張些，甚至是「娘炮」些而已。他們的惹人注目，其實更多的是讓人覺得有些新鮮感罷了。而且，就算他們是挪挪蹭蹭、忘乎所以，由上到下總是會走完臺階的，只要不是天長地久，人們還是有耐心等待。

但是，那的士的剛好到來，而且還在臺階下面「叭叭」響的緩緩掉頭，這下子無意中就加大了戲份，使男女青年街頭戲裡「犯眾憎」的因素和情節，不但成了形，而且還加劇了。

天可憐見，原來，還是的士來插了一腳啊。

首先是那個的士女乘客，她下了車見上不了臺階，就自動的站到了我們身邊，加入了耐心等候的行列。

然後，是那個還在臺階上蠕行的弱女子，她本來已經快下到路面了，就差那麼兩、三級臺階而已。然而，見到了正在掉頭的的士，就突然驚叫了一聲：「哎呀，好危險啊，我怕！」

接著，她飛快的縮回了本來就要踏下的腳，又往上退回去。這一退，可是有兩、三級石階呢，很敏捷，也靈巧，雙手還捂住了胸口，作出了受驚嚇的怕怕狀。那男的反應也很迅速，跟著她往後躥上了幾級石階，然後扶住了她的肩膀，怕她站不穩，又急急地問道：「何事何事？不怕不怕！」

顯然，他是真的關切她、緊張她和呵護她的，不然，就不會什麼事都不知道，就先陪她後退，躥上了幾級臺階，再來叫她別怕。

那個女的，居然是指著正在倒車、掉頭的的士，乳燕嬌啼般的説道：「的士，的士，那的士在下面倒車呢。」

「哦，那沒什麼，沒什麼。我們等等，我們等等。」那男的姐手姐腳的扶著她，一個勁的説著、哄她。

於是，他就這樣站低了一級臺階，用身子斜擋在女子前面，保護著她。

其實，那正在倒車的的士，離這臺階下還有兩個車位呢。

而且，我們幾位陪孩子上學的家長與孩子，反而是貼它更近，就連剛下車的女乘客也就站在我們身邊。人家夾著公文包，看來還是個專業人士呢，要說危險啊，應該是我們。

不過，在這裡，這並不奇怪，的士在我們身邊倒車是司空見慣的事，因為它緩慢，而且與路人有很好的默契。不見司機正微笑著，熟練又老練的倒轉著車嗎？他讓的士穩穩當當的，在我們的身邊緩緩的擦過。然後就停妥當了。

也許，那臺階上的弱女子是在擔心我們，緊張我們吧？一時間，我還這樣想的如果真的是這樣，那麼，單憑這一點，我們就要對她好感起來。

但是，可惜不是。

的士已經倒好了車，退在了一旁，卻不開走。這裡，也就是「胡同」底，的士只是作好了可以隨時開車離開的準備罷了，然後停下來待客。

這裡，雖然離臺階下還要遠些，但那弱女子呢，她仍然是害怕。不知道她是怕被車撞到，還是怕被車接近了？不知道她是怕的士，還是怕所有的車？不知道她是生理的原因，還是心理的原因？不知道她是天生如此，還是有些什麼背景、故事造成？

總之，她仍然是站在那僅剩下幾級的石臺階上，不肯邁步下來。

她甚至用那纖細好看、雪白如脂的手掩住了眼睛，又扭動著身腰，跺跺小腳，嚀嚶連聲地喃喃道：「人地驚嘛，人地驚嘛，佢仲未走，我先不要落去呢……」（人家怕嘛，人家怕嘛，它還沒有轉完呢，我才不要下去呢……）

那個男的看她這般嬌嗔，心疼極了，也就繼續是護花使者般的站在她的身前，百般的遷就她、呵護她和安慰她，寸步不離。他們的婆婆媽媽和嗲聲嗲氣，真是「娘炮」極了，「娘炮」到令人有點惡心——現在的青年，怎麼就變得這樣脆弱？

對她，那男的十分的體貼入微，十分的君子風度，就像騎士和強者一般。但是，對周遭一眾被他們阻住了不上不下的路人，他卻是無動於衷、視如不見。愛情的魔力真是這麼大嗎？看來，他眼中只有她了。

影響到別人，而且是許多人，其實，這才是他們真正令人惡心之處。

的士

其實，的士司機是倒好了車在一旁等他們呢，等的就是他們兩個。

因為他們兩個，站在石臺階的幾級階梯上，不上又不下，痴痴黏黏的，還對著的士比比劃劃、指指點點。尤其是那個女的，她嚀嚀嚶嚶，扭扭捏捏，撒嬌似的搞得那個男的要低聲下氣、百討好的聆聽她、捧承她、安慰她……

的士司機聽不到他們說些什麼，但看到臺階周邊的上下左右，還有不少人在等著他們「移動」呢，只道這兩個青年男女是要搭乘的士的。於是，的士司機就耐心的等下去，還不時的把喇叭按的「叭叭」響，召喚他們、提醒他們、催促他們。那不時響起的喇叭聲，像在喊著：「喂喂，我在這兒等著呢，快上車吧。」

天哪，他們就這麼耗上了。

苦就苦了我們這些被堵在半路，上不去又下不來的許多過路人。

隨著時間的推移，這裡的路人是越來越多了。除了平時的路人、附近的住客，晨運的，買菜的，更多的還是陸續送孩子來上學的家長。這裡雖然是用了「推移」這個詞，但在時間上說，也不過就是幾分鐘而已。

只是，在早晨這種趕著上班、上學的緊要時分，幾分鐘已經是很漫長的了。尤其是臺階下又上來了幾位學生和家長，沉重的書包把她們的腰也壓彎了，但因為臺階上的那兩位，大家就只能是排隊似的，繼續讓書包壓著，圍在的士旁邊等候。

好笑的是，慢來的那幾位媽媽，一面抹著滿頭大汗，一面還急急地問我們前面的人，說是不是在拍戲？拍什麼戲？有什麼明星或者演員嗎？等等。

哎呀呀，要是拍戲就好了。真的是拍戲，早就讓我們優先通過了。因為這裡是老街區，倒是經常有人來取景和拍戲的，但他們從不擾民。

終於有人受不住了。

因為，上面的學校裡，傳來了第一陣上課的預備鈴響。當清脆的鈴聲滴鈴鈴的響起來時，一位臺階下的男家長終於忍不住了，他衝過去對著那倆個男女青年吼道：「你哋點搞的？企響度夠景係落唔落來啊？再等下去我哋的細路哥就要遲到了知道嗎？（你們是怎麼搞的？站在這裡倒底下不下來啊？再等下去我們的孩子就要遲到了，知道嗎？）」

那女的，馬上又是一付受不了驚嚇的嬌弱狀。她拍拍胸口，委屈兮兮的向著男青年發嗲道：「人哋驚啊、人哋驚啊，隻的士又未走，佢做乜罵人啊……（人家怕啊，人家怕啊，那的士又還沒走，他怎麼罵人啊……）」

她的眼睛濕濕的，淚水就像要掉下來。男青年心疼的不得了，又是哄又是勸，竟然有些手忙腳亂和不知所措起來。看來，他是知道女的膽小、嬌弱、怕的士倒車、又要作狀的，但卻毫無辦法。似乎只有盡量的遷就她、安慰她和應付她了。也許，討她歡心才是重要的。

眼看著那男青年一籌莫展的樣子，又還是唯唯諾諾的無所作為，我也忍不住了。我上前補充了一句：「兩位，的士司機還在下面等你們呢，都按了幾次喇叭啦，你們能不能快一點啊？」

誰知那男的回過頭來說了一句：「誰要他等啊，我們又不搭的士。」

「丟！（他媽的）」剛才那位開口的男家長，這時氣的罵了一聲，然後，他轉過身子向的士司機揮揮手，大聲道：「大佬，佢哋唔係搭車的。」（大哥，他們不是搭車的。）

「痴心！玩笨啊？」的士司機聞訊，也狠狠的啐了他們一口，然後，他悻悻然地搖上了窗子，罵罵咧咧的將的士開走了。

看到他在車子裡面，一臉惡相，眼光兇兇、嘴吧郁郁的，不知道又罵了些什麼。

奇葩

好在車子開走了。

到了這時，那男的才扶著弱不禁風、楚楚可憐的女子，小心翼翼的走了下來，只不過幾步路而己，他們就走了幾分鐘，這也算是奇葩了吧？

看著他們一扭一扭的走下去。男的對女的仍是那麼的呵護備致、深情款款；女的向男的也依然是那樣的小鳥依人、風情萬狀，但是他們卻把我們這一眾在旁邊等待的人，連同那輛的士，都視若無睹，不放在眼裡。擾攘了大家那麼久啊，連一點歉意和赧然的表現也沒有，想起來，也真是氣人。

不過，這個人肉路障一撤除，臺階上下一度被阻礙的人流，馬上就暢通無阻，各自歸位了。若長的臺階石級，又是那麼的清清爽爽，不留痕跡，像是什麼事情也沒有發生過一樣。

所以，充其量這只是小事一宗罷了，本來也是不足掛齒的，只是它不應該在公眾場合裡發生，它不應該在學校旁邊表演，它更不應該讓小孩子們看見。那種畸形的風尚和影響，多不好啊。

那天，學校旁邊的臺階被「放行」以後，我們就和大家一樣匆匆的送孩子進學校，然後是大家各趕各的路，各辦各的事去了。

不過，在放學以後的回家路上，我們與孩子就有了一場額外的討論，討論的內容，當然是早晨，那對男女青年在臺階邊的「矯情戲」囉。因為還是早晨的事，孩子們記憶猶新，說起來也就很自然、實在和熱烈。

首先，問到孩子們對那倆個青年的觀感，他們小兄妹都說：「他們都長的很好看啊，又很友愛，也很動人」。哥哥還說，他以後也要像那個男的一樣，愛護妹妹，關心妹妹，和陪伴妹妹。

很好啊，英雄救美，助人為樂，生活中，美好的一面總是得人心的。像這樣的場景，他們小兄妹毫不困難的就將看到的好的一面吸收了，甚至還印象深刻，有所嚮往。

不過，這倒使我一時語塞了，不知道要怎麼說下去才好。因為，明明他們，那對外表迷人的小青年，他們在美輪美奐的光環下，卻還是「犯眾憎」了呢，而且還毫無察覺，不以為忤。但這些，孩子們怎麼就沒感受到呢？

哎呀呀，想來是他們太單純了，他們只看到好的。

那麼，要不要告訴他們、提醒他們和引導他們：早晨那個「美好」的景象旁邊，還有一大群受「阻路」影響的人呢？這些人，有的正趕著上班，有的正趕著上學，有的在趕著搭車，還有急於去哪裡辦事的，以及等著拉客的的士司機等等。這些人，從某種角度來說，都是「陶醉風情」的受害者呢。如果讓那對小青年繼續纏綿下去，如果讓美好的情調再延續下去，那麼，大家就只有再等待了。等得起的人他們無所謂，眼中仍會是一派美好，但總有幾個是等不起的，他們又會怎麼想呢？在他們這些人眼裡，這個場景仍會是那麼美好嗎？

就這樣，對著孩子，我把另一番意思說了出來。那就是：美好或醜惡，在不同人的眼中，也會有不同。有時候會因人而異，因為利益不一樣啊。

不過，說到了這些，又有一個問題：那就是任何事情，總是有兩面性的。比如說在這幕「犯眾憎」的街頭戲裡，它確實有一種個人的愛情美好，但因為主角太自我了，無視了對其他人及環境的影響，才使得他們的美好「犯眾憎」起來。

不過，既然是犯眾憎了，在現場受到了「阻路」影響的那麼多人，雖然都對小青年的「矯情戲」心懷不滿，滿肚怨氣，卻沒人出聲，他們大都只是冷眼相對、搖頭嘆息而已，這種寬容和忍讓，又是不是人性裡的另一種美好呢？

其實，他們不是不急，只是未到最急，於是選擇了默不作聲和耐心等候，這種待人待事的厚道和包容，倒是值得稱讚。他們之所以能夠忍氣吞聲，一等再等，就是在給小青年自我結束擾人表演的機會。這樣，不就是一種寬容的禮儀、修養和情懷嗎？說起來，能夠將心比心，給人機會和退路，那也是一種境界呢——一種寬厚待人的境界。

這個過程孩子們都看到了，甚至也參與其中，但他們就還沒有能想到太多。畢竟，許多經驗和感受，是要慢慢的體會和積累的。

我們為父母的責任，就是在他們還小的時候，盡可能的帶他們出來指點迷津——如果生活中一些基本的是非黑白、真假善惡都算是迷津的話。

而這種指點，應該是時時處處、點點滴滴、大大小小、不厭其煩的。

且不論對與不對，我們自己也在學習中。

施為

孩子們不會想得太多。想得多的是我們。於是，回家的路上，我們就給孩子又上了一課。

這課就是：矯情並非不好，但要用對地方，也要顧及他人。不然的話，美好也會變成醜惡，矯情也會犯了眾憎。像今天早晨，學校邊、臺階上發生的事情，就是這樣。

什麼是犯眾憎？早已經告訴孩子們了，他們都知道，那些損害了眾人利益，引起了大家不便和不滿的行為和人事，就是犯眾憎。

於是，其他的就很好解釋了。

因為，不論看起來是多麼美好的人和事，一旦犯了眾憎，就醜惡了。

我們告訴孩子，今天早上，學校旁邊遇到的那對男女青年，在他們自己來說，彼此就是很美好的。但是，不管他們是什麼關係，要卿卿我我，要恩愛纏綿，要表現美好，要作驚人狀，還是「躲」著一些的好，隱蔽一些才好。畢竟，一些嬌縱扮嘢，一些惺惺作狀，一些親熱激情，一些鬼馬神經，還是公眾不宜，兒童不宜，甚至是天地不宜，或者是時候不宜的。

它們只適宜纏綿在私下裡。

更何況，這兩人還無視了大家，妨礙了大家，和影響到大家。這就是一種自私、無禮、無知和無狀了。試問這樣兩人間的美好情懷，在受到不好影響的公眾眼裡，還會是美好嗎？

還有一個問題：陽剛陰柔，男強女弱，這本是大自然給我們的基本認識和知識，也是天地萬物的相互關係與規律。一般情況下，這也是生活裡的一種常理、常態和常識。

所以，我們的男孩子，看到了那個男青年百般呵護女的、遷就女的，心疼女的，就產生了同理心，表示了日後也要像他一樣的重視妹妹，幫助妹妹，和愛護妹妹。這是好事來的，也是一種男孩子剛陽一面的本能反應。

奇怪啊，平時，我們並沒有特別的向他作這樣的要求，但他就是有了這種基本的想法，只不過是看到了一幕「街邊戲」而已，他就會聯想起來「保護弱小，保護妹妹」。

這說明了什麼呢？一種學習、崇拜、效仿？然後可能還會「青出於藍，而勝於藍」？

孩子是最容易受影響的，所以，必須把男孩子剛剛萌芽的英雄感，及時的從一些「犯眾憎」的陷阱裡面拉出來。讓他們知道：仗義、樂施、做好事、享受美好情懷等等，都是陽光正氣的行為，但是，做的時候也要審時度勢，顧及各方，而這各方就是公眾和他人了。

當然，這種衡量只是相對的罷了，也只是盡可能而已。別說孩子了，就是我們自己也很難把握好、做得好，因為這些可是要窮一生的智慧和用心，在許多機會裡去學習和施為的。而現在，我們只是就事論事，講講這宗剛剛遇上的「犯眾憎」而已。

我們告訴孩子：回想今天那個女子的表現，她對的士的倒車，也許真是有三分怕吧，那麼，她的嬌嗲作態就是七分扮的了。而表演的對象，也許只是那個男孩子罷了。

可惜的是那男孩，他怎麼就不能男子漢一點，一把她攔腰抱起，大步的邁下幾級臺階，將她輕輕的放在身後呢？又或者大手一揮，將女孩子果斷的擠向扶手欄杆，讓出一側小路來，讓臺階暢行，讓行人通過，讓女子感激，讓孩子們崇拜，讓大家喝彩和難忘呢？

哎呀呀，他若是來這麼一手，沒準眾人會鼓起掌來。至少，我們的孩子會更視他為英雄和男子漢。而「犯眾憎」一戲，也就可以變成了「英雄救美」和「眾口鑠金」了。

說起來還別見笑，最後，我真是這樣改變劇情去啓發孩子的。雖然只是個假設而已，但他們聽了倒是哈哈大笑，極為認同，又歡快極了，還嚮往極了。

可見，壞事還是可以變好事的。

……多年過去了，到現在，我們還是很懷念和回味這些當年送孩子上學的日子，因為那時候他們還小，常常要依靠我們，親近我們。而現在，孩子們長大了，他們不會常常再坐在身邊聽你說這說那，還滿臉崇拜……

於是，這篇文章就獻給現在還在送孩子上學的家長吧，用它來作一個交流和分享。願大家以後，也會有一個自己與孩子間的美好記憶和回味。

尤其是，那怕看來微不足道的事，能及時的給孩子以教育和引導，才是他們學習和成長過程中至為重要的。

像我們，我們的孩子，今後，他們至少是不會輕易的犯下「犯眾憎」這樣的錯誤了。

第四篇：英文名字

第四篇：英文名字

起名

還很小的時候，在內地讀書。那時內地興蘇聯修好，在學校學的只是俄文而已。後來又遇上了文化大革命，因種種原因，乾脆就什麼「外文」都學不上了。雖然我是新加坡出生的，但很小的時候就被媽媽帶回了大陸，於是，我便成了不懂外文的人，甚至連英文也不識。

來到了香港以後，一直苦於工作、忙於謀生，就沒有再去學習英文。這樣，我就成了一個在香港生活，但還是不懂英文的人。

雖然不懂英文，但是孩子出生以後卻還是要給他們起英文名字的，因為這是香港人的生活習慣，也是孩子們將來讀書、學習、工作和融入社會的需要。人人如此嘛，這不是新鮮事。

不過，這給孩子起英文名字啊，就成了我們曾經的為難之事。

我們的第一個孩子，是男孩。為孩子起英文名字的時候，我們都很重視，許多會英文的朋友也來幫忙了。有些人，還拿來了一些有不同英文名字的範本，讓我們挑選。可以說，我們給孩子起英文名字的選擇，還是多多的。而且，也挺隆重。

但是，許多英文名字在我們來說，都是不喜歡、不接受或者是無法入腦、沒有美感和快意的。也就是說，對英文名字，我們總有一種不了解、不認識和不習慣的抵觸。反正是聽來看去，很不自然，眼花撩亂，好像孩子一經叫上了英文名字，就變成外國人了。

最後，我們還是對諸多的英文名字都無動於衷，一個也選不上。

也許，這不懂英文是我們沒有心頭好的原因，怨不得那些名字。而孩子他牙牙學語，還什麼也不懂呢。所以這名字的好不好聽，好不好看，好不好用，只是我們的感覺罷了，還是要我們說了算。

不過，到了後來，我們還是「靈機一動」，自己就為孩子起了個英文名字的。

而且，還很喜歡。

米奇

這個英文名字，居然是「通天曉」。也就是說，全世界裡，怕是沒有幾個人會不知道。但是，說出來的時候，許多人卻又會很不以為然，因為它實在是太普通、太輕率、又太俗氣了。

不是嗎？那英文名字，只不過是「歡樂滿天下」的一隻卡通老鼠罷了它就叫做「米奇（Micky）」。

於是，有些人說，這英文名字起得也太過簡單、草率和隨便了，就像是在開玩笑，就像是假的，根本就是敷衍來的，等等。甚至，還有人說這英文名字啊，根本就是起得沒有文化和不負責任……

但是，我們卻還是我行我素，對它很堅持、很喜歡和津津樂道。並且還覺得對於我們的孩子來說，世界上沒有比這更好的英文名字了。

這樣，在以後的日子裡，連同我們的孩子，他們的老師和同學，又一直到他們長大了以後，這個「米奇」的英文名字啊，就總是被大家叫得順心順口、親切自然和明媚響亮。仿佛「米奇」非他莫屬，而他與「米奇」也是一個絕配。於是，這個名字就像是屬於我們，總讓我們覺得它再好也沒有了。

「只要喜歡就好」——這句話不知道是不是名言？反正，我們全家人就對「米奇」很喜歡。

如此說來，「米奇」與我們，是不是一種緣分呢？

米妮

是的，其實當時我們的想法根本就很「老土」。我們只是想：迪士尼樂園，是全世界孩子們的歡樂世界。卡通米奇老鼠，又是樂園裡的最佳主角。長久以來，米老鼠善良、快樂、活潑又美好的形象深入人心，而它們的簡單化和大眾化，又使我們倍感到生活裡的輕鬆、快意和親切……何況，我也是從很小的時候起，就喜歡和嚮往米奇老鼠的，它根本就是我簡單的童年生活裡，快樂的好朋友和偶像。

雖然我們不懂英文，但米奇和米妮，卻是陪伴著我們長大的外國玩偶，它們一直是我們最熟悉、嚮往和喜歡的「英文物事」。由此，我們就希望孩子日後的生活，能夠像米老鼠一樣的活潑健康，希望他們也能夠給大家帶來很多歡樂。

其實，這裡面還有一個巨大的原因呢，那就是我們的孩子剛好就是在鼠年出生的，屬「鼠」。而且他又剛好是聖誕日出生，就呱呱落地在普天同慶的歡樂聲裡。

於是乎，「Micky（米奇）」的英文名字，在我們心裡就呼之欲出，合情合理、光明響亮，順勢而來。它與我們，也就自然而然的充滿了緣分。

不過，起名字的時候，我們還有一個悄悄的、甜蜜的心願呢：那就是我們希望這個「米奇」，將來能夠為我們家再帶來個妹妹「米妮」。畢竟，「米奇和米妮（Micky & Minin）」，是親密友愛相處一起的。在這裡，我們雖然只是個希望而己，卻也還有討個「好意頭」的意思。

於是，我們就期待著，等待著，隱隱約約的希望到時候，真的能夠兒女成雙，結成一個「米奇與米妮」的「好」字來，讓他們兄妹以後的生活，能夠互相關心照顧、更加的幸福、美好……

果真的，願望實現了。

如果說，起對了名字就能夠帶來好運、好事和好生活的話，那麼，相信這就是一個很好的例子。當女兒也如願出世的時候，她的英文名字就輕鬆快意，與她一起欣然而至，叫做「米妮 Minin」了。

我們真的是對老天爺感恩，也對迪士尼樂園的童話故事感恩。這對兒女，好像就是祂們的眷顧下送來的。

寵物

米奇與米妮，由人到名字都是那麼的甜蜜、活潑又可愛，還給了人親切、溫馨和美好的感覺。所以，從小時候起，這對兒女就是我們心目中的「寵物」。他們給了我們許多的辛苦和麻煩，也給了我們許多的快樂和幸福。

讀書了。從幼兒園到小學、中學、又到了大學，他們的身邊有了許多老師、同學和朋友。老師、同學和朋友，也都是叫他們米奇和米妮的。而且，都還是叫的那麼自然、親切和暢快，仿佛他們兩個就真的是從迪士尼樂園裡出來，而且米奇與米妮，也總是能夠帶給身邊人一些快樂。

說來也奇怪，「米奇與米妮」這名字雖然是「老土」和「泛濫」，但若大的學校裡，幾百個學生的英文名字中，偏偏是沒有人也這樣叫的。

這就是說，在能夠接觸到的同學裡，還真是沒有人與他們重名、撞名這說明了它們真的是太老土、太泛濫了嗎，或者是說明了它們實在是太過一般和平凡，才沒有人願意使用？

或許，它們給人的印象，作為實用名字來說，真的是太不真實和認真，太過幼稚、兒戲與不負責任，才被人嫌棄了？

那倒好，便宜我們了。

不過，就是因為沒有人雷同，這個意外倒讓我們格外的享受和用的心安理得。就像是收藏家，在文物市場上撿到了一個「漏」一樣，我們很為孩子們這個英文名字感到了驕傲、自如和慶幸。

奇怪的是：以後孩子們上到中學、上到大學，甚至是在許多活動的圈子裡，接觸了那麼多的同學、朋友和伙伴，也還是沒有被「撞名」的。

雖然說，在日常生活裡，英文名字「撞名」的機會是多不勝數，而且又很正常，但我們的米奇與米妮，在身邊接觸得到的人裡面，卻似乎只有他們是這樣叫。

這種「獨享」，也真是一種緣分。

同學

既然講到了自己孩子的英文名字，這裡，又要說說別人的英文名字了。

我們的孩子米奇，有個小學的同學叫做何少文。何少文同學的英文名字就起得有點「坎坷」了，因為，他的家人也是不懂英文的。

他們何家在上環開了一間老式的藥材店，有那麼些年頭了。也許，一直以來，老式藥材店無須要怎麼用到英文，而且他們的家人又都是比較老派的傳統人，不大在乎何少文英文名字起的怎麼樣。

不過，這也是很自然的事，像是一些用不著的東西嘛，在習慣時就不重要了。所以這英文名字，在何家的生意和生活裡，便是可有可無的存在。

於是，在學校裡的頭幾年下來，何少文的英文名字就隨隨便便的被變換了幾次。而家人不是不知道，就是知道了又無所謂的。不過這些變化是無奈的，也在自然中。於是，後來在同學們的口中，這也就漸漸的變成了一個小故事流傳起來。

這個小故事有點好笑，只是作為主角的何少文自己倒是不在乎，他甚至還不以為是故事，也不覺得好笑。或者，這也是「只緣身在此山中」的原故吧。

其實，何少文的不在乎，主要還是因為他也不懂英文。不但不懂，還沒有興趣，所以乾脆就沒有壓力了。

於是，何少文對自己的英文名字，就大有一種「任你們怎麼去『折騰』都不關我事」的氣概。就是由於年紀還小，當然還不會有什麼真正的「氣概」，只是傻傻更更的認為：英文名字嘛，不過是讓別人叫的罷了。那麼，別人愛怎麼叫就怎麼叫，關我何事？又有何所謂？就是這種不在乎的氣概。

不過，何少文這種傻乎乎又無動於衷的態度，卻變成了灑脫和大氣，而且他又與人無害，與人無爭。就這樣，在同學和老師的眼裡，何少文就顯得有點可愛起來。

他本來就是一個老實和氣、人畜無害的孩子嘛。

成長

平時，何少文的學習成績不大好，尤其是英文。他的記性也比較差，常常要忘掉一些事。尤其是講話的發音，又有點嘟嘟囔囔的，還有些不大清楚。不過，保健醫生對家長說：「不要緊，這不過是聲帶方面的發育稍慢些而已。有些孩子，會是這樣的。」

老師也鼓勵家長說：「別著急。慢慢的，他就會趕上來的。這小學啊，就是孩子逐步成長的一個過程……」

其實，何少文的家裡人倒是不很擔心這些因為他們有個藥材鋪，將來可以讓他繼承。所以，就算是現在的學習成績差點，也沒什麼問題，只要他能快樂、健康的成長就行了。由此何少文的學習生活，到是過得很自由和輕鬆。比起別的人，比那些被家長們太過緊張和頻繁催迫的孩子，何少文可以算是從容的多、又自在的多了。

所以說，讓孩子健康、快樂的成長，也是愛護孩子的重要元素。

而他們家，就做的很好。

不過，這種得過且過、與人無爭，懶懶散散、又沒心沒肺的學習生活，也把何少文同學養成了一個和和氣氣、隨隨便便、又馬馬虎虎的學生。

他白白淨淨的臉，憨直善良的笑容，還有一些粗心健忘的行為，都使他給了人一種胖嘟嘟又很趣怪的感覺。所以在學校裡，他也像有些日本卡通人物一樣，心寬體胖，開心快意，很惹人喜歡。

就這樣，由小學一年級起，到後來參加了童軍，又到了高年級，何少文都是與世無爭、不急不忙，又喜樂無憂的孩子。他與同學們的相處相安無事，與老師們呢？雖然，老師們說不上是喜歡他、還是不喜歡他，但起碼，他是老師們眼中，那種很聽話的乖乖仔。

在何少文來說，這就夠了。

查理

何少文初到學校的時候是沒有英文名字的，但香港的學校，孩子們都需要有英文名字。因為最少是在英語課上，每個學生都要有不同的英文名字，以便與老師和同學作一些學習、交流和互動之用。

一年級的時候，英文老師發現何少文沒有英文名字，也不知道是什麼靈感來了，順口就幫他起了一個，叫做「查理（Charlie）」。

也許，查理．卓別靈是默片人物，不用怎麼開口說話就能讓人記得他。而這點，何少文與他倒是有些相似。因為在班裡，何少文是很少主動開腔講話的孩子，他向來比較安靜少動、沉默寡言。

一般情況下，聽到「查理」的名字，許多人就會聯想到喜劇大師卓別靈，那不過因為他剛好就叫做查理罷了。而且，卓別靈很搞笑和出名，出名到了家喻戶曉的地步。像我們的孩子米奇與米妮，他們就都知道查理．卓別靈，並且很喜歡他。因為從很小的時候起，我們就常常給他們看了許多查理．卓別靈的默片，逗得他們哈哈大笑，還時常的模仿他走路和作一些他搞笑的經典動作。

老師幫何少文起了個這樣響亮的英文名字，想來是想讓他比較容易接受、記得和喜歡，讓他用起來比較暢順。看來，這位英文老師也真是用心良苦了。

不過，何少文倒是沒有什麼所謂，因為他不懂。他甚至還不知道，那個也叫做查理的「卓別靈」是誰。何少文只是個個性情純良、行動有點懶惰，又生活隨便的孩子罷了。

就這樣，老師叫何少文「查理」，何少文也就「嗯嗯啊啊」的接受了。英文課上，何少文就這樣變成了「查理」。

只是，他很不習慣。自己明明就是何少文的，怎麼就變成了「查理」呢？

於是，常常是老師叫到「查理」的時候，他總以為是叫別人。他還常常看著人家的臉，東張西望的尋找查理，他總是想不到那「查理」，就是他自己，也因此鬧了不少笑話。

同學們少不了要笑他的，老師也常常皺起了眉頭，莫可奈何地苦笑。而何少文他自己，卻是很無知、無奈和無辜。

拉利

是的，對於英文名字「查理」的應用，何少文很不習慣，也不喜歡。而且，每每反應不及時的時候，就讓同學們笑話了，這也使他有些憤憤不平。

不過，他還是沒有什麼太大的反應。畢竟他是個隨和溫順的孩子，最多，只是有點兒悻悻然而已。然後，他嘴角「嘟嘟下」的嘟嚕幾聲，表示下一不滿也就算了。

何少文雖然個頭有點大，戴著深度近視眼鏡便有點傻乎乎、慢吞吞的樣子，卻是很老實。所以，漸漸的，這「查理不查理」的稱呼也就沒有什麼人在意和計較了了。而何少文，他也樂得這樣馬馬虎虎、糊糊塗塗的上英文課。

只不過，升上了二年級，英文的功課也多了起來。尤其是多了朗讀的部分。

何少文畢竟是舌頭根子稍短了點的，他的發音就比較的沒有那麼利索和明快，甚至讀起英文句子來，還有些「啦啦啦啦」的雜音，連老師也未必聽的清楚。於是，在朗讀這方面，老師就沒有太嚴格的要求他。甚至，有時候還有點兒睜眼閉眼的遷就他、放過他、隨便他了。

在這時候，班裡面換了個英文老師。這位老師，有見何少文對「查理」的叫喚反應遲緩，有些迷茫，便知道他並非是故意的，而只是不懂而已，是沒能「上心入腦」和不習慣罷了。而且，問他叫什麼英文名字的時候，「查理」這兩個字的發音，也常會使他結結巴巴的難以表達。而到了講出來的時候，又連老師也聽不大清楚了。

唉，口型和發音都對不上，難怪他常常會忘記了自己就是「查理」了。

考慮了一番以後，不知道又是什麼靈感所至，這位老師乾脆就給他改了個英文名字，叫做「拉利（Larry）」。

嘿，這回可靈了。

「啦啦啦啦——利」，挺好發聲的。何少文只是跟老師著唸了幾遍，這「拉利」就入腦了，而且還唸的很流利。

這位老師很盡責，因為，這幾乎是為何少文「度身定做」的英文名字了。他只是希望能夠幫到何少文，讓他比較容易的、隨時的、順口的，就記得和說出自己的英文名字來罷了。

「拉利（Larry）」！

用心良苦啊。

馬田

「拉利」與「查理」在讀音上，只是一音之差罷了，但效果卻大不相同。

比較起來，「拉利」的發聲於何少文，是比「查理」容易和順口多了，它幾乎可以心念一起，便脫口而出。那口型和繼承性，顯然是更貼近了何少文的發聲基礎，也照顧到了他使用英文名字的需要。所以，馬上就為何少文接受了。

其實，對何少文而言，英文名字叫什麼本來是無所謂的。反正這名字是起來讓別人叫的，而自己只是「應下」就行。但這個「拉利」，他畢竟自己也能夠朗朗上口了，尤其是那個「拉」字的發音，那可比「查」字好開口許多，而且還一下子就記住了。

這是多大的改變啊。於是，從二年級起，何少文就變成了「拉利」。他倒是很快的，就接受和適應了這個新的英文名字。

上三年級了。又換了個英文老師。這個老師是人權主義者，她比較重視一些看來不太重要的「細處」。

有次讓何少文朗讀的時候，她發現何少文有些少的「痴喇根」現象。雖然不嚴重，但發音仍是與別人有些不同。於是，她就很細心的作了跟進。

這一來，老師就發現問題了。

問題不是出在何少文的意願上。或者說，何少文身上，那發音不利索的問題不是她可以解決的。那個，要等待他再過一段時間的發育成長，或者是其他什麼機會來改變。但是有一處，卻是她現在就可以糾正、改善和提升的——那就是英文名字。

畢竟，現在才是初小的階段，何少文英文名字的使用，也只是剛剛開始。

原來，這位老師敏銳的發現，這「拉利」的稱呼，用在有些口齒不清的人身上，似乎有些歧視或者不恭敬的嫌疑，至少，用在何少文身上時，就給了她這種感覺。

「拉利、拉利——啦啦啦唎」……這樣叫起來，想起來，對何少文，會否有些不恰當呢？老師很負責任的想著。因為，英文名字雖然不是很「正式」的證明著個人的身分，但也是要叫一輩子的。如果就這樣隨隨便便的叫下去，於何少文來說，可能就會落下了一個不好的印記。尤其是在香港，英文名字是要伴隨著生活和工作的，怎麼能老是「拉利」、「拉利」、「啦啦啦唎」的叫個不停，然後讓人聯想到曾經的口齒不清呢？

於是，這位細心又感性的老師，趁著這命名還是在被使用的初期，就又把何少文的英文名字改掉了。這次，老師深思熟慮，又做了家庭調查，還與何少文的家人作了一些互動。然後，她就果斷的為何少文起了個新的英文名字，這次的英文名字，就叫做：

——馬田（Martin）。

背書

阿哈，馬田！這下就好了。

這個英文名字，何少文不但一下子就記住了，而且還能夠很清楚的說出來。不但如此，奇怪的是從此以後，他就很喜歡人家叫他「馬田」。

這真是從未有過的變化。

一個英文名字，居然就能夠令何少文對英文，有些好感和感興趣起來了，甚至是，從此他對英文功課，也不那麼的抗拒和冷漠了。

當時，最想不到的是何少文回到家裡，把這改名的事對家長們一說，就連家裡人也都重視、認同和喜歡起來。他們並且還說了些「早些叫馬田，那該多好」之類的話。

這是怎麼回事呢？

原來，「馬田」兩個字除了好讀、好記和好發音之外，還根本就像是個中文名字，叫起來是自然然，沒有難度，而且還十分的理直氣壯、富貴吉祥。更重要的，是這裡面分明蘊藏著一個很好的意頭和徵兆，也許可以令他們家族裡，這藥材鋪頭的生意日漸生財、增光和興旺呢。

何少文與我們家的孩子米奇是好朋友，關於獲得新的英文名字以後，他在家裡得到重視的事，何少文是這樣告訴米奇的。

何少文說，他家裡最大的人物，是嬤嬤。嬤嬤不僅是年紀大，權力和威嚴也是最大的，就像是電視劇裡面的皇太后。家裡和店裡的親戚、朋友、伙計們，個個都敬重她、服從她和害怕她。在家裡，在鋪頭，每個人都要看嬤嬤的臉色辦事。不過，嫲嫲卻是最溺愛何少文這個長孫。

但是，以前何少文叫「查理」和「拉利」的時候，家裡都沒人理他。就是嫲嫲，她也對這些英文名字沒有興趣。可以說何少文叫什麼英文名字，她是連一點印象也沒有，也從不關心。於是，何少文在家裡和鋪頭，就從來也沒有被人叫過英文名字的。

是啊，什麼「查理」、「拉利」，這些吐音大家不是沒有弄懂、就是滿不在乎，難怪從來也沒有人記住和提起了。就連最疼愛他的嫲嫲，也嘀咕著說過：「好好的唐人，叫什麼古古怪怪的英文名字」。

不過這次，何少文回家喜噗噗的告知嬤嬤「又換了英文名字」的時候，嬤嬤的眼睛卻發亮了。

嬤嬤是這麼反應的，她大聲的問道：「什麼，馬田？再說一遍」。

接著，聽清楚以後，她就樂了。嬤嬤咧開嘴，摸著何少文的頭，大聲笑著道：「馬田！好啊，有馬又有田，有馬又有田啊，發達了。」

然後，她對著何少文的爹媽叔伯、姨媽姑姐和伙計們說：「馬田好啊！馬田好啊！聽著就開心，講著就福氣。」

然後，居然就當場包給了何少文一個很大很大的紅包，還連聲說道：「馬田！馬田！」，「福氣！福氣！」

是的，做藥材生意的，一想到有馬又有田，綠意盎然、藥材興旺。而那些青草、藥材什麼的，運進來時是大梱大捆和一車一車，賣出去的，卻是一秤秤、一撮撮，這還不樂開了老懷？

老人家真是被「馬田」的美景，樂得笑到看不見眼睛。這老人家就是這樣，用那種老眼光、老風俗、老氣派、老規矩，為長孫何少文的英文名字「馬田」，背了書。

難怪從此以後，何少文就常以「馬田」自居了。他甚至很喜歡別人都叫他「馬田」，甚至還自我介紹：「我叫馬田。」

夾 Band

從此以後，在小學裡，何少文就順順當當的讀到了六年級。而在這些年裡，他也一直是叫「馬田」的，沒有再改過英文名字。

小學畢業後，我們家的米奇與他分別考上了不同的中學，從此他們就很少見面了。再到後來，他們又考上了不同的大學，就更少聯繫。不過，作為家長的，我們雙方的父母，卻時不時的會在街上碰面。這是孩子們長大，讀大學時候的事了。

有次，我們在街上遇到了何少文的母親。問到了何少文的近況時，何母已經習慣的用上了「馬田」來稱呼他，搞到初時，我們還有點兒反應不過來，以為她是在說誰呢。

何少文的母親說：「馬田現在的性格很開朗，學習成績雖然還不是很OK，但卻喜歡上了

Music，常常與一班玩 Gutar 的人四處去「夾 Band」。

她還說：「馬田的 Gutar 彈得很出色，很多人都 Like 他，所以，他比以前 Happy 多了。」等等。

「現在，馬田還準備去臺灣學習和發展呢。」何母最後不無得意的說。

說到了孩子，母親的臉上總是泛出了幸福的光彩。而關於鋪頭接班的事，她是一句也不提了。

在這些談話裡，何母除了滿口是「馬田、馬田」的親暱稱呼以外，還夾雜著許多英文名詞，什麼「苗色」啊、「吉他」啊、「夾冰」啊、「靴皮」和「來奇」等等，聽得我們夫婦倆一愣一愣的。

看何母把一些中英文詞兒混講得這麼自然、順口和流暢，想來是平時與何少文經常溝通和互動的結果，或者是受到了何少文的影響。

當然，這是好事來的，可見何少文的英文是趕上來了，而且還經常使用。

日子見功啊！何少文母子的這種變化，令人刮目相看，也讓人佩服在心。

孩子的成長，總是要有個過程。每個人的成長過程不一樣，所以，以後也就會有不一樣的生活道路。

像這樣「起」英文名字的故事，在生活中是微不足道的，每個人都會遇到。只不過，有些是平淡無奇，乏善可陳，有些，卻是頗為有趣，能博人一笑。而許多的，是淡忘在人們的不經意裡、不在乎中，畢竟只是小事而已。

米奇、米妮與馬田他們，還有真正的查理、拉利等等，都不過是孩子們的另一個稱呼罷了。在這裡，我們把它當成故事寫出來，只是讓孩子們如果看到了，在以後，便又多了一個人生的回味而已。

孩子們在不知不覺中成長了，但有時候，又覺得很快、太快，快到我們不想、不願、也不舍。所以，在這裡享受回味的，就不一定是他們了，而更多的，也許是我們家長們自己。

各位家長，你們也有過這樣溫馨又有趣的小故事嗎，在孩子們還很小很小的時候？別小看它，它們沉澱著我們對孩子無限的期望和愛。

期待著分享。

第五篇：爸爸好嘢

第五篇：爸爸好嘢

（一）

這天是周末，孩子們的媽媽有些事出去忙了，我剛好休息，就留在家裡照顧孩子。中午過去了，已經是下午兩點多鐘，孩子們在家裡做完功課，到現在才喊肚子餓。於是，我便下樓，到附近的金太陽餐廳，給孩子們買飯盒。

人家都開始吃下午茶了，我們卻是把午餐與下午茶一起來吃。但偶爾這麼樣做，卻是很不錯，因為生活裡，有些趣事、新鮮事和感慨事，常常就是這樣不期中遇上的。

金太陽是上環永樂街上的一家小小快餐店。它靠近地下鐵，店面很小，座位也不多，主要是做外賣的生意。因為物美價廉，平時的生意都很好，很受打工仔歡迎。就像今天吧，因為是周末，買所有的餐飲都打八折，平時二十五塊錢的套餐，現在才二十塊。所以今天來買餐飲、飯盒的人，就更加多了。

我買好了餐單，在外面耐心的等候著，這裡的外賣是叫號碼的，所以急也沒用。不過，裡面還是有許多人，在廚窗口守候、催促；在下單處理論、查詢；也還有些人，是在少得可憐的幾張小桌旁，等著位子用餐的。於是，眼前快餐店的情景，就是這樣的擁擠、熱鬧、晃動和亂哄哄。

快餐店門口，就是人來車往的永樂街，兩旁多是海味店和蔘茸店，狹窄的人行道上，除了行人穿梭過往，還站著許多等著叫號的人。

我的身邊，有個眉清目秀的小女孩，她才四歲左右，孤零零的站在一旁，踮起腳尖，向著快餐店裡面努力的張望著。那憂心忡忡的模樣，很動人憐愛。

這小女孩的衣著，清淡簡潔，普通樸素，但穿起來卻有一付精靈的模樣，所以她站在擁擠的快餐店門口，便顯得格外的明媚秀麗，像一朵小小的荷花。

不過，這時的她卻是眉頭緊鎖，滿臉焦急的樣子，似乎在尋找什麼，這就引起了我的注意。因為，她比我的孩子還小，不過是上幼兒園的年紀罷了、但怎麼就自己一個人在這裡呢？

跟隨著她的眼光，我也將視線向快餐店裡面搜索著，但放眼看去，裡面盡是買餐飲的人，都是這些人的頭、臉、肩膀和身子在晃動。

他們移來移去的，沒有其他什麼呀。這小女孩，她在尋找什麼呢？

小女孩個子矮小，還是站在行人道的臺階下的所以，按她的眼光看去，就只能看到大人們重疊、晃動的身影、褲腿和鞋子了。

難怪她看著看著，面露難色，又憂心忡忡了。

（三）

這麼小的孩子就會專注一心，就會面露憂色，就會滿心期待……看得人的心裡都難受起來——我有時候是很容易動感情的。

正想著她是怎麼回事，就看見快餐店內，那些擁擠著的人群裡面露出了一個臉來。那是一個男人的臉，汗津津的滿臉通紅。他一邊費勁的把頭扭轉過來，一邊擠出了笑臉，向著我身邊的小女孩揮揮手道：「等等，等多一陣，別亂走。」

那女孩子馬上就笑了。

看到了快餐店裡面那張笑臉，她便又踮起了腳尖，甜甜又興奮的拉長了聲音，叫了聲：「爸爸——」原來，她一心一意的，是在外面等著爸爸呢。她踮起腳尖張望的，是快餐店裡面的爸爸。

原來，她爸爸也是在裡面買飯盒……

那爸爸並不出來，人太多了，他心急著要快些拿到飯盒，所以仍是擠在最前面，所以很快的又被蠶動的人頭遮擋掉了。

但是，小女孩已經看到了爸爸，便安心了下來。她靜靜的站在那裡，兩隻小手交叉著放在身前，兩隻鞋尖也並列著，規規矩矩，一動不動，一付幼兒園小孩站在老師面前聆聽的標準模樣。

有一陣子了，她仍是不動，目不旁視，明亮的雙眼，仍是盯住爸爸剛才露出笑臉的位置，一眨不眨的滿臉期待。

就這樣，她像一尊小小的雕像，站在路旁，期盼著爸爸快快出來。

這天買飯盒餐飲的人特別多，快餐店的裡面外面，仍是站了許多等候的人。女孩子的爸爸又一次擠出了臉，讓她看到，然後說：「我在這裡，就到了。」——說完又不見了。看來，他們父女心意相通，爸爸也知道女兒心裡焦急……

女孩子又笑了，笑的多麼燦爛啊，就像剛才的荷花，突然的就綻開怒放了。她笑著又踮起了腳尖，向著爸爸，再次甜甜蜜蜜的叫了聲：「爸爸——」

看著眼前這一幕，那麼普通和平凡，又是那麼親切與信賴，真叫人感動。

尤其是這對平凡的父女，他們顯然是低下階層裡生活的小百姓，但父女之間的親密交流，卻能無礙於熙熙攘攘的街邊，無視於重重疊疊的人影。在那個特定的時刻，他們的心裡和眼中，竟然沒有其他，竟然忽視一切。

然後，他們就只有對方。

何等純真又聖潔的情景與心扉啊，然而，就沉浸在樸素和自然的交流裡。就是為此，雖然場面極為平凡，但我卻深深的被感動了。

好在我也是有女兒的，她也是一樣的嬌弱可愛，很依偎我，不然，不知道會有多麼的妒忌他們啊。

（三）

我的一對兒女，比這小女孩大不了多少，他們也是這般可愛。

當年，他們也是從小女孩這般大的走過來，現在讀小學了。我們和孩子，也經常是這麼樣的牽腸掛肚、互相信賴，親密不離……而今，我是來給孩子們買飯盒的，孩子們在家裡，就等著我回去……

那麼，這位爸爸，他也是在為女兒買飯盒嗎？

他們也是媽媽不空，由爸爸照顧孩子嗎？

他們是吃下午茶呢，還是才來吃午飯？

抑或這飯盒，是為誰買的呢……？

看著身邊仍在默默等待中的小女孩，我不由的胡思亂想了起來。

這時候，那位爸爸出來了。

他提著一個飯盒，只有一個。上面還有一盒菊花茶，但是擠得滿頭大汗。

當小女孩看到爸爸從人群裡擠出來的時候，馬上就飛撲上去，抱著他一條腿，連聲歡呼道：「爸爸好嘢！爸爸好嘢！」好像買到了飯盒是一件艱難的事、英雄的事、開心的事一樣。在那一刹那，她覺得爸爸是最了不起的。

那爸爸，笑咪咪的看著女兒，摸著她的頭，又彎下腰貼在她耳邊向她說了些什麼。然後，就一手提著飯盒，一手拉著她的小手，向一處街口走去。

小女孩拉著爸爸的手，蹦蹦跳跳的走著、笑著、説著什麼，他們一大一小的身影，似乎有一道小小的光環繞住。

多美啊。

我還在等著我的飯盒，只有目送他們遠去。不過，腦子裡卻一直在想著：他們要去哪裡呢？

他們是家在附近、也要回家裡去嗎？

他們買的是什麼？是當午飯吃呢，還是下午茶？

這是爸爸自己吃的，還是為女兒買的？

他們是一份餐、兩個人分享的嗎……？

其實，這個畫面很平常，他們父女也沒什麼特別的地方。而且，只是在快餐店買一個飯盒而已，根本就沒什麼人注意他們。

但是，這個情景還是讓我看到了。而且，心裡就有沉甸甸的感覺，還過目不忘。

為什麼呢？

想來，除了女孩子等待爸爸時的那種專心，還有她幾番甜甜叫著「爸爸」的幼稚童音之外，那就是見到爸爸買到了飯盒出來，抱著他的大腿歡叫著「爸爸好嘢！爸爸好嘢！」的雀躍神態了。

天呀，好一聲「爸爸好嘢」，就使得這件事裡所有的普通、簡單和平凡，都變得不平凡起來。

一個下午茶時間，一個才二十塊錢的經濟飯盒，一次與爸爸在一起買飯盒餐飲的機會，就能使孩子歡呼雀躍，就能見到父女間的情深意切，就能感受到他們的心滿意足和親情洋溢，那麼這個飯盒，也太珍貴、太值得、和太特別了。

我出神的想著這些，就連外賣餐單號碼叫到了我還不知道。

（四）

提著幾個飯盒我走回家去，剛好與那父女走的是同一個方向。就在家樓下不遠的一處小花園休憩處，又看到了那兩父女。他們並肩坐在花圃邊一段矮矮的石階上，在吃著那個飯盒。

和風微微吹拂，樹葉輕輕搖曳，有點西斜的陽光，暖暖的照在他們一高一矮的身子上，灑上了一些好看的金色碎影，很是溫馨動人的一景。

父親穿著牛仔褲，蹬著厚重的安全鞋，褲子的後袋裡還別著一雙勞工手套，褲腿上有些油跡。顯然，他是在附近開工的打工仔，而且還可能是建築地盤的。我刻意的走近他們，想看看他們吃什麼。

就一個飯盒，白飯上面有些雜菜、肉片和蕃茄汁什麼的。紅紅綠綠中，還有一隻焦黃色的雞腿，就擱在飯菜上。旁邊的石階上，放著那盒還未開啟的菊花茶。

說他們在吃吧，其實只是小女孩在吃而已。她吃的很仔細和開心，嘴邊沾染了些紅色的蕃茄汁，還有些白色的飯粒。但很快的，她就覺察到了，不好意思的朝爸爸歪頭一笑，然後，自己用小手，把白飯粒塞進嘴裡去，那動作很是自然和可愛。她的爸爸，在一旁似乎是看癡了。

她的爸爸，手上拿著一個水樽，裡面只有半樽水。他不時的喝上一小口，就像喝酒一樣。然後，一直是笑嘻嘻的，看著女兒美美的吃飯。臉上的笑意，顯然是很滿足很滿足。

在我就要經過他們身邊時，那小女孩剛好拿起了飯盒裡的那隻雞腿，舉到爸爸的嘴邊說：「爸爸，你食啊。」

那爸爸摸著她的頭，說道：「乖女，你食啊。」

「爸爸你咬一吔啊（咬一口啊）。」女兒的手還是高高舉著，堅持著說。

於是，那位爸爸就佯裝大大口的，往女兒小手上的雞腿咬了一下。其實，他只是用門牙輕輕地碰了一下而已，然後，又將女兒手上的雞腿推回了飯盒裡，還作出了滿嘴是肉、咀嚼不停的樣子。

看著女兒笑的很開心，他也開心極了。

然後，又舉起了樽子來，喝了一小口水，就像在喝酒。

這是一個慢鏡頭，一段快生活裡的慢鏡頭。這個鏡頭離開現在也有十幾個年頭了吧，但我還是常常的想起：

——下午的陽光裡，微風下，花圃邊；一對父女在分吃著一個飯盒、一隻雞腿、一盒菊花茶；那父親，笑咪咪的看著小女兒吃飯；而他自己，只是不時的喝一口水，就像品酒一樣。

平靜裡，好不溫馨、動人和令人難忘。

（五）

我心裡，是帶著這個難忘的畫面回家的。

孩子們等急了，他們也像小女孩一樣，歡呼雀躍撲上來迎接我回家。他們說：「爸爸，肚子好餓啊。」於是，我們一人一個飯盒，也是馬上就打開來開餐了。

邊吃著，我邊給孩子們講了剛才買飯盒時，見到了那個小女孩父女的事。這不是故事，只是一件事，但他們也聽的津津有味。因為，他們在吃著同一家快餐店裡的飯盒，聽著剛剛發生的事情。而且，那個小女孩和她爸爸，現在也在我們樓下的小花圃裡吃飯呢。

孩子們聽到興起，還不時的跑去房間裡，推開向著小花園的窗門，在那裡，可以看到樓下那個小花園。

「咿，還真的可以看到他們呢。」孩子們驚喜的說。

是的，可以看到他們，只不過，那身影很小很小而已。

我給孩子們說，雖然我們不知道這家人的故事：

比如，他們住的很遠嗎？他們的媽媽在哪裡？小女孩為什麼跟在爸爸身邊？等一下吃完了飯，爸爸還要開工嗎？小女孩，又會被安頓在哪裡……？

這些都很難估計，但是有一點是可以肯定的，就是那個爸爸，他一定是要等到女兒吃飽了，才會吃那些剩下的飯。而且，他會吃得很快很快，和很乾淨。因為他也餓了，而且還要趕時間。

至於那個雞腿和那盒菊花茶，就一定是讓女兒吃掉和飲用的，那爸爸，他只會吃剩下的飯，和喝樽裡的水。

我這樣告訴了孩子們。孩子們卻問我：「為什麼一定會這樣呢？」

我說：「因為我們，就是這樣做的，我和你們媽媽，平時對你們的照顧和關愛，也是這樣的。許多父母，在同樣的情況下，對孩子都會這樣做——把好的讓給孩子。所以，這不難猜到。」

其實，當時我們的孩子雖然長大了，但也不過是小學生而已。我們之間又何曾不是這樣？將心比心的說，這只是父母愛子女的一種本能和常態罷了。

是的，花園裡父女的這一幕，對我來說倒是很熟悉、自然和舒心，因為我們都是同道人。

一個尋常飯盒，對許多人來說都是微不足道的，但在這樣一對父女的眼中，卻是那麼重要，它重要到足以讓女兒由衷的喊出了「爸爸好嘢」的歡呼。於是，這是不是說明了這個飯盒，在他們的心目中的份量很不簡單呢？

如果是，那麼，這裡面就必定會有更加糾結和悲情的故事：

——是爸爸長期失業無工開的窘迫環境嗎？是母親傷病中無法照看女兒嗎？是生活裡拮据籌維，要節儉過日子、連飯盒也不常買的背景嗎？還是有更意外的辛酸委屈、沉重負擔、難言苦衷？……

我讓孩子們不妨發揮一下想像力，想它一想。並且告訴他們，作為父母的，不論在生活裡有多少困難和難言之隱，但最後，如果能得到兒女這樣的一聲「爸爸好嘢」，就是一種很大的寬慰，這也是一種福氣來的。

不是嗎？這不但是一句贊賞、一句鼓勵、一種敬仰，它還是熱愛爸爸、對爸爸辛苦的一個理解。作為父母的，有時候，是完全可以為了兒女們這樣簡單的一句話，就去做的更多和更好的。所以，別小看了這一句「爸爸好嘢」，它表現出來的意義，就是光明、希望和能量。有了它，而且出自兒女的口，父母們在生活中的許多辛酸、委屈和痛苦，就不算得什麼了。

於是啊，像這個小小的女兒，她才四歲，就已經是她爸爸的福氣天使了。

（六）

趁著吃飯，我把這些道理全都給孩子們講出來了，並且，還盡量客觀的代入了實情實景，讓他們有興趣去作一些分析。趁孩子們現在還依靠我們、信賴我們、崇拜我們，那麼，這樣及時的來教育和引導孩子，就幾乎是一種「爭分奪秒」和「浪費不得」。等到將來他們上了中學，要再來這樣的一些貼心教育和引導，就不容易了。所以，這頓來自快餐店的簡單的飯，我們吃的很有意義，邊吃著邊討論，還對小女孩的家庭作了一些假設和理解。

雖然，看起來有些多此一舉，又有些無事生非，但我還是很願意把小女孩的「爸爸好嘢」，當作是一個正能量的呼喚，並且將之貫注給孩子，讓他們日後也都知道感恩，和永遠的相親相愛。

以後怎麼樣還不知道，但眼下，孩子們吃著、講著，然後又跑去窗口張望。看來，那個小女孩與爸爸的事，已經打動了他們，並且在他們心裡留下了深刻的印象，這也是我所期望的結果。

不多久，孩子們告訴我，樓下花圃邊，那個小女孩和她的爸爸不見了。

是的，聽了以後，我特地的下去看了看，附近都沒有再看到他們的身影，而他們坐過的地方，卻收拾的乾乾淨淨，一點點雜物、紙屑和殘跡也沒有，就像沒有人坐過。那爸爸看去是平凡粗俗的打工仔，但顯然，他有著良好的修養和行為。表現了一種陽光、正氣和為人父親的美好榜樣。

回來以後，我就這樣的告訴了孩子，讓他們以後也要時時處處的，不必在意身份，卻一定要有公德心，要有良好的風尚、行為和責任。因為人在做，天在看啊，就像方才，他們從高高的窗口往下，去看那對父女倆一樣。

這件事，就這麼樣過去了，以後，我雖然很留意，但再也沒有在附近遇見過這對父女。不過，他們買飯、吃飯和手牽手走過的情景，卻一直在我的心裡翻騰和重現。

我常常想到的是：站在那位努力工作、辛苦謀生的打工漢子的立場來說，在艱苦生活、勞碌奔波的日子裡，有個這樣乖巧的女兒多好啊，她應該是他工作的動力、歡樂的源泉、和美好的希望。她就是他心目中的小天使。

現在的社會有些反常，許多年青人礙於環境、條件和背景的變化，再也不敢、不願和不想承擔一些與自己有關的家庭責任了，尤其是結婚、生孩子、當父母、培育後代等一類尋常事……許多人，由父母供養著長大成人，讀書就業，踏上社會，開展人生。但是，他們卻偏偏是畏懼起養兒育女的責任來。畢竟，那是一條頗為漫長的路，而且還因為時代的變遷，環境的惡化，前景的不明，這條路也將是變的更為艱辛難行了。於是，漸漸的，生活裡就再也沒有了兒女成群和兄弟姐妹的說法。

想起來，這也是很可怕的。不知道這要算是社會的責任呢，還是人們自己的責任？不知道這是社會發展的進步表現呢，還是人類生存的退化現象？看來，這些話題很難一下子就說得明白，這裡只是連帶想到，便有感而發罷了。

不過，我倒是覺得人生裡，對生活的享受，首先是要付出的。

雖然世界上，每個人的命運不同，許多事情的結果也不公。但是，只要先付出了，就總能夠享有一點心安理得。而心安理得，又確實是一種很好的享受。而且是，只要想得通，願意做，「心安理得」便是人人都能夠享受到的。

像那個在快餐店裡，擠得滿頭大汗為女兒買飯盒的漢子，他就是。那漢子，他也許一無所有，為女兒做的也並不多，但他已經盡力。所以，看到了女兒的期盼和笑臉，聽到了女兒的歡呼：「爸爸好嘢」，這一刻，他的一切辛勞就值了。難怪他笑得那麼燦爛，那麼滿足，又那麼寬慰；難怪他的眼光，全都聚集在女兒身上不舍得離開。

因為，那就是一種享受。於是，在露天下、在花圃邊的那頓快餐飯盒啊，雖然倉促，雖然簡單，雖然平凡，卻不比人家酒樓裡的山珍海味和大魚大肉遜色分毫。

（七）

事情過去很久了，當年的這些孩子現在都已經長大，不知道他們還記不記得這件事，但至少，我是記下來了。所以說，回味孩童事，回味過去事，也是一種福氣。生活中，有時候對往事有得回味，能夠回味，值得回味，就是一種福氣來的。

像這個小女孩的家庭吧，不論現在怎麼樣了，在當年，父親，就是女兒眼中的英雄、大山和偶像。父親在外面打人的工，做辛苦活，少不得會腰酸背痛，少不得要看人臉色，受氣受累更是家常便飯。但是，這些辛苦和委屈，咬咬牙根就挺過去了。只要能回到家，只要見到了兒女，他就又有回了自尊和生氣。

這是為什麼呢，是兒女們給了他責任和希望。我自己就是這樣做的，所以，也就有了這樣的體會。

怪不得了，怪不得當時見到了那一幕，我會禁不住的就把「爸爸好嘢」作了這樣的解讀和贊美，並引導給孩子們。那句話，讓貧窮的父親，讓勞碌的父親，讓辛苦疲憊的父親，讓在外面滿懷屈辱的父親——一句話，讓這樣在社會低層裡打拼的打工仔有了自尊！不論別人怎麼看、怎麼想，在兒女眼中，在家人眼中，他就是英雄！

所以，「爸爸好嘢！」

生活裡，各人有各人的條件和背景，大家的際遇也多有不同，個人的力量是很渺小的，尤其是外面的世界，不論它是多麼的美好或者黑暗，最值得我們信賴和眷戀的，還是自己的家。在家人裡面，最可愛的就有兒女。

他們小小年紀，需要我們。這種需要，不是人人都能享有的。當他們視我們為靠山的時候，這種需要，就是我們的一種責任和享受。想到他們將延續我們的生命，然後代代相傳下去，這是多麼美妙的事情啊。所以，一直以來，我就是這樣來看待兒女，和調整自己的整個生活的。

那麼，我們有什麼理由不接受他們，不擁有他們，不愛護他們和享受他們呢？很多的辛苦，因他們而來；但很多的快樂，也是他們給的。像這「爸爸好嘢」一樣，我就很樂意享受這樣的福氣。

那位爸爸，也許是窮爸爸、苦爸爸，但有個乖巧可愛的女兒，他的生活就很有意義了。他也由此，得到了很多快樂。他的福氣，就在於小小的女兒會整天的期盼他、依靠他，然後是親近他、嬌嗲他和信賴他。當女兒需要他的時候，這需要就變成了一種動力，使他堅強和勇敢；使他堅持和奮力；使他義無反顧、一往向前、不覺辛苦。

不是嗎？就是一些有錢人，他們富可敵國；就是一些名人、明星，他們風頭甚勁；就是一些大人物們，他們甚至是坐擁天下、呼風喚雨，但卻也不一定能夠有機會擁有這樣一個簡單的飯盒，這樣一個懂事的、乖巧的女兒，和這樣一聲發自內心的呼喊：——那就是「爸爸好嘢！」

原來，窮人也有窮開心，窮人也有兒女樂，窮人也有滋潤心田的念想和期盼。而這些啊，有時候，它只不過是簡單至一個飯盒、一隻雞腿、二十塊錢而已，只不過是簡單至「爸爸好嘢」這樣一句話罷了。

像這位買飯盒給女兒的打工漢子，他就是。

所以，我們在這裡祝福他！祝福所有的窮爸爸和打工父母！祝福許多能理解父母、愛戴父母、和感恩父母的子女們！

也祝福我們自己！

——「爸爸好嘢！」

——天下的爸爸，好嘢！

第六篇：地鐵小品

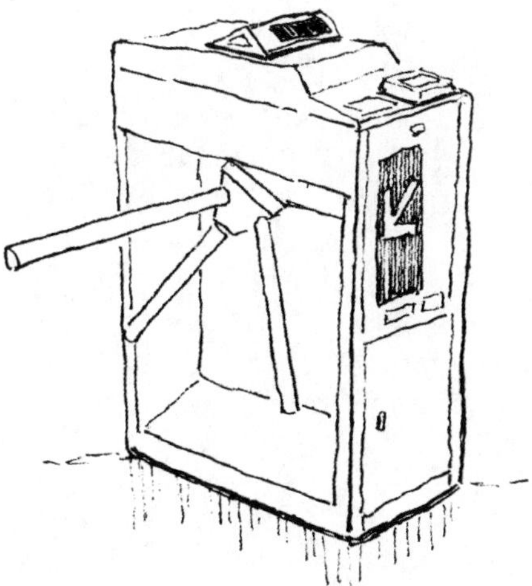

第六篇：地鐵小品

國語

這是十幾年前的事了，那時候，孩子們還在上小學。香港正遭沙士病毒肆虐後不久，為了振興經濟，激活民生，政府對內地居民開放了個人的自由行，旅遊業從此就帶動了許多行業，市面上又開始興旺了起來。

我們中、上環一帶，街上更是人流熙攘、摩肩接踵，許多大小商場、金行、藥店及海味蔘茸鋪頭等等的內內外外，放眼都是些拉膠箱、拖皮篋，興沖沖來旅遊和購物的內地旅客。

這些內地遊客的購買能力很強，他們的足跡，也遍佈了港九各地的大街小巷、商廈食肆和旅遊景點。我們的孩子，即使是從未回過內地，便也是這樣的，就初次接觸了許多操著各種方言的內地同胞，對他們的一些行為和言語，也都有了諸多新鮮和好奇的見識。

尤其是講話方面。

由於遊客多是來自五湖四海，他們的講話，便有許多是各地的方言。方言對於不曉得的人來說，從來就是很難聽得懂的語言。因為聽不懂，所以它們的最大特點，就是發音聽起來很快、很亂、很跳躍。越是聽不懂的方言，聽起來就越像是雨打芭蕉葉一樣，嗶哩啪啦的響個不停。有時候聽得多了，甚至還會有震耳欲聾、頭昏腦脹的感覺。

我們的孩子，都是在香港出生和長大的，從來都沒有去過境外的地方，所以他們聽到和學會的語言，除了本地的粵語和英語之外，還有的就是一點點的「國語」了。而各地的方言，於他們來說，就是很新鮮和奇怪的物事。

說到了國語，那就是人們常稱為普通話的漢語了，也即是中國話、北京話。

雖然我們給孩子們是這樣解釋的，說「國語」、「國語」，那就是「國家的語言」，或者「祖國的語言」。但我們家的「國語」卻是來自星嘉坡。孩子們的爺爺、嫲嫲，還有我這個當爸爸的，我們都是在星嘉坡出生，也即是講那裡口音的國語。

在星嘉坡，雖然生活著許多的華人、馬來人和印度人，講著許多種不同的語言和方言，但那時候主要的官方語言，卻只有英文和我們的國語而已，他們也將之叫做「華語」。而當年，我們就是帶著這樣一腔星嘉坡「國語」回到大陸、然後又出來香港的。於是，說起來，這也算是我們的一點點「家史」了。

反正是在我們家，孩子們自小時候起，就被影響到至少能夠聽懂和說懂一點點的國語，也即是星嘉坡的華語。

好在來香港自由行的人，有許多都會使用國語。

只不過是有一些人，他們的國語裡面常常要夾雜著自己的方言罷了。而那些「走了樣」的國語，讓孩子們聽起來，就有些吃力、難懂和困擾不清了。

我們的孩子，平時在街上常會碰到一些問路、問事的人，他們問到急了的時候，就連方言也「蹦」出來了，還比手畫腳的，越講越快。孩子們就算是勉強的聽懂了、猜到了，但在互動方面，卻又很難如願的向他們表達出來。

於是，每當幫不了他們的時候，孩子們就只有乾瞪眼著急了。因為他們從小到大，就一直是被教育著要助人為樂的。

所以，每遇到了這樣的事，孩子們就免不了會感到了一些困惑和不安。

對峙

有個休息天，風和日麗，陽光普照。我們帶著孩子，一家人去金鐘的動植物公園裡遊玩。在金鐘地下鐵車站的大堂裡，一處出入口閘機的外面，孩子們的媽媽去買些東西，我和孩子們便在一旁等著她。這時的地鐵站裡有許多人，他們來來去去的，好一派熱鬧又擁擠的景象。

有幾個內地遊客，拖著皮篋由列車裡出來，正出閘去。她們互相之間興高采烈、嘰嘰喳喳的，就是講著自己的方言。她們之中的有一些人，已經說說笑笑的出閘去了，但後面還有一個稍胖些的婦人，她剛興沖沖地將一張地鐵車票插入了閘機口裡，就被「咈」的一聲吸進去了，等了一會還是沒有吐出來。這時候，她急忙向外面正在離去的幾個同伴揮手求援。

但是，她「喂喂」了幾聲，她們都沒有聽到，而且是漸行漸遠。她便急忙的伸手去拍打那出閘機，但怎麼也拿不回車票來。於是，她大驚失色的呱呱叫了起來：「哎呀呀，它怎麼就把我的車票也吞掉了，它怎麼不吐出來啊？」然後，就守在閘機口的旁邊，不走了。

她說的正是方言，一種有點奇怪音調、但很卷舌頭、而我們又聽不明白的方言。上面的那些說話，大半是從她的遭遇和行為上猜估出來的。

這時候，另一位已經出了閘，但走在後面的同伴回頭見狀了，便趕忙退了回去，在閘口外催促著她說：「怎麼啦你？你還在等什麼啊？快出來啊。」

她說的是國語，但也很急很快，而且國語裡還夾雜著許多方言，只是聽去，比閘內的那位好懂些了。

不過，她說了以後，見閘內的那位仍是無動於衷，神情古怪、不為所動，就不禁加大了語氣，又說道：「她們都出來啦，走遠了，你還不快走？」

「我等那車票哪，它怎麼還不吐出來啊？」閘裡面的婦人也急了，她一面說著，又一面拍打起閘口機來。

這婦人的國語很不靈光，說話裡面的方言似乎是更多了些，所以有一大半的說話，我們又是要「靠估」才聽得出來。

「不要了，不要了，快走吧，她們都走不見了。」閘口外那年青女子見狀，就更加急切的向她催促起來。

「那票都不要啦？」裡面那位問道。

「不要了！」閘外的女子很堅決地說道，並且招手叫她趕快出來。

「哎呀呀，你比他爹還闊氣啊，這怎麼就可以不要了呢？」閘內的婦人一聽，就越發的不肯出來了。

「唉，怎麼跟你說明白呢？」閘外的女子跺了一下腳，又很無奈的嘆了口氣。她轉過了身子，看了看方才那班人走去的方向，又回過身來，盡量壓住火氣，對著閘內的婦人低聲說道：「那票是地鐵的，你用過了他就收回去了，又關他爹什麼事呢？」

「這怎麼可能？那票明明是我掏錢買的啊，我剛才還問你找零錢呢，怎麼就成了他們的呢？」閘內的婦人仍是不甘心的堅持著說。然後，她又拼命的拍打起閘口機來。旁邊經過的人，都奇怪的看著她們，不知道怎麼回事。

而這倆個女人，就這樣的一個在閘口內，一個在閘口外，用著自己的方言，加上不多的國語，飛快又焦急的對峙著。

著急

「哎呀，我的媽呀！要怎麼才跟你說得清楚呢？他們就快走到太古廣場那邊去了。」閘外的女子幾乎是求救的哀號。那句「我的媽」，不知道是指「老天爺」，還是真的在叫媽媽——眼前這位。

然後，見到閘內的那位，還一直是磨磨蹭蹭的不出來，她便開始火上眉頭。不過，雖然是氣急敗壞，但還是壓低著聲音，盡量耐心的用方言說道：「你買的只是票價，那票還是地鐵公司的。你從九龍搭了一程車過來香港，用完了那程票價，他地鐵就把票收回去了，這還不明白嗎？」

最後那句話，她似乎是拉長了聲音，從牙縫裡面擠出來的。而且說這段話的時候，她是七情上面、咬牙切齒，全程裡伴以豐富的動作、手勢和表情，讓我總算能夠從旁邊「聽懂」了個大概，這簡直是生動又趣怪的即興表演了。

誰知，閘內的婦人仍是不屈不撓。

她聽罷，便用更大的聲音，而且還是一幅理直氣壯的樣子，指著不斷從身邊過閘的人，悻悻然的反駁道：「那別人的票，幹嘛就不用收回去了？你看，你看，你看，他們一個個的，都把票拿回來了。」

「唉呀呀，我的媽哪，你還有完沒完啊。」閘外的女子又是一聲哀號。然後，很無奈又有些恨恨地說道：「人家買的是儲值票，那叫八達通。那是要先給很多錢的，然後再讓它慢慢的扣掉。你買的僅是搭一次過的，那叫單程票，這票搭一次就收一次……你到底是出不出來啊？」

最後那句話，她忍不住了，幾乎是吼了出來。

「啊，哪……我出不來了。」這次，是閘口內的婦人吼出來的。

她到底是聽明白了，不過，卻遲了，出不了閘口。

「哎呀，真是給你氣死了。你乾脆就別出來，回去算了。」外面的女人又跺跺腳，賭氣的說。

原來，閘內的婦人只顧著理論車票的事，別人可沒閒著，那出閘口機，早就被別人碰過，亂套了，她當然是出不來。

這下子，閘口就真的是熱鬧了，那些過過往往的人們，都不解的看著她們，一臉奇怪和不解。

這個過程，因為我們就站在旁邊，所以看了個一清二楚，只是聽得不怎麼明白罷了。因為她們的方言，都帶有挺濃厚的鄉音，舌頭又卷得很厲害，還講得飛快，抄豆子般的滴滴答答響，連我都聽的有些吃力了，更別說孩子們。

但孩子們連聽帶看，卻都傻呼呼的感到有趣極了，眼睛是眨都不眨一下。於是，我就要在旁邊，悄悄聲地為孩子們作一些即時的「翻譯」。

雖然兩個女人在閘口內外的對話很好笑，但我們都沒有笑。

一則是不禮貌；

二則，是為她們著急呢。

而最主要的，是我們幫不到她們。

因為，既然我們聽不懂她們的說話，那她們也是聽不懂我們的說話了。如果我們冒冒然的去插嘴、去解釋、去引導，那只能是雞同鴨講，添亂而已。

最後，還是孩子跑去了另一頭，告訴了一個地鐵職員，讓她過來把閘內那個婦人帶了出來。

成長

當這兩個女人從我們身邊匆匆地走過時，都是氣喘呼呼和黑虎著臉的。她們一邊走，一邊沒停口的嘟嚕著，碎碎念。那些互相埋怨的說話，講的就都是方言，所以我們一句也沒有聽懂。

我們剛好與她們一起上的扶手電梯，但到了路面，她們那幾個先行出閘的同伴，早已經不見了蹤影。於是，她們又急得在地鐵站的門口，呱呱聲地亂叫起來。這時候她們的說話，連急帶亂，就已經完全是自己的純方言了。在我們聽來，這些話不啻是「域外之音」，是外星人的語言。

那時候，手提電話還不像現在這麼的普及和方便，而她們又盡是講著令人摸不著頭腦的方言，於是，我們陪她們在那裡站了一會兒，看看實在是欲助無門，幫不了什麼，就只有抱歉的離開了去，心裡卻仍是有些不安和無奈。畢竟，要與她們作些深入些的對話和溝通，對我們來說可真是有心無力、頗有難度啊。

不過，經過了這件事，我們的孩子就切實的知道了：中國地大物博、方言豐富，難怪必須要用「國語」（即是普通話）來作為統一的語言了。

但是，即使是用了國語來統一交流，也還是會有許多不同的鄉音「從中」作梗，像今天的所見，就是。如果大家不學好正宗一點的國語，那麼在溝通方面就仍是會有難度，只有大家都學好了標準國語，才可以有機會幫到別人，和接受別人的幫助。這麼說，學好國語便是雙方的事情了。

借此，我們就告訴了孩子，生活中，學會多一種語言就多了一種便利，趁現在還小，他們若能學會、學好多一些國語，那麼對自己日後的學習、工作和生活，會是很好的事呢。因為中國實在是太大了，中國人實在是太多了，中國在世界的影響，也在與日俱增之中。以後，他們不論在哪裡，都有可能會遇見到形形色色的華人和許多的中國因素……那麼，國語將會是大有用武之地的語言哪。剛好，香港那時候的學校也開始了國語教育，孩子們便表示了今後，會更加的重視國語學習。

還有的就是，從這次兩位女子的對話中，可以看出了兩地生活的差異，和兩代人生活的差異——她們就算不是母女倆，也是兩代人的關係了。而這種差異，有時候還是挺有趣的。

不是嗎？她們的對話，是既直接，又實在，還很自然。雖然好笑，但是這種現象在生活中，卻又是很正常的。只要留心，便隨處可見。問題是，人們要怎樣從某種經歷中看到差距，學會比較，謀求改變和適應呢，這就是一種認識、吸收和進步的提升了。

比如說今天吧，相信閘口內的那位婦人，下次就會使用不同的香港地鐵車票，甚至還會幫助別人、教導別人。而閘口外的那位年輕女子，她雖然有些脾氣，但那種解說又是很簡潔、清晰和有效。所以，她的耐心和表述，又令人印象深刻和很有好感。相信假如讓我們來講解，就未必有她說的那麼簡單明瞭，清晰易懂。

況且，我們還不懂她們的話（方言）呢。

好了，這不算是一個故事，它只是偶然遇上的又一場小小的「街頭戲」、身邊戲或是即興戲罷了。生活，就是由許多這樣不同的一幕幕組成的。

但是，這個場景卻不意的，給我們留下了一個有趣的回味，也給我們多了一個引導孩子學習，又讓他們進步的機會。這也說明了教育孩子、影響孩子、和鼓勵孩子，是可以隨時隨地、不分巨細的善用一切機會的。

出閘，這次的機會，只是地下鐵車站裡一次出閘鏡頭的表演。雖然是普通、平凡又很常見，但是孩子們，他們就將會是這樣的在父母身邊，在旁人身上，在日常生活的見識裡，不知不覺的又成長了。

這個成長，這次就表現在一次偶遇的、有趣的、小小的回味裡。而他們將走出的，是人生的一道道閘口呢。

希望他們以後，都有些自己的回味。

第七篇：潛臺詞

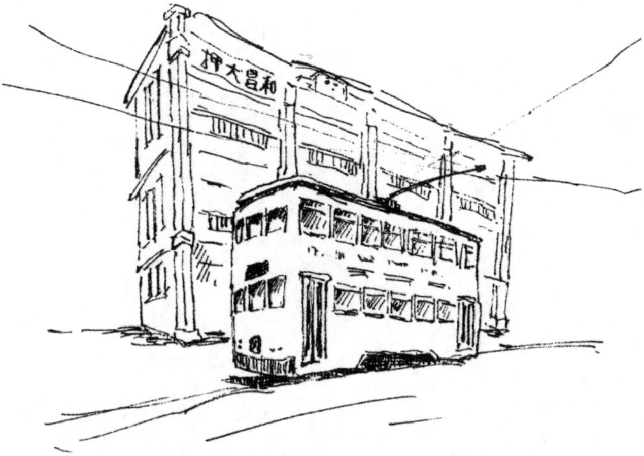

第七篇：潛臺詞

標語

孩子長大了，自他們識字和會看書以來，尤其是上了高小，對文學就漸漸的有了興趣。上街的時候，他們也開始喜歡了東看西看的，觀察起身邊的一些人情物事來。

近期，孩子們關心的重點，是街上的一些招牌、海報和商業廣告的用語等等。碰上了比較奇特、不解或者新鮮的，他們還會抄下來，向我們動問。或者是加以惴測、琢磨，再拿回家裡來討論一番、調笑一番、甚至揶揄一番。

這是一種很好的現象來的，我們的許多知識和學問，就先是從好奇開始，從發現開始，從身邊的所見所思開始。而作為家長的，我們自然是很樂意有多一些這樣的機會，與孩子們互動，貼近他們的心思，及時的教育和引導他們了。能這樣與孩子分享一些認識，其實就是一種樂趣來的。而孩子們就是這樣，在不知不覺中，在許多機會中，有了新的認知和愉快成長。

最近，引起孩子們興趣的，是一家銀行的商業標語。後來，在與孩子們學習和討論的時候，我們就把它們叫做了「標語文體」。

說到了標語，大家都會有些印象，那便是近乎於「口號」的一種文字表現形式。它讓人們在看到或者讀到的時候，就像心裡也在喊著口號，或者吟念詩詞一樣，既是簡潔、鮮明，又是強烈易記，它們有時候甚至還是很震撼人心的。許多時候，標語的表現，尤其在主題、重點和效用方面，完全勝過了文章的長篇大論。而這種隨時隨地在大庭廣眾的當眼之處傳達意思的方式，就幾乎是中國近代社會裡特有的一種文化表現模式和民族特色。

其實，別的民族和國家也有標語，但他們沒有像現代中國流行的那麼普及和經常，那麼的讓人們習慣、需要和自然。所以，如果有興趣的人，當可以弄出一種「標語文化」來研究。

這裡，只是一篇有關標語的文章而已，而說的中國社會，主要是指現代中國罷了。因為在古代，由歷史資料所見，那標語也是不多的，甚至是沒有。不是嗎，請看「清明上河圖」裡，就只有幡旗、招牌及門聯等，不見標語。

不過，在國內生活過的人就知道，解放後的歷次政治運動裡，那些抗美援朝、三反五反、三面紅旗、上山下鄉，以及計劃生育和當兵光榮等等，尤其是文化大革命中，標語口號就是鋪天蓋地、無處不有了。人們都生活在各種各樣標語口號的海洋裡，據說那就是一種思想認識和激勵人生的文化修養及改造。

因為標語口號的普遍現象，已經是當時的一種生活形式了，沒有人能夠避免，所以，那時的人們也都習慣了，不覺得有什麼奇怪。有許多豐富和奇特的標語內容，還是充滿了時代特徵和氣息的，所以現在看去，就會令人覺得有些不可思議。

不過，這些個奇特之處，可以在另外一些專論的文章裡說到，這裡就略過不談。只是現在，在香港的街頭，那些到處都散發著濃濃商業味道的海報裡，也浮現了它們的「身影」時，就不免的讓人有些意外了：——尤其是我們這些從內地出來，又有著比較眼光的過來人。

想不到，孩子們的好奇、孩子們的發現，孩子們的詢問，又使我們有了舊的回味和新的理會。

興趣

孩子們告訴我們的，是街上一些銀行新出現的標語。

最近，這些標語經常的出現在一些街頭的宣傳海報上。它們設計精美，一脈相承，都表現出了一種沾沾自喜、志在必得的驕人氣勢。當然，是健康和陽光正氣的，屬於心靈雞湯一類。

這些標語廣告，看去都熱情洋溢，感情澎湃，製作陽光，很有誘惑力和煽動性。一些短的，甚至還貼在巴士、電車上，隨著人們的足跡和眼光，流動著到處跑。問了孩子們標語上說的是什麼，他們抄下來了。原來，是一些類似口號的宣傳品。

短小精煉的那些標語，這樣寫道：

「您鬥志昂揚，我們全力以赴！」

「您勝券在握，我們密切配合。」

「您鎖定目標，我們協力啟航。」

「您信賴無間，我們盡心無誤。」

「您追求進步，我們並肩邁進。」等等。

還有更短的，比如：「您的熱誠，我們的動力」和「出類拔萃，以您為先」……它們全都是以「你我」之間對話的形式或語氣，表現出一種既親切、又自己的情懷。

至於那些長一點的標語，一口氣就唸不完了。它們是這樣寫的：

「您想像孩子般無憂的跑向未來，我們全程與您同步。」

「假如您相信因人唯才有助發揮潛能，我會令您天天向上，成就理想。」

「假如您相信業務發展有賴明快管理，我會令您盡得先機，開拓成就。」

還有「假如您相信凝聚力有助達成理想，我會令您凝聚力量，成就所想。」等等等等。

不知道撰寫這些標語的人，是將它們當成了格言、諺語、頌歌，還是激勵人心、苦口婆心的説話？反正，看在孩子們眼裡，它們就是一些熱情又浪漫的口號，或者將它們視之為豪言壯語、偉大情操、動人詩篇也無妨。

為此，孩子們將之抄了部分下來，問我們應該怎麼看待，又如何去欣賞、學習和引用它們？應該説是「怎樣分享」吧，這是我看到了標語後突然就想到的。

首先，發出這些廣告海報的銀行，是一家在香港歷史悠久、資格深厚、備受人們信賴的老牌銀行。它做的和説的，雖然都是些有關中小企業生意貸款、樓宇按揭、債務重組和各種生活理財服務的招攬，但那些標語的內容和用語，卻聰明的摒除了商業外衣，盡量迴避了銅臭氣味，使用了「文化青年」式的文法，展現出了一種積極人生、蓬勃向上的清新格調和文化因素。

於是，這樣就清高和文雅了起來，含糊了它的商品性質，讓人感受到了一股生活裡的清新活力、朝氣和蓬勃動力。難怪孩子們也被吸引住了，他們都是小文青，正在吸收新鮮有趣的文字信息呢。

其實，這樣的宣傳手法雖然有點取巧，但也無可厚非，畢竟它巧妙的藏頭露尾、改頭換面，用健康向上、積極人生的華麗詞藻，包裝了一些並不討好的商事業務，也真是用心良苦呢。

不過，這種以文化外衣來爭取人們好感的做法，在現在的一些傳銷市場裡卻是屢見不鮮。説到底，它們只是一種用高尚、文雅的姿態來「引君入甕」罷了。爭取的，是有關客戶；進行的，是生意項目，而不是真正文化上的演繹。

孩子們，這些小文青，剛好從旁看到了，然後，就把它們當成是豪言壯語和純真文化來學習和享受。他們覺得這些標語口號，唸起來鮮明俊朗，動人心弦，令人有種耳目一新、翼翼欲試的感覺，難怪會一時間裡，就喜歡和欣賞起它們來。

是的，孩子們總是追求美好，期盼美好和相信美好的。不過，這些眼見的陽光標語，它們所表現出來的內容，和背後所包含著的意義，就真的是那麼的美好和可信嗎？如果從另外的角度來解讀一下，又會有什麼樣的效果呢？

它們畢竟是為商業服務的，不是給學生學習。這樣想想，對這些標語，我也就不由的感興趣起來。

課程

生活中，文化總是最美好的事物之一，尤其是優秀的語言文化。美好語言的出現，又總是隨時隨地影響著人們的心情和願望的。像古今中外許多優美的詩詞、諺語、格言和頌歌等等，就都是讓人舒心悅目，心情蕩漾，陶醉其中，又念念不忘。

看眼前這些銀行的廣告用語，不就很美麗堂皇，也慷慨激昂的嗎？撰寫者想必是花費了好一番心思，才琢磨出如此煽情的詞藻，用來吸引人和打動人。但是，這只是表面上看到的而已，其實它們是用來「兜生意」的。如果深入一層從另外的角度來理解它們的話，也許又會體味出另一番「內容」來，那種感覺出來的內容，在文學的標準上，應該就叫做「潛臺詞」了。

潛臺詞，是一種隱藏在意識深處的詞語。它不在表面的意思上，而是一種含蓄的、另有深意的，或者是不好意思直接說出來的話。因為是隱潛在「舞臺」後面的，不在臺面上直接、公開地講出來，所以就叫做「潛臺詞」。

其實，它們不必說出來，只要意會了即可，就類似默契、心照不宣、心知肚明等等，是靠人們用「心思」，去作另外解讀和領悟的一種智慧文化。它是一種在沉思、深思和反思裡，由聯想、遐想和假想等等引伸出去的文化功能。

當然，有時候還是很主觀的，所以它還有一個理解，就是「悟」。

比如說吧：上述那些個熱情洋溢的廣告標語，就都有個重要的前提：那便是你，必須是在陽光燦爛、順風順水的時候；又或者是在大力發展、急於求成的背景裡。而該標語的作用，便是度身定製，助你大刀闊斧、大展鴻圖，然後奮發圖強、努力向上，以期望爭取得到一個更好的結果，如此而已。

這一切，都只是希望罷了，並沒有保障。

這裡面，當然還有個大前題沒有說出來，不好意思說出來，那便是要你將錢交給他們，或者是向他們借錢，然後才能讓他們來助你發展，而他們也才會助你發展——這就是交易了。原來，這些慷慨激昂的華麗用語，就是一種「錦上添花」式的號召來的。它們是一種交易中的文化，是以文化包裝起來的交易而已。

是的，他們真正為的，只是自己業務的需要和發展罷了。而這個時候的你，他甚至要用「您」來稱呼，還處處顯示出了一種誠惶誠恐，百般奉承的態度，並且熱情的不得了。

現實生活中，一些保險業、推銷業、傳銷業，那些經紀們就最善於用這樣的方式及語言。而許多激情洋溢和鼓勵的說話，也只有當你有可能是客戶的時候才能聽到，才會發光發熱和精采絕倫。這些有所選擇的宣傳和招徠，這種鼓舞人心、陽光正氣的標語與海報，其實就與許多保險、傳銷業務裡，那些激動人心、天花亂墜的推銷手法是如出一轍的。

正因為這些標語口號太過於千篇一律了，它們總是那麼的耀眼奪目和信誓旦旦，又太過於強調著「你與我」的關係，強調了「您是被看得起的，我是在歇力助你」等等。於是，這種百般討好的言語，令人飄飄然的爭取，反而就給了人一些不真實感，好像是舞臺上七情上面、忘乎所以的朗誦或者唱戲表演一樣。

孩子們還小，正在學文化的求知階段，他們只會看到口號表面上的熱力，不會想到更多。於是，最受吸引的反而是他們。也難怪他們會將有些不倫不類，甚至是有些拗口的長短句子，當成了純文化來學習、欣賞和感動了。

其實，一些商業宣傳，用華麗的語言來包裝是正常的，那是對大人，他們有分辨能力，他們不會將之視為優美的文化。問題是孩子，當孩子像小魚小蝦那樣，遊上來搶吃那些大魚的魚餌時，我們就要引導他們了。我們無意真的去評價這些標語的商業作用，而只是要趁機教育孩子，如何在生活中，尤其是在這個錯綜複雜的商業社會裡，分辨和識別一些包裝，將一些華而不實、虛無飄渺、誘惑人心的外衣剝開去，盡可能的貼近真相罷了。

而其中，知道潛臺詞，學習潛臺詞，學會看懂潛臺詞，就是一個很重要的「課程」。現在正好，就拿孩子提供的這些新鮮熱辣的長短句，來開講。

污　染

給孩子們解釋了什麼是潛臺詞以後，我們就拿孩子抄來的一些「標語」開講了，先讓孩子體會一下那些美好標語的「潛臺」之詞是什麼意思。其實，把這當作是一場文字遊戲來玩玩，也是很有意思的。

從表面上看，那些廣告詞說的都是那麼陽光美好、動人心弦。但假如有一天，你的投資失利了，生意走了下坡路，或者生活遇到了困境，不再那麼的意氣風發、風光明媚和前程似錦了……

——那麼，對不起了，我們恕不奉陪！這可以是它的潛臺詞之一。

比如說：那句「您鬥志昂揚，我們全力以赴！」那麼，當你精疲力盡時呢？當你心灰意懶時呢？當你受到挫折、一愁莫展時呢？這些都是可能出現的情況……

——「那麼，我們作鳥獸散！」這也可以是它的潛臺詞之一。

又比如：「您一支獨秀，偉峨挺拔；我們奮不顧身，為您而戰。」那麼，你風雨飄搖，大廈將傾呢？你朽棟不雕、倒地不起呢？你力有未逮、變生倉猝呢？這些也是可能面臨的困境呀……

哈哈，「我們立馬回頭，逃之夭夭。」——它的潛臺詞也可以這樣吧？

又還有，「您勝券在握，我們密切配合。」但是，「你敗相稍露，我們棄之即刻。」——這也是呼之欲出的心理話啊。

「您想像孩子般無憂的奔向未來，我們全程與您共步。」但是，「你若像老人般哀聲嘆氣或者緬懷過去，恕我們決不跟隨！」——這也是大實話來的。

還有一些：「您的利潤，我們的信心。」——到時候就變成了「你稍有狐疑，我們去如黃鶴。」下一句，既然可以「先拔頭籌，唯您是瞻。」——那麼，當然也可以是「若放棄追求，我們即刻開溜。」

還有「您堅定前行，我們緊鑼密鼓。」——但如果「你偏離航道，我們就另覓高明。」

……

凡此種種，同出一轍，品出些潛在後面的味道了吧？那就是可以隨機應變的潛臺詞。

哎呀呀，這些豪言壯語和潛臺詞，原來都是堅決得很、煽情得很、迅速得很、又針鋒相對得很呢。因為，它們都是在商事性質的業務裡面周旋，試探、交手和博弈的。所以，竟然也是合情合理和可以理解。

只是孩子們不知道罷了。

所以說，潛臺詞的應用，是挺有趣的。許多時候，一些臺面上的漂亮說話，它只是說說而已，可別當真。想想它有可能的潛臺詞，那才需要警覺。

像以上的這些，就簡直是一種「您水漲，我船高」、「你水低，我走人」的模式。按照潮州民間俚語的說法，就是一種「扶興撐衰」（扶強除弱，趨炎附勢之意）的態度和行為。它們沒有給人一種「同甘苦、共患難」或者「講義氣，撐到底」的感覺。連表示、暗示一下也沒有，真是現實和絕情得很啊。

明明是一些鼓舞人心的說話，卻因為披在了商業的行為上，所以，它就不免令人產生了狐疑，這就是另類潛臺詞的由來。

而一些潛臺詞的明目張膽和針鋒相對，也令人對一些商事活動患得患失、心寒膽顫起來，甚至讓人感到了徬徨、無語和失望。

現在，在所謂的文明社會裡生活，已經愈來愈離不開商業活動了。所有的商業、商事、商人，都有一種商業性質的污染，它們常常對自己的商品華麗閃爍、誇大其詞、使有關的文化產生了虛假的副作用，而這又是避免不了的。於是，漸漸的，我們生活裡純文化的東西就越來越少了。至少，在街頭巷尾的商業廣告上，很難再看到。說不正常嗎，這又是正常的。

這就是我們要費點心思教育孩子，把商業宣傳與純真文化分開來看；把宣傳口語與實際結果對比來看；把美好願望與生活現狀聯繫來看。這樣，孩子的成長就能更加的健康和愉悅了。

希　望

孩子們正在長知識的時候，對什麼都好奇是好事來的。這次街頭上看到的商業廣告用語，就是他們一個學習文化和認識生活的機會。而我們，既然是遇上了，就剛好利用它們來教育和輔導孩子。

生活中，在從容的情況下，就要學會有危機感，把一些看似正面的東西或者形象，作另外的考量。如果能夠透析一些花巧不實、迷惑人心的外表，領會出個中的真像，那麼，在作出重大決策或者遇到選擇的事情上，就會警覺和慎重得多。因為現實生活中，表象和真相、甚至產生的實際的結果，總是會有很大距離，而許多變數也是不可不防的。

如此說來，學會和讀懂一些「潛臺詞」，是很重要的學問和行為，也很「文化」。它有時候，是生活裡的一點浪漫，也是對自身安危的一種防護，這是需要在文化知識和生活經驗的不斷積累裡學習、比較、吸收和享受的。

再說回一些廣告語吧，我們告訴孩子，中國是標語口號大國，生活中許多國人都適應和習慣了標語口號。在一些標語口號裡，甚至都不時的有數字參與其中，像文革裡的什麼「一打三反」，後來的「五講四美」，還有以前婦女的「三從四德」等等。它們用數字簡化起來，就讓人很好記了。這也說明了標語口號是生活的需要，是及時和常用的存在，但也是有針對性的，它們尤其需要簡單化、口語化、日常化和大眾化。

一直以來，在國內，像抓革命、促生產、階級鬥爭、計劃生育，還有社會治安等等，這些革命內容的標語口號就曾經大有用武之地。從文革到現在，標語口號的各種形式，似乎已經是家常便飯和深入民心了。

但在我們香港，標語口號卻是鮮活寡見的，眼前出現的這些，不過是商業海報裡的一種新形式而已，它還很新鮮，也不知道能不能長久。所以，對孩子們來說，它們都是新奇和特別的。

只不過，這種糾結於商業需要的文化表現，同樣有著鼓吹、煽動和誘導之嫌，是一種商業行為來的。我們如此為孩子作解說，不過是讓他們有些比較和認識罷了。

總的來說，孩子們用天真純淨的眼光和心思，去喜歡和理解一些華麗廣告，而且很容易就把它們浪漫化和理想化了，這是廣告商善用文化的成功之處。但實際上，一些廣告用語的不盡不實、不倫不類和明顯偏幫，孩子們是看不出來的，尤其是「潛臺詞」部分，那些背後的有所保留和暗示，甚至是很多人都不易察覺，或者是不去講究。

當年，中國文化受到了文革的大力衝擊，以至全國到處都出現了虛假文風。當那些誇大其詞、驚天動地又慷慨激昂的虛假文化橫行，和那些裝腔作勢、空洞無物的語言、文風大行其道時，整個社會就陷入了「語不驚人死不休」的狀態裡，其時最常見和最容易表現的形式，莫過於塗寫在牆上、地上和大字報上的標語與口號了。因為太多和經常，那時候甚至還令人哭笑不得的湧現出了一些街頭書法家，發明了各種不同的美術字和書法……

而今，文革離去多年，但有些誇大其詞和華而不實的風氣卻仍是陰魂不散，它們變身依附在一些傳銷市場和商品廣告裡，改頭換面，用新潮的語言表現出來，又迷惑了不少人，真是令人佩服不已，又莫可奈何。

所以啊，我們對孩子親身說事，耳提面命，教他們在商業社會裡要學會「過濾」、審視一些廣告用語和標語口號，解讀出其真實可信的部分來。如果能視它們都有「潛臺詞」，而且能夠準確的解讀出那些潛臺詞，那麼，找出它們，讀懂它們，看透它們，便也是一門學問，它已經超越文化享受的需要了。

是的，我們只想借此來提醒孩子，看待某些咬文嚼字、嘩眾取寵、精心策劃，七拼八湊出來的標語口號時，別太認真，也別太相信它們。尤其是那些華而不實、留有「後招」的。

實際上，許多商業的宣傳手法，只是燃放了一個短時間裡的火花而已。它們僅在收買瞬間的人心，而並非能夠長久和真正的兑現。其美好與浪漫的情懷和願景，常常就只是曇花一現，經不起時間與局勢變化的考驗。

當然啦，享受曇花一現也是有的，也是要的，也是好的，只要廣告用的好，讓人有美好的理解和享受，那已經是另一回事了。像我們香港，就有一個廣告和廣告用語做的很好：

——「不在乎天長地久，只在乎曾經擁有」。就這樣樸實無華的一句話，配上風雪夜景，相愛中的戀人，便牽動了多少人的心。但這樣出色的鐘錶廣告，可真是鳳毛麟角，難得一見，我就這樣特別的向孩子們推薦了它的。

是的，我們是過來人，有著諸多比較。現在感慨的，只是眼前的許多社會服務及人際關係，還有社會風情，包括宣傳海報，廣告用語，都沒有以前的人情味和真風尚了，也沒有那麼的真確可信。從醫療、教育、社區、再到銀行服務等等，還有食物、用品、承諾、信用，都是一樣的，虛假的、誇大的、不實的太多了。

那麼，還能輕易的相信那些「先拔頭籌，唯您是瞻」的商業宣傳嗎？

希望吧。

並且拭目以待。

第八篇：街頭書畫攤

第八篇：街頭書畫攤

上學之路

有段時間，每天步行著接送孩子們上學、放學，一路上經過的許多街景與人情物事，就都有著我們之間的不盡話題，這也是孩子們增廣見聞，認知生活和課外學習的另一個途徑。它勝在隨時、隨地，也隨興、隨意，而且不需要額外的時間。

一直以來，我們都很重視這種機會。不一定人人都有這樣的機會，不一定時時都有這樣的機會，所以，一旦有了的時候，我們就會很珍惜。哪怕是一次、半次、幾次，都好。於是，這上學與放學的路上，就有著我們不少愉快的回憶。幾年前，我還曾經為此寫過一本書，就叫做「上學路上」，書中寫的就是這些難得的親子互動。

多年過去了，孩子們已經上了大學，或者出來工作了。不時的，我們也會回味一下這些往事，挺好的。有些事，說起來還像是昨天，而且一些得益之處，現在也漸漸領會到了，享受到了。也許，這就是積微成著、日子有功的一種收獲吧。

那天，路過樓梯街，見到臺階上一個寫字攤時，便又讓我想起了曾經的一件往事來。那時候，也是一個寫字攤，或者叫做書畫攤吧，也是籬笆上掛滿了字畫，也是有人駐足、有人圍觀、有人悄悄拍照。不過，那時候圍觀的角色裡，就有著我們——孩子們與我。

我們上環這個街區，尤其是荷李活道一帶，街巷雖然窄小，樓宇雖然老舊，但內容卻是滿滿的，光是那些華洋文化交集的景象，時光隱約交錯的感覺，和遍地塗鴉生趣的奇觀，就讓人目不暇給、忍俊不禁。

許多在這裡信步的人，不知不覺的就會沉溺在奇特又新穎的錯覺裡。沿街那些個冷清或者熱鬧，精闢或者簡單，神祕抑或自然，新潮還是古舊，都無不蘊藏著誘人的色彩和內涵，既有可觀性，又有趣味性，還真是讓人堪堪回味。

像那些大小酒吧、健身房、髮型屋、精品藝廊和古玩店什麼的吧，還有星羅棋布點綴其間的小地攤，大牌檔、苦水涼茶、日雜貨店和書報攤、手工作坊等等，就都是別具一格、活色生香。多少年來，這些不同姿彩的新舊行當、大小生意，就在這裡引人矚目、相映成趣，使得遊人絡繹不絕、流連忘返。

孩子上中學時，他們的學校剛好就在這裡附近的中半山上。每天，上學與放學，孩子們總是要經過這一片街區，走上個二三十分鐘的路程。別人來到這裡，他們是遊人、是過客、是觀光者。這些人老遠的、許久一次的來到這裡，享受的便是那些古舊和新奇，是一種比較與回味，還有許多的感慨和情緣。所以，他們很輕易的就會沉浸在有意無意的尋求與獵趣裡。

我們的孩子，卻是本地居民，他們是學生、是常客，但這也正是他們增長知識的時候。所以，他們經過這裡，享受的，就是一些歷史傳聞與現實生活的交結，是古今中外不同民俗風情的展現，還有某些另類文化知識與生活常識的體會了。

孩子們都很喜歡這裡，他們常常的、自然的，就把這裡當作是另一個生活舞臺，可以看到很多不同的節目。因為那時候他們個子還小，書包沉重，斜坡路對他們來說是艱苦難行和苦不待言，自不然的，我們就要隨行接送。

於是，無意中，便成全了我們與孩子的互動和交流，也常常因為這裡的內容豐富、景象紛紜，使得日常的上學路上變得輕鬆、快活和有趣起來。

旁若無人

那天放學，帶著孩子從文武廟旁邊的街口經過時，有一個簡陋的流動寫字攤引起了孩子們的興趣。

我們常常經過這裡，但這個寫字攤卻不常見。擺攤的是一個老人家，他的攤位很簡單，只有一張小桌子而已。旁邊的一隻筐子裡，放著一些各種類型的毛筆和字帖、畫冊等等，一付行走江湖、四處闖蕩的模樣。

那些毛筆，一紮紮的裝在小紙袋裡，內中已經分有了大、中、小楷的不同類型。而且，從上面標注著的不貴的價錢來看，很大眾化，是賣給那些初學毛筆字的人使用的。而字帖，除了有線裝的顏真卿、柳宗元、王羲之等仿古藉字譜以外，還有一些碑文、拓本、治家格言、千家詩和唐宋詩詞及印章圖鑑等印刷本，甚至還有于右任及啟公等現代書法家的介紹書籍和字帖。

在他身後的鐵絲網籬笆上，則掛著幾幅墨汁淋淋的書法條幅，寫的是楷書、行書和隸書等詩詞，以及勸世文或者對聯、祝福語。顯然，這是一個在民間賣毛筆、字帖，也賣書法字畫的江湖藝人。

說他是藝人，那是指他的行為。因為在這裡，他寫字的過程多過了賣字。而且，他又剛好是身處在荷李活道這樣特別的地方，這裡就是一個很自由的天地。而他在這裡，也只是一個流動的小點綴罷了。

此時，他就像走江湖賣藝似的，不時的在小桌子上，筆走龍蛇的表演著一些書法。然後，又將寫好的一些字幅，轉身掛到身後的鐵絲網籬笆上，很是從容和瀟灑。

清風徐來，他身後晾著的字幅有如幡旗飄飄，那些獵獵拂動的情景，就像是一臺簡陋的布景。於是，孤獨、默然、冷清、隨意，加上他的身影不時輕輕晃動著，讓人看去便有些落寞、又有幾分淡然之氣。

孩子看到了，便站了下來。因為這時候，老者突然的就用毛筆沾著墨水，在一疊攤開的紙上畫起了畫來。他潑墨如雲，時急時緩，像玩太極的人似的，很是隨意和優美。

這裡是鬧市的小角落，就在樓梯街旁邊的臺階上。頭上，有些什麼樹的枝葉在輕輕搖曳，把日光的碎影變幻著散落在地面上，塗成一個個的圓點。而地上，也有些枯黃的落葉，在路人的腳步下嗦嗦發響。旁邊不遠處就是有名的嚤囉街，那裡有許多擺賣玉器雜物的小攤擋，還有展現著殘舊物品的地攤，它們花花綠綠，品相複雜，卻有些熱鬧，而且看熱鬧的多是外國人及遊客。於是，站在這裡，便是一靜一動，又一冷一熱兩番絕然不同的情景，令人看去有些趣怪的感覺。

見到老人畫畫了，就有幾個閒人走過來。他們倒背著手，探頭探腦，開始在寫字攤旁邊圍觀，但統統的面無表情，沒人出聲。不遠處，還有人朝這裡頻頻拍照。所以，這裡仍然是很靜、很靜，有種鬧市裡的冷寂。

老人家就在大家的注視下，不急不忙慢慢的醞釀著、琢磨著、書寫著。他挪動著那些紙和筆，然後，將一些認為還滿意的字幅，又轉身掛了上籬笆，再將一些隨意畫出來的水墨畫，堆放在一旁。就這樣，這街頭書畫老藝人，他不聲不響、我行我素、旁若無人的沉浸在自己的小世界裡，像在表演著個人的小默劇。

感慨往事

我和孩子駐足一旁看了一會兒，突然的，有個奇怪的感覺就湧上心頭：

沿路走過來的荷李活道，還是那麼的車水馬龍、人頭湧湧、熱鬧喧嘩、洋氣十足。但旁邊，這只相隔幾步遠的小角落，一派寂靜的天地裡，卻有著淡淡的儒墨之香。它雖然孤寂，卻是一支獨秀，別有天地。

我身邊的孩子，讀的是英文學校，挎在書包裡的是英文課本，滿腦子裡浮動的都是諸多的英文作業和課題，但這時候，他卻也是一聲不響的被一場街頭寫字攤毛筆舞動的書墨表演吸引住了。這可是中國傳統文化裡的書寫和畫啊，它古老、清簡，冷僻，與孩子現在的學業和生活是毫不相干。

看著老者手中的毛筆，韻律自然的遊動飛揚，在紙上龍飛鳳舞、筆走龍蛇，落下了一團團墨跡，這老頭是越看越有意思了，他那不受外界影響的身影此時就像是一尊緩緩活動的雕像。

孩子被沉重的書包（背囊）壓的有些彎了腰，但仍就那麼靜靜的站著、看著，他一聲不響，成了另一尊雕像。那麼的認真和入神，在想什麼呢？

莫非他也喜歡？

突然想到的是，我們的家庭，也算是書香之家了。

我的外祖父是星嘉坡的老中醫，也是老文化人來的，自然寫的一手好字。我的母親，退休前是中文學校的校長，作為老一代人來說，她的字也是很不錯，但最讓我佩服的卻是我的父親。

父親也是文化人，他集報紙、雜誌編輯和戲劇文學家一身，歷幾十年的傳統文化耕耘，使他的一手毛筆字更是非常的出色。也許是這些原因吧，自小的時候起，父親就常常強迫我用毛筆練習書法，而且還恨鐵不成鋼，極盡嚴厲和苛刻之能事，時時訓導，耳提面命，使我對他是非常的敬畏。

那時候，用的毛筆還是挺不錯的，但是墨汁就每次都要要自己研磨。父親說，磨墨就是醞釀、思索、準備，一會兒寫什麼，怎麼寫，有什麼要求和變化等等，在磨墨的時候都要先思量一番，在腦子裡過過電影，把心情定下來，讓精神集中，決不可馬虎過場。

另一方面又說，寫字是一件高尚、神聖和莊嚴的事，要養成認真的習慣。對筆、墨、紙、硯，還有字帖，都要心存敬意、恭謹有加。而這一切，都是由專心誠意的磨墨開始的，等等。

不過，那些規矩應該是喜歡寫字，和會寫字以後的事了，或者是有大習作出手的時候。像我這種小角色，練了那麼久，就始終都沒能達到那種境界，讓我現在想起來真是慚愧死了，這是後話。

不過，那時候寫字的紙，就太隨便了。我用的多是草紙、廢紙和父親用過的稿紙。不過，最多最常的，還是舊報紙。因為父親是報館的，家裡又訂閱了許多別人的報紙和雜誌。可以說，我曾經就是這樣，在許多許多的油墨和紙香裡長大。

但是，小時候我太調皮了，愛動不愛靜，練字極不專心。所以後來的事實就證明了在許多的成就裡，天分和緣分才是更重要的因素。像我這樣，儘管有父親耳提面命、督促再三，甚至有時還「藤杖交加」、大打出手，但我的練字還是失敗了。因為其他的原因，爸爸常常不能常在我身邊督促，而我又不喜歡書法，所以他一離開，就是我的另一番天地……唉！

這樣，長大以後，我顯然就是那種有練過字，但又寫得不好的人。而且還是非常的不好，尤其在字的筆劃結構上，更是一塌糊塗、慘不忍睹那種，氣的父親對我失望之極，還常常要引伸到其他方面去，讓我更是怕他了。

於是，在父親眼裡，我就變成了「不可救藥」和「扶不上壁」的人。而這個寫書法「劣字伴身」的往事，就成了我心理一道永遠的陰影和慚愧。

不過，我總是認為：「字」寫的好不好，尤其是結構，不是光憑決心和努力就可以「得逞」的。當然，我的努力不夠、堅持不夠、磨練不夠是很大原因，但缺乏天分和緣分恐怕也是真的。

總之，從此對那些字寫的好的人，我就非常的尊敬和佩服，尤其是有些人他們根本就沒有怎麼練過，但也寫得很好。從此，遇到了那些字越是寫的好的人，我就越是仰慕他們，敬佩他們……比如眼前這老者的字，他雖然寫得還不是太好，但也足夠我敬仰的了。

尤其是他可以在街頭，隨隨便便的就吸引到一眾路人來圍觀，而且其中還有我的孩子，並讓他也變成了靜觀的雕像。

從旁觀察

那麼短短的瞬間，居然就讓我想起了這麼多的往事，全是與小時候學過一會兒書法有關。說起來，當年我是沒興趣、不喜歡，也即是欠缺天分、少了緣分，最後便也就沒有了成果。所以現在對著諸多勤寫字、寫好字的人，我就有著許多的羞愧和遺憾。

現在輪到我的孩子了，他們對寫字有興趣嗎？要不要也陪養一下呢？有沒有天分，有沒有緣分，有沒有成果，不試又怎麼知呢？看來，還真是要試過才知道了。

於是，一連幾天，我們放學回家經過這裡時，我就會特地的帶他們過來看看。而這一陣子，老人家的寫字攤也剛好多半是停留在這裡的。他仍是默默的表演著寫字、畫畫和賣毛筆，只不過，與他有交易的人不多，至少在我們觀看的時間裡，就幾乎沒有看到有交易的，可見是清淡之極、冷門之極的行檔。

也真佩服了他的堅持。

其實，孩子們上小學的時候，中文科裡就已經有練習毛筆字的課程了。不過，一周只有一堂，而且他們寫的並不好，也不喜歡。可以說，那都是應付式的教育，讓學生交功課而已。所謂的學習書法，只是作為讓學生們對中國傳統文化，有一種基本的認識和參與罷了。而今，孩子們上中學了，毛筆字課程已經不復存在。他們長大了，每個人的愛好也都不同，寫不寫毛筆字，練不練書法，就變成了個人的喜好。想想，這也無可厚非，學校毛筆字課程只是給孩子們一個認識、一種發現、啓發和參與罷了，有興趣的以後再另行學習，能做到這樣，已經很好了。

不過，由於之前有過父親對我練字之「恨鐵不成鋼」的教訓，對栽培孩子的學習諸事，我就格外的慎重起來。要重視他們有無興趣和天分的事，首先便是要看到他們喜歡不喜歡什麼才好，從這幾天路邊寫字攤的吸引看去，難道是他們也有興趣學書法嗎？我不由的這樣想起來。

於是，這些天我就有意無意的，準備了一些有關書法的典故或者趣聞雅事，盡量簡潔明朗的給孩子們講述，看他們的反應。而其中，又多是從街頭老人身邊的那些字帖和名人，由這些近身的物事來說起。

是的，給孩子說事，最好是言傳身教，而且愈是近身和親歷的，就愈加有吸引力和令他們信服，也愈能讓他們萌起好奇心和投入。

老頭子這裡擺放的那些王羲之、顏真卿和柳宗元等書法家的帖譜都比較常見，而且古來已經有不少動人的故事和詩篇流傳。雖然這些字帖都是書法領域裡的經典，而且名聞遐邇，廣為人知，但由於年代久遠，於孩子們來說這些樣榜還是太過遙遠了，屬於「可敬不可親」的模範。

所以講這些時，孩子們的反應只是平平而已，有種「想當然」和「早知道」的冷漠。他們對這些「你知我知大家知」，太過有名氣的古人和名家，似乎沒有什麼特別的興趣和反應。反而是說到了于右任和啓公，因為是近代的公眾人物了，而他們的一些生活經歷、故事和環境，倒是給了孩子們新鮮感。於是，孩子們反倒會在聽聞裡動問了一些這個那個什麼的。尤其是對啓公，當說到了啓公也姓愛新覺羅、是滿族人的時候，孩子們的眼睛就亮了起來，像是很意外。

「那不就是清王朝裡的皇族人物了嗎？八旗裡的？」男孩子是這樣問的。

「是的，他的全名就叫做『愛新覺羅，啓公』，是親王的第八代子孫，也是中國近代有名的教育家、書法家和畫家」。我這樣回答，其實我也知道不多。

而這時候，他們再看啓公的書法字帖，就有了些另外的心思，似乎更認真和崇拜了起來。

男孩子讀中三了，平時喜歡在網上搜索些資訊，知道了很多的事，也開始有了自己的思想。他小時候的愛好是塗鴉，小孩子時就經常在紙上、地上和牆壁上、家具上亂塗亂畫。因為孩子落筆塗鴉時線條明快、內容清晰，興致很高，而且整體構圖的對襯感也很好，一些行家朋友見過了以後，都說他有畫畫的天分、將來可堪造就等等，令我很是狐疑。

不過，話是這麼説，但實際如何當然要試過才知。會畫畫的人，首先要有觀察力，想像力也必須豐富。因此，平時我就一直比較的注意引導孩子：凡事多作觀察和想像，注意細節，那怕是天馬行空也好。至於能不能畫，那是以後的事情了。這也就是我會不厭其煩、甚至好奇於他們對身邊物事有何反應的原因。而眼前這街頭書畫攤對孩子的吸引，便是一個很好的觀察機會了。

唯唯諾諾

開頭幾天，有了這一陣子的街頭觀字，讓我還以為孩子們對書法有了興趣。但後來，見到孩子只是對啓公的作品有興趣，這就讓我有點奇怪了。

説起來，啓公的字雖然寫得好，但還不是最好。旁邊顏真卿、柳宗元那些名家的字不是更好嗎？但啓公的一些題詞、字幅和畫，卻也真的是端莊秀麗、認真而有清雅之氣，加上了他的特殊身分，所以近些年來他的書畫作品，漸漸的也在坊間流傳開來，廣為民間人士欣賞和收藏。

只不過，作為純書法來説，啓公的字仍是讓人覺得有些經典不足，美感稍遜。當然，這只是純書法而言，也只是個人喜好的看法而已。

我不知道孩子為何會關心他的作品，而且超越了那些古代名家？

後來，想了想，大概是啓公的身世、背景和那些故事了。如果抹掉了這些因素，那麼，單純見啓公的書法和筆墨，也許就顯得平常了些。那時別説孩子，就是放在一些行家眼裡，與許還有些「不過爾爾」的感覺呢。

不過，愛新覺羅！皇族身世！現代教育家！傳統文化的飽學之士……這些不同凡響的背景和身分，必定會為他的書法鑲上光彩，而且還讓它能與古今聞名的書法作品齊驅並駕，形成自己的一格，流傳坊間，引為範本。因為啓公已經是特殊人物了，這便使觀者對他的墨跡心存敬意。

生活裡，我們觀物，常常不僅僅是看而已，其實還融入了一些個人的感覺在內。這觀字、觀畫、觀藝術品也是一樣。所以，感覺影響評價也是自然不過的事。而啓公作品在民間流傳起來，也許是現在比較容易接觸到吧？不信你找找顏真卿和王羲之的試試看，恐怕到博物館裡也未必能看到真跡。

我將這些意思告訴了孩子，讓他們尊重今人，又別因此而忽略了古人的書法。要知道，我的父親，他們的爺爺，可是把那些古代書法家奉為至聖的。所以才會因為我的練字不好與不成，而對我大失所望至今。

話說回來，雖然是現代人，作品就算是書寫得一般，但若是有顯赫背景，特殊光環或者無比作為又有迷人魅力的，這些因素也可以為他們的作品「加分」，通過旁人崇拜和迷信的心理來加分。而這樣自覺或不自覺的觀賞行為，在心理和眼光上為作品「添加光彩」的現象，是普遍和正常的，這在生活中也是屢見不鮮。比如說，有三分書法之俏冠以特別背景便可登大雅之堂，那麼，像啓公這樣有七分成就之書法作為，又怎不可以登高一現、耀眼四方呢？

想了想，我又把這種很是個人的「看法」用來「影響」孩子了，讓他們以後在學習、觀賞與吸收一些藝術作品的時候，除了善用普遍知識，還要動用自己的思想（獨立思考），尊重和堅持一些自己的好惡與品味，不必一味的受世俗觀念和背景的影響，那樣，才有了自己的觀點，才能真正的學到「東西」，和擁有自己獨特的立場與風格。

統而言之，這古人與今人，其作品好不好，還是直觀些我行我素去評價好了，只要尊重事實，尊從自己的愛好就行了，不要人云亦云。但要孩子明白這些和接受這些，也不容易，何況，我這麼說還未必對呢。

我們公司有位同事，叫做李崇國。

李崇國是北京人，大陸文革後來的香港，後來與我就成了同事。平時，我們的孩子都與阿國很熟，常叫他國叔叔，因為他是個喜歡文化的人，也有收藏一些喜歡的字畫。

我想了想，就由這位他們熟悉的國叔叔說起吧，他有一個故事，雖然不是很曲折神奇，但卻是他自己的生活事。這種生活事，簡簡單單、實實在在，但反而更容易讓孩子們信服和投入。

我先給孩子們看了一幅字，這原來是寫在一方宣紙上的，現在只是個影印件而已，而且還印的有些模糊。

這幅字並不大，約莫一尺見方，上面正中處書寫著「鶴壽松齡」四個大字，呈田字形。左邊的留款位置題有一行小楷書，寫著「李崇國同志雅屬」等字樣。

這是一幅很平常的楷書書法，也沒有上裱，看來很是一般。不過，它寫的中規中矩，清雅秀麗，給了人一種認真誠懇、一絲不苟、又語重心長的感覺，所以很是順眼。

我問孩子們有何看法？比如說，寫得好不好？喜歡不喜歡？比較其他人的一些書法又怎麼樣？等等。

孩子們唯唯喏喏的，說不出什麼來。

難怪了，他們只是初識者，他們只在聽故事。

歷史故事

我告訴孩子，這是國叔叔的收藏品。他給我看這幅字的時候，是原件，而且還是小心翼翼的拿出來，畢恭畢敬的打開奉示的。其實，那幅字乍看起來，寫的只是一般而已，但見到國叔叔那副誠惶誠恐、唯恐失禮的樣子，仿佛展示著的是珍貴寶藏，我就有點奇怪了。

當時，國叔叔的一隻手拿著字幅的左下端，擋住了落款處的留名及印章，然後，他也是這樣問我的：

問我怎麼看這幅字？問它寫得好不好？還有喜歡它嗎？等等。

因為看來看去，也就是一幅平常的書法作品罷了。所以，那時我就有些不以為然。因為外面見到比它寫得好的祝福條幅多了是，又還有裝裱的很考究和精美的。而他這幅，無論怎麼看去都只是一般而已。

這是楷行書，總體上看是楷書，但筆劃卻有些瘦骨纖秀。如果作為楷書來看，它還真的不能算是太好——至少是結構上還不夠嚴謹、規範，有的地方仍欠均衡、穩重，比例及一些筆鋒方面，還未夠豐厚及有待完善等等。不過，比較起經典的楷書來說，雖然還有些距離，但整體看去卻又勝在端正清純，明麗娟秀，給了人坦坦蕩蕩和明媚清淨的感覺。

所以，我只是如實的說了句「不錯啊」而已，那顯然是客套的贊美罷了。

是的，我並非書法家，連會寫字也算不上，但卻知道楷書是書法裡面的基礎，它的結構要求嚴謹、精確，筆鋒秀麗美雅，又有經典的樣榜來規範和比較，所以很容易讓人吹毛求疵，也是最難寫得好的書法。所以，不管寫的好不好，敢以楷書示人者，他首先就是個心存善念，腳踏實地，真誠付出和光明磊落的人。因而對楷書我向有敬畏心理，神化心理，常視之如神聖書法、王牌書法和至高書法。說句不恰當的比喻，有時候，我也會將父親看成了一幅楷書畫法，起碼有一點影子。所以面對面時，父親常會讓我不由自主的相形見絀、坐立不安。

我告訴孩子，對著國叔叔的這幅藏字，當時我就是抱著拜見楷書的心態來觀賞的，所以不免有些「腌尖刻薄」，只是更多的欣賞和理解它美感以外的意義起來。因為對著那些有勇氣寫楷書，願意以楷書書法示眾的人，我從來就是先敬仰再三的，不管他寫得好不好。

於是，國叔叔的這幅字，當時就給了我一種簡單、樸質又實在的享受，如此而已。因為楷書作品常有許多樣榜可以對照，所以沒有給我什麼壓力，我只是認為它的背後，也許會有些什麼故事罷了。而有故事的書法，不論寫的好不好，那才是值得重視和尊崇的，其他藝術品也是。

我在期待著國叔叔就這幅字，會拿出些什麼別具一格的故事來。

果然，國叔叔見到我有些掉以輕心，就挪開原先擋住字幅左下處的手指，讓我看到了「溥傑」兩個字，和一枚紅色印章。於是，我這才意識到這幅字，居然是溥傑先生的寫的，而且那古樸笨拙的紅泥印章，也是他的閒章。

我想了想才回過神來，有點不可置信的問道：「溥傑？就是那位溥傑吧？清朝末代皇帝溥儀的弟弟？」

國叔叔見我愕然的樣子，就知道我想到了。他只是意味深長地點點頭，不説話。於是，一切都在明白、恍然、和驚訝裡。

原來，這真是溥傑先生寫給阿國的字幅，不過，是二十多年前的事了，因為上面寫著「戊辰長夏」幾字落款。

阿國告訴我，小時候，他就住在北京內城，就在護國寺胡同的附近，剛巧與溥傑和梅蘭芳等名人為鄰。因為是近鄰，平時出入時大家常能照個面，打個招呼什麼的，所以，他們也算是熟頭熟面的街坊了。

文革期間，這些名人都沒有了尊嚴和「地位」，受著不少委屈和折磨，連日子也不好過起來。他們有些遭遇甚至還不及阿國這樣的小老百姓。不過那時候的阿國，僅是個半大不小的孩子而已，於他們沒有威脅，很好相處。所以，在平凡的生活裡，大家反而就有了一種淡淡的、暖暖的相融與情誼。

文革後，阿國出來香港了，跟上了一位上環蔘茸店的吉林老師傅，學做些東北蔘茸藥材方面的生意，常往北方跑。

有一年，阿國與師傅出差時路過北京，一起去探望了仍住在老屋子裡的溥傑先生。這時的阿國，已經是精壯利落的小伙子了，與溥傑先生見了面，大家都很高興。而當時，經過了文革的折騰，溥傑先生雖然也得到了「解放」，但仍在冷落的處境中，很是悠閒。於是，閒來無事，溥傑先生興之所至，便拿出了紙筆即席揮毫，寫了兩幅字送給了他們師徒倆。

「這就是國叔叔珍而藏之的原因。」我最後對孩子們說。

然後，我又提醒孩子，「這幅字是出自溥傑先生之手，他就是大清王朝最後一任皇帝溥儀的弟弟，與啟公一樣是愛新覺羅的一族。那麼，這些字寫的好不好，其實已經不太重要了，因為這裡，有著一段小小的歷史和故事。」

孩子們聽著聽著，神色也凝重了起來。

投入身心

孩子們聽的很認真，分明是覺得有趣，又事屬身邊熟悉的人之緣故。因為是熟人的故事嘛，也就像發生在身邊一樣，使他們對溥傑的字幅有了親切感。

皇帝溥儀他們是知道的，但溥傑就不清楚了。不過也無妨，只要知道了他是皇帝的親弟弟，就明白了這種身分非同小可。更何況溥傑本身也與中國的文化歷史有關，他長期在國家文物館裡搞研究，所以不管他的字寫得怎樣，有許多人將他的筆墨字畫用來收藏，便也就不奇怪了。

本來，挑這件事來説我還另有他意的，我是想給孩子們順便疏導一下：讓他們欣賞一些書法字畫時，也要尊重自己的直覺，學會有自己真切的觀感等等。誰知道還沒説下去，孩子卻提出了一個疑問來，叫我好不意外。

孩子皺著眉頭，扳著手指，數著數著，然後抬頭問我：「二十多年前，國叔叔才不過二十來歲吧，那溥傑先生的贈字，怎麼就寫成了『鶴壽松齡』呢？那不是給老人家的説法嗎？」

是啊，問得好，這倒是我疏忽了。

原來，國叔叔的字幅裡還有一個小插曲呢，我忘了說出來。當時，溥傑先生給阿國師徒倆贈言寫字，這「鶴壽松齡」就是寫給那位老師傅的，而給阿國的則是用了「開卷有益」四個字。為的，是看他在人生道路上剛剛起步，便語重心長的勉勵他：要努力和虛心學習，爭取上進……結果，字寫好後以後落款的時候，溥傑先生把他們兩個人的名字調錯了。於是，他們只好這樣將錯就錯的，把各自的字幅拿了回來，成了一件有點尷尬的趣事。

不過，當時聽阿國說了這事以後，我反而對阿國說：「珍貴的贈字卻多了這樣一個『錯體』的插曲，也許是更加精彩呢，因為作為收藏品來說，你就多了一個小故事，而有了這樣意外的『花絮』融入在字裡行間，這不是更加有趣和動人了嗎？而且放在後人手裡，也更加的神奇和有特殊意義。」

最後我向阿國恭喜道：「阿國啊，這是溥傑先生的祝福，他可是最後一個皇帝的弟弟呢。而且，字幅互動裡有了這個故事，就更有意思了。」

「是啊。」阿國完全同意了這個說法，難怪他格外的珍惜，並將這幅來自溥傑先生親手書寫、但又冠錯了名字的書法作品視為傳家之寶了。

顯然，這幅「鶴壽松齡」的背景和故事比起字的本身，更使孩子們覺得有趣、親切和珍貴。他們又再默默的細看起那幅字來，還用手輕輕撫摸著。雖然這只是個影印品，但孩子們卻也當成是真的，看得津津有味，甚至在琢磨著什麼。

從小的時候起，我就告訴過他們：看事物，學東西，如果想要有較好的收獲，就要投入心念，注意細節，加入聯想，盡量的設身處地，這樣，才能體會到當時、當地和當事人的真實心情與景象，讓自己也能有個切實的感受。尤其是對那些有興趣或者很好奇的物事或人，只有這樣投入了感情和身心去理解與體會，才能有貼切的認識和吸收。

我自己就是這樣做的，所以，最初看這幅字時（當時是原件），我就自不然的在腦子裡過起了電影來：一面在腦子裡瀏覽著北京胡同裡的一處處老房子，一面又「見到了」平日裡，老頭子（溥傑先生）

與小屁孩（阿國）打招呼時，眨眨眼睛、吸吸嘴的怪模樣。還似乎「看到了」溥傑先生為他們揮毫寫字時的得意樣子，甚至到了最後，他們師徒倆各自拿著冠錯名字的字幅時，那副感激和興奮的神情裡，又夾雜了不可察覺的尷尬和無奈之情……

哈哈哈哈，就是這些豐富場景和複雜神態，使得溥傑先生的這幅贈字，在我的心中生動了起來，它仿似有了生命……

不知道孩子們能不能也這樣去看、這樣去想、又想這麼多呢？我只是直接的把這種「過電影」式的聯想方法和體會告訴了他們，讓他們去體驗罷了。

奇怪的是，孩子們連這個也是聽的若有所思、津津有味的，也許，這就是言傳身教裡的一部分吧，希望以後，他們也能夠這樣做。

樂於和善於運用想像力，投入心思去學習、觀察和領會別人的作品，如果能這樣做，那麼品味和收獲一定會生動活潑、豐富多采、又精確和有趣許多。

未免不公

經過了這次街頭寫字攤的觀察，我明白了孩子們並非是喜歡書法，他們只是在某段緊張、沉悶的學習裡，偶爾滋生出對「路邊攤」的新鮮感和好奇心罷了，這也是緊張的學習生活裡一種自我的鬆弛和「滑潤」，到了真的要買些筆墨、字帖等給他們練習或放鬆時，他們就不幹了。我嘆了口氣，但一點也不怪他們，因為我並不像一些家長，甚至是當年父親對我那樣，一味的靠自己的心願去「望子成龍」。

現在的社會這麼複雜，生活這麼辛苦，學習這麼緊張，日子這麼難過，孩子能健康成長，能實實在在學得些知識和常識伴身，就不錯了。所以，我只是「望子成人」而已。

是的，回想到爸爸對我那麼失望的樣子，我就再也不會對孩子們也重復他那條老路，免得到時候，我也陷入到對他們失望的煩惱中。在這件事情上，我始終認為想培養孩子們什麼，還是要從他們有興趣的入手，那才有事半功倍的效果。因為許多學習和練習是辛苦的、長時間的、堅持不懈的。所以，如果不是真的很喜歡，便很難堅持下去。而只要是喜歡的，就總能苦事樂做，也即是苦中作樂，這時候的學習或者苦練，反而是心態裡的美好享受了。

所以，如果以後成功了，那就算是有天分和緣分，起碼是把他們的某種天分或緣分，及時的發現和釋放出來，不至於被埋沒了，如此而已。如果不成功呢，那也是有所得的，起碼在那些過程裡，也有一種收獲。因為喜歡，那怕是一時的喜歡，許多的樂趣就在那時候得到。

到了這時候，結果如何，已經不是太重要了。

不過，孩子學習生活裡的這段小插曲，倒是讓我另有想法，順便的就一些相關事物給他們說了一下，讓他們再能有些另外的收獲。

藉著國叔叔這幅「鶴壽松齡」的珍藏，我告訴孩子們：欣賞或評判一件作品時，心態很重要。這心態當然與個人的學識、修養和品味有關，但又會受那作品的背景、甚至是「故事」的影響。這裡面，喜歡與否，評價好壞，感覺如何，往往會不知不覺的就糾結到個人的感情、好惡和水平等諸多因素裡，從而產生出不同的觀感結果。

比如說，某些人的字畫很好，是真的好，是行家、俗人與大眾共識裡的好，這人就算是普通人，甚至是小人物，藉藉無名，但因為筆墨功夫是真的好，或者是那件作品表現的很好，俗話就叫做「有料」了。

一旦「有料」了，放到哪兒就都是有料的，什麼時候就都可以有料的。這樣的作品，不用靠名氣和背景，就能獲得觀者的喜歡和贊賞。這樣的作品，是靠「有料」得到公認的，我們便能很直接的贊美它和喜歡它了。

而另外有些作品就不同了。這類字畫也許只是一般的好，甚至是很差的也有，它要靠其他因素來支撐。於是，當它的作者大有來頭時，或者是高官權貴，或者是社會名流，或者有熱烈關係，抑或是特殊人物、明星大腕、大師偶像等等。因為這樣的特殊背景、神奇經歷或者感人故事，都能令人對他們的作品另眼相看，所以，往往就看出了另一種不一般的光彩來。於是，這種高看和追捧的現象，便令心態起作用了。這時候作者的名頭及身分，那些光輝已然蓋過了作品本身的「料」，也影響了作品的「料」。

不見內地有許多收藏品，甚至是題詞、牌匾、門聯，人們看重的不過是題詞者的身分與大名罷了，而實際上寫得怎樣，不會計較。那可能只是一種「需要」而已，所以，於藝術上說，有時候真是不必太認真看待。

事實上，心態上的接受、理解甚至是崇拜，是能夠解釋、融化和美化一些作品的，也因此提昇了作品的「高度」。而且這種現象還會「傳染」開去，影響他人，造成另一種羊群效應。到時候，作品實際水準的高低，就不知不覺的被模糊掉了，人們的注意力，會更多的放在了作者的身上——名氣或者背景。

無疑的，這已經是一種「對人不對事」，「對名氣不對作品」的觀賞方式了，它對真正的藝術鑑賞與評判，自然有些不公，但又避免不了。因為，社會就是這樣的，風氣就是這樣的，心態就是這樣……

所以，有時候，還真不知道要怎樣對孩子們講下去才好。

做好自己

不久之後，有機會與孩子們去觀看了一位女畫家的系列作品，這位畫家剛好是某位極著名大畫家的孫女。

這位女畫家的作品已經是相當成熟了，她的畫面極具美感，筆墨之間還很有那位著名畫家的風采。一句話：不論是從構圖創意、還是畫功造詣上說，她的畫作都很上道，當屬「有料」之人。但不知怎麼的，在一些作品的落款處，她還是要冠上「某某某孫女」幾個字，似乎在說明著他們的關係，又好像這樣做，就能把作品的檔次提升的更高似的。不過，這樣看去，卻讓人有了點畫蛇添足、添油加醋之感，也讓我反而覺得有些美中不足了。

其實，這位女畫家已經是很「有料」的人，她的畫，完全可以獨當一面，笑傲江湖，登得畫壇裡的大雅之堂。那麼，畫面上為什麼還要抬出老人家的名號來引人注意呢？如果是她畫的還不太好，需要助力，那還能理解，但她明明是畫的很不錯嘛。所以，這樣就顯得有些多餘了。

本來嘛，「大畫家孫女」這身分，確實是值得驕傲和很顯赫，完全可以讓人知道，但不必在畫面上出現。如果是在畫外作些交代，那效果恐怕會更好，這是我的謬見。

於是，就這件事我告訴孩子，看字畫和攝影作品的時候，最好是盡量的先不看作者是誰，不要先看那些名牌和介紹，不要太早知道作者的身分和背景，別讓與作品水平或功力不相關的因素左右了自己、影響了自己、嚇唬了自己。這是很簡單和重要的道理，它能讓自己在一些觀察中，有個純真、樸直和地道的印象，還有公正、坦承和真確的評價。

是的，孩子們剛剛成長，對許多事物都好奇，尤其在學基礎、考眼光的時候，最好要學會有獨立的思考能力，不要先讓作者的名氣和背景蒙蔽了眼光，或者在人云亦云裡埋沒了自己。

有機會時，就算是面對著巨大名氣和崇高身分者的作品，也還是要堅持藝術先行，讓作品的「料」自己說話，最少在心裡是這樣想的，要這樣客觀甚至是主觀的去欣賞和評判它們。

有時候，撇開那些無關「料」的「東西」，在老老實實的態度裡學習和品味藝術，反而能著實的提升自己的觀賞水平。這個過程，既是學習用行家的眼光看待作品，也要遵從自己的好惡，享受一點點我行我素，不要人云亦云。一句話：學會了獨立思考，就盡可能的做回自己，做好自己，這才是真實和痛快的學習、理解與收獲。

把這些都告訴了孩子，讓他們日後自己去領會，然後，做到在藝術觀賞行為上的真、善、美。

也許，這種學習才是腳踏實地前和真實的。

很是回味

最後，從國叔叔這幅珍貴的字幅收藏裡，我們也看到了一個「識人於微」的道理。孩子們如果能夠領會，那麼，這也會是一個額外的小小收獲。

本來嘛，國叔叔是小老百姓，溥傑先生是大人物，他們的身分和地位有著天淵之別。國叔叔當年還是小毛孩的時候，溥傑先生就已經是年過半百的名人了，那時候，他們一老一少不過剛好是鄰居罷了，卻因為文革的特殊背景而結了緣。

那緣分很簡單，也平常，不過就是在那些灰暗的日子裡，在溥傑先生孤獨、落單和冷寂中，他們有了些不為人知的悄悄互動罷了。這是緣分，也是他們生活裡的「微」處。

這算是忘年交吧，雖然並不轟轟烈烈，卻也是平凡裡的一種簡單、寧靜和清明。也可以說，是個人小範圍裡的歲月靜好。

於是，以後有機會時，溥傑先生就贈字給阿國了，甚至還有他的師傅。

於是，這件很自然的往事，就成了現在回味起來的一段趣事和雅事。

後來，文革之後，若干年後，溥傑先生又上去了，而且還上到了很高很高的位置，那是一般人可望不可及的殿堂，連國叔叔要想再見到他也不容易了。所以，這就說明了「結交於微」，那才是好的機會。而且，那本來就是一種緣分來的。沒有早知，並且是可遇不可求。

這件事情過去了。

以後，久不久的，在家裡，孩子們又會看看這幅溥傑先生的贈字。

雖然阿國只是給了我們影印本，但用心態去看時，它一樣是那麼的珍貴和神聖，因為它是皇帝的弟弟寫的，而且還有著一段與別不同的錯體小故事。

看著這幅「鶴壽松齡」，它雖然並不是那麼耀眼，但孩子們已經有了不一樣的心境和眼光。這幅字像在告訴孩子們：識人於微，既是從小的時候起，也是從小事和細處中起。一個「微」字，千言萬語，又千絲萬縷，很耐人尋味。

在這件事情上，可以說明了交朋友，尤其是交真誠朋友，知心朋友，或者是權貴朋友，最好是由微時起、由貧時起、由困難時起。因為那時候，大家一起長大，一起挨窮受難、一起感同身受。能在苦環境裡結伴打滾、成長和經歷過來的故事和情誼，才是親切和可靠的。

這裡面，有著歲月的基礎和回味。

與孩子們講了這些，只是希望他們能夠知道：身邊人，身邊事，就算是眼前不重要、不起眼、不在乎的，在日後，它們也可能會影響著自己的人生。如果能經歷一些細微處，重視一些細微處，珍惜一些細微處，將來，它們說不定，就會給你以美好的回報。

當然，這是隨性的、隨機的和隨緣的事，強求不得，也沒有預知。只要知道了這個道理，就可以了。畢竟，謀事在人，成事在天，以後的事以後再說，這不過是由一幅身邊人、身邊事的字幅收藏品，順便說起來罷了。

想不到，就這樣，從一個街邊寫字攤開始，與孩子們嘮嘮叨叨了好幾天，又落下了一篇親子文章。

它讓我，也好不回味呢。

第九篇：四格漫畫

（米奇作）

第九篇：四格漫畫

老夫子

香港的街頭文化裡，有一種老少咸宜的四格漫畫（也有六格形式的），幾十年來，它在坊間非常流行，不但深入人心，熏陶了幾代人，甚至至今仍是歷久不衰，很受歡迎，它就是人盡皆知的「老夫子」。當然，還有李惠珍、黃玉郎、馬榮成等許多漫畫，但這裡説的，只是與老夫子比較有關的而已。

説起了老夫子，人們一定會想到大蕃薯、秦先生等幾位畫中人物，以及他們的生活故事。無他，因為他們的故事，就是趣事；他們的生活，也是我們許多小人物的平凡生活。我們常常可以在漫畫裡，看到自己，笑話自己，也娛樂自己。因為漫畫中的人物，既是親切又可愛，許多故事真實的來又有誇張、搞趣，常常讓人們在他們的身上，看到了自己的影子。

也許，這就是人們普遍喜歡「老夫子」漫畫的原因了。

我是八十年代初來香港時才接觸到老夫子漫畫的，以前從來不知。

那時候，香港的街頭巷尾，騎樓底下，酒樓門口，許多書報攤上都有它們的蹤跡。薄薄的一本，也只是幾塊錢罷了，大家都消費得起。

那時候，我還年青，是個電氣技工。每天的工作就是挎著工具袋，港九新界的商場、廠廈、住宅區和村屋間到處跑，這樣奔波忙碌的工作，反而使我有機會見識了香港各處的「風土人情」和小人物生活。而我自己，不知不覺的也就融入了這些「圖像」裡。其實，老夫子的故事，有很多就有我身邊的人情物事，或者見到的情景及影像。所以對我來說，老夫子漫畫除了輕鬆有趣，還很親切和自己。

那時候看老夫子，除了喜歡它幽默詼諧的故事，還喜歡它簡潔明快的漫畫筆觸。特別是畫面上那些街道、樓宇、車輛、餐廳，以及郊外、海邊、小攤販和人們的交際活動等等，無一不是身邊常見的和熟悉的。所以，我常常能投入到每一篇漫畫裡去，與那些人物、場景和故事互動、共鳴。

可以說，初入香港，就是老夫子使我更樂意的投入和適應環境，而後又更加的熱愛香港、了解香港、以及漸漸地寫作了身邊的一些小人物與小故事的。

不過，這裡不厭其煩的説到了與老夫子的情緣，只是為了説到下一代——我的孩子罷了。在香港工作和生活了好一段時間以後，我終於也成了家，有了兩個可愛的孩子。孩子們在香港出生、長大，但是，在會看書和開始熱心塗鴉的時候，他們居然也了喜歡老夫子，並且很快的與他結緣了。尤其是男孩子，他不但喜歡了老夫子，經常在塗鴉的時候畫他、熟悉他、模仿他，甚至在以後，在小學的一些課餘生活裡，也總是愛把老夫子信手畫來，還畫的得心應手，活靈活現，成了一個無師自通、小小範圍裡的老夫子「專家」。

想不到，老夫子漫畫在一定的程度上檢驗了我的孩子，讓我們知道了他喜歡塗鴉，熱愛漫畫，也能夠畫畫，這只是小學時候的情況而已。

一句話：孩子在這方面有喜歡，有天分，有實踐，比我光是喜歡看，可是出息多了。

喜　好

自小學的時候起，孩子對老夫子漫畫裡面的主要人物，已經是熟悉到心念一起，就能信手畫來的地步。漫畫裡老夫子幾個人物的形象和動作，對孩子來説已經是了然於心、竄動不已。所以那時候，用老夫子漫畫作塗鴉是孩子興之所致的事情。揮手間，他已經不是單純的臨摹了，而是輕易的就能畫出些自己喜歡的老夫子變化來。那時候，許多看過他塗鴉的人都驚訝他小小年紀，怎麼能夠不假思索的，就隨手畫出一幅幅頗為傳神的老夫子畫像。我們甚至還想，假如老夫子是長命漫畫，那麼，這孩子長大了，會不會就成了下一代老夫子的漫畫手呢？

但是，這可不是我們樂意看到的，因為對一個尚在學知識的小學生來說，這樣好像是有些「不務正業」呢。

不過，隨著學業與功課的日益緊張和繁重，課外活動又不斷的增加，孩子休閒的時間少了，畫畫行為就有了改變。尤其是老夫子畫的多了，孩子發現畫來畫去都沒有什麼新意，又也許是漸漸長大了，不再熱衷於孩童式的塗鴉。於是，小學高年級的時候，孩子就放棄了畫老夫子，而是畫起了一些電視節目上的其他漫畫來。像「叮噹」啊、「十兄弟」啊、日本卡通啊，還有刀槍劍戟、變型金鋼和盔甲戰車等科幻內容什麼的。

由好奇、喜歡到跟風、追潮流，孩子畫畫內容的愛好，已經開始呈現出一種雄風——少年男子漢的風格。這些喜好和變化，都是他在學習和功課之餘的享受。因為沒有影響到學業，而且又畫得很輕鬆、自如和快意，我們便是樂見其成，甚至還買了些紙簿彩筆等等文具，滿足他、贊賞他、讓他得嘗所願。

於是，幾年下來，不知不覺的，他的幾本小畫本上，就留下了不少新的漫畫圖像。

到上中學了。

孩子上的是英文男校，這時候的學業，是更加的繁重、而且時間也更加的緊張了。所幸他平時的底子打得好，所以，讀起書來還是挺輕鬆的，而且能夠在學習之餘，繼續他畫畫的愛好，尤其是在開頭的初中階段。

說到了愛好，孩子其實像許多小男生一樣，還是有過許多嚮往和夢想的。比如說吹小號或者玩法國圓號（他們學校就有管弦樂隊）；比如説彈吉他、玩野戰和游泳、打球等等，孩子就都很喜歡。但是玩這些，不是要拜師學藝、參加培訓班、音樂班，就是要購置有關器材，和奉獻額外學習和排練時間等等。就算是簡單到只是去打場球吧，也需要有許多人相約和參與才能成事，不是光一個人就能樂在其中的。所以，孩子最後能「實踐」到經常玩的愛好，就只有畫畫了。

我們是開明家長，而且從來就視孩子的健康快樂成長是生活裡的頭等大事。像天下許多父母一樣，我們關愛孩子，從心態上説，可以是愛到了恨不得能「搬梯子上天摘月亮給他們」的地步……按説，如果孩子有什麼要求，只要是能使他們健康快樂的，我們就一定會竭盡全力去做到和做好。但是，看來孩子卻更會為我們著想了，他們知道家裡的經濟情況，是還不能做到予求予取的那種。於是，一種自知、自愛和自律的行為，不知怎麼的就在他們身上表現出來了，他們從不向我們要求什麼，尤其是要花很多錢去娛樂和享受的那些，也從不與別人攀比，從不。

於是，整個小學時期，我們的孩子，就沒有參加過學校外面任何的這個班、那個班，連補習班也不用了。他們也沒有像其他同學一樣，經常隨父母去哪裡度假、旅行，而只是滿足於身邊的玩具，以及看書與塗鴉等等罷了。在他們來説，身邊這種精神和心理上的娛樂與享受，也挺自由和美好的。尤其是畫畫，它既不影響學業，玩得起又得心應手，所以，孩子樂此不疲。

不過，這麼多年過去了，每當看到孩子那些簡陋畫本裡，留下的老夫子還有其他許多不同時期的漫畫，總有些複雜的感覺湧上心頭。除了感受到他們的懂事、貼心和可愛之時，又會多了一份當父母的內疚感。

這種感覺看似淡淡的，卻是綿綿長長的揮之不去，畢竟，我們還是沒有把月亮摘下來啊。

喚醒

孩子的學校在中半山上，由我們家步行上去，要走過荷李活道周邊的一些大街小巷，約摸半個小時。

這裡附近的許多街巷，寬窄不一，頗為老舊，但都是斜斜向上的，而且與荷李活道都有著些這樣或者那樣的關係。要是由荷李活道下面往前面數去的話，那麼，先是在皇后大道西的路邊，就有個不是橋的「雀仔橋」。不過，這雀仔橋下，卻曾經是香港早期的地下公廁及浴室，但現在已經消失了。而附近，就盡是些式微的蔘茸店、海味店和雜貨店、紙紮店等，它們都具有東方社會的傳統色彩，也曾經是老夫子的生活世界。

然後，在這裡拐個彎一踏上荷李活道，就是香港著名的「大笪地」舊址。只是，它已經變成了一個公園。再往上走，是有名的「佔領角」水坑口了，當年英軍就是在這裡登陸的。然後，沿路周邊有東華三院（醫院）、聖馬太教堂，許多不同的樓梯級、各種高度的石臺、大榕樹，還有叫這臺、那臺的舊唐樓群，和供人燒香拜神的土地公廟坊等等。

再往上走去的馬路兩旁，就有許多寫字的、書報的、補鞋的、織造的、秤磅的攤檔了，甚至還有中西式的棺材鋪、涼茶店和老式大牌檔等等。它們大小不一、參差不齊的穿插在許多文物古玩店的旁邊，或者是橫街小巷裡，一路逶迤而去，形成了一番很獨特的街頭景象。

而這些地方，就曾經出現過不少老夫子的身影。甚至那家出版老夫子漫畫書的「吳興記」，也就在這裡呢，就在樓梯街腳小小的樂古道上，它可以說是老夫子的老家。

到了近中環一帶，這荷李活道上甚至還出現了波斯的、伊斯蘭的、印度的貨品商店和歐陸風格的洋人酒吧。尤其是在石板街、擺花街和鐵崗那裡，西餅店、學校、幼兒園、天主教堂、警署、監獄、通向半山上的行人電梯，還有洋人遊客和白領們聚集的蘭桂坊等等，又為古舊的荷李活道增添了不少奇異色彩、另類風光。

可以說，老夫子便是從這裡出來、又走遍全香港和全世界的，這裡就有著他許多香港過去的故事。

這裡是上環，真正意義上的太平山下，我們家就住在這荷李活道的附近、下端。每天早晨陪孩子上學（還有下午放學），我們都會沿著這些街道拾級而上，而這裡的沿途所見，也都會使孩子眼界大開、好奇心大熾、而且是興趣盎然。是的，這一帶奇形怪狀、雲集交錯的各種「營生」內容，就像是一個五花八門、色彩繽紛的世界，而當年的老夫子及他的伙伴們，就是在這樣的生活舞臺上演出不少生活鬧劇的。可貴的是，許多年過去，這裡許多過去的舊景象還是隱隱約約的保留下來了。

孩子是自小就看愛老夫子、畫老夫子長大的，所以，當他由中學起每天要遊走這裡的時候，就有一種如魚得水般的喜歡和興奮。因為，這裡就像是早年香港社會生活裡的一個縮影。走著走著，分分鐘說不定就會有一個老夫子，嘻皮笑臉的蹦了出來衝著他嚷嚷道：「嘿，小友記，我在這裡呢！」這是孩子有時候會突然閃出的念頭……「真是異想天開啊」孩子就常與我這樣說笑。

我知道，那只是孩子對老夫子漫畫一種喜愛和不能忘懷的心念罷了。不過，我自己也是挺喜歡這裡的，所以，初時陪伴孩子上學放學，就經常會刻意的帶他走些不同路徑，看些不同街景，為的，是可以讓他接觸和感受到荷李活道上更多的別樣風情。

想不到有一段時期，這裡最吸引孩子的，卻是沿路的橫街直巷裡，那些殘破的老舊牆壁或者圍板上，花花綠綠，扭曲、誇張、抽象又各具風采的塗鴉。

其實，塗鴉的行為在孩子來說是很熟悉不過的，因為自小會拿筆時起，他最早的興趣和作為就是塗鴉。只不過那時候，他的塗鴉只是在室內的個人行為罷了。那時候，我們家裡的牆壁和地板，還有桌椅檯面，甚至是膠盆大桶、廚門衣櫃，經常是被他們兄妹倆的塗鴉作品填滿，還不讓我們擦抹去。只是到了後來長大些了，他們才不情不願的將筆墨顏彩轉移到紙簿上去。而今，沿街上那些光天化日下的塗鴉，卻是一種大型的、公開的、另類的藝術展現，而且還色彩斑斕、大膽趣怪、痛快淋漓、引人觸目，無不充滿了誘惑、挑戰和召喚。

於是，孩子就像是被激起了回味和熱情，突然間的，小時候對畫畫的興趣與熱衷，又被喚醒了。

期待

說到了喚醒，那是指孩子近幾年來為了緊張的學業，為了應付考上英文中學的競爭，本來已經放棄了畫畫的那一段「往事」和興趣，又回來了。

不過，這裡沿街所見牆壁上的塗鴉，雖然色彩鮮豔、品相繁多而且內容不一，但對孩子來說，只是有些噱頭和氣象上的觸動而已，因為這些塗鴉的本身並沒有什麼「故事感」，或者說，它們只是一些色彩與圖騰的表現罷了，雖然驚豔、變幻甚至有些瘋狂，但看多了卻也不過爾爾，尤其是一些太過抽象或者晦澀內容的，他甚至還看不懂呢，也無法理解。可見，孩子仍然是孩子，他喜歡的，仍然是具體的、有趣味的漫畫。

不過，孩子現在喜歡的漫畫已經不是老夫子本身了，而是與老夫子一樣，有生活背景，有幽默情調，還有故事情節的漫畫。而且，對發生在身邊那些既熟悉又惹笑，還能夠讓自己感同身受的漫畫，才格外的感興趣。

原來，孩子被喚醒的是手癢癢的「畫興」啊。於是，他現在再落筆時，已經不是老夫子、叮噹、鐵甲戰士和刀槍劍戟那些別人的漫畫了，而是自己的漫畫。

什麼畫？

原來，他竟然是依照自己的喜愛，畫了一些興之所至的漫畫人物和故事起來。這個過程是逐步來的，在不聲不響和默默中開始。而我，也是在慢慢的和不意之中，才看到和知道的。

以前，孩子畫老夫子及其他電視上常見的漫畫，已經有了一定的基礎，這些漫畫人物或者圖像，基本上寥寥幾筆就可以畫出來，而且還似模似樣、神氣活現。其實漫畫嘛，也不用十足的像，只要具備有基本特點就可以了。所以，畫漫畫對他來說是小菜一碟，一點壓力也沒有，甚至還是沉悶、緊張的學習之餘，一種自我放鬆和消遣的樂事。

不過，他現在開始畫的漫畫，卻是有些不同了，那是要思考、琢磨、比較和不時的修改與審視的。這也是他遲遲不説，但又默默進行的原因。原來，他是在創作啊，創作屬於自己「話事」的漫畫。

發現了孩子重新畫畫，而且來來去去又總是幾個人物的時候，我就覺得有些奇怪。因為，這些人物都不是常見和熟悉的。像其中有一個經常出現的女孩子，看來是主角吧，她有個簡單的名字，就叫做「阿咕」。

阿咕？像鴿子一樣的嘰嘰咕咕？不會是一種愛講話、愛碎碎唸、愛糾纏和到處惹事的麻煩女人吧？

我倒是有興趣起來。

從簡單的筆觸上看，阿咕有個桃形似的漂亮髮型，不論是穿裙子、長褲、制服或者什麼服裝，她頭上那撥桃形的髮尖，總是垂下來遮住了一隻眼睛，而剩下的另外一隻犀利的眼睛，便給了人無時不刻都在注意和審視人的感覺。這種造形就使得她有些特別了，特別到讓人見了，便會注意她、防備她、警覺她有什麼事情會發生？而且，這種外形讓人很容易記住了她，並與其他人分別開來。

不得不説，對於初學漫畫創作的新手來説，這是一個簡單、快捷和聰明的開始，不知道他是怎麼想出來的。要知道，這樣有鮮明特點的人物形象，是能夠讓角色一目了然、深入人心的。然後，對圍繞著她發生的其他事情，就很容易令人好奇和印象深刻了。

知道了孩子又畫起了漫畫，而且還居然是一種人物故事型的創作以後，我還真是有些意外和驚喜。畢竟，課餘休閒時的畫畫，是健康和瀟灑的，只要不沉迷和影響學業，我們當家長的倒是樂見其成。何況，還有一股對孩子漫畫的好奇心在期待呢。

開始

隨著故事的需要，在孩子筆下又有幾個小人物陸續登場了，就像「老夫子」漫畫裡，少不得有「大蕃薯」、「秦先生」和「陳小姐」們一樣。

孩子筆下的幾個小人物，都很年青，都是學生，也都有了自己的名子，他們分別是叫做「怪客」、「肥仔」、「阿輝」與「莉莉」等等。當然，這些角色也都有著自己的基本形象和性格。

比如說：阿輝就是個傻呼呼的人，頭上有五根毛，很好辨認；

怪客，卻是高高瘦瘦的，愛戴著頂瓜紋小帽，還常拖著一條頭大、嘴巴也大、常伸出舌頭左右亂舔的斑點狗。那狗也是有名字的，就叫做「新仔」；

肥仔則是大臉大嘴、又矮又胖的孩子，他說話嗡聲嗡氣，還經常冒汗；

而莉莉呢，莉莉是斯文淡定的女孩子，留著舊時代的齊肩長髮，純情樸素的樣子，雖然有點「老土」，卻給了人時光倒流的感覺，看去很是舒服。

……不過，在一眾配角裡，最特別的還是一個類似偵探的角色。

這位「偵探」，頭上常戴著一頂黑色的魔術師帽子，身上披著一件斗篷似的高領大衣。大衣的領子高高的豎了起來，遮住了半張臉，而雙手就總是插在大衣袋裡面，不知在扳弄什麼。然後，他不聲不響的，透過一雙粗黑的墨鏡，默默的、冷冷的、沉思著打量著路人。

他還好像是隱身的，不時的出現在某一格畫面的不起眼處，可有可無。於是，這個角色就很恰當的被標上了「神祕人」的名字。而他的另一個身分，被注明了是「作者」。

原來，這是孩子自我形象的化身了，寓意著他要神出鬼沒、上天入地的到處去「刮料」，而且還與各個角色及故事，保持著一段距離和神秘感。

看到孩子對漫畫人物的熱心投入和周詳設計，似乎是要大幹一場了。為此，我們又不免有些擔心起來：畢竟，心無二用啊。

想到了他還是孩子、學生呢，剛剛升上了中學，就這樣子去畫漫畫，是不是合適呢？有時候，這學業和愛好的取捨，還真是兩難。問題是：他喜歡，他都喜歡。學習和畫漫畫，他兩者都喜歡。

於是，這段時間，荷李活道周遭的上學路上，孩子每天往返的最大的收獲之一，就是東看西看，然後東拉西扯的與我談這談那，培養和醞釀著創作漫畫的興趣與靈感。

其實，生活中並不缺少知識和故事，缺少的，只是發現和吸取而已。這裡面，心思與時機很重要。許多東西，就是投入了心思，然後遇上了時機，再加上勤快而得到的。

荷李活道是一條港島上的老舊街道，這裡的古今物品混雜，中西文化相融，有許多豐富的生活內容。百幾十年來，它每時每刻，都無不熙熙攘攘的上演著一幕幕市井人物的生活小戲，吸引著無數的遊客及路人。

孩子初上中學經過這裡時，就驚為天人。他說：「想不到我們家的附近，就是這樣一個好處所。面對這樣的街道，就像生活在故事裡，天天也走不厭。」

於是，隨著沿路「塗鴉」對他以前畫畫興致的喚醒，孩子很自然的，便將眼光投放到身邊的許多人情物事上了。然後，他開始嘗試著，尋找一個個小故事，把它們畫出來。

這只是一個開始。原來，他準備和設計了的那些角色，就是為了畫漫畫的，他想用漫畫來說事。而畫畫故事，也只是為了表現一些荷李活道上的小人物風情罷了，也表示了他對老夫子漫畫的繼續熱愛。

孩子開始的漫畫，就是四格漫畫。而最初的漫畫的人物，只有阿咕。他給阿咕的初步定調是：

年紀：十三歲；身高：165cm（這也許是長大後的理想身高吧？不然就太高了）；喜歡的食物：口香糖；不喜歡的食物：99% 的巧克力；小動作：diu 嘴；喜好：dranry（我不知何意，照抄）；學習成績：不錯，常常取到 B+ 或者以上分數，等等。

然後，一下子就出現了五、六輯阿咕的四格漫畫來。

這些漫畫的場景，有些是街上的，有些在課堂裡，有的是球場上，還有餐廳、公園或者海邊沙灘的。畫中人物的對白，不但有中文，還有英文，而且都是老夫子漫畫那種搞笑風格，用四字成語作標題，頗為有趣和好記。

說「一下子」出現，那是先前我沒看過，不知道。而到了看到的時候，就已經是幾輯同現了，湊成了一個「阿咕」小系列。因為孩子是偷偷畫的，在溫書和做功課之餘，在他的房間裡。如此悄無人知曉的畫了出來以後，才「一下子」的被我看到。所以在上面，就有了「意外」和「驚喜」的說法。

不過，從這個時候起，對孩子漫畫習作感興趣之餘，卻也多了些憂慮，只怕他會一發不可收拾的畫下去，影響了學業。

孩子剛開始的這幾輯漫畫，都是由阿咕主演，而且比較的直接和簡單。

「大意中蕉」，是畫阿咕吃香蕉後胡亂扔掉果皮，結果自己「中蕉」摔倒的瘀事。畫面上的最後一格，一隻香蕉和包紮得與香蕉形狀一樣的大腳，形成了強烈的對比和呼應，它們惹笑的並列著，方向和形狀都一樣。阿咕卻是一臉苦相，雙手枕在頭腦後面無話可說。

「始終中雷」，是阿咕小心翼翼，對著地下的狗屎「地雷」百般防範，卻仍然是防不勝防，中了由天上飛鳥落下來的鳥屎「天雷」。最後是阿咕翻著白眼，望著飛過的小鳥，一臉無可奈何的倒楣相；

「發音不正」，是阿咕在陽光沙灘上，遇到英文發音不准的人，結果鬧了大笑話。而餐廳裡的食物有蟲，伙計卻強詞奪理作狡辯的「有機無毒」；球場上射門，卻射到了自己龍門的「衝擊射門」；

還有課堂上考試作弊的小鬧劇「真係出貓」等等，都是孩子身邊日常一些學習生活之所見所聞。

漸漸的，孩子把設計出來的幾個小人物，就都派上了用場，把他們用在了阿咕的身邊，成了一眾配角。

不過，這些同學之間小打小鬧的搞笑事，並不能讓他滿足，在後來的一些漫畫裡，他居然追求著更為趣怪和複雜的內容起來。其中有的漫畫故事，就發生在荷李活道上，不但表現出荷李活道的特點，又更有意義了，以致一些四格漫畫看起來，何止是趣怪而已，還簡直是精彩絕倫，妙筆生花（尤其是構想上），令人出乎意料又嘆為觀止。

在荷李活道上，最多、最出名、也最讓人感興趣的，是一些文物古玩店。這裡的文物古董和殘舊物品，且不論是真是假、是遠是近、價值幾何、有無交易，光是那些擺設著古玩物品和陳列酸枝家俱的鋪頭商店，就鱗次櫛比、梅竹相間的引得著遊人頻頻駐足，他們就是不進去，也要舉起相機拍照獵奇，使這裡的每一間店鋪，都可能是一個個吸引人的景點。

我們是每日都要經過這裡的，對這些古玩店可都是司空見慣了，倒也不覺得有多麼新奇，至少這是我的感覺。但不久之後，孩子卻有一輯關於它們的四格漫畫出來了，題目就叫做「變成古董」。

第一格，畫的是一間古玩店門口，阿咕經過，看到了有輛大貨車，在辛苦的卸下三尊新來的仿製石頭人像。

第二格畫裡，看到那些石像很大，比阿咕還高大。它們放不進店裡，便只好放在店門口側處，貼牆一塊空著的臺階上。

第三格畫面，是日曬雨淋、風吹兩打中，那些石像孤伶伶的皺著眉頭，沒人理采。

第四格畫裡，時長日久，石像上長出了蛛網、青苔還有裂紋和殘缺。阿咕又路過時，石像上已經掛著數目不菲的價格牌了，它們變成了古董——阿咕一臉愕然。

天啊，這就是我們司空見慣、熟視無睹的古玩店。而孩子，卻把它們用自己的心思和新鮮眼光，畫出了趣味和禪意來。

生趣

接著，孩子又畫了一輯也是古董石像的四格漫畫。

還是荷李活道上，還是這個地方，還是阿咕經過時，看到的那三尊擺在路邊臺階上的仿古石頭人像。

這回的第一格，三尊石像已經是風塵僕僕、古色古香了。「老朋友啊！」阿咕經過時，不由的拱手一拜，表示了念舊之情。不過這時候，旁邊剛好伸出了一張好奇的老臉來，是一位滿臉皺紋的婆婆。她看著阿咕的行為，滿臉疑雲。

第二格裡，阿咕已經走遠了去，只剩下個小小的身影。而老婆婆卻學著阿咕，虔誠一心的拜起那三尊石像來。她甚至還是跪了下來，認真磕頭的那種。旁邊也有幾個大媽，好奇的看著她。她們滿心不解，交頭接耳，表示了極度的疑惑。

到了第三格，畫面上已經有許多大媽了。她們有的挎籃攜筐、有的帶著貢品，爭先恐後的擠上前來跪拜石像。一時間，石像周圍香火繚繞，針插不進，場面壯觀。

最後一格漫畫，是阿咕又經過這裡了。她見到石像邊人頭湧湧，拜敬者絡繹不絕，而不遠處的文武廟，卻是冷冷清清、門可羅雀……阿咕滿臉奇怪，大為不解，不知道這正是她那「拱手一拜」造成的奇葩呢。

這輯漫畫的題目，就叫做「有香則靈（燒香拜佛的香）」。顯然，作為漫畫來說，它更有趣了。以後孩子的四格漫畫（有時不夠表達就會用六格）朝著搞笑這個方向走，因為有趣，便使他興致勃勃起來，而畫的好不好，倒不太重要了。

孩子雖然對創作四格漫畫很有興趣，但也是挺忙碌的，畢竟平時還有許多功課要做。於是，有時候的漫畫就只是草稿而已，或者是構想出來的故事，然後匆匆的塗繪在畫本上，再加上一些文字說明。

及後，還沒有來得及畫好它的，就這樣暫時放下來了。而且，有些漫畫也是從別人的笑料裡得到啟發而畫出來的。像是在一輯「一籌莫展」漫畫裡，阿咕的身分是衛生幫辦，穿著威風凜凜的制服在街上巡行。她看見有人往地下吐痰，便抓住那人開罰單。不料那人指著鞋子與阿咕理論，說只是吐在自己的鞋上而已，不該罰。阿咕頭上冒出了許多問號，她揚著罰單，卻無可奈何，一籌莫展。

又有一輯漫畫「無計可施」：也是衛生幫辦阿咕，她看到有人在前面吃口香糖，還挑釁似的向她吹出了大泡泡；那人將泡泡越吹越大，眼看就要破了；阿咕叉手站在一旁，得意的等著他扔掉；不料，那人將破了的香口膠拿在手上，怎麼甩也甩不掉，它粘在手上了；搖搖頭，他只得又把香口膠放回嘴裡嚼了起來。阿咕揚著罰單，氣急敗壞，乾瞪著眼卻無計可施。

再有阿咕種植盆栽的漫畫「同歸於盡」：她正為盆栽澆水；有蚊子飛在盆栽上；阿咕拿起了殺蟲水噴去；結果，蚊子掉下來死掉了，盆栽也垂頭喪氣，阿咕則一臉懊喪。

看看，笑料在他這裡就可以這樣運用，並畫出來。

還有一些漫畫，是荷李活道上不同小人物「營生」裡的小故事，也都是孩子上學往返時的所見所聞。

有一輯叫「兩重天地」的漫畫，諷刺一家清潔公司為一幢新落成的大廈搞清潔。這裡有一眾清潔工人夜裡作業，他們在大廈外的小巷裡休息時，留下了一地的垃圾。於是，早晨他們收工走人了，堂皇富麗的大廈閃閃發亮，而旁邊小巷裡，卻遺留下了一地的煙頭、花生殼、汽水罐和雜物等等，烏煙瘴氣，真是兩重天地。

其實，這就是許多次清晨時，孩子與我上學路過荷李活道之所見。開頭，孩子還經常將這件事憤憤不平的講給我聽，指給我看，但想不到後來，就乾脆就把它畫出來了，真是意外。

還有一輯漫畫，荷李活道上，路邊一家封鋪的唐樓前，有位街頭畫家蘇先生，他長年在這裡擺了個畫檔。孩子每次經過都會與蘇先生打招呼。於是，「黃雀在後」的漫畫，就出來了：

第一格：荷李活道一幢唐樓的舊鐵閘上，掛著幾幅水墨畫、抽象畫；

第二格：同樣的畫面縮小時，下面出現了頭戴氈帽，正在街邊板凳上認真作畫的蘇先生。

第三格：這個畫面再被縮小，又有一個寫生的畫家出現了，他在旁邊，把蘇先生作畫的這整個圖景畫了下來。

到了第四格：這整個畫面又再被次縮小，阿咕經過，她拿著相機，把以上一眾畫面全部攝入了鏡頭。而這時候畫面的邊緣，就站著冷冷目視一切的神祕人物——作者。

好呀，與荷李活道有關的漫畫，這樣看去令人倍感親切。

在這裡，孩子還有一輯叫做「換了人間」的漫畫，更是表現了荷李活道上的朝夕變化，頗令人印象深刻又時時回味。

荷李活道旁邊，斜斜向上的一道斜坡旁的石階平臺，這裡是孩子上學時經常要往返經過的地方。大清早，一路靜靜的，街上沒有幾個人，許多店鋪都還沒有開張呢。阿咕背著書包路過這裡，見到平臺的空地上有人擺了幾處地攤，向早行人販賣零雜的破舊日用物品。

下午，阿咕放學又經過這裡，那些地攤不見了，地臺上已經支起了陽棚帳幕，擺上了幾付桌椅，變成了熟食大牌檔，有些人在這裡吃麵湯、喝糖水。

到了晚上，阿咕再經過這裡時，卻見是人影綽綽、燈火輝煌，四處支起了水銀燈、大觀燈和大型攝影機等，好一派雪亮和熱鬧。原來，這裡變成了拍戲的片場，很多香港的懷舊故事，就在這裡取景和重演……

阿咕站在一邊看著，沉思著——阿哈，真是換了人間。

痛快

回想起來，這段時間的四格漫畫，孩子就畫了兩、三年。而且，斷斷續續的，有些漫畫還只是草稿和構思而已，並沒有真的完成。

不過，對學業繁重的孩子來說，這已經是很大的堅持和緣分了。如果不是真的很喜歡，如果沒有興趣和缺少天分，如果沒有天天往返荷李活道「上學」的這種「機緣」，相信也不會有這些四格漫畫。當然，也就沒有了這篇了文章。

其實，四格漫畫是有生活基礎的，它只有源於生活，才能讓人喜歡、接受和產生共鳴。而孩子的四格漫畫裡，有些就熏染了這裡很真實和簡單的生活內容，甚至還有著「時代」的烙印。——當然，這些都是事後看去的說法。

記得那時有段時間，豬流感肆虐，香港也在全民防範的恐慌中。受情勢影響，孩子有幾輯四格漫畫就與豬流感有關了。在「超級避難所」的漫畫裡，他是這樣畫的：

第一格：豬流感大爆發，人人戴口罩，救護車四處跑，人心惶惶：

第二格：專家、學者和政府官員開會研究，但他們大汗淋漓，苦無良策；

第三格：天橋下，唯有露宿者若無其事，他們照樣打牌、下棋、喝酒、抽煙，卻個個不受感染，善哉悠哉，安然無事；

第四格：政府官員恍然大悟，趕忙用旅遊車，把疑似患者拉去各處的天橋底下露宿。

第五格：醫院與收容疑似患者的度假營，那些人紛紛鬆了口氣（抹汗）。

另一輯叫做「自報訪客」的，是六格漫畫，它這麼畫到：

第一格：九龍維景酒店被封，大批警察戒備，群眾遠遠圍觀；

第二格：住客、員工，垂頭喪氣，紛紛拿著行李登上旅遊巴，被送去度假村隔離；

第三格：有露宿的老人看在眼裡，靈機一動；

第四格：他向警察揚言：「我是訪客，昨夜來過606房……」

第五格：此人被送上旅遊巴時，一臉得意，舉起手指作出勝利手勢；

第六格：天橋下，露宿者們奔走相告，大批人湧向警察處登記。

至於「真是奇跡」的漫畫，是看電視新聞得來的：

第一格漫畫上，電視新聞裡墨西哥豬流感失控，當地市民遭殃。他們不滿政府，便紛紛上街遊行示威，大打出手，場面火爆。

第二格了，政府派軍警鎮壓，發射大量催淚彈和胡椒粉，人們倉皇躲避；

到了第三格，參加示威的人都生龍活虎，沒有一個得豬流感。就是先前中了豬流感的，也都因為參加遊行示威而轉好了；

最後一格，政府人員向全民派發催淚彈和胡椒粉，忙得不可開交。

真是奇跡啊。

而「愈比愈大」的漫畫，卻是一種童心未泯的胡鬧了。在這輯漫畫裡：第一格，莉莉在課堂上羞答答的出示了一支小巧的酒精搓手液，給大家看；

第二格，阿輝見狀，從背囊裡掏出一支超大型的酒精噴霧劑來。他洋洋得意的炫耀著、比劃著，看得肥仔和怪客等人妒火中燒，金星直冒；

第三格，肥仔呼吃呼吃的扛來了一支炮彈型消毒液，更大型了，說是可以噴出滿天大霧。他雖然滿頭大汗，但也是滿臉得意、非同凡響；

第四格，怪客和他的斑點狗新仔不甘後人，合力推來了巨型火箭炮，火箭炮的身上印著「酒精藥液噴射器」的字樣，地動山搖，更加厲害了；

到了第五格，是外面班級的人看了不服氣，他們人山人海的拖來了太空穿梭機，就停在外面操場上。穿梭機上旌旗獵獵，寫的是「酒精液搓手劑噴霧消毒氣綜合抗疫裂變機……」。這應該是應有盡有，一概俱全，把全部人都比下去了。

不過，最後，到了第六格，阿咕出現了。只見阿咕吹著口哨，昂頭信步，神情輕鬆，牽著五花大綁的豬八戒施施然的走進來。阿咕她一臉朝天，不可一世。那豬八戒雖然是肥頭大耳，卻垂頭喪氣，身上掛著「豬瘟」的牌子，好不狼狽。

哈哈，四格漫畫就可以這麼天馬行空、隨心所欲，真是痛快極了。難怪孩子這麼熱衷於畫四格漫畫，它可以暢所欲言、信手塗畫啊。

美好

不過，到孩子讀上了高中，也即是中四以後，就開始主動的放棄畫畫了。「主要是心無二用啊，爸爸。」他是這樣對我們說的。

孩子說，他只是學生，讀好書才是重要的。而畫畫，只是空閒時的娛樂或享受而已。至於他的理想，最好是將來能考進香港最好的大學，選上最好的學科（他喜愛工程）。然後，在以後的工作裡，有一份自己喜歡的專業。因為他常聽人說，許多人的工作（職業）都不是自己所喜歡的。孩子還說，到時候，若理想實現了，要畫畫才再來畫吧，反正畫畫只是消閒，以後的時間和機會多著呢。

奇怪，這些本來是我們對孩子的期望，而且應該是我們對他說的話，但想不到卻是他這樣的告訴了我們。孩子自己的這個想法和決定，真是使我們身為家長的大大的鬆了一口氣。

確實，除非是天才，除非是讀美術專業的，要不然，「一心二用」的結果很可能到時候反而是什麼都得不到。

面對著越來越多的功課壓力和升學競爭，孩子又放棄畫畫了。看他原本那種畫四格漫畫的天分和幹勁，我們有時也不免會覺得有些可惜。

不過，孩子既然知道了要實現讀好書、找好工作、過好生活的願望不易，那麼，除了現在要更加努力的學習以外，適時的放棄四格漫畫，也許就是當時最好的選擇。於是，接下去的高中三個年級，他就幾乎是全力以赴，將精力與時間全都放在了學業上。

當然啦，許多學校的正常活動，與同學們的交往和生活上的社交等等，他都一應參加。尤其是那些美術課的作業，就更是得心應手、輕鬆自如，而一些應景畫作像禁煙海報、評論戰爭和歷史的宣傳畫與壁報，還有多功能波鞋、火星登陸車等科技題材的設計畫，他都是隨手揮就、筆到畫來，而且很被好評。

也許，這就是平時的喜歡畫畫、能夠畫畫反應在學業上的回報。

後來，孩子真的是如願以嘗，以很好的成績考上了香港最好的大學，選到了心儀的學科，得到了喜愛的專業，為日後的生活爭取到了一個良好的開始。

也許，這就是在這個學習階段，他能適時「取舍」而得到的好回報了。因為在他後來的專業裡，那些數理化、力學、光學和繪畫圖則設計等等學問，都與他小時候的塗鴉，與他成長中的畫畫，與後來四格漫畫裡天馬行空的創意種種，都是有關聯和緣分的。所以說，生活中的得失，都是「有時有候」。而有些得到，就是要用另一些放棄換來。

回顧以前，孩子有過那麼一段畫畫的日子，那是快樂、輕鬆、自如愜意的。但為了學業，為了得到更多和更好，他學會和經歷了放棄（說起來，是兩次放棄呢：小學和中學各有一次）。於是，那些畫畫的享受，那些愛畫的情懷，那些對畫畫的興趣與天分，被暫時的封存起來，也是一種機會和緣分。

現在，孩子在學習專業中仍是很忙，但只要將來工作步入正軌，只要生活也步入了正軌，那麼，只要又有機緣來到，還怕沒有時間、心情和本事，再來繼續他的四格漫畫嗎？

「留待以後吧」——我就是這樣來理解孩子和告訴孩子的。說的，就是畫畫。這裡與其說是一種安慰，倒不如說是鼓勵好了。或者更確實的說，是對孩子的一種期望。

是的，這是我們為父母的，對孩子的另一次期待了。畢竟，有畫畫的喜好，有畫畫的經歷、甚至有畫畫的小小天分伴身，在將來不論有沒有美好的工作和生活環境，也一樣是可以重拾畫筆，隨心畫畫。那時候，用畫筆來點綴生活、美化生活甚至改變人生，不也是一種機會和福分嗎？何況，當他們有了家庭以後，當他們也有了孩子以後，那麼，會不會又發現和培養出樂於塗鴉、繼續塗鴉、善於塗鴉的下一代呢？

我們是不是想的太多、太遠了和太虛幻了呢？那就有機會時，再看孩子畫一輯四格漫畫或八格漫畫吧：

——畫阿咕的新生活，畫神祕人看未來，畫孩子們心目中的美好世界……

第十篇：咆哮信

第十篇：咆哮信

楔子

這是一篇有些搞笑的文章。

不是刻意的搞笑，而是有些無奈的苦笑，最少對於我們家裡的人來説。尤其是我，我是肇事者，只是不小心碰上，脱不了身而己。然後，就窮於應付了，就順其自然了，就不知不覺的看著、想著、又好笑起來了。

別人不知道會不會也這樣呢？

不過，這笑是苦笑，是心虛的笑，不是痛痛快快大笑的那種。這裡面的所有角色，都是自家人，而且最大的那位，又是我的父親大人——孩子們的爺爺。所以，文章寫還是不寫，曾經猶豫了很久。後來寫下來了，又擱下了很久，就是怕落下了個不恭、不敬、又不孝順的罵名。

畢竟，將與長輩間有關的尷尬事，也當成了笑料寫在文章裡，那是很不對的。不過現在，老人家走了，是九十多歲高齡上走的。走的時候，有他最愛的人守護在身邊。所以，這也是一種福氣來的。

那麼，還是將這件往事拿出來好了，因為在這件好笑的往事裡面，基本上老爸是主角，他統領一切。而在這裡，就有著我們一眾家人對他的一些念想。

而且，這也與他身邊的人、與他最疼愛的人、與最敬愛他的人有關。於是把它寫了出來，又拿了出來，讓大家看看，就當作是我們家人對他老人家的又一番緬懷和紀念吧。

生活往往就是這樣，它由許多悲歡離合與喜笑怒罵的事情組成，而只要親身經歷過了，又印象深刻的，寫下來就堪值回味。每一個人的往事，都可以這樣善待、善用和善念想。

所以，我總是覺得，一些真實的往事，一些生活裡的小事，對於每一位當事人來說，都是親切可貴的。它們融入了許多回憶和思念，要比那些別人編造出來的故事，有時候是動人和有意思多了。更何況，我們的這篇文章，也是我和孩子，還有其他家人，懷念老爸（爺爺）的另一種形式和機會呢。

背景

這是十幾年前的事了，那時候，我的兩個孩子才讀小學。不過，這裡還是要先從我的父親說起。父親出身馬來亞，自年青的時候起就喜歡舞文弄墨，然後從事文化工作。可以說，他是靠文化工作謀生的。即使是到了後來，成了家但無立業，一直是靠著筆杆子打工的文化人，就這樣，辛辛苦苦的養大了我們。

我們，就是指他的後代，我和妹妹。在這件往事裡，因為我們全體後代都是配角（包括了我們兄妹的孩子），所以，這裡就有必要囉唆一下，將老爸的背景也說說。

老爸可真是名符其實的文化人，而且至老不休，筆耕不止。

當年，他「迢迢千里」從新嘉坡回到大陸，只不過是從一地的報館，轉投到另一地的報館而已，但展開的卻是所謂的新生活。不過，很快的，他就因為對文化工作的熱情投入，而成了人們熟悉的右派分子。然後，低頭做人了幾十年，一直到文革以後，有機會時才重新出境來。到了香港，他仍是從事編輯工作，直到退休了，也還是不停的寫作，又直到謝世。老爸的一生，可謂是經歷著文化的一生，所以，他是個實實在在的老文化人。許多學習寫作的年青人，都尊稱他為老前輩。

在內地打文化工的時候，那種低頭做人的日子很不好過，但還是要過。只是，我們全家都跟著受累了，因為他是右派分子。從此，我們就變成了很窮的人，要很節儉的過日子。因為在大陸，我們沒有任何親人，他們全都在新嘉坡、馬來亞和境外，沒有人能夠親近我們，援助我們，或者庇護我們。

那時，老爸被打成右派的時候，媽媽在校長的職位上也被打成了右派。於是，我們家裡只有四個人，就有了兩個是右派分子，生活立即糟糕透頂。爸爸媽媽被勞教了幾年後，媽媽乾脆就被解除了職位，連工作也沒有了，全家人的生活擔子只落在了父親一人身上。不過雖然仍是文化人，而且仍集報紙編輯、雜誌編輯、劇團編輯及文學戲劇家和作家一身。但是與以前不同的是，現在他的身分不同了，這些文化銜頭的前面，都會冠上了「右派」或者「摘帽右派」的稱號，以區別於正常人。

於是，在這種小心翼翼、誠惶誠恐的生活裡，我們沒有了任何的援助和其他收入，靠著老爸一點薪水（還是降了幾級的），就只有學會了「一個錢當幾個用」的法術，那就是在生活上要「慘澹經營」和勤儉度日了，這樣一步一步艱難的走過來。而老爸，從此就被艱難的處境磨練出了非常勤奮和節儉的習慣，並且還根深蒂固的將之貫串在所有的生活裡。

漸漸的，尤其是「節儉」的這一環節，在老爸來說就不僅僅是美德了，甚至還是生活的本能和需要，而這也成了我們全家人日後賴以生存的一個重要因素。聰敏的讀者應該猜到了吧，我們要說的這件往事，必定就與節儉有關。

是的，既然說到了背景，那就還要加上一筆，這也是這件往事裡的另一個重要因素，缺一不可。在大陸，尤其是在東南沿海的潮汕地區一帶，人們常有「重男輕女」一說。何止是一說，這簡直就是自古以來粵東地區家喻戶曉的民間傳統。

老爸是開明的文化人，唯物主義者，又來自英國教育下的新嘉坡，他自然是不在乎這一套的。甚至，對有些傳統習俗更還是特立獨行、有所選擇和樂於突破。所以在這件風俗上，老爸就反其道而行之了，而且還時常表現著一種非常明顯的「重女輕男」心態。

兩種心態，且不論那種更好，其實是兩種都不好。不是嗎？當男的抑或女的都是自己的骨肉時，還有什麼「重這個輕那個」的？要重要輕，那也得看後來的變化、後來的感情、後來的需要等等。到那時候的選擇，才是合情、合理和公平的。

但這些道理，對有些人就很難說得清。反正，自我妹妹出世以後，老爸就一直視她為掌上明珠。若是用「捧在手上怕飛了，含在口裡怕化了」來形容，那真是一點兒也不過分。

不過，妹妹也確實很可愛，她自小就粉琢玉雕，惹人喜歡，連我這個當哥哥的都非常疼愛她，常常以她為榮也以她為樂（至今仍是），那就更別說在外面經常受到社會歧視，缺乏同情、友愛和溫暖的老爸了。

我是兩歲時由媽媽從新嘉坡帶回來「投奔」老爸的，怎麼說還享過了幾年福吧。而妹妹，她卻是在大陸出生後，就遇上了爸媽被打成右派的困境。那時我們的家境一落千丈，連保姆也沒有了，搞到她小小年紀就要被可憐的寄托在幼兒園裡（全托），或者是朋友的家，我們要許久才見一面。也許，這就使老爸分外的負疚，因而也越發的疼愛她。

而我，我卻是個很調皮的孩子。尤其是爸媽成了右派以後被送去了勞教，家裡的王國就是我最大。因為沒人管我，那正好讓我可以更加的自由自在和天馬行空，因此老爸對我的疏於學習和不求進取，是非常的不滿又鞭長莫及。於是，老爸對我的愛，就嚴格到了「恨鐵不成鋼」的地步。他每有放假回來，總是嚴格的檢查功課和家務，指責和教訓我要好好學習，天天向上……這種「愛之深，責之切」卻讓我自小時候起，對老爸就有了非常敬畏的心理，很害怕他，不敢怎麼去親近他，甚至是「老鼠見到貓」一樣的常常有意的躲避他。這樣，我和妹妹兩個人的遭遇，在外人的眼中就是「重女輕男」了。他們都奇怪：這家人怎麼是「重女輕男」呢？而在潮汕地區，這幾乎是不可理喻的。

好了，以上的背景雖然囉唆了點，但也說明了老爸的為難之處：

——他的節儉成風、點點滴滴，是有原因的。

——他的溺愛女兒和嚴厲兒子，也是有理由的。

怎麼說都好，這些都與時代的特殊有關，說白了也就是時勢弄人，環境弄人，和命運弄人。

那麼，現在再來說這件有些「搞笑」的往事時，就比較好理解了。

金卡

這事還是要從一張金卡說起，優惠金卡。

十幾年前，有一個很大的強颱風襲擊香港，當颱風預告出來的時候，我正要由上環的公司前往金鐘去辦一件事，然後，再順道去灣仔的三聯書店，買一些中學的教科書。

在公司出門前，同事阿國特別的提醒我：注意時間和信息，因為很快的就會掛八號風球了，到時候必然會交通大亂，寸步難行，而且還處處危險等等。

危險這方面，我倒是不以為意。因為，以前就經常在颱風中上街拍攝些「風景」照片，已經是身經百戰了。不過，這交通方面的危機卻是令我有些擔心。因為我要去買的教科書，是妹妹的小兒子澤長的，他就要升上中六了，開學在即，趕做功課，很等著用，是一件耽誤不得的事。所以，我必須趕在掛八號風球之前，買到那些書。

在公司門口，妹妹及時趕來，交給了我一張「聯合出版集團」的購書優惠金卡，這是老爸聽說我要去為澤長買教科書，而急急的讓她送來的。

這裡面最少傳遞了兩個重要信息：一是澤長是妹妹的兒子，妹妹是老爸的珍愛，於是，愛屋及烏，對妹妹家裡的一切老爸總是時刻掛在心上的。而這方面他向來是消息靈通、從不錯過，並且還絲絲相扣，不容任何忽視與錯失。

其實，這買教科書一事早就落入老爸的法眼了，有他時刻的關心和盯著，本來是輪不到我來代勞的，只不過剛好遇上了臺風，老爸不方便親自出動罷了。

另一個信息就與節儉有關了，老爸是寫作人，老文化人，在香港，他還是香港一些文化協會的理事等等，有一定的名氣。由此，他也擁有一些文化出版方面的購書優惠，這張購書金卡就是其中之一：它可以在某種時間、某種場合、購買某種書籍時得到某種折扣。不久前，妹妹就用它為澳洲的朋友老周先生，購買了「品三國」和「論語」等幾套書，還真的是享受了八折優惠，便宜了百幾十塊錢。所以老爸急急的差妹妹送金卡來，就是想看看可以享多少折扣、省多少錢。這樣不但在實際上受了惠，於心理上也是一種滿足和歡愉。

就這樣，我帶著沉甸甸的購書金卡上路了。

路上，接到老爸嚴肅的電話，他鄭重的吩咐我：金卡用完後要還給他，因為明天，他還要陪外孫女渟渟去選購一些考古用的書籍，等等。

其實，老爸用不著特地吩咐，我也是第一時間裡就會將金卡歸還他的，因為這也是習慣的事。不過，說到了外孫女渟渟，那就不奇怪了。因為這渟渟啊，正好就是妹妹的女兒，也即是買教科書的那位澤長的姐姐。

妹妹有兩兒一女，因上述「歷史」的原因，也因為「愛屋及烏」的心態，長期以來，他們就全部都籠罩在老爸的重重關愛之下。尤其是渟渟，她小時候常住我家，由老爸老媽帶大，所以在得到老爸鍾愛方面，是這諸多人裡的「重中之重」，比起當年妹妹的得寵，那就更是有過之而無不及。可以說現在的老爸，已經將當年對妹妹的百千寵愛全都集中在渟渟身上了，而妹妹她本人也只能退而次之罷了。

不過，這也是挺好的，因為我們後代的全體人，在生活中的許多互動，都是親密、和睦、相親相愛又溫馨美好的，所以老爸就成了一個「太上皇」似的存在，我們大家也都很樂意這樣的接受他、服從他和孝敬他。

而我呢，則是比較多的把老爸當成是一個專家或學者而已。因為專家學者是可敬佩、可崇拜而不大敢親近的（我們並不住在一起）。老爸鄭重其事的電話，使我頓時覺得那張購書優惠金卡是更加的沉重起來，它放在衣袋裡，不但閃閃發光，甚至還有些很熾熱的感覺。

買書，在我的生活中本來是一件很快意的好事來的，於我個人來說，從小到大就被培養到很愛看書、經常看書、甚至是到了無書不歡的地步。所以，在有機會時，我曾經也是忍不住的常常要到處去尋書、看書、買書。

但自從來了香港以後，漸漸的就不買書了。因為在香港，除了居住環境窄小，收藏、整理、存放書籍不易之外，還有一個更主要的原因，就是在香港這個自由世界，有許多書是可以在圖書館裡借到的。通常買來的書因為是自己的，而借來的書卻是要還，必須先看。又因為可借的書太多了，搞得常常是買來的書輪不上看。於是，它們就越放越久，久到封了塵，久到最後等於不用看的地步。因此我就輕易的不再買書了，只是借。除非是必須看又借不到的，或者是要長期參考使用，又或者是要作為紀念收藏，那自另當別論。

當然了，這裡面，也不乏有老爸當年「節儉」的基因在起作用……畢竟香港的書籍印製精美，價格不菲，所以如非必要，就更使我是以借書為樂了。一路上盡是想著這些，所以很理解老爸愛書也愛「儉」的心理。

老爸是寫書人，卻偏偏愛與書商和出版商們鬥氣，這買書價格之拉鋸戰就是其中之一。所以他自己買書時，總是找有特價的地方買，不論跑多少路，甚至上深圳、下地攤也樂此不疲，那時候，是連優惠卡也用不上的。

而這優惠卡，老爸就總是愛拿出來借與他人，以便向書商們打些折扣，省回些錢。每當出示了金卡，看到幫人省下了一些錢的時候，雖然不多，他總是很開心和快樂，並且有滿足感。這就是老爸來到香港，也能夠將勤儉節約的風格發揚光大，和使之攜遠綿長的基本樂事。

現在，幫助和獲益的是自己的外孫，那老爸自然就更加的期待和重視了。而我，也因此就愈覺得自己的責任重大起來。

颱風

辦完了公司的事，趕到灣仔三聯書店時，已經是下午三點鐘了。因為天文臺在兩時半就掛出了八號風球，所以書店已經關門，附近的許多商鋪也紛紛落了閘。這時候的馬路上塞滿了汽車，巴士站排起了長龍，連行人天橋看去，也都是黑鴉鴉慢慢蠕動著的人流，它們無聲，但很壓抑。

哎呀呀，我是抱著僥倖心理來書局的，撲了個空倒還是有所準備，但沒想到的卻是這灣仔的地面上，剎那間就會是這樣的一派人頭湧湧、人仰馬翻的景象。大家都在同一時間裡奪門而出，人人都趕著回家。於是，地下鐵就像是一個巨大的水塘，拚命的吸納著地面上四面八方湧來的人流……就這樣，我也是身不由己的被人流引導著、簇擁著、推動著，帶到了灣仔地鐵的大堂裡去。

在大堂裡，因為人實在是太多了，不得不實行了人流管制。一時間我也被困的動彈不得。只不過就是想不搭地鐵而步行回去，也退不回地面了。於是，我就只好這樣不情不願的與人們碰撞著、擁擠著，然後昏頭昏腦的乘搭著地鐵回到了上環。平時不過是十來分鐘的路程，這次足足用了一個半小時，真是累啊。

其實，累倒不算什麼，累了可以休息，一會兒就緩過來了。要命的，是我在家裡換下汗濕淋淋的衣服時，發現了那張聯合出版集團的購書優惠金卡不見了——它，不見了。

不見了？不見了！

不得了啊！我頓時就驚嚇出了一身冷汗。然後，又由頭到尾的全身找過，還是不見。天呀，一定是在灣仔擠地鐵的進進退退時弄丟的。

一想到老爸的臉色，我的頭皮就炸開了。想不到外面的颱風還沒殺到，這身邊的颱風就要先發作起來，一時間我是心驚膽顫，六神無主，不知道要怎樣應對老爸才好。在我們之間，這可能是比八號風球還要兇猛駭人的風暴預告。

決不是小題大作、聳人聽聞。凡知道我老爸歷來節儉成風，而又對我要求嚴格的人，就一定會感同身受，想像到我因為丟失優惠金卡而將會遇到一場什麼樣的風暴了。真是稍為想想，渾身就會打起哆嗦、不寒而慄啊。

是的，老爸自來香港以後，雖然生活方式有了許多改善，尤其是不用低頭做人了，但是他勤奮寫作和節儉生活的作風，卻是很好的保持了下來，而且還因地制宜，又有了新的發展。就說稿紙、筆墨、資料剪貼本等等這些常用的文案物品吧，老爸當然都是循環使用、重覆使用和節省使用的；而對其他許多家庭舊物品的保存和修理再用，就更加是細心致力了。他常常為了能夠用回了一些舊的東西，節省了一些花費而開心快意上老半天。因為這幾乎是一種「買」不回來的快樂。

不得不説，老一輩人的這種美德，在現在的年青人身上已經不可多見，他們甚至還無法理解。但是，老爸最奇葩的還不是這些，也不是購物時喜歡再三格價和反復比較的老習慣，而是他另一個到了香港以後才有的新習慣。

平時，因為老觀念，因為節儉心態，因為小心謹慎還有決不使用未來錢的原則，老爸他從來就沒有信用卡和提款卡，而且很抗拒它們。這樣是既節省了年費，也沒有那些丟失之憂。

但是老爸的錢包卻總是漲鼓鼓的，拿出來都比很多人的肥大飽滿。老爸錢包那巨大和厚實的程度，甚至把許多持有許多張這卡那卡的年青人全都比下去了。只不過，要是有扒手偷到他的錢包，卻一定是高興不起來，因為錢包裡面錢沒多少，但卻塞滿了各式各樣的優惠卷。

這些優惠卷，有從報紙雜誌上剪下來的，有超級市場買東西時贈送的，有的是街邊的人派發來，還有一些是社團或什麼機構寄來的。內容方面，除了買特定的商品，連到一些酒店、茶樓、餐廳吃喝些什麼的優惠也有。總之，它們花花綠綠、大大小小，上面印滿了蠅頭小字，乍看去定能把人看得頭昏眼花、腦筋混亂。

也真是難為了老爸，對這些優惠卷，他是視如稿件一樣的認真和重視，常會將它們按日期、條件和內容什麼的梳理好，然後分門別類、分開擺放。他將它們放在錢包裡帶在身上，是想在遇到有需要的人時，可以隨時的送出去，與商人們鬥，與賣家們鬥，與大小商店鬥，讓消費的大家人都能受惠。

不過，在所有優惠性質的票券裡，含金量最大的，當然就是這張聯合出版集團的購書優惠金卡了，因為它不但使用起來折扣不少，還很有氣質。更實惠的是它不但有積分，可以重復、連續、無限次的使用，有時候還可以憑證，去參加一些特別的文化活動，尤其是對他這樣一位老文化人來說，它簡直是王牌的優惠，也是文化身分的象徵，是名副其實的文化金卡。

怪不得呢，怪不得當時從妹妹手上接過了金卡時，我就有一種相形見絀的感覺，因為這樣的金卡，只有老爸用它才是實至名歸和當之無愧。

但是，現在卻被我弄丟了。

外面的颱風很快的逼進，窗外的風聲也開始呼呼作響；而金卡掀起的颱風卻在我心裡、腦裡和骨子裡醞釀著、翻滾著，升騰著，它現在雖然還無聲無息，卻也在悄悄的逼進了。

這窗外的颱風和老爸的颱風，我不知道到時候哪個會更巨大些、更猛烈些、更憤怒些。只知道，我一定躲不了。

電話

晚飯後，颱風開始在外面肆虐了，我卻苦中作樂、好整以暇的坐在沙發上給外甥女渟渟打電話。雖然不見了金卡，大禍臨頭，但這場金卡風暴還可以拖到明天，那麼今天，現在，何不就拿它來與渟渟先樂上一樂？反正不見都不見了，要不再樂一下就更加不值。

這個外甥女渟渟，在我們後代的一眾家人裡面是與我最親近、也最有靈通的。我們之間的說話常常很有默契，而且又很能共鳴，所以我們的關係說是舅父和外甥女，但時時感覺上又像是朋友、同學或者兄妹，可以插科打諢說笑不停。於是，與渟渟的交流常常是我們之間的輕鬆快意事。

當然啦，這也是有原因的，除了她臉上有兩個很深很深的酒渦，自小就跟我妹妹很相像外，她還在小時候就住在我們家，由我老爸老媽帶大。那時候我每天下班回去就首先是跟她玩，或者是帶她出街，我常把她看成了當年的小妹妹，又把她當成了當年那幼小無依的妹妹來疼愛。

她們真的很相像。想來老爸也是這樣的把對妹妹的「溺愛」，順理成章的轉移到了渟渟身上，而且還是有過之而無不及那種。

颱風之夜，渟渟在半山上的家裡，她們一家子也是剛吃完晚飯，正在看電視裡颱風的熱鬧呢。我在電話裡問渟渟：「看過『哈利波特』這本書沒有？」

她居然說：「沒有。」

這回答使我覺得非常的奇怪和不可思議起來。因為，她就是在英國的約克大學讀書的，不但在那裡寄宿了幾年，後來又到了牛津讀碩士，還是考古的專業呢。這樣的背景，怎麼會連聞名遐邇、老少咸宜的英國魔法小說「哈利波特」也沒看過呢？

我楞住了，一時間竟不知道要怎麼說下去。

然後，我只能這樣說了：「既然你都沒有看過『哈利波特』，那就不知道什麼是『咆哮信』了。這裡，我只好先給你簡單的介紹一下這本書。」

於是，我就盡量簡潔的在電話裡，將『哈利波特』這本書向她介紹了一番。而主要的，是講述了裡面「咆哮信」的那個片段。

「哈利波特」是很多人都喜歡的魔法小說，它神奇有趣，故事迷人。而其中「咆哮信」的內容非常奇特，尤其是用電影畫面表現出來的時候，是更加的震撼、駭人和令人印象深刻，過目不忘。

我告訴渟渟，在魔法學校霍格華滋寄宿的那些學生，最怕的是收到家長們寄來的咆哮信。因為當他們在學校裡犯錯，或者是成績不好的時候，這一封必須當眾拆開的家信，可是家長們咆哮狂吼、大發雷霆、瘋狂憤怒、聲色並茂的表現。到時候，面對著這種狗血淋頭的痛罵，真怕是會使人渾身發抖、恨地無門，幾乎要隨著信件，被撕碎和燃燒成一團灰燼才能罷休……

總之，當我講完了這些，渟渟總算是明白了「咆哮信」的威力。她嘴裡在電話那頭「嗯啊嗯啊」的應著，腦子卻在過電影，想像著咆哮信的恐怖樣子。

最後，我有些悲壯的告訴她：「我將收到一封咆哮信了。」

「哈哈！什麼？咆哮信？你？！」

渟渟先是哈哈大笑，又說了幾句什麼，然後又是大笑起來。她本來就是一個愛笑的姑娘，還以為我是在開玩笑呢。

我卻認真了起來。等她笑夠了就認真的告訴她：「別笑了，我是說真的，明天，我也將會收到一封咆哮信。」

「明天？誰給你的？」她問。

「你的公公，我的老爸，米奇和米妮的爺爺。」我說。米奇和米妮就是我的孩子，渟渟的表弟與表妹——這樣說夠清楚了吧。

「公公？」這回，她不能不信了。她是知道公公脾氣爆燥的，尤其是對我。她也知道我自小就怕公公，見到他猶如老鼠見貓。這些都是她的婆婆和媽媽，也則是我的老媽子和妹妹以前告訴過她的（婆婆已經在一年前去世了）。

於是，渟渟很奇怪的問道：「為什麼？」

「今天下午，我把他那張購書優惠金卡不見了。」我說。

「哈哈哈哈哈！」想不到，渟渟聽後又是一陣大笑，就像老夫子一樣。我甚至還能想像到她笑到抱著肚子，躺倒在沙發上翻滾的模樣。

「你死定了！」電話那頭她仍是一邊爆笑一邊說，但似乎不是幸災樂禍，而是深知底線和深表同情。

我知道，她不會幸災樂禍，她只是終於想到了「咆哮信」應該是什麼模樣的而已。這不關恭敬不恭敬和尊老不尊老的事，而只是咆哮信的漫畫形象，實在是太生動、太傳神和太搞笑罷了。而現在，終於有了見識到的可能。

讓渟渟這麼一笑，我也覺得好笑起來。而且這樣一想，明天就不那麼可怕了。放下電話時，我真的是舒了一口氣——咆哮信？

明天再說吧！

救星

通話收線以後，我已經不再想這件事了。不料，電話又響了起來，是渟渟打來的。

渟渟還是未說先笑，然後聲音響亮、大包大攬的說道：「舅父，我們全家人商量過了，商量出了一個化解的辦法——你沒事了。」說完，又是格格格的笑了起來，就好像我真的是沒事了一樣。

原來，她將這件事當笑話講給了她的爸爸媽媽和兄弟們聽後，全家人反而認真和重視了起來，而且認為此事可大可小，不能小看。然後就討論了一番，作出了決定。

我正奇怪他們有何法寶，可以貶低金卡的好處，或者化解老爸必有的暴怒？渟渟在電話那頭只用輕描淡寫的一句話，就將謎底揭開了。

渟渟說：「舅父啊，你就別再理會那金卡的事了——金卡是我弄丟的。」

啊哈，就這麼簡單！

他們真不愧是自家人，深知老爸的為人。如果真的是渟渟不見的，那他最多只是嘀咕幾聲就過去了，甚至還是悶在肚裡不發聲的那種。因為笑話裡還有一種，只是為了要表示不在乎、別在意，甚至還會自我開解、輕描淡寫、順水推舟的說出什麼「正好不想要了」之類呢。

「哈哈哈哈！」這次，是我大笑了起來，因為如果老爸只是嘀咕幾句，那就真是和風細雨得很呢。

我們心照不宣，在電話裡各自大笑了一通以後，我就說了：

「渟渟啊，真是服了你們！這條妙計絕對行得通，可見公公是多麼的疼愛你，而你們又是多麼的維護我。不過……」話沒說完，就給渟渟打斷了。

「沒什麼不過！」渟渟斬釘截鐵的說：「我們是說真的，反正不見就是不見了，誰不見的也一樣，明天就這麼辦！」

「但……」我剛說出了一個字，電話那頭就傳來妹妹的聲音，她搶過了電話，說道：「別但了，大佬，乾脆你就別開腔，明天由我打電話給老豆（老爸）好了。其實，我就是說是我不見的也一樣沒事，最多是讓他嘮叨幾句「粗枝大葉」罷了。」然後，妹妹又說：「你也是知道的，我平時就常常是丟三忘四，老豆他早就習慣了，由我來不見（金卡），那離你的『咆哮信』還遠著呢。」

說著，她也哈哈哈大笑起來。

是的，老爸以前一直疼愛妹妹，以後又疼愛渟渟，所以她們有自信可以化解咆哮信。為了我，這母女倆就這樣甘當替罪羊，實在令人感動。不過，想到媽媽不在了，我心裡還是有點沉重。以前，從小到大，媽媽總是最疼愛我、最維護我的，在所有的人當中，她最愛的就是我。以後她也很愛我的兩個孩子，所以我的孩子米奇與米妮與老媽子很親。但不知為什麼的，孩子們卻像我一樣，有些怕爺爺——我的老爸，難道又是基因？

我在想，要是媽媽看到我們兄妹，還有我們的後代仍是這樣的相親相愛、互相幫助和扶持，應該是多麼的高興啊。一時間百感交集，再想對妹妹和渟渟說些什麼時，她們卻搶先決斷的說了：「就這樣決定！」然後收線。

想不到講笑一場，卻闖出了兩隻替罪羊，這讓我反倒有了些慚愧的感覺。我倒是寧願接受一次咆哮信，就像哈利波特的好朋友榮恩一樣，這樣不是也能心安些嗎？自己做事自己擔，怪不得那位榮恩同學臉上的雀斑，也由此變得好看起來。

早晨來了。

颱風昨晚肆虐一夜，還沒有完全過去呢，只是減弱些而已。待稍後市面交通又開始恢復時，我就去買了一份報紙，照例要拿過去給老爸看。這也是我們多年來不成文的規矩了，因為老爸也是要每天看報紙的，但他不贊成多買，只是要我們把看過的報紙送過去給他就行了，而且時間不限早晚，這是很寬容的。不過，每天我都是盡快的先看完了報紙，然後及早的送去給他，畢竟是日報嘛，越早看越好。好在我們住的並不遠，就在一條街上的兩頭罷了。

平時送報紙給老爸是樂事，總是坦坦蕩蕩的，但今天可不同了，我將面對咆哮信的爆發，不知道到時會有何等的駭人景象和怵目驚心？說不怕是假的，但我又不想退縮。想想孩子們今天不用上學，不如帶上一個去，就不用單對單的面向老爸了。畢竟，有個小孫子在旁邊看著，咆哮信的激烈程度也許會被沖淡許多。

誰知道男孩子米奇是看過全部「哈利波特」的，他連電影也看過了，自然知道「咆哮信」的厲害。所以一聽到這件事，就一口拒絕與我去爺爺家裡送報紙了。他「不去」的口氣裡，很是乾脆和堅決，沒有說服和商討的餘地。

我轉而叫小妹米妮與我同去，她才上小學三年級，沒看過哈利波特，便高高興興的進房裡換衣服去。不料出來時卻變了卦，也堅決的說了「不去！」

原來，在房間裡，小妹問了哥哥什麼是「咆哮信」，出來時就「縮沙」了。他們兩個小家伙，不願陪我去爺爺家就算了，送我出門時還一臉壞笑，似乎在看我的笑話，把我想像成哈利波特的好朋友榮恩了，真是令我哭笑不得又狼狽不已。很是無可奈何啊——咆哮信。

結果，我還是獨自一個人，拿著一份沉甸甸的報紙，慷慨就義似的出發。

剎那間，我還真的以為我是榮恩呢。

隙遊

什麼是「隙遊」？

胡謅的，在辭海裡找不到。在這裡，應該是「間隙裡遊走」的意思。也即追求大事化小，小事化無的一種行為，是我準備向老爸報告丟失金卡的做法。

然而，談何容易。在去老爸家裡的路上，我一直在想著如何能尋找到一些空隙，一些機會才來講出這件事，把咆哮信的烈度降低，讓老爸不要太衝動和憤怒才好。這時候，已經不是為了我自己，而是不想他太受刺激、太過受傷而已，畢竟他年紀大了，但一直到了老爸家的樓下還是苦無良策。

不管了，我只有硬著頭皮上去……

下午，渟渟打電話來了，她與朋友在外面還沒回家，突然的想到了咆哮信的事，就急急忙忙的打電話來了。

「舅父，舅父，點啊（怎麼樣啊）？我今日好忙，還沒到公公家呢。」渟渟不無擔心的說道。

「咆哮信已經發出了，不過我還沒有正式收到。」我說。

「什麼意思？什麼叫做『沒正式收到』？」她知道我一定是自首了，但不知道公公有什麼反應，所以更焦急了，也很好奇。

我先講了兩個孩子，米奇和米妮不肯陪我去送報紙的笑話。她聽了哈哈哈的大笑起來，然後嗔了句：「兩隻野（兩個家伙）沒義氣」。

不過，馬上的又為他們辯護了。她說：「那也是的，怪不得他們，誰叫你用咆哮信來形容，那咆哮信也確實是太可怕了。」說著又是一陣大笑，她很疼愛和喜歡那兩個孩子。

笑過後，渟渟又急急的問了：「後來怎麼樣？公公倒底把你怎麼樣了？」

我說：「又是你打救了我啊，咆哮信還沒來得及發作……或者說，它被延遲了。」

「又關我事？」渟渟一聽就糊塗了。她說：「哪能啊，我根本連電話還沒給公公呢，我是到現在才想起來的。」

「你過幾天不是要去西安考察嗎？」我說：「我拿著報紙開門時，你公公正在廳裡打長途電話呢，說著一大堆請那邊朋友幫忙照顧你之類的話。他的脖子一邊夾著電話，手上拿著筆和紙，又是詢問又是記錄，又是等候又是道謝，正忙得不可開交，我就抓住這個機會，向他報告：『金卡不見了』」

「啊哈！舅父！你真蠱惑啊。」渟渟又是一陣大笑，她真愛笑。然後，渟渟陰陰笑著在電話那頭說著：「那麼公公乾瞪眼了吧？」我甚至還看到她一臉壞笑的樣子，不過，她顯然是擔心我的。

「不，他因為正在等著電話那頭的人找什麼，或者在核對什麼資料，不好收線，就仍是將電話夾在脖子邊聽著，然後一手捂住話筒發聲的一頭，用很小的聲音，咬牙切齒的向我『吼』道：『好啊，不見了！好！好！都不見了，還說什麼？哎呀呀，八折呢。你看你……』」我就這麼照搬著當時的情況。那頭，渟渟一面聽著我學話，一面還是格格格的笑個不停。我就繼續說下去：「因為老爸仍是在通話的等待中，他不能收線，就只有這樣耗著。」

「他壓制著怒火，橫眉豎目，捂住話筒對我碎碎唸，憤怒表情十足。」

「他的『吼』，完全是看和理解出來的，所以聲音不大。」

「他說：『……你知道嗎，這卡是不能補發的！……你這家伙就是信不過；……你妹妹也是真固執，我說我去就是不聽，偏偏要叫你這笨蛋去；……去去去，滾！』最後，他還是急急的吼了一下，不過，仍是表情和動作為主，聲音不大，因為電話那頭的回音來了。」

一口氣說到這裡，渟渟那頭已經是笑的喘不過氣來。

「後來呢？後來呢？後來又怎樣了？」渟渟又急了，笑過後馬上又問道：「後來你真的走了嗎？」

「當然啦，此時不走，更待何時？」我學人講了句戲臺上的話。然後告訴渟渟，當老爸揮手，像趕走一隻蒼蠅似的叫我滾蛋時，我真是高興極了。

本來，我站在門邊還打算要脫鞋子進去，然後硬著頭皮向老爸說幾句認罪和道歉的話的；本來，我還在猶豫著，老是怕沒機會開口；本來，我還不知道要怎麼講才更好些、更顯得深刻和自責……但現在不用了。「去去去！——滾！」有了老爸這樣一句話，我暫時是一切從簡，直接滾出去就行。

於是，我鞋子也用不著脫了，立即放下了報紙倒退著走出去，還輕輕的掩上了大門。這時候，就聽見老爸在屋裡的電話這頭，輕聲細語的與對方說起話來，完全沒有了一丁點兒方才盛怒的火氣。

我又將他們這對話內容，像說故事一樣的告訴了渟渟：

「我聽到老爸的聲音，像換了個人似的，親切裡透著熱情，期望中滿懷感激。他向對方連連說道『……是，是，拜託了，拜託了……我的孫女……英國……兵馬俑……武則天……紅山……殷墟……對對對……那就太感謝你們了……』等等。」

老爸的退休生活裡，每時每刻仍是在關注著渟渟的一切。像這次她將孤身一人去西安，這是壓倒一切的大事。金卡的事與之一比，就不算得什麼了。

在門口，我這樣聽著、想著，倒是比較安心了些。不過，心裡還是挺內疚的，剛才醞釀已久的一些認罪和道歉的話，沒有能夠說出來，就仿佛化成了痰，擱在喉嚨裡癢癢的，它們咕嚕咕嚕作響，然後還是一口吞下肚裡去。

……

淳淳聽到了這些，倒是笑不出來了。因為她想到了公公的最疼愛她，疼愛到了連咆哮信也可以忽略和放棄，那麼，還有什麼好笑的？

聽到了電話那頭沉默了下來，我仿佛是看到淳淳，她的眼睛裡泛起了閃閃的淚光。

叄

隔了一陣以後，電話那頭淳淳又問了：「舅父，舅父，後來呢？後來又怎麼樣了？」

不過我沒回答，卻是一時間的想到了其他地方去。一直以來，由小到大，淳淳都很慶幸有這麼多人疼愛她。除了爸爸媽媽，兄弟和自己的嫲嫲，還有的就是公公和婆婆了。但是她也一樣的熱愛著大家，回報著大家，尤其是非常的親昵和敬愛公公婆婆。

小時候，淳淳全家移民澳洲，公公婆婆也跟著去了，主要就是幫忙照顧他們這幾個小外孫；到淳長大去英國約克大學讀考古了，最高興的也是公公。他不但從此也關心和重視起考古學來，還經常的為她尋找有關資料，互通有關信息；後來，淳淳去牛津讀碩士，去加拿大讀博士，他又照樣去探望她，還特地飛過去參加典禮等等，留下了許多風光得意的照片。而淳淳，也專門的陪他去周遊了歐洲各地，領略不同的風土人情，讓他寫下了許多精彩的歐洲遊記，然後發表在世界不同的報紙雜誌上——那是一段多麼美好的往事啊。

總之，他們老少之間的關係和感情可不是一般的好，而是非常、非常的好，好到了在我們整個的親友圈子裡，是人盡皆知、引為美談……不過，儘管如此，淳淳卻並不忽略了我這個舅舅，我們雖然隔了一代，但在生活和相處上，卻是像頑童或戰友和老友一樣。尤其是我們可以隨便的開玩笑，插科打諢、沒大沒小、天馬行空……哎，這之間的那種輕鬆、浪漫與快意，又與老爸是多麼的不同啊。

我正雜七雜八的想著這些，淳淳見我久久沒有回應，又急著催問我了：「舅父，舅父，那都是上午的事了，那下午呢？下午公公有沒有打電話來罵你？」

「沒有，到目前為止，還沒有。」我說。

「怎麼可能？」聽到這樣的情況，渟渟也有些奇怪了。

但我想了想，又說道：「不過，下午我不怕，下午有電視足球直播。你看，現在還在打呢——四比零，巴塞羅拿勝香港明星隊。老爸是足球迷，有足球直播，他什麼事都先得放下，所以，看來下午我是安全的。」

「哈哈哈哈，那今晚你也沒事了，放心睡個好覺吧！」渟渟聽了後，不無得意的又笑了起來。

我奇怪了，忙問她怎麼回事？渟渟還是未說先笑：「啊哈哈哈！今晚有世界女排賽，是香港站的電視直播。今天的四隊是波蘭、意大利、中國和多米尼加，必定打得難分難解。公公他是球迷，一定會追看到底，不會錯過……」渟渟也是球迷，向來關心賽事，所以了如指掌。

說著，渟渟又是哈哈的大笑起來。怪不得在眾人眼裡，她一直就是個大笑姑婆，愛笑又常帶給人歡笑。

「是啊！」受了她提醒，我點點頭也跟著她在電話裡笑了起來。老爸向來都是體育賽事迷，還不局限於足球和排球。尤其是一些大型比賽的免費電視直播——免費，他向來都是早做準備，絕對捧場，從不輕易錯過。

看來，正如渟渟所說的：今天，我是暫時甩難了。

渟渟在電話那邊先恭喜了我，說我是吉人天相，才有這麼多的國際球隊來相幫和解圍。我卻是哭笑不得，說主要還是靠她將進行的西安之行，要不然，這第一關就闖不過了。我們又是嘻嘻哈哈的，在電話裡胡謅了一番，才收線。這些話，要是給老爸聽到，不知道會是怎麼樣的反應——更大的咆哮信？

他一定會罵我帶壞了渟渟。

後來，當然是妹妹和渟渟又去老爸那裡活動、疏通、廝磨和佈陣了，總之，老爸的咆哮信，就如石沉大海，無聲無息，再也沒有發出來。

當然，原因也可以是多方面的，包括了左傳裡「一鼓作氣，再而衰，三而竭」的道理。左傳的「莊公十年」，他們說的是戰爭，是士氣，是「夫戰，勇氣也」。而用在我這裡，是一封丟失了優惠金卡的咆哮信，那句名言在這裡，就變成了「咆哮，淡化也」了。

意思相近啊。

想不到，一封將來自老爸的惡狠狠的咆哮信，居然可以這樣，在適當的時機裡，被各種各樣的專注力，慢慢的影響、侵蝕、蠶食和消耗掉，而且還體現在中國古兵法的智慧裡。

道歉

過了兩天，我與渟渟又見面了，她將要出發去西安作文物考察。

其實，這幾天我都是盡量避免與老爸見面的，怕勾了起他對金卡的「記憶」和怒火。畢竟事情剛剛過去，我還沒有受到實際的懲罰呢，要是就這樣見面，那也太不好意思了吧。於是，最近的報紙都是妹妹或者渟渟送過去的。我呢，就是有送，也只是悄悄的塞在門縫裡罷了，或者是趁老爸不在家的時候。哎呀，一接近老爸那周邊的範圍，我就像個小賊一樣，還是膽戰心驚、偷偷摸摸、東張西望的四下察看，怕不慎遇上他了落下尷尬。

渟渟見到了我，先是拱手「久仰」了一番，然後問我——「舅父，你驚魂定未？」

我當然是聳聳肩、攤開手，苦口苦面的作無奈狀了。然後問她：「渟啊，明天還有球賽直播嗎？」

她搖搖頭。

「而且，你後天就要走了吧？」我又問。

她點點頭。

然後我就問她說：「渟渟啊，咱們中國有一句俗語，叫做『跑得了和尚跑不了廟』，知道吧？」

「知道。」她說。

「那麼，還有一句，是叫做『躲得了初一，躲不了十五』，也聽說過吧？」

「當然啦。」她說。

「那麼，如果用它們來給『咆哮信』做註解，我還是要倒霉的。」我說。

渟渟又是哈哈哈的爆笑起來。

笑過了後，渟渟也反問我了，她說：

「舅父啊，那『一鼓作氣』呢？『窮寇莫追』呢？『黃雀在後』呢？……哈哈哈哈，你也是擔心過頭了吧？」

接著，渟渟就引用上面那幾句成語，說公公那天，既然沒有對我「一鼓作氣和乘怒追擊」，那以後就會泄了氣，不會再來了。還說公公當然還知道「窮寇莫追」和「黃雀在後」的道理，咆哮信在那天一旦被肢解了、分化了、凌遲了、搗鼓了……就如同稀釋或石化了一般，再也聚不成形、成不了氣候、沒有了後勁等等。

天呀，她居然用了許多古代的、考古的、化學的、和不倫不類的術語，來加強說法和安慰我。其實，這也是我們平時插科打諢的玩笑形式罷了。

最後，渟渟告訴我說，剛剛，她已經約好了公公，纏著他問大量有關西安的事呢，讓他幫她找些西安的資料，地理啊、氣象啊、歷史啊、典故啊等等，沒完沒了的，把他的咆哮信意識徹底的轉移，拖垮、拖散、拖迷糊，讓它煙消雲散、無影無蹤、不成氣候……

「哈哈哈哈……」我們兩個都禁不住大笑起來，渟渟還邊笑邊說：「舅父，這下你還不是『又見青天』了嗎？恭喜恭喜！」

其實，我們是不是太過分了？這樣背著老爸（公公）又開這些玩笑，而且還大笑不已？

不過，這也是我和渟渟私下裡的一種交流方式，我們是經常的、習慣的、暢快的、又天馬行空的這樣玩的。要不然，就不會三番五次地用上「插科打諢」這個詞來形容了。

想想，在這件事情上，我們既然都已經背著老爸（公公）大事化小，又小事化無了，甚至還無事生非和玩世不恭起來，那麼，何不也來自我檢討和批判一番呢？畢竟，我是犯了丟失金卡之錯在先，而衍生出這一切來，也不過是在逃避責任罷了，還帶壞了渟渟。

其實，我們對老爸（公公）不但並無不恭，反而是很敬愛他的，只是我多了一些與生俱來的畏懼而已。於是賊性不改，我與渟渟雖然有些心虛，卻還是心照不宣的對看一眼，又互相打鬧了起來。

這次，我們用的是突然閃過腦際的有關成語，而且幾乎是不假思索、口不擇言的脫口而出。就這樣，語無倫次的自嘲或者調笑一番，變成了我們對事件的檢討。在這裡，草草錄下一段，就作為「咆哮信」文章的結尾吧，也借此向老爸（公公）作一個他聽不到、也不知道的道歉。

我們兩舅甥（女）即興而來的對話，匆匆如下（當時是真的這樣胡謅的）：

舅：（你）沒大沒小。　甥：（你）為老不尊。

舅：（你）胡說八道。　甥：（你）亂七八糟。

舅：（我）談虎色變。　甥：（我）螳臂當車。

舅：（我）呆若木雞。　甥：（我）亡羊補牢。

舅：（我）負荊請罪。　甥：（我）杯弓蛇影。

舅：（我）逼上梁山。　甥：（我）黃粱一夢。

舅：（你）大義滅親。　甥：（我）同甘共苦。

舅：（我）水深火熱。　甥：（我）狼狽為奸。

舅：（你）物以類聚。　甥：（我）隨形附影。

舅：（我）玩世不恭。　甥：（我）上行下效。

舅：（我）得過且過。　甥：（我）一舉兩得。

舅：（我）風平浪靜。　甥：（我）海闊天空。

舅：（你）大笑姑婆。　甥：（你）壞事舅父。

舅：（？）哈利波特。　甥：（！）霍格華滋。

舅：（你）怎麼知道？　甥：（我）開始看了。

舅：（！）哈哈哈哈！　甥：（！）嘻嘻嘻嘻！

第十一篇：寫作故事

第十一篇：寫作故事

回味

不知不覺的，「孩童舊事系列」的文章，又寫了十幾篇。如果時間許可，我還想這樣一直寫下去。除了自己享受，也與同好們交流。因為，生活裡有些故事，是可以分享的，而如果一些感慨能夠有所共鳴的話，那就更有意義了。所以，在回味往昔和寫下來與大家交流分享的這件事上，我樂此不疲。因為有時候，有一些自己的回味是可以給別人啟發和借鑒的，讓他們在同樣的生活路上，走得更順暢和美好些。

這些孩童文章，原來都是多年前，陪伴孩子成長時的一些隨身筆記而已。說筆記，有時也是日記。於是，現在翻出來，再寫過，就成了文章。可見平時有記事的習慣還是好的。至少，在以後的日子裡，就多了「回味」這樣一種樂趣。

回味，是很有趣的。不僅成功的人士可以回味，失敗的人也可以回味，只是味道不同而已。它們都是人生，都是自己走過來的路。於是，有的是欣然慶幸、津津樂道，堪值感恩或者慰籍；有的，則是悲天憫人、悔不當初，需要檢視或者深省……

這些回味，不論哪種，都是自己的人生經歷，都成了過去，就如同大夢初醒，就是一些不好的夢，也沒有什麼殺傷力了。而好的，不又是一番享受嗎？所以，不論是何種回味我都是喜歡的。就像我向來喜歡做夢，喜歡記夢，喜歡留住夢境，喜歡一切的美夢和惡夢一樣。

不是嗎？至少，夢醒了，就表示了我們還安好；能回味，也表現了我們的人，還在。而那些不好的，都已經成了過去……

為難

上面那些感慨，只是這篇文章的一個引子罷了。用它來當引子，是因為與記事有關，與回味有關，也與寫作有關。

孩子小學快畢業的時候，學校裡知道了我是有寫些小文章的人，便讓孩子來問我，可不可以以作家的身分，去學校為高年級的學生，作一個如何寫作的報告？孩子是學校圖書館的活動大使，當然很高興的向我轉達了。這本來是一件好事來的，是學校裡開展學生與社會互動的一次活動。但是，選上了我時，卻讓我為難了，而且是深深地為難。

我告訴孩子，我雖然寫了幾本書，但還不能算是真正的作家。作家是要創作的，他們的文章，許多的人物、情節和故事，都是要「創作」出來吸引人、感動人和教育人的。所以，「創作」啊，這可是一門非凡的本事。

不像我了，我只是書寫、記錄和對生活作一些敘述罷了，只是把文章實實在在的寫出來，並表達了一些個人的情感而已，沒有什麼技巧之處。所以、我的文章和書，多是散文、雜文、隨筆或者評論什麼的，甚至還有報告文學、遊記等等，它們並沒有什麼創意的成分，因此嚴格來說，我還不能算是作家。

對於這樣的答覆，孩子似乎很失望。

看到他一副落寞的樣子，我心裡又難過起來。因為，平時對他們的一些要求和需要，我們總是盡量支持和滿足的，何況這本來是一件好事呢。

不過，還有一個原因我沒有講出來，不好意思講出來。那就是，我其實是很不善於在公眾場合講話的人，沒有這個習慣，沒有這種技巧，沒有這個膽量，也沒有這個打算。更況且，我的本地白話，也講的不夠標準。於是，那怕就是讓我面對著一群小孩子，也是一樣的，我會感到怯場和不自在。

別看平時對自己的孩子，對別人的孩子，我都可以活靈活現、口若懸河的講故事，說笑話，逗他們開心，與他們同樂。或者是描述這個那個的，引導他們一些什麼事，而且還很受歡迎……但那都是私下裡的，離「公眾」場合還遠著呢。於是，我還是讓孩子去學校裡「推」了它——這項任務。想不到孩子回到學校，把這些向老師報告了後，老師和校長就一起來邀請了。

校長說，這些孩子，多是參加學校圖書館「寫作興趣班」的，他們平時就比較愛看書，對作家很是好奇和嚮往。尤其是聽說同學的家長裡，就有一位是寫書的，所以很期望能見見面，聽聽他說些如何寫作的事，等等。

老師也說了，她說，這些孩子因為愛看書，就把寫作看作是很偉大、很神秘、又很高尚的事情。在他們的心目中，作家都是些了不起的人物。所以，學校也想給他們一次接觸作家的機會，提高他們對閱讀和作文的興趣，鼓勵他們學好中文課……

校長和老師，真誠的希望我能光臨一次，滿足孩子們的願望。

天啊，這下子，就把我弄得更加不好意思起來。

為難啊！為難！想不到，這樣就成了我想作為好家長的一件為難事，因為去不去講、又講的好不好，這裡面，還有我孩子的「面子」呢。

對我來說，這件事雖然很重要，但好在它還不是很急，不是馬上就要辦到。所以，我只好免為其難的應承了校長和老師，說：「那就到時試試吧」。

不過，我還是擔心的強調道：「這個，……真是沒講過啊，只怕說得不好，到時讓大家失望了。」

「哪裡，哪裡，您客氣了。」他們都很高興，並且先表示了感謝。

天分

雖說還有些日子，可以再拖延一下，但是這段時間對我來說也不輕鬆。我先做的一些準備，就是給自己的孩子先講講如何練習寫作，看看他們的反應如何。如果連自己的孩子也沒有好的反應，那我就趕緊打退堂鼓吧，及早的向校長、老師和孩子們交白旗好了，誤人子弟的事可不能幹。

其實，寫文章各有各法，若是長篇大論的話，當可以口若懸河，講個沒完沒了。但是對於孩子只有講簡單些的、直接些的，他們才容易接受。還有許多，是要他們日後在實踐中，自己去追求和體驗的，那將是長久的體會。

如此說來，我的所謂寫作經驗之談，不過是為他們打開一道小小的門縫而已，讓孩子先看一看，想一想，真有興趣的話，就投身進去一試。然後，也許就是體驗一輩子的事了，這裡面沒有什麼樣榜或者天書。

於是，對於如何寫好文章，我想了想，就用兩句簡單的話來開頭。在表面來上說，對於開始寫作的孩子，有了這兩點，做到這兩點，就夠了：

一是要喜歡寫，要真的喜歡寫。

二是要寫到人家看得懂，看得下去。

就這麼簡單。

這喜歡寫，是說只要真的喜歡寫了，才會有熱情，才能苦中作樂，才會樂此不疲。因為寫作需要一個過程，需要熱情，它必須堅持不懈，身心投入。

至於看得懂，就更簡單了。就是說書寫者要有起碼的文字基礎，能夠寫出準確、完整、通順和流暢的文句來，讓人家起碼看得下去、看得明白。不論什麼文章都好，只有先讓人看得下去，看懂了，才有其他的可說。這裡，我不過是想告訴孩子們，只要有這兩個開始——喜歡寫和寫的人家看得懂，然後，這樣一直寫下去，堅持下下去，以後當作家是有可能的。

這也算是一種最直接、最簡單、也最起碼的鼓勵了。

定下了這個調子，我便開始拿自己的孩子來作試驗「練嘴」了。就從上面這兩個「簡單」說起。其實，說簡單哪，做起來卻一點也不簡單。就說這「喜歡寫」吧，這是一種條件來的，這種條件，就不是人人都具備，也不是可以學得來的，它幾乎就是天生的因素。

我告訴孩子，如果不是真的喜歡寫作，就別來玩好了。因為喜歡不喜歡，其實就已經與天分、緣分這些「東西」掛了鉤，這是不能夠勉強和假裝的。比如說，那些只是為了交功課、那些受到別人影響而跟風、那些一時間裡心血來潮、那些想享受一下「作家」桂冠榮耀的，等等。如果是抱著這樣的心態來學寫作，那麼到時候多是費力不討好。因為不是真喜歡，最後就會因為困難多多而退卻。畢竟寫作和創作這種興趣與功能，還是講究一點天分的，而許多天分，一開始往往就隱藏在簡單、樸素的喜歡裡。尤其在學術、藝術和創意方面的領域，甚至是打工、做生意，「天分」這種東西不但有，還往往比一些單純的學習和努力還重要。

是的，人生裡，不論是寫作，還是做其他的什麼事，只要是喜歡了，就說明了與之有緣，就是一個好的開始。而這個有緣，簡單來說，就或許隱藏著一種「天分」在裡面，需要發現和珍惜。

當我說著這些的時候，孩子有一些困惑。他直接的問道：「那是不是說，寫作需要天分，沒有天分就不能寫作了？」

「是的。」我也幾乎是很直接和乾脆的回答了他，說道。這方面，到是寧願先給他們撥撥冷水的好。

看孩子有些失望的樣子，我又說：「如果只是一般的作文、書寫、功課等等，那可不需要什麼天分，只要敢寫和多寫就好了。但如果說是要寫作、要當作家、要在寫作上有成就、要寫出動人的作品，那就確實需要一點天分，不是有願望，肯努力，就人人可以做到和成功的。其實，畫畫也是一樣，音樂也是一樣，很多藝術、技術的追求都是一樣。因為有一些東西，光憑努力未必有用，它還需要天分（有說是靈氣）。

不過，我又告訴孩子，別以為「天分」這種東西很神秘、很稀奇，其實「天分」也即是天賦來的，是人類具備的某些特長而已。聰明就是一種天分，調皮也是一種天分，甚至老實、木獨、愚笨裡，也可以有另一種天分隱藏著，只看有沒有機會表現出來，又能不能用到點子上罷了。

有些人，有著過人的機智，他敏感、直覺，或者是體能機能方面優異，或者是某些反應快捷，這都是明顯的。又有些人，看似什麼也沒有，但他們的特長，只是被屏障起來而已，需要有機會時去揭開、喚起、發揮和善用。

所以說，特長這東西，幾乎是人人都能夠部分擁有的，只是要區別是什麼人、擁有什麼方面的特長罷了。許多特長，只有用上了，用對了，那才是「有用」的天分，被承認了的天分，被認識了和發揮了的天分……

像這寫作吧，有人的天分並不是寫作，而是其他，那他來玩寫作，可能會很辛苦，也可能是吃力不討好。如果有自知之明，他就會尋找和發掘自己有「靈氣」的特長，並用在對應的項目上，那種努力才會事半功倍，才能發揮自如，才見得心應手。而把這種努力與天分掛勾，才是合理、實際和最有效的。

孩子靜靜的聽著，似乎有些費解，我不得不又囉唆下去，告訴他：

說起來，有的人獨天得厚，是可以同時擁有許多種特長的，只看他的哪一種特長有機會被發掘出來、和善用上而已。所以，歷來就有「能者無所不能」的說法，那些人不是文武雙全，就是樣樣精通，或者才藝過人，不論從事哪一行，不論放在哪裡，都能發熱放光，真叫人好不羨慕和贊賞。

但天分或特長如果沒有被發現，或者用不對地方，那這些「天分」也許就白白的浪費掉了，他也就像平常人一樣。而像這種因各種原因而「埋沒」了天分的例子，還有錯過了時間與機會的人，生活中也是屢見不鮮的，十分可惜。

至於有的人，那怕只有一種天分，只要是被用上了、用對了，那麼，他就會被人認為是「有天分」的人。

難怪了，難怪古人早就有「天生我材必有用」的說法，這不僅僅是一種勉勵，而且也是一種事實。就是說，人人都有他的特長，只要是幸運的用上了、用對了，他就是有用的人，他就是成功的人，他就是有「那一種」天分的人。

特長在這裡，就是他的天分。而展現天分，是需要時機的。這個時候，機會就是運氣，運氣也即緣分。當它們攪在了一起的時候，就讓天分大放異彩。

而簡單地說，喜歡，就可能隱藏著某種天分。

很奇怪吧？

基礎

想不到，光是一個簡單的「喜歡不喜歡」話題，就被「天分」攪到了九天雲外。好在是先拿自家的孩子來開講，不然，到時候就真的是離題萬里、暈頭轉向，讓一眾小同學們糊塗了。不過，對自己的孩子來說，這些離題的話倒還是要講的，也始終是要講清楚的。起碼，能讓他知道一下，有些事，光憑決心和努力還是不夠，天分很重要，機緣也很重要；時候很重要，運氣也很重要，等等。

就寫作這件事吧，總結一下地說：就是多多少少還是要看天分的，總不能隨隨便便就讓什麼人去學寫作，就是悉心栽培也不行。如果不喜歡了，沒興趣了，你怎麼引導也是沒用的，不如趁早去發現他的其他天分好了，他總是有一些特長的。

那麼這裡，還是回到「演講」內容這方面來。說到了第二個簡單，即是要寫到讓人家「看得懂」，這似乎是廢話。因為這……既然要寫作，那最基本的「寫」，應該是不成問題的吧？很多人都會這麼想。

我倒不這麼看。別說孩子了，就說那些大人吧。

工作那麼多年，有機會看些稿子，我就看過不少興致勃勃，要寫作、要投稿、要出書的人。他們有些文章和詩篇，是連基本的文字、文句和文法都寫得不好的，有時還真的是讓人看不懂，甚至是看不下去。如果要為之操刀修改，那也是嘔心瀝血、大傷腦筋的事。所以，面對一些有志寫作，但又基礎不好的人來說（也許就是缺乏天分），要他寫到人家看得懂，看得下去，也不是易事。

也許，對孩子們這「第二簡單」之要求，就是這樣的有感而來。他們還只是孩子，一切可以從頭開始。所以，我只是要求他們打好基礎罷了。那文章不論是長是短，只有寫得文字準確，流利舒暢，寫到人家看得明、看得下，才能夠評論其他，而孩子自己，也才有受教和進步的機會及餘地。

我的孩子，作文功課還是不錯的，所以這「讓人看懂」的說詞，對他就沒有什麼說服力，他甚至還有點不以為然，奇怪怎麼會有「寫到看不懂」的情況呢？

是的，不知道是基因的原因，還是家庭的影響，我們的孩子也是自小就喜愛看書與畫畫的，他喜愛看電視和聽故事，喜歡打遊戲機和玩各種潮流玩具。由於這些玩樂的各方面興趣都很均衡，上學後各學科知識的吸收與應用也很均稱，所以在學習上，孩子都很輕鬆，我們也不擔心什麼。就說這寫作的事情吧，他沒有表現出特別的喜歡和興趣來，我們便也不在乎他會不會寫作了。平時的功課，只要文句表達上能夠準確、通順和讓人看得明白，就可以了，我們並沒有要求和培養他去寫作。

我總覺得，在可能的情況下，孩子喜愛什麼，就培養他什麼，這才是最好的選擇。那也是作為家長對孩子可能擁有的「天分」，一份細心觀察、發掘、引導和保護的需要。這種細心和尊重，也是一種責任來的，只要有可能，就給他們機會，讓他們盡情發揮。至於成功與否，再看天意，這就是我為何會在對自家孩子的「演講」中大談「天分」，而忽略了「文字基礎」方面的原因。

那麼，如果是去到學校孩子的「大眾講臺」那裡，我就還是要對他們強調一些文字基礎的，因為我不知道其他人文字上的實際水平是怎麼樣。必須告訴那些孩子，這第二個「簡單」非常重要，它是老師給的，是書本給的，是別人的文章給的，是他們自己的努力，自己給自己的。

這就是說，要求他們首先要在老師那裡，學好文化的基本知識，那些文字、文句和文法，它們是表現文章的工具和基本需要。然後，平時要多多看書，看些好書。閱讀，是打好文化基礎的重要部分，而且許多許多的進步，就是從閱讀中得來，從別人的好文章那裡得來。

再就是需要自己的多寫了，一定要多寫、勤寫、常常的寫。這種不厭其煩、熱情洋溢、興致勃勃的寫作勁頭，正是喜歡寫的人才會有的，所以他們不難做到。也所以，才會叫那些不是真正喜歡寫作的人，別來玩寫作，他們可能玩不下、玩不久、也最終玩不起。

最後，講到了寫，那也是有竅門的。確定了喜歡寫作，有寫作熱情與激情，又解決了文字基礎的問題，接下來的寫，開始最好是寫些身邊熟悉的人或事，這時候越是熟悉的就越容易寫出來，也能寫的人家看得懂和寫得好。

不是嗎？你幾乎一閉上眼睛，就想到了一些人、一些物、一些事和某個環境，而想到了，想表現他們時，幾乎就可以流暢的描寫出來了。你寫出來的，因為是熟知的、內行的、身心投入的，所以得心應手又真切可信，這樣，在你寫來是筆隨意到，在別人看來是活靈活現。因為，寫你熟悉的東西，寫你腦裡浮現的東西，還不就是生動活潑、栩栩如生的引人喜愛嗎？要知道，讓人相信，是文章吸引人、引人看下去的重要因素之一。所以，從身邊的人及物事寫起，從自己熟悉的人及物事寫起，是初學者的法寶。

寫作的路子，要一步一步走，這開始的路子走得好了，以後就會越走越寬，越走越多，越走越精彩。而自己，也會越走越自信，越走越舒心快意，急不得。

……一口氣，就給孩子講了這麼多，他倒是聽的津津有味，而且若有所思。因為，不論以後寫不寫作，這些也是他需要明白的。

書信

見到孩子這個反應，我有些竊喜，因為這是一個好反應來的。於是，我就真的是「介紹」起自己的經驗起來，講了些當年，自己開始有興趣寫東西的一些生活背景。

關於寫作，每個人的經驗是不同的，只是我認為，對於初學寫作的孩子來說，能夠由日常做起，由隨心所欲做起，由隨時隨地做起，這樣的練筆才是最好的。比如說，寫日記的習慣就是，寫讀書筆記的習慣也是。

不過，我也告訴孩子，這裡有個更好的辦法，但現在卻是悄悄的、遠遠的消逝去了，再也回不來。而且，令許多人只能在永遠的回味中……

孩子好奇的問我，是什麼呢？我只是沉默著，緩緩的喝著熱茶，有一陣子沒有開聲。我越是沉默，孩子就越是好奇，最後甚至是焦急了起來。其實，說起來也沒有什麼神秘的，只不過是「寫信」而已。

就是寫信，寫家信，寫情信，寫筆友的信，寫朋友、同學、老友的信。

不過，儘管現在的孩子們已經沒有了這個需要和機會，但我還是願意告訴他們：寫信，經常的寫信，大量的寫信，渴望收到回信的寫信，是提高寫作水準最好的途徑，最少是之一吧。畢竟，寫日記，寫讀書筆記，只是單向的，是自己對自己說話而已，而寫信，卻是雙向的，有著傾訴的對方，有著期待和回應……

我的沉默不語，只是想到了許多寫信的往事，一時間又在感慨中而已。

小的時候，我很愛看書，也看了許多書。

那時候是文革環境，找書不易，公然看書也危險。所以，每有書看時，都是很小心和珍惜的。而且一些好書、名著，也經常會忍不住的反覆看，細心看，還投入了時間和心念去琢磨裡面的故事與情節，人物及對話等等。這樣子吸收文學知識和寫作技巧，那些內容和收獲就豐富了許多，又實在了許多。

但那些，還只是看而已。享受的，也只是閱讀，的快感，思想的歡樂，以及代入故事、想像情境、體會人物心情變化的種種樂趣而已。就算是寫下了讀書筆記，也無處與人交流和分享，因為在那個時代，對我們這些人來説，根本就沒有投稿和發表文章的可能。於是，真正與寫作有關，又能很好的打下基礎和迅速提高興趣的，就是寫下讀書心得來自娛，還有寫信了。

在我們那個時代，沒有電視娛樂，沒有手機電腦，連電話也是稀罕的物事。人們的日常交流，除了面對面，就只有思念了。而書信就幾乎是人們心靈之間最好的溝通形式。這種互動雖然是沉靜的，卻也是活躍的、甚至是強烈的、綿綿不斷的，像是靈魂的存在——尤其是在互動雙方彼此的心目中。

我的情況有些特殊。

因為時局的關係，我自己一個人很早就要過著獨立的生活。也即是説，很早就出來工作了，並且成了單身漢，長期的住在南方沿海的一座小城裡。

在那裡，我有一個租來的小房間，不過百來尺。雖然簡陋不堪，卻是自由天地。因為在這裡，是「看也由我，寫也由我」，甚是獨立和自由，常讓我體會到畫家黃永玉先生那「一間小屋，坐也由我，睡也由我」的畫中境界。

我的家人，父母和妹妹，也即是孩子們的爺爺、嬷嬷和姑姐，他們都搬到北邊一處山區的小城鎮裡去了，我們彼此都很是思念。但那時候探親不易，除了交通不便和經濟拮据，要出一趟遠門，就連乘車也要單位批准和出示證明，所以我們家人裡一年都難得見上一面。而每每牽腸掛肚時，就只有依靠頻密的書信往來作一些舒解了。

我的寫信，就是在那個時候，在寂寞和思念中開始和練出來的。在當時，這是一種悲情，一種渴望，也是一種需要，並沒有想到練習寫作那麼的浪漫和有用。

說起來，這種書信行為還真是很回味，而且實在是應該讚美、保留、甚至是提倡的。它並不存在過時，只要有特別的環境和時機，只要有特別的需要，一句話，只要遇對了人及時候，那麼，書信往返就還是大有作為的，並非是現代的高科技可以替代。

當時寫信，為了對方能看得懂，首先就要準確自己的文筆。這不但是基礎而且還是負責，尤其是關係到自己心靈的表達，關係到對方能否看得下去，關係到能否被人理解，然後被人喜歡……所以，落筆必定是認真、細緻和負責任的，過的是自己心裡的那一關關，而無須老師來打分。

當時的寫信，為了對方能夠被吸引，必要將身邊的人、事和環境如實的奉上。親人間，所有對方身邊的人及事，無分巨細都是關心和很想知道的。所以，漸漸的就練出了生動細緻的敘述和描寫，而筆下的那些環境、人物和事情等等，就都是自己所熟悉的了。

當時的寫信，為了對方能喜歡看，還開始學會了運用一些技巧，這渲染、鋪墊、比較、懸念啊，還有情節、對話和故事什麼的，就都從看過的書裡面學來了。於是寫家信，漸漸的就變成了寫家書，它們分明就是初期的寫作了。

當年我的寫信，是經常的、不斷的、大量的，而且還樂此不疲。與我有書信往來的，除了最多最常的是家人以外，還有幾個是同學、朋友和文學愛好者。其中的許忠富、洪俊生、張子華、張晉和張小玲等等，都是後來的文化人。這些人我們的孩子都知道，因為在以後的日子裡，他們有的還來過我們家，抱過孩子，看著孩子長大。這裡具體的說出來，是喚起孩子的記憶，讓他們能更加的投入、相信和有參與感罷了。

當年，我們這些互通書信的人，都是熱愛文學的小青年，又生活在一個無比沉悶的年代裡，所以書信往來，就曾經是我們灰暗生活裡的一沫亮光，讓我們能從彼此的書信裡，享受到別處得不到的慰藉與歡樂。

其實，寫信還有一個享受，就是等待回信。那時的一封信，幾頁認真寫好的信紙，一個簡單的信封，八分錢的郵票，從封上到去郵局寄出，都是鄭重其事、充滿期待的，甚至還有一種近乎神聖的態度。那種興奮又焦急的心情，不亞於後來的投寄稿件。因為，由寄出信件的那一刻起，就會對將有的回信和反應，充滿了好奇和希望。而那時啊，一封書信的往返來去，是需要許多日子的等候和期盼的……

這裡面的渴望心情，患得患失，沒有經歷過的人，還真不好體會。

給孩子說到這裡，突然的，我又有了一點點感慨：還是「從前慢」好啊！

作家木心先生說的「從前慢」，現在看來還真有一種生活裡的凄美，因為有些事情，已經回不來了，好像這種寫信的行為，它還能回來嗎？

我告訴孩子，我就是喜歡「從前慢」的人，而且至今還是認為寫信，是寫作初期的最好練習。從對一個人（家人、朋友、情人）寫到他看得懂、看得下，到對一眾人（讀者）寫到他們喜歡看、追著看，這個過程分明是有些相似，又不難做到的。因為，寫的時候，總會想著對方，想著如何讓他明白，讓他喜歡，讓他緊張，共鳴和想像著他會有什麼樣的反應……

於是，寫信，也許就是初學寫作時，一條實實在在又最有成效的捷徑。

只是，現在還有人需要寫信嗎？他們還懂得寫信嗎？而且現在的人，還喜歡信嗎？

投入

給孩子試講還真是負責任的一個做法，也幸虧有了這個「試講」。因為這一講，我才發現這種「經驗之談」是太需要時間、太需要背景、也太需要心情的。如果不是對著自己的孩子，如果不是在一種輕鬆、自由、隨意的時間和環境裡，我是不可能如此滔滔不絕、沉浸在「從前慢」的回味中，然後，緩緩、盡興、津津樂道的大談「經驗」。

看看，從寫作的天分、文字的基礎、到寫信的練習等等，居然就要講上好幾個鐘頭，而且還是錯開在不同時段裡的，這分明只有對自家的孩子才做得到。既然如此，我就先不管那場演講了，還是給孩子講完我想講的，讓他對「寫作」有一個比較實在的認識，而不管他以後寫不寫作。

前面講的那些，孩子很聽得下去，因為只是講道理而已。其實，所謂的經驗，不外乎是驗證和實踐一些道理罷了。如果接受了那些所謂的經驗，那麼就要告訴他，對於初學寫作的孩子來說，進一步的要求是寫作要投入身心，只有感動和吸引了自己，才能感動和吸引著別人。而這投入身心的一種便是要學會將自己也投入到讀者的視野裡。即是說，站在讀者的角度，來看自己寫的文章，想想讀者到底是看明白了沒有？什麼地方會不明白？然後，把出現的漏洞補上，讓文章更加的親切、合理和可信。

可以說，在落筆的時候，這種換位思維，設身處地的替讀者想想，想想他們會看的明白嗎，是很是重要的。這將是檢視文章能否受歡迎的好辦法。而不論文章寫的好不好，能讓人明白和理解是第一步，也是寫作的基本功來的。

於是，這種做法，最好是能夠養成一個習慣對所有初學寫作的孩子來說，寫得讓人看得明白，就是成功的開始。當年，從寫信開始，我就是學著這樣做的，而到現在，也仍在繼續中。

聽到這裡，孩子又有些不明白了。他說：「如果我是寫作人，就是我寫給人看，想寫什麼，應該是我的事，為什麼我反而要站在他們的角度來寫呢？那不如他們來寫，我來看。」能這麼問，說明孩子是認真的，而且，還有自己的想法，這很好。

我知道，是我表述得不完整了，或者說，我正是犯了上述的讓人「不明白」的毛病。那麼，還是要講詳細些、清楚些的，不要受那該死的演講時間制肘。於是，我又長篇大論起來。

說長篇大論，其實也不過是多說了幾句而已，孩子很快就明白了。我是這麼告訴孩子的：往往，初學寫作的人，急於向讀者介紹某件事，或者某個人。在他自己來說，他是知情者、講述者，許多事情的來龍去脈，他早已一清二楚、明白不過，包括了一些環境、背景和人物關係等等。而這許多許多他「知曉」的內容，就分布在好些個文章的細節裡。

但是，別人還不知道啊，讀者還不知道啊，他們正是要靠作者的描述，靠那許多具體的細節，去想像、理解和組織畫面，去明白那整件事情的。而如果作者疏忽了，以為有些事情讀者也是知道的，就將之省略沒寫，或者是匆匆的掠過，那麼，這種「想當然」的寫作，便會留下描述中的某些漏洞，它們便會讓讀者迷糊不清了。

於是，本來很好的文章，很吸引人的情節，很動人的故事，就有了含糊不清的缺口。而這種「自以為人家也知道」的疏漏，常常就會在實際上造成了讀者有摸不著頭腦、或者跟不上節奏的感覺。

其實，這種美中不足是可以避免的，而且也是完善文章的做法，只要站在讀者的角度來想，將自己的文章用不知情者的眼光來看，就可以審視出一些漏洞來。然後，補足之、充實之、修潤之，把文章敘述和表現得更好。

最後，我給孩子說，開頭寫信（其實，那時已經常常把家信和給朋友們的信，當作是文章來寫了），還有初學寫作時，我就是經常犯這樣「沒頭沒腦」的毛病的，總以為提供的背景很具體，描述的人物很明朗，交代的事情很清楚等等。但是對方怎麼就看不懂和理解不了呢？沒想到，其實裡面的許多明白，只是「自己明白」罷了，只是停留在自己的思維裡罷了，只是一種「想當然」罷了。它們的某些內容或背景，其實還沒有來得及寫出來呢……於是，這種知情者與不知情者，在看同一篇文章時產生的「偏差」，在寫作人來說，就是「言不達意」的一種表現了。

所以說，投入讀者的視角，站在他們不知情者的角度來看待自己的描述，檢視有沒有疏忽與漏洞，有時候，也是挺重要的。不過，這已經是初學寫作裡更進一步的要求和練習了。追求的，只是讓人能更理解、接受和喜歡自己的文章罷了。

孩子聽了這些，笑了。他說：「知道了，爸爸，以後要是有寫文章，就一定要掌握『為不知者而寫』的角度，盡量減少一些『言不及意』的失誤。」

好啊，如果孩子能有這樣的理解，我就滿意演講的這部分內容了。

故事

好了，囉哩囉唆的說到了這裡，也只是確認了在寫作經驗上，要給學校的孩子們講一些什麼內容罷了。但這樣給自家孩子傳授寫作經驗，只是「試講」而已，到時候如果正式開講起來，情況又不一樣了。令我擔心的是，到時候，那些時間呢？那個場面呢？那一大群好奇和心急的孩子呢？還有在旁邊虎視眈眈盯著、滿肚狐疑的老師和家長們呢？

……這一些，才是我一想起來，就對正式演講心虛和惶恐不安的原因。

而且看來，到時候我只有一、兩個鐘頭的時間可以說話，從負責任的角度來說，要講到讓孩子們聽懂、接受和有興趣，那難度也太大了吧？

那麼，對著一群愛看書，又有寫作興趣的孩子，要怎麼說，說些什麼，才能夠讓他們真的明白、接受、又喜歡呢？這可是一個大大的挑戰。

一時間，我又是想推掉它了，這場原本就是不情不願的學校演講會。

其實，如果真的要讓我去講一些經驗的話，我倒情願是講些看書的經驗。因為長期以來，我喜歡看書和看了許多書，在書裡面得到的樂趣和美好享受，才是我的至愛，也有著更多可以得心應手、隨時隨地說出來的經驗。

思忖至此，我便突然想到：這些孩子都是喜歡看書和聽故事的，不如在現場，只須略為講一些「需要喜歡、需要天分」和「打好文字基礎」之類的話即可，那些大道理，基本上都是沉悶無比，而且人人都會講的，沒有什麼新奇之處。到時不得不講它們時，只要作一個「過場」就是了。然後，還是用多些的時間，給孩子們講一個好聽的故事好了。

這個故事，必須是好聽、神奇、可信、有懸念又夠吸引的，它必須能夠抓住孩子們的心，讓孩子們從中得到啓發和鼓勵，從而激勵他們在平時裡，更多的去看書和看多些好書，因為許多好的寫作經驗，就是從別人的文章裡面，從一些好書裡得到和學來的。而如果能這樣做的話，一些看書經驗，可比寫作經驗要好多了。

這樣一想，覺得有些道理，便也釋然起來。不過，一時間裡，要從時間篇幅、故事內容、寫作技巧和吸引力等方面，找到一個適合講給孩子們聽的小故事，也不容易啊。

好在以前看過的書裡，生動誘人、叫人時時回味的故事還是挺多的。有些很好的故事和人物，看過後就留在腦子裡了，印象非常深刻。像著名作家馬克，吐溫、莫泊桑、大仲馬、屠格涅夫以及新近的羅琳等等，他們的作品，就有很好的故事和性格鮮明的人物，常常讓我愛不釋手、念念不忘。

於是，我就開始這麼一幕幕的想著、回味著，在腦海裡盡量去尋找、搜掠一個適合讓孩子們「攝取」寫作經驗的故事。後來，還真的是讓我在「回味」中找（想）到了。

這個故事，看來挺奇特和吸引的。不過，在對著自家的孩子又了作一次「試講」的時候，聽眾就多了他的妹妹和媽媽。因為是講故事嘛，人越多越好，人多了反應更熱烈、也更真實。於是，這就成了我們自家人裡，又一次別開生面的互動。

現在回味起來，這個故事的「試講」還是挺有意思的，因為故事的本身已經是夠神奇和震撼了，而作者在組織故事、安排情節和刻劃人物方面，又出乎意料的留下了很巧妙的創作經驗，令人眼界大開，佩服不已。於是，短短的時間裡，他們聽故事的三個人，也經歷了由平淡、疑惑、緊張到害怕和不可思議的過程，就像坐過山車一樣。

孩子後來也禁不住說了，他說：「爸爸，要是有這樣的書，這樣的故事，您以後就多多的介紹給我看，我很喜歡。」

哈哈，這就是我要的反應。

這是一個英國（？）作家寫的故事，短篇的，幾千字而已。故事的名字叫什麼忘了，大概是「窗外」或「敞開的大窗」之類的吧，描述發生在一個森林邊緣小農戶裡的故事。

因為這個譯本看過有很多個年頭了，現在也找不回來，連作家是誰也記不得了，但他也是個有名作家來的。所幸的是這裡，我們只是需要故事而已，需要將故事裡的技巧用來學習罷了，而且大體的故事我還是記著的。所以，憑藉著多年來對那個故事的好感和記憶，這時又講述出來，便讓孩子兄妹和他們的媽媽，都聽的憋息閉氣，緊張回味，還要追問後來。

現在，這裡，我還是把這個故事轉述一下吧，不過是寫下來的，讓大家也來體會體會。如果真的是對這個故事有興趣的話，在網上應該是可以找到，那就應該以原作寫的為准了。畢竟，我只是憑記憶說出了大概內容罷了，這裡還要請那些看到原作的人見諒。

下面，就讓我不厭其煩、簡單明快的轉述這個將會為學校孩子們講述的外國小故事吧。

原來

這個故事，發生在十九世紀初的英國，一個遠離城市的僻靜農村裡。

這裡是森林地帶，有許多沼澤、水塘、灌木，還有零散分開的農舍。這裡的人跡稀少，終日霧靄繚繞，朦朦朧朧，卻是空氣清新、風景如畫。

有一位在城裡從事文職工作的先生，因為身體的原因，來到這裡作短暫的休養。其實，他也不是什麼大病，不過是在都市裡呆久了，有些神質緊張、敏感和心情壓抑而已。到這裡來，就是為了放鬆一下自己罷了。到了這裡以後，這位先生住在湖邊一間小屋子裡。雖然是自己一個人住，卻很享受這種與天地同處的寂靜環境和生活。

有天下午，他突然想到了臨來這裡之前，家人曾經告訴過他，在這附近還住著他們的一位遠房親戚，大概是姑母或者嬸母什麼的，要他有空時可以去探訪一下。於是，這位先生馬上就動身出發了。

說是住在附近，其實也是隔的相當遠的，要穿過好大一片沒有人煙的樹林和湖畔。但這些，都沒有能難倒這位先生，他只當是遊山玩水，慢慢的就走到了親戚的家。只不過在路上，曾經遇到了幾條朝他亂吠的狗，被嚇的跌下了一個小土坑裡，受了些驚嚇而已。

這位先生到了親戚家時，正值黃昏。這時候是雨後天晴，夕陽在森林的邊緣，把天際的雲層染的一片金黃，非常絢麗。農舍的主人，也即是他的嬸母吧，正在樓上忙著整理房間。聞之有客人來訪，就急急的先讓身邊的小侄女下去招呼一下。

這個小女孩年紀不過是十五、六歲而已，卻是非常的機靈活潑、熱情好客，也很會講話。不一會兒，先生就與她聊得熱呼呼起來，也當她是小侄女。

寒暄中，先生介紹了自己的情況，來這裡休養的原因，和與她們這家人的關係等等。還說了以前，他並不知道有這門親戚的，以及剛才在半路上，差點被一群狗嚇壞了的趣事，聽的小姑娘哈哈笑個不停。由於他們都很健談，相處的很融洽，氣氛也很好，大家便都有了一種輕鬆快意、相見恨晚的感覺。

他們是坐在樓下大廳裡的，面對著一幅很大很大的落地大窗。其實，說它是窗，倒不如說它是玻璃大門好了，因為它是「趟門」來的。兩扇巨大的玻璃門可以自由滑動。而這時候的兩扇玻璃，是向著兩旁滑開去的，所以看去，就像是大廳裡又打開了一道大門，向著森林的方向。

先生早就注意著這個打開了的玻璃大窗了，從這裡可以看到外面有條彎彎曲曲的小路，長滿青草，一直通到遠遠的森林那邊去。夕陽就在那裡，為森林的樹梢鑲上了金邊。

因為之前的交談使他們熟絡了，先生就忍不住問了小姑娘，說天色晚了，外面又潮濕，而且風還是挺大、挺涼的，這裡又沒有人，怎麼還要把這落地大窗打開來，而且還敞開的這麼大呢？

誰知小姑娘聽了先生這一問，臉色居然就暗淡了起來。然後，她神色沉重的嘆了口氣，說道：「三年前，叔父與嬸母的兩個兄弟，帶著他們的獵狗去森林裡打獵。他們一大早出門，就是從這裡走出去的。」

指著敞開的大窗，小姑娘又慢慢回憶著說道：「我那時雖然還小，但還是記得他們三個人走出去時的樣子。」

「那天也是下過了雨，地面很滑，都是泥漿。叔父他們三個人都穿著白色的雨衣，扛著獵槍，背著背袋，腳上穿著高筒的皮靴，踩著草地上的泥水，吱注吱注的大步走出去。他們還高唱著民歌，褲子上踐滿了花花點點的泥濘。」

「那隻獵狗，也興奮的蹦蹦跳跳、跑前跑後，在他們三個人的身前腳後躥動不停，很是興奮……」

聽小姑娘講的這麼的細緻、投入和傳神，先生看著落地大窗外遠處的森林，也暇想著，腦子裡過起了電影，就像看到了當時的情景一樣。

最後，小姑娘眼睛紅紅的說：「他們本來應該是那天傍晚回來的，但是，那天不但沒有回來，第二天、第三天、到了第四天都沒有回來。」

「後來，嬸母請了村裡的很多人，還有朋友、警察啊什麼的去尋找，但是都找不到。從此，叔父三人和獵狗，就這樣失蹤了，他們再也沒有出現過。」

「三年了，他們就是這樣，完完全全的失去了蹤影。這三年來，再也沒有人見過他們。」說到這裡，小姑娘越來越小聲，最後沉默了。

「啊！」先生望著眼前的落地大窗，聽出了一身冷汗。

如此

這時候，小姑娘聽到了樓上有腳步聲，知道嬸母快下來了，就又趕緊說：

「嬸母她一直不肯接受這個事實，總是以為叔父他們會隨時的回來。於是，每天的傍晚，她都要打開這道落地大窗，還要敞開到最大，好迎接打獵歸來的勇士。」

「都三年了，天天都是這樣。尤其是今天，今天正好就是三年前他們出去打獵的紀念日……請你不要見怪。」

這一說，這位先生又是驚出了一頭冷汗，不知道要說什麼，又要怎樣去安慰她們才好。小姑娘見狀，反而安慰他道：「你也不必害怕，嬸母的病雖然比你嚴重，但不要刺激她就可以了。等會兒她下來的時候，說什麼都好，你就順著她吧，沒事的。」

說完，見到嬸母下來，小姑娘就向客人告別，然後一溜煙上樓去了。

果然的，嬸母與客人見了面，講不上幾句話，就主動的告訴客人，說她的先生與她的兩個兄弟，早上出門去森林裡打獵，馬上就要回來了。還說他們早上去的時候，下過雨，地下滑，但他們有帶雨衣，穿著高腰皮靴等等；又說他們唱著歌，大步走，連跑前跑後的獵狗也很高興；再說了他們今天一定會有很好的收獲，等等；

最後還說，早上，他們就是從這裡走出去的。去森林，就是前面的那片森林。一會兒，他們就會從那裡回來，所以敞開了大窗，等待他們……

這喋喋不休、興奮說事的嬸母，說的與小侄女告訴先生的是一模一樣。先生聽著聽著，不由感慨的想到：「天啊，都三年了，她還是天天如此，這還真的是病得比我厲害啊。」

他很同情她，但又不知道要怎麼安慰她才好。

這時候的先生，是背著落地大窗，看著在餐檯上擺弄食物的嬸母的。但突然間，就看見嬸母指著窗外，興奮的大聲叫了起來：「看，來了，哈哈，他們回來了。」接著，她放下食物，用手掌在眼角搭上了望遠的手勢，繼續説道：「哎呀，全身都是泥巴，髒死了。那身衣服，等下可讓我有排洗……」

先生背著大窗，什麼也看不見。但他心知肚明，也當然不會去看，只是不禁的在心裡想：「真可憐啊，看來是越來越嚴重了，要怎樣安慰她才好呢？」

不料，當他聽到有隱隱約約約的歌聲、笑聲、説話聲和狗吠聲傳來時，就覺得有點古怪了。接著，又看到小侄女已經下了樓，就站在樓梯腳，眼睛睜的大大的，瞪著自己身後的落地大窗，一副大受驚嚇、不可思議的樣子……

甚至，那小侄女口中，還失神落魄的喃喃道：「來了，來了，他們居然真的回來了……」

先生的頭皮，突然就像炸開了一樣，全身的毛孔都豎起來了——真的嗎？

這樣想著，先生禁不住也回頭往窗外一看，天啊，暮色滄茫中，迷茫霧靄裡，森林的邊緣，果真遠遠的出現了幾條人影。他們走的很快，而且還唱著歌，喜笑顏開的越走越近，還有一條狗跟在旁邊，前蹦後躥狗的奔跑著、跳躍著、吠叫著……

他幾乎不敢相信自己的眼睛了：失蹤了三年？今天？現在？回來了？

先生連忙擦擦眼睛揉揉臉，只見那三條人影越來越近，身上白色的雨衣，還沾著乾了的泥巴，隨著走動，那些泥巴叭叭叭地往下掉。他們都扛著獵槍，身上的背袋沉甸甸的，步伐雖然沉重，但歌聲卻宏亮飛揚，獵狗也奔叫的歡……

天啊，他們真的回來了？這一驚，先生的心臟差點跳了出來。

「三年前……，現在……，當前……？……不可思議啊！」他腦子裡亂哄哄的，飛快、交替、又重復的掠過了這幾個概念，實在接受不了了。然後，大叫一聲，跑向廳裡另一邊的窗口，一縱身跳出去，頭也不回的跑了。

一溜煙就不見了。

這時候，那三個人來到農舍的落地大窗前，卸下了身上的東西，並奇怪的問到：「哪是誰？怎麼忽然的就跳窗跑掉啦？」

嬸母過來幫手拿東西，她也莫名其妙的說：「是嘛，那是城裡來的親戚，怎麼聊的好好的，就像見了鬼一樣，跑掉了？」

那小侄女在旁邊，卻說道：「沒什麼，他怕你們的狗。他告訴我，剛才來的時候，差點被一群狗圍住，所以見了狗就像見到鬼一樣。」

「真是怪人。」三個來人與嬸母聽了以後，都不約而同的說。

然後，他們就不再理他，熱熱鬧鬧的忙著去了。

——什麼三年前的事？全都是今天發生的，就是從早上到傍晚而已，今天。

說那位先生是「怪人」，那可真是冤枉他了，「怪」的，應該是這位調皮的小侄女。都是她，都是這個古靈精怪又聰明過人的小侄女，她接待客人的時候，知曉了客人的身分和背景，就心血來潮、臨時起意，即興編了個說法把客人嚇跑了。而且還是魂飛魄散、落荒而逃、不顧一切、不再回頭跑掉的那種。

其實，小姑娘的說法很簡單，也很真實。她的全部說話都是真實的，只是把時間輕輕的挪動了一下而已——挪動了三年吧，而且只是由嘴巴裡說出來，就成功了。難得的是，奇怪的是，那些「配合」她的人，她的嬸母和打獵回來的人，全都不知情呢。

只是可憐了那位先生，他那神質兮兮、敏感緊張的毛病，不知道會不會因此又加重了呢？或者，以後又會不會落下了新的毛病？

那可是另外的故事了。

結局

故事到了這裡，就算講完了，孩子的反應也有了，他很喜歡，他們都喜歡。家人的反應出奇的好，小妹妹和他們的媽媽，事後都一直回味在故事的緊張和出乎意料裡。作為一個小故事，這是很吸引人和成功的，我相信到時候，學校裡的那些孩子們，也會被吸引住和喜歡。

於是，現在就可以給孩子講講引用這個故事的意義了，講講它的寫作巧妙在哪裡，而我們又可以從中學到些什麼。可以說，這個小女孩，是很有創作天分的，如果去寫作，如果去講故事，如果去做編劇，她必定會是個高手。當然啦，如果單單是寫作的話，她還必須有很好的文字基礎，這裡就無須多說。

那麼，技巧何在呢？

首先，這小姑娘很會與人溝通，能夠隨時的融入生活，投入到對方的心裡。而且，她很注意細節。有了細節，那故事才更生動、可信和吸引人。

這小姑娘又有很好的觀察能力，有創意，還有急智，才能夠臨時起意，利用各人的性格特點，來安排和編織出一個緊張嚇人的故事。她甚至還能讓人不由自主的就被網羅其中，陷入到故事裡面去，成了其中的一個角色。

這些，實在是很巧妙和出乎人意外的。

看吧，小姑娘與客人，只不過是剛見面一陣子而已，以前還是毫不認識和知曉的。但是，從短短的寒暄和交談裡，她就攝取到了一些資料：

●這人是來養病的，以前並不了解嬸母這家人，他們彼此之間從沒有聯繫過，所以，他也必然不知道嬸母這家人的生活近況；

●這人有神質緊張、心靈脆弱和對外界敏感的毛病，這些從他的自述和遭遇狗的事件裡，可以看出來；也即是說：這人很容易受到驚嚇。

●他是從事文職工作的，有一定的文化和科學知識，不會輕易的相信怪力亂神事件或者異常現象，也就是說，他是個比較務實和講道理的人，甚至為人還是比較的古板和執著的，等等；

●更重要的，是在短短的交談中，小姑娘已經用熱情、好客、有禮貌和很親和的形象，征服了先生，使他對她留下了親切、可信又可愛的印象。他們就像是自家人，可以互相信賴和分享秘密，尤其是信得過；

●這很重要：先生已經信任小姑娘了，就會絕對的接受、吸收和消化她提供的一切信息。於是，才會有小姑娘可以輕易的移動時間，讓先生認為這家人的出走打獵，是三年前的事。然後，對後來不可思議現象的出現，就有了不能接受、但又不得不接受的受驚嚇狀態了。到時候他的唯一反應，也就只能是不顧一切的跳窗逃竄，而且沒有回頭。

這小姑娘真是了不起啊，她擁有了以上這一些「條件」以後，只需要稍為的安排一下，等待一下，抓住適當的時機，就可以左右了所有的人。

為什麼呢？

因為對身邊的環境熟悉，講述的又本來就是真實的事情，時機的把握又很準確，而且還在有意無意間，把故事裡的「各類人馬」分隔開來，不讓他們有機會接觸和互通信息……

於是，小姑娘只需要在適當的時候出現在樓梯口，而且做出幾個驚訝的表情動作，讓先生「看」到，加強了他的信以為真與驚恐，等等，就夠了。

這簡直是簡單乾脆、輕而易舉，又得心應手、瀟灑自如啊。這裡面，當我們把小姑娘也作為是一位寫作人來看的時候，前面曾經說過的寫出身邊的、熟悉的、真實可信的，人們關心和好奇的種種因素，就都有了。這樣的寫作，加上已經有了起碼的文字表達基礎，那文章及故事還能不吸引人和獲得成功嗎？

把這樣的分析說與孩子聽了以後，他很是接受。孩子並且表示：如果讓他來寫，不可能這麼成功。因為，他自覺沒有這種天分和急智。

我相信這是大實話來的，因為我也不行。不過，我還是願意這樣去講給學校裡的孩子們聽。然後，希望他們裡面，有些具備這樣天分和機緣的人，在今後能夠成功，能夠寫出好的文章和吸引人的故事來。哪怕裡面只有一個人能這樣做到，也是好的。

本來，講完了這個故事以後，孩子們和他們的媽媽，還在追問著後面又怎麼樣、怎麼樣了的。他們聽得不夠癮，總希望故事還能夠繼續下去。我這才想起了關於寫作，還忘了講一件事，那就是結尾。一個好故事的結尾，一篇好文章的結尾，通常不要拖泥帶水，尾大不掉。而是到了高潮以後，就急轉而下，很快結束。留下一些美好或者遺憾的感覺，讓人們去久久回味。也許這樣，才是好故事和不朽作品的無窮魅力。而像這個故事，也就是到此為止了，再發展下去的，已經是另外的故事。

那麼，這裡我的「寫作故事」也是到了結尾的時候了，我是不是也應該急轉而下，來個華麗轉身呢？

理論上是的。

本來，我這裡也是有個小小懸念的，就是到時候，在學校的演講會裡，我會講成個什麼樣的結果呢？我的演講會不會成功呢？我能不能讓其他的孩子，也聽得明白和喜歡呢？又能不能給我的孩子，在面子上有一點交代呢？這才是我最關心的……

是的，這一直是我擔心和不情願的事，又一直在很矛盾和無奈之中。

不過，在這裡我可以很高興的告訴大家：沒事了，過去了。因為，它也是一個急轉直下、乾脆利落的結局：因為某些不關我和孩子的原因，學校裡的這場演講被臨時取消了。於是，愁雲不見、萬里晴空……

而我，實際上是深有所得的，因為我不但意外的多了一個輔導自己孩子的機會，還回味了一些「從前慢」的往事，重拾了以前許多看書與寫信的樂趣等等。這種機會，不是常常有。更何況，又因此留下了多一篇「兒童趣事」裡的文章呢。

真是要感謝學校，感謝「窗外」那位作者，也感恩老天爺啊。

第十二篇：作文故事

第十二篇：作文故事

體會

這篇文章也是談寫作的，不過，說的是孩子的寫作故事。

上次給學校孩子們的寫作「演講」沒有成功，是因為後來根本就沒有去學校演講。不過，對我自己的孩子來說，卻是有了點意外的收獲，因為那樣子，才有了個機會給他們在家裡作「試講」。所以說，有些事情是意料不到的，總是要做過了才知道。

上次在家裡給孩子的「試講」，最後是講了個別人的故事作為結束，但他們卻都聽得很入神，還要求我有好的故事或者書，就多多的講給他們聽，或者介紹給他們看。能夠在一次寫作經驗的「演講」裡，喚起他們的好奇心與閱讀興趣，獲得他們這樣的反應，也算是不枉為我準備一場了。

是的，如果由小時候起，會喜歡聽故事和看書，對生活和世界有著熱情和好奇心，而且養成和保持著這種習慣，那麼，今後的人生，不論是成功、平庸還是失敗，那生活還是充實和易過些的，這只是我個人的經驗。

說起來，我也只是想趁孩子們還小，還能夠受教的時候，盡量的去影響和培養他們一下罷了。而且這培養，還是要撿他們有興趣和喜歡的事進行。

在閱讀方面，我自己就是由小的時候開始的，那種喜歡和興趣，除了環境的影響，也許還有部分就是天生的因素。所以，看書對我來說非但不難，反而是極之享受和入迷的樂事。

但孩子們就不同了，他們現在的生活條件太好，一出生就有著舒適的環境，周圍總有許多新潮的玩具伴身，成長的過程裡，又有不斷發展的電視、電腦和智能手機陪伴。於是，像閱讀這種簡單、樸素又原始的行為，就倍受人冷落，早被擠到一旁去了。難怪現在孩子的想像力和創意，多是越來越弱，大不如前，都被現成製作出來的視覺和聽覺「享受」所替代。所以，不是情況特殊，或者是真有讀書愛好的人，已經很難理解和享受古人「書中自有黃金屋，書中自有顏如玉」的那種意境了。

其實，說到了閱讀，我從來就沒有那麼的神聖和高尚過。基本上，我都不是為了學習知識和增值而看書的，沒有那種覺悟和那麼正派。而更多的，只是好奇、獵趣和釋放身心的疲備而已，只是將之視為心靈的一種享受罷了。

在現實社會裡，謀生對我來說，基本上是一件艱難的事，它苦多於樂。所以我的喜歡看書，就有了些走樣，沒有人家那麼的求知若渴和陽光正氣。說起來也真是慚愧啊，我的看書，往往只是投入了一些書的世界裡，去逃避現實，享受另一些生活裡得不到東西罷了。而且漸漸的，就把書中的黃金屋和顏如玉，作為了一種夢幻般的想像來享受，這是我享有讀書的基本體會之一。

當然啦，這些鬼心思是不能對孩子們講的，它只能是我行我素的隱藏在心裡罷了，而對孩子們，則是要鼓勵他們多去看書，看些好書，然後，在生活中自己去體會。

誘導

平時我的看書比較複雜，那是好書壞書什麼書都看的意思，主要是看時間和機會如何罷了，也可以說是「遇上了就看」的那種。

不過，遇上了好書——當然，這是指自己標準、需要和興趣內的書了，那時就不但看，還會抄錄些句子、琢磨些片段、甚至是留下筆記、留下回味。而不好的書，有時也未必真是不好，而只是個人不喜歡、看不下去而已，那就隨便翻翻算了，不勉強，也不抱怨。因為愛書，我還是比較尊重每一本書的。

這個小方法，我倒是教給了孩子，讓他們在看消閒書這件事情上，要「執生」，要順從己願，不好看的就放下，別破壞了看書的情緒，白白的浪費了一些時間和機會。也不知道是不是對，我只是覺得看書的行為，也是分學習和消遣兩種的。如果是消遣的那種，那只有覺得好看、看得下去，只有想追情節、故事和結果，才能夠上心、入腦和有所收獲，才是一種享受。

所以，開始講故事給孩子聽，介紹消閒書給他們看，首先是要選擇有趣味性，有懸念和夠刺激的。只有讓他們喜歡上了，才有可能培養出閱讀的興趣和習慣。以後，他們也才會自己去找書看，並且將讀書的愛好維持下來。

在學習上來說，這喜歡看書、多看書、看好書，那怕是從消閒的看起，慢慢的就會在書裡面吸收到一些有用的東西了。這條增加知識、尋找知識和豐富知識的小徑，是要細心引導，慢慢走的，急不得。

在香港，想消遣的話，好看的書很多。按我個人的喜好，古龍、金庸、溫瑞安、倪匡和蔡瀾先生等人的武俠小說、科幻小說和散文集，就是很好的選擇。在這些書裡，它們的角色有的是闖蕩江湖、快意恩仇，經歷著生離死別和大起大落，看了令人蕩氣迴腸，熱血澎湃。有的卻是天馬行空、匪夷所思，讓人在疑幻疑真裡，產生了無限廣闊的想像空間。或者是一些生動有趣的生活小品，也讓人增廣見識、享受生活的美好，我就是這樣，常常被一些自己喜歡的書給迷住。

換位思考，站在孩子的角度來看，我比較傾向於引導他們多看些有科幻色彩的書籍。因為他們還小，比較有好奇心，尤其是那些求知欲強的孩子，優秀的科幻作品比較適合他們，這方面，倪匡先生的衛斯理小說就是首選之一。

衛斯理的故事，除了有曲折離奇的情節和懸念，讓人愛不釋手和容易投入以外，裡面的許多物事，也都融入在現實生活裡，又謹慎和巧妙的運用了一些科學知識和道理來包裝。於是，它們就像教科書一樣，給人故事的享受之餘，又有了一些科學學問的滋潤和積累，甚至還鼓勵著想像力的產生和「泛濫」，這正是現在的孩子們所缺乏、而又非常需要的。

是的，當學校的課程給不到他們這些時，對有好奇心的孩子來說，講有趣故事、介紹好書和喜歡閱讀，便是一種很恰當和有效的誘惑。就是這樣，我平時就愛給孩子們講些好聽的故事，使他們喜歡上了一些人物或者事情，然後逐步的去接觸和閱讀一些有關的書。慢慢的，他們就喜歡了看書起來。

這種誘導啊，做得好的話，它可是個讓孩子喜歡閱讀、親近書本、美化生活的法寶。

學習

不過，由聽故事到看書，我的孩子卻是從羅琳的「哈利波特」開始的。那時候他還小，還不會看書，只是上幼兒園而已。但是每晚的睡覺前，我就已經給他講哈利波特的故事了，他每晚一定要聽完一段才入睡，其實我自己也是很喜歡哈利波特的。於是，不知不覺的就把整本書講完。然後是一集又一集，幸好羅琳是一直很有水平的寫下去的。

孩子漸漸長大了，到了他會勉強看書，又聽得不夠癮的時候，就自己找去看。先看中文的，後來還看英文的，令我很感嘆。可以說，哈利波特這本魔法書裡的神奇故事，是最早引起孩子對閱讀感到興趣、再而有看書愛好的。

而後，我又給孩子講了倪匡的衛斯理小說。我本來就是個倪匡的書迷，家裡藏書不多，但衛斯理的卻是全套都有，好幾十本呢，這也方便了孩子以後的隨時看、隨意看。沒有壓力，順其自然，方方便便，又追求很多懸念，在初期培養孩子讀書的過程裡，這種氛圍頗為重要。

在有關衛斯理的小說裡，一個個獨立的小故事比較起大部頭的「哈利波特」來說，好掌握、好閱讀、也好吸收多了。孩子就是這樣，漸漸的吸收了不少課堂以外的科學知識，又豐富了一些想像力和創作意念的。

不過，這些閱讀只是孩子在學習之餘的某些「消閒樂」而已，它們很脆弱，一旦有了改編而來的電影或者電視節目登場，那些書的本身就會被輕易的忽略掉了，甚至放棄閱讀。畢竟，看電影和電視裡的故事，容易多了。

所以，兩者都是消閒，但向來我卻是偏好先看原著的書。因為看書時，自己就是編劇、導演、攝影、美工、甚至是演員。當運用了想像力，代入書本的故事和意境裡時，它就有了與電影、電視不一樣的功能和體會。當然了，從原著而來的電影或者電視節目，又有了別人的再創作，而且很多還是更好的，像「哈利波特」就是。但我還是想誘導一下孩子：有可能的話，不要完全放棄閱讀。或者，繼續看些原著。就算是拿自己的想像和再創作去比較或者體驗一下別人的創作也好。

其實，這種比較和體驗，也是好享受呢，但它已經是另一種學習了，並不是人人都有興趣或者喜歡的。所以，當我給孩子講起了這些的時候，他們聽不懂。孩子還是太小了，也許是未到時候吧，又也許還沒有這方面的天分和需要，他們聽不懂我說的這些。

不過也難怪，孩子有自己緊張的學習生活，而且消閒裡，也不是光有一種讀書樂的。尤其是將要升讀中學了，應付各種考試，面對各種競爭，參加各種比賽，他們的學業也繁重了起來。

一般來說，語文是學習許多文化知識的基礎，它首先是一種交流和創作的工具來的。生活中，表達心靈、思想、情緒、好惡，與人和萬物的接觸、溝通、吸收與理解等等，都倚仗它。我的兩個孩子，也許是有閱讀的愛好和習慣，他們的文字基礎倒還不錯，這對他們學好其他學科也很有幫助。所以他們平時的一些語文功課，經常受到老師的好評。只是孩子的作文，也則是寫作方面，與許多孩子一樣，容易流露於表面，經常把作文寫了成千篇一律、大家雷同的文章。像流水賬啊、公式化啊、大眾化啊等等，這些都是我以前也常有的「特點」。

於是，趁著這次給孩子們「試講」寫作經驗的餘興，我想打鐵趁熱，再給他們講講一些寫作技巧的事，讓他們以後就是不寫作了，但筆下的文章還是不要太一般和空洞。起碼，筆下要言之有物、言之實在、言之成理，這是讓人能夠接受的基本要求。當然啦，在這個基礎上，再追求些其他吸引人、感動人和迷惑人的因素，那文章就完美了，而製造懸念也是其中關鍵。

略想了一下，就還是講一個故事吧。用一個有背景、有情節、有懸念、有意外結局的故事，來誘惑和打動他們，啟發和鼓勵他們多看些好書，希望他們今後在寫文章的時候，也能重視讀者心理，抓住讀者心理，煽動讀者心理，然後，寫出些言中有物、生動有趣、又比較吸引人的文章來。

路人

這次選擇的故事，是美國著名作家馬克．吐溫的小說「敗壞了赫德萊堡的人」。這部小說很長，有幾萬字吧，應該是中篇的。如果直接拿來給孩子們看恐怕還不大適合，但精選一下取些重點講給他們聽，卻是一個好辦法。因為要的是它裡面的故事罷了，看看人家馬克．吐溫是怎樣安排故事情節，處理人物關係，和捉摸讀者心理的。

這個故事也是幾十年前看過的，那時還小，剛上中學吧，找書不易，偶爾得到了一本馬克．吐溫的中篇小說譯本，歡喜若狂，從此就喜愛上了他的書。其實當時那些中譯本，對我來說仍是有些深奧晦澀，所以這篇小說我是囫圇吞棗看下去的。不過，這並不妨礙它給我留下了動人故事和深刻印象，而且至今還一直回味，以至與孩子重溫故事的時候，也仍是津津樂道。

只是講和聽而已，不是閱讀，這樣轉述的那個故事梗概，或許就有些走樣了。所以我跟孩子們說，如果覺得有興趣，以後可以自己找原書去看，就是囫圇吞棗也未必不可。只是學習人家的創意和技巧而已，當作是又一次的消閒樂罷了，所以無須太認真。於是，像上次講「窗外」的故事一樣，我們家人圍坐一起，又聽我開講了。

這個故事，發生在美國十九世紀初的一個小鎮子裡。它的鎮名就叫做赫德萊堡，是一個民風純樸，以誠實聞名的小鎮。

多少年代以來，這個小鎮裡的人無論去到哪裡打工、生活，不論是從事金融、珠寶、保險、還是什麼重要行業，只要說是來自赫德萊堡就可以了，就不用再受到什麼檢查、擔保和推薦。可以說，赫德萊堡這個名字就是一塊閃閃發亮的金牌，它已經是一個最好的信譽保證。

當然啦，這是長久以來該鎮居民誠實的歷史鑄就的，所以這也是該鎮居民生活裡，最引為自豪的榮譽，甚至是很多其他市鎮的人都羨慕或者嫉妒的。

有一天，鎮裡來了一個陌生人，他背著一個很厚重的帆布袋，裡面裝著許多金幣，大約有幾千磅重吧，好幾萬美元。他跌跌撞撞的摸到了一戶人家的門口，敲門進去。

這家人的先生是一間銀行的老出納員，兩老夫妻住在一起，生活清貧。陌生人留下了裝著金幣的帆布袋，還有一封信，就離開去了。臨走前，他簡單的說明了一下：他是一個外國人，兩年前經過這裡時因為賭輸了所有的錢，身無分文，走頭無路。後來，是這個鎮上的一個好人給了他二十塊錢，還贈了他一句話，幫他度過了難關。現在，他又富有了，便回來報恩。這袋金幣，就是償還給那位好人的一點心意。

這位陌生人還說：因為當時是在黑暗的環境裡，那位好人又非常的低調，以至他來這裡找了許久都找不到他。現在，因為時間所限，他不得不離開回去了，也許不再回來。所以，只有隨便找一家人家，寄托下這件事情，請他們不論是私下裡，還是公開上都要幫他找到這位恩人，送出這點心意。

陌生人又特別的強調說：早就聽聞這個小鎮誠實的美名，所以，相信這裡的任何一個人都會幫他辦好這件事的。至於找到了那個人，不論是誰，只要他能説出了當時他給陌生人二十塊錢時説過的那句話，那麼就是他了，當時只有他們兩個人在場，而這一袋金幣，就是他的。

但那句話是什麼呢，答案就封在袋子的金幣裡。這個陌生人説完，就頭也不回的走了。

上演

陌生人走後，銀行老出納員的家裡，第一次浮起了不平靜。

老妻子有些羡慕的説道：「哎呀，當時給他二十塊錢的人，要是老頭子你就好了。」而老頭子卻是默不作聲，他也在想著：當時給陌生人二十塊錢的那個人，會是誰呢？他們夫妻倆一夜難眠，開始嘆息那幫陌生人的人不是自己。並且因為窮，他們沒能力將此事私訪，就只有將陌生人留下的那袋金幣和信，送到鎮裡的郵局去，讓管郵務的老先生聯繫新聞報界去公開尋訪了。

其實，那封公開信早已經預備到了這種情況，不但説明了事情的來龍去脈，還指定了在尋找和認定「那個人」的過程裡，可以委託鎮裡的牧師全權處理此事。於是，從第二天起，全國就知道了赫德萊堡這件事。而陌生人「找那個人」的趣事，也很快的成了名揚天下的大熱新聞。

只不過是從那天起，赫德萊堡就再也不平靜了。許多鎮裡的居民，都在議論著「那個人」會是誰？也有一些人開始睡不著覺，在想著如果「那個人」是自己該有多好？更還有一些人，在悄悄地猜估著那句話會是什麼？

於是，平時祥和寧靜的赫德萊堡小鎮，就這樣開始有點不安寧起來……

不久，老出納員收了到一封秘密的信，信是那個陌生人寄來的。

信裡，陌生人告訴老出納員：據他查知，當年那個給他二十塊錢的好人已經去世了。現在除了他自己，永遠也沒有人再會知道當時那句話是什麼。但這個小鎮給他的幫助，他卻永記於心，還是決心要把那筆錢贈送出去。據他所知，老出納員是鎮上行為高尚，德高望重的老居民，代表了該鎮的美好風格，所以有資格享用這個小小的贈送。為此，陌生人將那句話奉獻上，那就是：「你決不是一個壞蛋，回去吧，改了就好。」並請他到時候憑藉這句話去確定身分，這是他應得的云云……而按照公開信的指示，他只需要將這句話寫下來交給牧師即可，到時候就會揭曉。

這封信，使老出納員夫婦倆意外之餘，又是吃驚、又是猶豫、又是不安、又是竊喜。一時之間，他們真是什麼反應都有，卻又不知道該怎麼做才好。另外，他們還不知道的是，差不多同一時間裡，這小鎮裡就有十八個人也分別收到了陌生人寄去的私人密信，內容一樣，只是稱呼不同而已。

於是，這些收到密信的十八個人，都突然的變得神色古怪、行為不自在起來。而他們，平時卻真的是小鎮裡面身分高尚、行為規矩、德高望重和令人敬仰的人物呢，他們幾乎就是整個赫德萊堡的靈魂、精神與象徵。

按公開信裡的指示，牧師將會在某天，於教堂的大禮堂裡公證這件事。而由於傳媒和報紙的宣染傳播，大批新聞、娛樂記者和好奇的遊客，從全國乃至世界各地瘋湧而至。那段時間裡，各地的來人已經把小鎮附近可以住的地方全都住滿、占滿、用盡了，還帶旺了當地許多酒店、旅館、食肆、旅遊等生意，這可是沒人能想到的變化。

另外一個變化，卻是悄悄中進行的。那些收到了「那句話」的人，有的已經開始在計劃如何使用那筆錢了，甚至還有先用未來錢裝修房屋、購物和請客什麼的。

那一天終於到來了，赫德萊堡的教堂也成了全國人們關注的中心。所有的傳媒到位，佔據了最好的位置，將現場情況向全國以及世界報道。禮堂裡也一早就被鎮裡的居民占滿，他們有優先權。而各地來的遊客、好奇者、觀眾，就各憑本事包圍和擠滿了教堂內外的所有空隙。一場史無前例的公證會，就這樣熱熱鬧鬧、轟轟烈烈的在赫德萊堡小鎮裡上演了。

公證

公證開始了。

若大的現場，人山人海居然是啞雀無聲，大家都憋息靜氣的看著牧師，聽他指示和看他公證。根據陌生人公開信的指示：知道那句話的人，也即是當年收下了二十塊錢的陌生人，已經把那句話寫在金幣裡的信中了。那麼現在可以由牧師當眾讀出那句話來，再比對自稱是那個人的答案，如果對上了，這金幣就是他的。很簡單，也很明朗。不過，有些人卻因為認為太平淡了，反而有點失望起來。

牧師從大衣口袋裡掏出了一個信封，說是一個「應徵者」交來的，打開了唸出來，便是「你決不是一個壞蛋，回去吧，改了就好」那句話。又說出了這位「應徵者」的名字，果然是小鎮裡大家都認識的有名望者。正當大家歡呼著要打開金幣裡的答案作驗證時，卻有人發出了疑問。這人也是鎮裡有頭有臉的人物，他說這句話是他當時給那走頭無路的人二十塊錢時說過的，他已經把這句話交給了牧師，顯然之前那人是偷抄了他的條子云云……

於是，這兩個人就當眾互不相讓的吵了起來，禮堂裡一派混亂，大家都覺得事情有些蹺蹊了。

這時候，牧師想到陌生人的公開信中還有一個指示，就是必須將所有「應徵者」的條子公示後，再比對金幣裡的答案。於是，他制止了現場的吵鬧，又繼續將大衣口袋裡的應徵信（條子）逐一取出、打開、唸出來。奇怪的是，它們全都是這同樣的一句話：「你決不是一個壞蛋。回去吧、改了就好。」而且，落款簽名的，也都是鎮上的頭面人物和模範人物，一共有十八封。

這個時候，在場的公眾都心知肚明起來，知道是怎麼回事了。不用說，這裡面肯定是有人冒名頂替，甚至是橫生貪念想占有這袋金幣而作假。這可不是一般的笑話了，而是有關到這些人的德行，和赫德萊堡小鎮幾百年來的清譽。尤其是那十八位被念到了名字的先生。赫德萊堡小鎮裡最真誠、尊貴和高尚的佼佼者，他們因為向牧師交出了寫有那句話的紙條，這時可真是悔不當初、無地自容了，恨不得當時沒有交過，或者將紙條煙消灰滅……

這裡面，最緊張的還要算是老出納員夫婦倆了，因為他們雖然窮，但勝在有好名節，在小鎮裡也是很到受人們敬重的人物。而他們卻也是鬼迷心竅，向牧師遞交了字條的人。於是他們在等待著，苟延殘喘、心灰意懶，等待判刑似的等著他們的條子被最後唸出來，到時候恐怕是死的心也有了。

但是，當牧師念完了第十八封字條之後，就拍拍大衣口袋攤開雙手對大眾說：「沒有了，這是最後一封」。這句話對出納員老夫婦來說，無疑是狂風暴雨中的突然放晴，而且還是晴空萬里，這幾乎是救了他們的命啊。

出納員老夫婦在暗暗的慶幸：一定是弄丟了！一定是弄丟了！丟得好啊，這該死的金幣不要也罷，只求不要淌上這混水就好了。老夫婦畢竟是老實人，沒有什麼財產，只有清譽，所以是最早後悔的人，這時也冒出了一身冷汗。

禮堂裡鬧哄哄的，講壇中央就放著那袋毫不起眼的金幣。大家都看著金幣和那十八位臉色蒼白、面如死灰的鎮上名人。

禮堂內外和鎮子裡，到處是議論紛紛，群情激蕩。各路傳媒記者們也急急忙忙的將這出乎意料的特大新聞發往各地，一時間，赫德萊堡小鎮沸騰起來。牧師將金幣打開，取出那比對用的信時，那十八個名人更是無地自容了。

答案是這樣寫的：「……你決不是一個壞蛋，回去吧，改了就好——否則，記著我的話——就去地獄吧」——（為敘述方便，這裡就簡化成這樣，要認真的就去看原著吧，那話還挺囉嗦的。）

答案裡並說明：後面的那句話才是對落泊者的最後贈言。

總之，這答案正是說明了一個事實，就是這些人裡沒有一個是真的，他們的答案全錯了。而且到這時候也才發現，連這袋金幣也是假的，它們是用很便宜的錫幣鍍上了一層金色而已，值不了幾個錢。

天呀，這到底是怎麼回事？在場的人們鬧翻了天，連牧師也無話可說。赫德萊堡這事可鬧大了，而且幾乎沒有一個人能把它說個明白。

真相

是時候說真相了。

真相是：有一個外來人，曾經在經過赫德萊堡小鎮的時候，受到了某種羞辱和欺侮。於是，他決意報復，而且是不擇手段的，要讓全鎮每一個人都受到懲罰。結果，他設計和導演了這樣「一齣戲」，要把赫德萊堡整個鎮幾百年來誠實的好聲譽，完全毀掉。

他用了很小的代價，偽造出一批金幣，不是用來流通，而只是作為道具罷了。反正不到最後，不會有人來分辨真假。他又摸查出了小鎮裡最有代表性的十九個頭面人物，他們顯然就是小鎮裡的靈魂，然後寄出了十九封誘人的密信，想一網打盡，把他們的誠信全部摧毀。他夜訪老出納員夫婦的家，是想由這個看似最窮、但又最誠實的人開始……

於是，劇情就這樣慢慢的走到了這一步。而這個人，就是那個陌生人，在這吵吵鬧鬧的最後時刻，他終於出現了。

當這個不速之客洋洋得意的向大眾披露了這整件事的來龍去脈以後，全場先是一片啞靜，然後又突然爆發出了雷鳴般的吵鬧聲，嘲笑聲、咆哮聲和嘆息聲。這時是各種反應都有，而且整個小鎮不受控制的鬧翻了天。

只不過，這個報復者雖然殘酷無情、手段毒辣，但他接下來的行為卻又有些奇葩。在這件報復的惡作劇上，他明明已經如願以償，破壞了一眾尊尚者的誠信，敗壞了赫德萊堡的清譽了，卻因為不夠徹底而感到了有些失意。他突發奇想，居然還這樣的告訴了大眾，他說（大意）：

他一共寄出了十九封密信，但只有十八封有了反應，還餘下一個人不於理會，這說明了小鎮的誠信還是留下了最後的底線。所以，嚴格來說，他並沒有成功，他還是失敗了，這令他感到了遺憾。由此，他還是對赫德萊堡充滿了敬意，尤其是那個守住了底線的人，經查明，他就是銀行的老出納員。

當報復者這樣指明出來以後，大家都對著老出納員鼓掌、歡呼、致敬，而老出納員卻是心知肚明、暗暗叫苦。他恨不得「自首」出來，說自己也是個有貪念而交出條子的人，但在這種情勢下一時間就是說不出口。

群情蕩漾裡，報復者還有進一步的行動。他指著那袋金幣對大眾說：別看這只是不值錢的假金幣，但我有辦法將之拍賣到真金幣的價值，然後，這些錢就是給老出納員的了——赫德萊堡的老金牌先生，他有資格得到這個獎勵。

於是，這位報復者果真是威脅著說，要把那十八位遞交了條子的先生，把他們每一個人的大名統統都刻印在假金幣上，然後到全國當紀念品賣出去。結果。嚇的那些人真的是合伙以金幣的價格，買（換）下了那袋假幣。於是，報復者又如願以償了，他將所得的四萬多英鎊的支票開給了老出納員。

老出納員當然是不想要、也不敢要的，但是已經由不得他了，因為這個時候，他不但代表著赫德萊堡的榮耀與口碑，甚至還代表著赫德萊堡的未來。而那天晚上，在沒有人的時候，老出納員又收到了一封神秘的信，信裡短短的信息告訴他：放心，他遞交條子的事沒人知道，而且那張條子已經銷毀了，永遠也不會有人知道這件事，讓他安心的享用那筆錢吧，這是他應該得到的云云。

原來，這是另一個真相了：神秘短信是老牧師悄悄送來的，多年前，牧師有一次犯了錯，在就要身敗名裂的關鍵時刻，是出納員一句善意的假話幫他解了圍，從此他就銘記於心。這次剛好遇上了，就讓他有機會扣下了老出納員的條子並銷毀了它。然後，就像從來也沒有收到過一樣……

哈哈，老出納員這下該放心了吧？

但不。

選擇

原書裡，馬克．吐溫是怎麼寫的，這裡先放下不說，在我給孩子們講的版本裡，這結尾便是讓他們有些不同選擇，這樣比較好玩一點，我就是這樣來啟發他們的。

首先，告訴他們誠實是生活中人們必須學好、做到和贊美的基本德行，我們古人的箴言中就說道：「天道酬勤，地道酬德，人道酬誠」。其中那個「誠」字，就說明了「誠」於人之重要，與行為之重要，與生活之重要。

那麼，故事中的赫德萊堡小鎮，作為維護誠實的歷史和名譽來說，是一件好事和大事。畢竟，名譽來之不易，歷史更是來之不易。但是名譽和歷史是一點點、一天天、由一個個具體的人表現在諸多誠實行為裡，這樣慢慢積累下來的。這裡面，誠實有恆，日子有功，來不得半點虛假。

而現在，它的危機橫空出現了，小鎮的名譽與歷史，突然間就受到了嚴重的質疑和顛覆，甚至可能從此就名譽掃地、永不翻身……

是不是很危急啊？是不是很可惜啊？又是不是很無奈啊？

但這個時候，卻有了一個化解的機會，這個機會可以神不知、鬼不覺，輕易就讓小鎮的榮譽和歷史轉危為安，甚至，或許還另有更迷人的變化和發展。而這個機會，這整個做法和過程裡，只不過是那位出納員老先生（夫婦），他們不發一言就可以了。

哪怕就是他病的要死了，他睡不著覺，他喘不過氣來，他甚至是開不了口、講不出話，他只要不再發聲說什麼就行了，一切讓別人去揣測。從此，出納員老先生也不必再說什麼虛假的話、違心的話、客套的話、或者是漂亮的話。他甚至還不必跟人們點頭、搖頭、做手勢、眨眼睛，就已經是赫德萊堡誠實象徵的老金牌，而這甚至還是他們最冷酷無情的敵人、那位殘酷的報復者給予他無比衷心的贊美與尊稱呢。

那麼，不再發聲的出納員老先生，他就是小鎮誠實的底線，他就保住了赫德萊堡的榮耀。

只是，老先生會禁聲嗎？

你們（孩子們）希望他禁聲嗎？

禁聲，會保住了赫德萊堡的榮譽，還是更加的摧毀了它？

如果開聲說出了「我也有份遞紙條」的真相，又如何呢？是更徹底的打殘了赫德萊堡，還是反而劫後餘生，讓人們又看到了一點誠實的火花？

還有啊，如果老先生誠實的道出了「遞紙條」的真相，那麼，牧師當年的事又會被翻出來，而老先生也會因此而變成了早在過去，就已經是不誠實的人了。這樣的結果，於赫德萊堡誠實歷史的質疑，不是又雪上加霜了嗎……？

於是啊，老先生現在的誠實，將會揭露了以前的不誠實；而老先生的禁聲——他並沒有再說謊，只是不開口而已——卻可以保住了一切。

「你們說，哪一種做法更好呢？」最後，我是這樣問孩子們的。

這個問題還真不好回答。

孩子們各抒己見，吵成了一團，連我也沒有最好的答案，最後，只好把它用馬克，吐溫原作裡的結局來含糊掉。

其實，馬克，吐溫書裡的結局也是很含糊的，他寫的出納員老先生最後是一直在受到良心的折磨，甚至還變得有些胡言亂語、瘋瘋癲癲起來。而且讓一些人覺得，他只不過是受不了得到太多金錢的刺激，而病了或瘋了而已。

這裡面，最言之鑿鑿的證明，是他居然就把那張四萬英鎊的巨額支票一把火燒掉了。而且事後不久，他們夫婦倆也都因為敵不過病魔，相繼的在憂心忡忡、悶悶不樂裡去世。至於外面，對這件事也有了些流言蜚語什麼的，那些就只有由各人作各自的評價或者理解了。

不過，聽說後來赫德萊堡也不知不覺的就改了名稱，不再叫赫德萊堡。而且該鎮原來的官印上，印有「引導吾等免受誘惑」的箴言，也被刪去了一個「免」字，變成了「引導吾等受誘惑」。

這是什麼意思呢？

感性

給孩子們講的「赫德萊堡」這個故事，已經告一段落，目的是讓他們了解一下在寫作的時候，情節要怎樣安排才夠吸引，文章要怎樣書寫才能動人，結局要怎樣展現才讓人回味。

像這篇小說，懸念裡還有懸念，真相裡又有真相，真是一波未平、一波又起。故事裡的問題也是一個套一個的，把人看的迷迷糊糊、又放不下手，當讀者很想知道答案是什麼的時候，這個故事就成功了。

像聽上一個「窗外」的故事一樣，孩子們聽完了這個故事，也是若有所思，陷入了思考。因為它們確實是好故事，而且還令人回味無窮，可以想像出無數結果。尤其在寫作技巧的學習上，這些故事給他們打開了開闊的視窗，讓他們看到了寫作的樂趣。原來，文章寫的好，故事寫的好，結局表現的好，是可以這樣吸引人、娛樂人和啓發人的。馬克．吐溫不愧是偉大的作家，他真是令人仰慕。

不過，孩子們畢竟還小，還是在長知識的階段。我知道，在一些課餘興趣的發現和培養上，「發現」才是最迫切、實際和需要的。而培養，則是後一步的事，急不得。像我們的孩子，他們喜不喜歡寫作，能不能寫作，要不要寫作，那是以後的事了，而現在，也只是有待觀察與發現而已。所以，故事說過了以後，也就算了。接下來的，我就放手並且鼓勵他們憑藉自己的興趣，去看些自己喜歡的書，在有機會的情況下，再慢慢提升自己的興趣、認識和作為吧。

功夫不負有心人，我們的男孩子升上了中學以後，很自然的就把一些看到的寫作技巧運用在了功課上，他寫了關於「多功能波鞋」的浪漫小品，還配上了自己畫的圖畫（漫畫）。這種天馬行空，大發奇想的創作，顯然是受到了衛斯理科幻小說的影響，然後，就把平凡的波鞋寫出了不簡單的故事來（低年級功課）。

他又與同學們訪問了爺爺，也則是我的老爸。他爺爺當年來自新、馬的舊文壇，後來回去內地又出來香港，在他身上也有一些坎坷的生活故事。於是，孩子和他的同學們，就以爺爺老報人的身分，比對了兩地不同的文化與生活，寫出了一份很有內容的社會訪談報告（高年級功課）。

課餘，他還很隨興的畫了些四格或者六格漫畫，把身邊的人情物事用詼諧、幽默和搞笑的手法表現出來。而這裡面，表現的卻是創意裡的另一種形式了——漫畫。於是，我才知道，原來孩子對畫畫的興趣，可是比寫作還要濃厚得多呢，至少在這個階段裡。

這些發現和變化，是挺有意思的，說明了孩子的許多心思、視野與興趣，都受著生活的影響。雖然仍在不斷的改變之中，但都是與初期的喜歡聆聽故事和保持閱讀行為大有關聯，而發現和培養顯然是我們當家長的可以做到的。不是嗎，我們就是這樣，在可能的情況下，盡量的去影響孩子，發現孩子，最後是提供條件去培養孩子。

該說到女兒了。我們的女兒比她哥哥小兩歲，在學校裡，也只是讀低了兩個年級而已。於是，從很小的時候起，每當哥哥在家裡聽故事、畫畫或者看書的時候，她也常常是有樣學樣的跟上來，在一旁磨蹭或者糾纏。所以說，當成了家、有了孩子的時候，能讓他（她）再有個兄弟或者姐妹互相陪伴、玩耍、受教，那是最好的，在旁邊看著也開心。做父母的，千萬不要怕麻煩和辛苦，這又是我的生活體會了。

我們的女兒比較文靜，她愛看的書，多是童話故事和抒情散文一類。從書和故事的表現來說，童話與散文都一樣是短小、精靈、抒情和美麗無比的，讓人很容易的產生想像和抒發感情。難怪女兒從小的時候起，最愛的玩具就是森林家族了。

小的時候，女兒常常帶著那些一套又一套、各種各樣可愛的小動物們，在她心靈的「森林」裡神遊、漫步。她給小動物們起了許多可愛又好聽的名字，從不叫錯。而且，還常常的與它們説悄悄話、換衣服、擺放些不同的位置，沉醉在自己編織的夢幻裡。

從幼兒園到小學，小女兒就是這麼長大。漸漸的，這樣童話般的成長過程，和以後的看散文書，聽動人故事等等，都使得她的內心世界有了許多五彩繽紛、豐富誘人的迷幻色彩。於是，在後來的一些作文功課裡，她就不知不覺的，表現出了一種天真浪漫的真誠和感性，這才是最可貴的。

鵝肝

鵝肝，這個題目乍看去還真有點不倫不類，而且還是風馬牛不相及，令人摸不著頭腦。不過，這就是一個小故事來的，本篇「作文故事」指的就是它，而它又是由聖誕佳節而起。

這個故事，起于內地一個小學生的「作文徵文比賽」，那也是十來年前的事了，小妹（我們的女兒）那時候就要升讀中學。

由於小妹平時的作文還不錯，老師推薦她與一些同學，參加一個內地的作文比賽。這個比賽，是內地一個超級大都市與某大銀行聯合舉行的，要求以「我最喜歡的節日」為名，寫一篇散文。參賽的對象，是這個大都市與香港和澳門三地的小學生。徵文通告早已經在九月份發出了，截稿日期是十一月底，放榜時間則在來年的元旦。

不知道是什麼原因，徵文的各方面規矩及時間在通告裡都講得很詳盡，但落到學校老師手裡時卻已經是十一月初了，再派到了小妹手上，離截稿時間就不到二十天。好在這難不倒小妹，接到通知後，她馬上就興致勃勃、磨拳擦掌的寫起來，並且很快的就完成了參賽稿，然後，工工整整的抄謄好交到了學校。這是小妹第一次參加徵文比賽，所以她認真落力，好整以暇，很是期待。

我問小妹為何寫得那麼快捷，那麼不假思索？她不以為然的說：「寫聖誕節嘛，是我最喜愛的節日，就是不參加比賽，本來也是要寫的，何況這天還是哥哥的生日呢，這真是一個普天同慶的好日子。」不過她也告訴我，這一天她又有些傷心和悶悶不樂，因為賣火柴的小女孩在平安夜就走了，她點著火柴，在寒冷中跟著奶奶走了，永遠也看不到聖誕的這一天……

所以，小妹的喜歡聖誕節、喜歡聖誕歌、喜歡聖誕糖果和禮物，就有點與眾不同。她受安徒生童話的影響太深了，太投入又太感性，總會突然間的就想到賣火柴的小女孩，總會看到她那無助和渴望的眼睛，總會看到她凍紅的臉在火柴光裡閃動……於是，小妹的聖誕節，就有了比別人更加複雜的內容，她正恨不得有一個機會，可以用一篇文章來吐訴自己心中的喜樂哀愁呢……

於是，我也好奇了。凡是發自內心的喜樂哀愁，都是感人的。看了她作文的底稿，還真是不錯，起碼是言之有物，再還有與別不同的情感與結局。尤其是對世人那種真誠的愛，真令人感動和難忘。我想，小妹這樣天真浪漫又坦承的表述，也許才是聖誕節的精神和意義。如果是這樣來理解的話，那麼，文章寫得好不好，能不能得獎，都已經不重要了，因為最珍貴的那種思念和愛心，她已經具備。

得獎只是一時的，懂得愛，才是一生。

是的，小妹的文章雖然只有千餘字，卻有著豐富的博愛內容。文章裡，她照樣寫了聖誕的歡樂氣氛，不過，賣火柴的小女孩卻使她難以忘懷。那是因為從很小的時候起，她就把她當作是好朋友，那時候賣火柴的小姑娘還是姐姐。但現在，小妹已經長大了，賣火柴的小女孩就變成了妹妹，她永遠也長不大，卻更加的令人憐愛。因為，小妹還是那麼的想念她和愛她。

聖誕節裡，大家都在互祝聖誕快樂的時候，小妹就常會禁不住的想到賣火柴的小女孩，想到她在平安夜裡與火柴為伴，想到她也有聖誕快樂嗎？想到安徒生伯伯，是不是想通過她來告訴世人：這世界上還有許多沒有快樂的人？她們是不是都需要我們去關心和愛？

文章的結尾是這樣的：「……我喜愛聖誕節，但又有點氣憤安徒生伯伯。因為，他給賣火柴的小女孩安排了一個很不好的結局。大家都在互相祝願聖誕快樂的時候，賣火柴的小女孩呢？她有沒有聖誕快樂？而我們，還能不能聖誕快樂？——讓我再想一想。」

看了這篇文章，連我也有些期待起來。嘴上雖然不說，但心裡，卻也許比小妹還著急。因為我想看看，看看別人是怎麼看待聖誕節、怎麼看待安徒生、又怎麼評價這樣一篇敢批評安徒生的小學生文章的。

回味

這個三地小學生的作文比賽，規模還是挺大的。前五名不但獲安排親自到大都市出席頒獎典禮，還有其他許多獎項，以及與有名作家會面，和一系列的寫作培訓活動等等。於喜歡寫作的小朋友來說，這無疑是一件非常榮光又隆重的盛事。難怪小妹與她們有份參加投稿的同學，都很雀躍和興奮，而在等待結果的日子裡，她們甚至都有度日如年的感覺。

說到了獎項，小妹有自知之明，她不是太有信心，只是存有些希望而已。因為內地學生的寫作水平很高，而且評判方面大都是內地標準，所以小妹的興奮多是與第一次參與有關，也就是一種翼翼欲試的緊張、刺激和好奇心罷了。

誰知到了年底，比賽結果還是遲遲未有公佈，連有關消息也一律欠奉。在最後的一天，總算有動靜來了，卻是在網上登出了「對不起」之類的字句，說明了賽果要推遲，賽則也有所改變等等。又說將分出第一等及第二等的參賽者，然後讓他們到現場再度作文鋒云云。

天呀，怎麼先前不是這樣講的？既然改動這麼大，當時又何必說得那麼詳盡和鄭重其事？而且還大張旗鼓、信誓旦旦、驚天動地……小妹與一眾參賽的同學，開始對賽事有些失望了。

再等下去的日子，已經沒有了初時的那種爭強好勝之心。但畢竟是參與了，對結果，她們這班人仍是在關心和期盼中。不過，更多的是好奇，是想看看別人好到哪裡去，而自己又有什麼不足。許多人都是第一次參加徵文，畢竟嘛，這是一個難得的學習和交流的好機會。

但是，她們又失望了，網上一再的説對不起，比賽時間也一再的被推遲。當賽事一次又一次的被延遲時，小妹們已經無精打采起來，不再關心賽事了。到最後，終於公佈出結果時，已是幾個月後，小妹相當的冷漠，同學們也是一樣。

最叫人掃興的，是伴隨著結果的出爐，還有些內幕消息滿天飛，也不知道是真是假，但卻是令人感到受了愚弄。於是，小妹對整個的比賽，不但原來的緊張、熱情、好奇和期待之心都沒有了，連興趣也全無。不過，她反倒是因此而學得了一個「教訓」，而且還激發出了另一篇作文，那就是「鵝肝」了。

怪不得了，怪不得它不倫不類，怪不得它莫名其妙，怪不得它總讓人以為是離了題。

鵝肝的故事是小妹寫的，在這裡轉述時，要做一點説明。

前不久內地那場賽事遲遲沒有結果，後來又有些小道消息滿天飛，這使得小妹對它的熱情和興趣冷漠下去。這時候，老師又推薦她參加了本港的另一場徵文比賽，題目是——「香港，美食天堂」。比賽，比賽，比而不賽。小妹對比賽已經有了教訓、偏見和敏感，竟然是意興闌珊起來，對老師的推薦，她已經不打算再搞局了。

不過，當看到那「美食天堂」的題目時，卻不由得想到了鵝肝。「鵝肝，鵝肝啊，鵝肝！」小妹靈機一動，便匆匆拿起筆，把滿腹的牢騷和不滿痛痛快快的寫了下來，這就是鵝肝的故事。

且不管小妹寫的好不好，對不對，有沒有再參賽，而賽果又如何，在我看來，那鵝肝的比喻可真是讓人噴笑，也頗為準確。難得她一個小女孩，對不滿的物事能有這樣激烈和直接的反應，這倒是出乎人意料。

那麼，我們就先看看是她怎麼説的吧。

小妹先簡單的寫了參加第一次徵文賽事的混亂和失望，接著就説道：「……不知怎麼，這次美食天堂的寫作賽事，讓我突然就想到了鵝肝。鵝肝與賽事本來是風馬牛不相及的，但蔡瀾伯伯幫我把它們聯繫起來了。」

她説：「蔡瀾伯伯是散文家、美食家、旅行家，我很愛看他寫的書。他有一篇文章説，第一次吃鵝肝時，吃到了一個壞的，滿口腐臭，厭惡橫生，從此就再也不沾染鵝肝半點，連想起來也惡心反胃。但二十年後，有人請他吃了一個好的鵝肝，原來是這麼美味無比，天下無敵。他後來不無感慨的説：要是第一次就吃到了好的鵝肝，我就不會浪費二十年（不吃鵝肝）了……」

到這裡，小妹才寫到了自己。她説：「……內地那次寫作比賽，就是我的第一個鵝肝。興致勃勃的吃了一隻壞鵝肝後，我就不想再參加什麼比賽了。因為很難相信那些天花亂墜的宣傳和承諾，又不知道裡面到底哪句才是真的……」

最後，她還發出了感嘆：「……也許，像蔡瀾伯伯一樣，再二十年後我才會遇上一個好的鵝肝吧（比賽），但我不會放棄吃其他東西。像蔡瀾伯伯，他不吃鵝肝以後，不是也吃盡了其他天下美食嗎？中的西的、粗的細的；貴價的便宜的、好吃的不好吃的，他全吃遍了，才能寫出那麼多有道理和好吃相的的美食經來……」

「我最多是不參加比賽罷了，卻還是要寫的！」最後，她幾乎是大大聲的吼道。

畢竟是孩子，在文章的結尾，她又像是心有不甘的問道：「要二十年後，我才吃另一塊鵝肝嗎？」

唉，這次不好笑了。我們做大人的，不是應該好好想一想嗎？

最後説明一下，這篇叫「鵝肝」的文章，後來並沒有參賽，因為離題了，實際上沒有寫到香港的美食，純粹只是借題發揮，用美食發泄一下對某場比賽的失望和不滿而已。於是，這篇小文章就叫「鵝肝的故事」吧，它只是成了孩子日後一個小小的生活回味罷了。

第十三篇：迪士尼

第十三篇：迪士尼

玩具

說到給孩子輔導作文，說到現在的孩童玩事，我總會想起女兒上小學時興致勃勃寫出來的一篇作文。女兒的那篇作文，很平淡，但關乎到了孩子的初期教育，關乎到了不同的生活環境和生活感受，也關乎到了一些「想像」的話題。這是一個小小的故事，卻讓我回味無窮，也讓我可以拿些孩童往事來作比較和反思。所以，這件事，還是要從孩子，從他們更小時候，從他們一些平時的「受教」和認識說起。

當孩子們還小的時候，上幼兒園開始吧，我們當父母的，就經常會給他們講述一些我們那個時代與現在大不相同的孩童玩樂事，讓他們學會比較和珍惜。許多事，是有比較才有認識，有認識才懂珍惜的。我們那個時代，物質生活沒那麼好，而且是一種社會上的普遍的現象來的，因為大家都一樣，便不覺得有什麼奇怪和好笑的了。而且那時候凡什麼事，都來的自自然然、習習慣慣，於是，在許多人眼裡，很多事說起來都是乏善可陳的，不值一提。

但是，我們的孩子米奇與米妮，那一對小哥哥和小妹妹，對我們的一些童年往事卻總是聽得津津有味，不斷的問這問那，那種好奇、喜歡和感興趣的神情，使我們很受鼓舞，所以有空時講講過去，也成了我們家庭裡的一件樂事。

我們告訴他們，那時候孩子們之間的玩事有很多很多，比他們現在的還要多，而且還更加的生動和有趣，更加的有益和難忘。並且，那時有許多玩事不但融入了天地間、自然裡、隨意中，更還層出不盡、花樣百出。最特別的，是其中不少「玩樂」，是要靠自己去動腦筋、動手、動腳和動心思來參與的，不單單是玩具本身那麼的簡單、雷同和刻板……

我們還告訴孩子：以前，因為我們的玩具不多、不好、也不常有，要玩，就常是要自己去找、去學、去做。就算是摸仿人家，弄出了些「山寨」版本的玩具來，也一樣是玩得很開心和盡興。而其中有一樣「玩具」，就叫做「想像」，像虛擬的一樣，是每個人都有、但是又不是每個人都會用，或者用得上的。

而這篇文章，就與「想像」有關。

作文

「想像」，那是一種假裝、幻想、希望，也可以是無中生有，或者是天馬行空的說法。想像，常常是要彌補一些沒有、得不到、不具體的東西，也是一種變了相的心思和追求。所以，那時候我們的玩耍，常常就需要用到一些想像力。像去尋找一些玩具啊；憑空的「做作」出一些玩事來啊；假裝這樣、假裝那樣啊；還有白日做夢等等。甚至有時候，還會生安白造的在虛擬的玩事裡，去滿足和享受一些低微的追求。

比如說，像「煮飯婆」和「扮家家」這樣簡單、平常的遊戲；還有「兵捉賊」、「山大王」與「老鷹抓小雞」等等，這些，就是加入了許多「想像」的孩童玩事。有時候，一塊小手絹，幾支竹杆子，甚至是兩隻小板凳，就可以玩出許多故事來。孩子們的世界，雖然簡單，但也無限大。所以，小時候我們就是這樣，常常藉著一些沒什麼玩具的玩事，胡天胡地、不亦樂乎的玩個盡興。

現在回味起來，一些「想像」的本身，其實就是很愉快和別有味道的。而長大以後的看書，只要够吸引，只要能投入和代入，其實也就是一種靜靜的、個人的、孩童時伸延過來的「想像」玩事。所以，書本和閱讀行為，當它們在想像中時，便也是一種成年人的「玩偶」了。

不過，現在的孩子已經不大懂得這樣靠著「想像」去玩樂了，他們的不大懂得，也許僅是不大需要而已。

現在的孩子，有太多具體的、逼真的玩具；許多電視或者兒童節目裡的商事活動，也常常興風作浪，一波波的推出了更加新穎和超前的玩具來，把孩子們搞得眼花撩亂、應接不暇；孩子們的電腦與手機上，也都有各種各樣的遊戲。這些豐富、神奇和變化無窮的遊戲，玩起來是更加的方便和吸引了。

而閱讀方面，許多好的書也紛紛改編成了電影，更何況是孩子長大了以後，很多人便再也沒有看書的習慣了……於是，現在的孩子們很容易和直接的，就陷入了許多現成的玩具、遊戲和影視節目裡，他們沒有時間、也不需要去想像。

很快的，以前那些在自然天地裡簡單樸素的玩耍和歡樂，就沒有了，而「想像」這種靈動又自我的「東西」，也漸漸的遠離了孩子。由於那些玩具和遊戲的製造商，他們早就替孩子們「想」遍了，並且設計和製造出了周全又超前的一撥撥新玩具來。於是，孩子們玩樂時，需要「想像」和能够「想像」的空間與機會，自然是越來越少了。

唉……不知怎麼的，女兒小學時的那篇作文，因為她運用到了一點點想像，就讓我不由的想到了許多這些和那些個有關的問題來。我多麼希望孩子們由孩童的時候起，就能學會和習慣多一些想像啊。

內疚

女兒讀小學三年級了，她文靜好學，成績也不錯，尤其是作文，更是常獲得老師的稱贊。而且，小妹平時與同學們的相處也是挺好的，虛心有禮，親切友善，與人無什麼爭強好勝的，是個陽光、知足的孩子，同學們都喜歡她。

學期末，課堂裡有篇作文功課，老師説為了讓大家自由發揮，就寫去哪裡哪裡旅行、活動好了。「或者，寫寫大家都熟悉的迪士尼樂園吧，那裡面會有許多歡樂事的。」老師生怕有些同學為難，最後又這樣啟發大家。

那時候，在全球金融風暴的肆虐和蹂躪下，香港社會也很不景氣，許多人連供著的樓房、開設的公司、做著的生意都變成了負資產，許多打工人的家庭經濟也拮据了起來。像我們，除了拚命的工作，又在生活上省吃儉用以外，做什麼事情也都要精打細算、醞釀一番。那時別説旅行了，一直幾年裡大家的生活都是這樣的舉步維艱、默默度過的。

我們這種生活上的窘迫，孩子們也感受到了。但他們很乖巧，也很懂事，從不要求跟人家比什麼。看到人家有的東西，我們的孩子也不眼紅；甚至是穿著表哥表姐的舊衣服，用上他們退出來的舊物品文具，還有其他什麼，也都是滿不在乎的，很是開心也很是滿足。孩子們這種不爭不吵、不攀比也無所謂的表現，讓我們非常的慰藉。

不過，比較起身邊的一些孩子，看到我們的孩子是這麼的沉靜、乖巧和生性，有時候也使我們感到很是內疚。因為，我們不但沒有像其他父母一樣，在假期裡帶孩子們去這裡、那裡旅行，去玩樂消費，甚至連香港本地的迪士尼樂園也沒有帶他們去過。於是，得知了這次女兒要做的作文功課是有關旅遊或玩樂的，不知道她會作些什麼內容呢？要是真的與迪士尼樂園有關，那麼，她又要怎麼寫呢？

……無疑的，面對著這門功課，我們是比女兒還要緊張了，又感到了相當的不安和難受。

這就是老師無意中，給了我們一個很心虛和無奈的難題。不論孩子的作文作成怎樣，我們，總是感覺到很對不起孩子。

想像

女兒的作文如期交了，我們都不知道她寫的是什麼。

孩子們平時寫作文都很獨立，他們不喜歡先給我們看，常常是做了就交出去，等到老師評了分以後，才拿回來與我們分享。

那天放學回家，孩子拿出作文來給我們看的時候，很平靜。她沒有高興，也沒有不高興。因為老師的評語很一般，也平常。不像她以往的許多作文，那都是有老師許多評語和很高評價的。

小妹非常重視和喜歡老師的那些評語，而對分數反倒不是很熱衷。但這次，老師的評語只有寥寥幾句，只是說「文句通順、言之有物」而已。雖然還是給了高分，但卻沒有了以往的一些贊美語和細評。

小妹的作文向來是很不錯的，老師的評語，常常鼓舞著她對作文的興趣和信心，讓她能一次比一次寫得更精采、用心和美好。但顯然這次的作文，只是被老師當作是一般的「流水帳」而已，因為文中沒有什麼特別和出奇的地方。還能夠給她高分，就已經算是不錯的了。

確實，小妹的這篇作文平平淡淡，她是這樣寫的（大約）：

「前天，禮拜天，爸爸和媽媽帶了哥哥與我去迪士尼玩。我們是坐機鐵去的，車廂裡好漂亮、好舒服、好安靜。座位上還有電視看，我們很快就到了迪士尼。」

「在門口，門房要檢查包包，他們不讓我們帶水和麵包進去。我們就只好在門口把麵包和水分著吃喝掉了。為了想快點兒進去，我還吃的很快和很急，差點兒就哽到了。」

「進到了大街上，就有遊行隊伍和許多卡通人物來歡迎我們。卡通人物都是人扮演的，我與哥哥很高興的上前去，與真正的米奇、米妮和唐老鴨們合了影……」

下面，小妹在作文裡，又簡單的寫了排隊玩機動遊戲、坐小遊船、電動車和環島的小火車等等，還與科幻人物巴斯光年等照了像。接著寫了餐廳裡的人很多、東西又貴，結果她和哥哥只是隨便的吃了些什麼，還與爸爸媽媽說他們不餓……

讓我新奇的是，她居然還寫到了口渴時，媽媽給她和哥哥買了雪糕吃：

「那些雪糕是七彩的，就像彩虹，很好看還很甜、很甜，甜過外面的雪糕……」

然後，她寫爸爸在精品店裡，給她和哥哥買了小小的紀念品，她的是一隻棕色的小熊維尼……

而最後，她還寫到：一家人是看了煙花才回來的：

「雖然煙花很美麗，人人在歡呼，但是散場的時候我和哥哥也累了，只想快點回到家……」

全是想像啊，「這是很快樂，又很累的一天。」她的作文最後是這樣說的。

好奇

看著這篇孩子的作文，我好半天都說不出一句話來。

沒錯，作文看起來是平淡了一些，只是流水帳似的講述了從頭到尾，一次遊迪士尼樂園的過程罷了。但是，小學三年級的學生，也就是這樣的水平了。顯然的，這是老師對她有著更高的期望和要求。

這沒有問題，而且還是很好的事，老師分明是知道她、偏愛她和高看她的。問題是：我們這個孩子，她還從來沒有去過迪士尼樂園呢——天啊，她是怎麼寫出來的？

而且，這種情況，越是寫的流水帳模式，就越是叫人好奇和震驚：因為，她從沒去過迪士尼啊，那個孩子們的樂園。

後來，我們問了女兒，原來，她是聽來和想像來的。

女兒的班裡，有許多同學都去過迪士尼樂園。有的幾年前就去過了，有的是去過日本的、美國的、或者哪裡的迪士尼……而其中，有一個叫做胡湘湘的同學，她的母親是一間大酒樓的東主，因為她們家的經濟狀況很好，大人又經常有空，所以她就去過了好幾次迪士尼，還買了全年的套票，高興和有空的時候可以常常去。

同學們去了迪士尼樂園，回來以後總是會興高采烈的相互講述一番，所以平時小妹就聽了不少迪士尼樂園裡的玩樂事。而這次，為了寫好作文，她又特意的找了胡湘湘，聽她講了許多許多……

於是，小妹妹就是這樣寫出了自己的迪士尼遊記。

想不到啊，想不到。

胡湘湘很會玩、也很會講，雖然玩了很多次，但不善寫。所以她的作文寫的不怎麼出色，分數也不高。倒是聽了她說事的小妹，她不聲不響的就寫出了許多許多來，而且還就像到過了迪士尼樂園許多次似的，由頭到尾都玩遍了。

難怪老師對她的要求比較高了，如果老師知道了小妹妹根本就沒去過迪士尼樂園，那麼，又會是什麼樣的評價呢？

我也好奇了。

冷汗

作文裡，小妹把自己代入了胡湘湘，而且寫得很自然、輕鬆和流暢，就像是真的一樣。可見她是多麼的喜歡迪士尼、嚮往迪士尼和享受迪士尼。但是，現實生活裡，她和哥哥卻從來也沒有、一直都未有向我們要求過去迪士尼，一次也沒有。連要寫作文了，也沒有。

受同學們那麼多的影響，他們居然還沉得住氣，沒有被誘惑到。是因為他們知道，知道我們很忙、很忙；知道我們除了工作，還有兼職；知道我們除了早出晚歸，還要加班加點。他們也知道，迪士尼樂園裡的消費很高，去一次迪士尼，要花去許多的錢……

於是，這兩個懂事的小孩子啊，就是這麼默默的、靜靜的，不聲也不響便與迪士尼絕緣了。而我們，竟然也忽略了他們小小年紀與迪士尼樂園那份渴望的情懷，直到老師的作文功課，無意中觸動、也喚醒了我們。就這樣，小妹這篇無中生有的作文，這篇全靠「聽講」和「想像」而來的作文，就更加的使我們心疼、慚愧和自責不已了。

我們終於決定：要盡快的帶孩子們去遊一次迪士尼樂園，要趁著他們還在童年的時候帶他們去，讓他們也有一個美好的童年回憶。要不然，在他們長大以後，我們一定會更加的後悔和遺憾。

恰巧這個時候，有位來香港出差的美國朋友張小玲。

張小玲是性情中人，她無意中知道了這件事，二話不說的就買了四張迪士尼樂園的家庭套票，逼我們「馬上」帶孩子們去迪士尼。

張小玲是迫不及待的將套票放在酒店大堂裡的，然後打電話讓我去拿。那種果斷、堅決和極速，是容不得我們有任何推唐和婉謝的機會。小玲還在電話裡很嚴肅的說：「孩子們的童年很珍貴，也很短暫。他們不知不覺中就長大了，迪士尼幾乎是所有孩子的嚮往和美夢，你們總不能讓他們留下這一段的空白……」

最後還說：「不論生活裡多忙、多累、多窮、多苦，迪士尼是一定要帶他們去的，這是每一個父母對孩子的必達使命。」

說的多麼鄭重和嚴重啊，我聽出了一身冷汗。

小玲是在美國學習、工作和生活的人，非常的講究生活質量，講究人性、感性和美好心靈。她的這番話，代表了世界上的每一個母親，至少是在有迪士尼的地方。

比較

……十幾年過去了，我們的孩子已經長大，他們都已經讀進了香港優秀的大學，甚至就要出來工作了。而迪士尼樂園，已經成了他們曾經的一個童年回憶。這篇文章，作為一個回味，首先就是寫給他們的。也是給他們這一代人，讓他們知道，以後，要怎樣善待他們的孩子，也就是我們的後代。

現在的社會，雖然是五彩繽紛、繁花似錦，到處都閃耀著文明與進步的光環，但是，「明天會更好」的說詞，也許只是一個美好的願望罷了，留心看看周圍和比較一下就能發現，現在的社會諸事和人際之間，都沒有了以前的那些簡單、純淨、明朗、實在和真誠，一切都在模糊中、變化中、未知中。就算是歡樂，也沒有以前那麼的舒心、透心和綿長了。這顯然是大自然裡那種「有得有失」的規律所致。

——哪有完美的事呢？

還是只說兒童事吧，那也然。

本來，現在的兒童，比起我們過去，那生活是幸福了很多的。總的來說，他們已經不愁吃穿，有人疼愛，還有書讀、有電視看、有遊戲機和各種玩具玩了……這些，按照我們以前的眼光和追求，就已經是天堂。

但是，現在的孩子有我們過去那麼的快樂和自由嗎？

我們那時的生活，雖然沒有現在這樣的豐足和絢麗，但是我們知足常樂，常懷希望，一點小小玩事就會讓我們開心快活很久。而且，我們還不會被太多的功課、成績和競爭，困壓的死死的、透不過氣來。

但現在，可是大大的不同了……

按照現在坊間的許多說法，現在的孩子已經沒有了許多的「快樂」，當然不是說電腦、手機和旅遊世界的那種，而只是說「玩耍」的本身罷了，說天地自然間那種玩耍的技巧、才藝、創意和樂趣，說那些個好奇、見識、苦中作樂和日後的適應性等等。其實，那些才是自然樸實裡激發孩子童真、才能和好奇天性的大好機會，而這些種種，也才是造就他們日後生活中諸多真本事和真個性的基礎。

看看現在的孩子，大多已經過早的、被大局禪定在學習和競爭的氛圍裡了。他們規規矩矩、戰戰競競、緊緊張張、又急急忙忙。所謂「玩」和「樂」的定義，已經大不一樣。如果仍是沿著這樣的趨勢下去，不知道以後他們會不會真的是一代不如一代呢？

——從許多方面來說？

責任

好玩，是孩子們的天性。以前的孩子，一些學知識和長經驗的事，就是從許多童年的玩事裡開始的。各式各樣的好奇、玩法，各種各樣的追求、攀比，各種各樣的模仿、想像，就充斥在他們短暫的童年生活裡。而勤學、苦學和拚命學習之種種，那只是長大些時候的事。

不是嗎，哪怕是「破爛衣裳窮生活」的孩子，他們的生活條件不好，他們的居住環境很差，但在幫助家計勞動之餘的某些間隙裡，他們也是可以玩的很天真無邪、玩的很開心忘我，連少年都不知愁了，更何況是孩童？

想想當年，我和許多那一代的孩子就是這樣走過來的。而且長大以後，別的不說了，在抗壓力和求生存方面，我們那一代的人就比現在的許多年青人，那能力和適應性是強了許多。

還別不信啊，縱觀我們以前的經驗，許多時候對孩童來說，玩耍就是一種刺激和鍛鍊，而且越是不良環境裡的玩耍，就越是一種對自身潛能的發現和提升，許多孩子的個性和才能，是在玩耍裡表現出來的；而許多的鍛鍊，也只有在自由和自然的環境裡才更加湊效。

只是，現在又大有不同了：舒適的生活，過分的溺愛，緊張的學習，頻密的攀比……於是，連小鮮肉也培養出來了。這種情況下，日後那些敢作敢當、見義勇為、能保家衛國的真漢子又能剩下多少呢？

現在還有一句話：叫做「別讓孩子輸在起跑線上」，這又叫許多家長和孩子都費了心、犯了難、變了樣，實際上所謂的輸贏，有的只不過是面子罷了。於是，現在的家長不再是以前的家長了，現在的孩子也不再是以前的孩子了，因為他們玩的和學習的方法和模式，都變了模樣。

……

由女兒的迪士尼作文，說到了孩童的玩樂事，這裡面迂回曲折，囉囉嗦嗦，還真有些牛頭不對馬嘴。但不過，只是比較了一些孩童的教育事而已。而且比較的，是現在與過去，感覺到的，卻是今不如昔。

究竟哪些兒童事才是更好的呢？當然是見仁見智的事，不能一刀切。不過就個人而言，我還是希望孩子們仍然是孩子，讓他們在孩子的時候，仍然是多些自由、活潑、有好奇心和多想像。然後，在一些玩耍裡，保持了自然裡的天真爛漫，讓他們能健康快樂的成長。

至於學習的那些事，也是要的，但不急。就像上幾篇文章裡說的那樣，最好是讓他們「才能對位」，從愛好和喜歡中發現和培養他們的天賦，這樣，他們就能夠在自由自在的環境裡，在好奇和想像裡，在輕鬆和如意裡，表現、學習、善用和發揮一些興趣和才能了。

孩子們還不懂事，這些，應該是由家長們做起。而這種認識和責任，也應該由家長們來承擔。我和我們的孩子，當年就是這樣做的。

第十四篇：
孩童作文花絮幾篇

第十四篇：孩童作文花絮幾篇

這幾則孩童小品文章，放在這裡，是作為上述有關與孩子「寫作談話」的一些點綴，也是與孩子輔導作文的系列文章裡，一些當時生活背景的回味。孩子的學習和成長，那些個親子互動都是有具體內容的，而許多生活裡的小故事，現在回想起來就是小趣事，很是令人感到溫馨、愉悅和緬懷。

於是，當這些小品文章以作文的形式來表現的時候，就有了另一番風味和意義。那都是當時的生活環境，也是那時孩子們的眼光和認知，他們眼中的世界，就是這樣的，他們就是這樣一步步走過來。這也說明著孩子的成長，有個過程，有些情趣，有著好奇和希望，還有著許多未知。這個過程要逐步逐步、慢慢的來，而且也一直在變化和發展中。

不知不覺的，潛移默化裡，孩子們就這樣長大。而這裡，這些修潤過的小作文，拿出來就可以與有興趣的家長和同學們分享一下，不亦樂乎。

魚缸（米奇）

孩子小的時候，我們為了他們養了一小缸熱帶魚。他們很喜歡，常常圍著魚缸觀賞，也有許多關於魚兒的話題。

這兩篇文章，是當時他們與魚兒的互動與作文，經修潤後保留下來了。

家裡的小魚缸，養著許多美麗的觀賞魚。平時，為魚缸清潔、換水、佈置水景和餵食等等，就成了我和妹妹的快樂事。

有一個夜裡，我本來是睡著了，可是忽然的，就聽見了魚缸那邊有悉悉嗦嗦的說話聲傳來。原來，是魚缸在說話。

魚缸怎麼會說話呢？我滿腹狐疑跳下床來，悄悄的走了過去，想聽聽這小魚缸在那裡說些什麼。只聽見小魚缸嗡嗡嗡地說：「……我是最重要的了，只有我裝滿了水，魚兒才能遊來遊去。」

旁邊黑色的水泵和氣泵不服氣了，它們也噗噗噗地說道：「我們才重要呢！沒有我們不停的抽水過濾、製造水泡，魚兒有新鮮的氧氣和乾淨的水嗎？」

日光燈忍不住了，它也絲絲絲地插嘴，說道：「別忘了，沒有我，水裡就灰濛濛一片，誰還能觀賞到魚兒呢？」

一時間，魚缸裡的水草、石頭、假山，甚至魚缸旁邊的海綿夾子等等，也呱啦呱啦的吵了起來，它們都紛紛的說自己的作用才重要。

掛在水面的餵魚器也開聲了，它嘟嘟嘟地說：「你們都別吵了，別看我不聲不響，魚兒可喜歡我了。它們常圍著我轉，沒有我，魚兒早就餓死了。」

……啊，我聽得入神了。它們每一個都說得有道理，我不知道要聽信誰的好。

突然間，魚兒也發言了。

黑色的大羽毛說：「魚缸雖然大，如果沒有清澈的水，我們就遊的不暢快。」

淘氣的雪雕說：「我最愛吃了，如果沒有燈光，紅蟲也看不到，我還吃什麼呢？」

豹斑磨著嘴巴慢吞吞地說：「我愛躲在假山和石頭邊，但水草也很柔軟，它們都是我最愛逗留的地方……」

接著，紅劍、四間、金青苔和金玉滿堂等魚兒，也都紛紛的爭著說：喜歡吃紅蟲、喜歡玩氣泡、喜歡互相追逐、喜歡被人欣賞等等，熱鬧極了。

最後是神仙魚發言。它鄭重的說道：「剛才，魚缸們的說話都沒錯。不過，每位都只是說了自己的部分罷了。其實，要把每個部分都連繫起來，我們魚兒的生活才能夠完整、舒適和美好。」

「是啊是啊！」沉靜了一會兒以後，魚兒們又七嘴八舌的說了起來。它們對著魚缸和各種設備們說：「其實，你們是一個整體來的，我們魚兒都少不了你們。」

於是，所有的魚兒都歡呼了起來。他們在水裡遊上遊下，左右搖擺，像在歡歌勁舞，又像在取悅對方，把各種各樣美麗奪目的顏色、光彩與身姿美態，向著魚缸和各種設備們顯擺和奉獻，好不舒心快意。

……

聽到這裡，看到這裡，我禁不住也要喝彩了，還想要去拉妹妹起來看呢。

只是，剛一起念，就發現我還是躺在床上，原來，只是一個夢。

不過，當我爬起身來去看那牆角的魚缸時，卻覺得它變得比以前，是更加的清澈、明亮和美麗了。那些魚兒，還在水裡高興的向我搖頭擺尾，它們似乎都在急急的爭著要告訴我：

「真的，真的，其實剛才你聽到的那些，都是真的，它不是夢。」

是啊，它不是夢。

我也是這樣想的。

觀魚（米奇）

我家的小魚缸裡，養了許多好看的小魚。這些小魚兒，有的活潑，有的懶惰；有的羞澀膽小，有的霸道橫行。我和妹妹都很喜歡它們，還給它們起了許多不同的名字，就像小伙伴一樣。

爸爸要我和妹妹少看些電視和電腦，有空的時候多去觀魚，說觀魚沒有幅射，不傷眼睛，比玩一些電子遊戲有益多了。何況，有些魚兒也像人一樣，還有性格、有脾氣、有故事和有變化呢。

是的，金青苔就是很特別的魚。它有金黃的顏色，梭子的身形，吸盤似的小嘴和靈活的動作。平時，金青苔就都是靜靜的躲在石頭底下、水草旁邊或者是角落頭裡。它常是一動不動雕像似的呆立，然後又突然貪婪的啜吃起魚缸裡的沉澱物來。有人說，那些都是食物殘餘、青苔或者魚糞，甚至是魚缸裡的垃圾，所以，金青苔也被人叫做是魚缸裡的清道夫。清道夫經常能勤快的把魚缸吸啜和清潔的乾乾淨淨，讓它清新明亮又好看，所以它們十分的討我們歡心。

其實，金青苔還有一個可愛之處，就是生命力驚人。別看它樣子斯斯文文的膽子挺小，一點小小的動靜就能把它們驚嚇得四處逃竄，找空隙躲起來，但魚缸裡的許多小魚，換了一批又一批（死去了就要買新的），卻只有它們是一直不變的。它們生龍活虎，一天天長大，慢慢的就成了魚缸裡的元老。

有一次，爸爸買來了一群「紅綠燈」。這是一種身上有紅、藍、綠顏色，兩眼又炯炯發光的小魚。紅綠燈很小，但有一百幾十條那麼多，常常密密麻麻的聚在一塊，又成群結隊一會兒東、一會兒西、一會兒上、一會兒下，像呼嘯的陣風，像翻騰的彩雲，在魚缸裡流闖著、飄蕩著、翻騰著，整齊劃一非常的熱鬧和好看。

但不知怎麼的，養沒多久，這些漂亮的小魚兒就一天天的少下去，到最後只剩下幾條時，我們才發現，原來它們是被看似老實勤快的金青苔，不聲不響又不知不覺的吃掉了，而且還是連骨頭渣子都無存半點的吞噬掉的。

真相大白時，連最後的幾條紅綠燈，也很快的被吃了個清光，就像從來未有過一樣。而那幾條金青苔，躲在角落頭裡卻變得又肥又壯、好不悠遊自在。

真是可惱。

添加了幾次以後，爸爸就不再買「紅綠燈」了。但魚缸裡卻也不平靜起來。因為金青苔又漸漸的變瘦了。而強壯、調皮和十分貪吃的雪雕，卻開始瘋狂了起來，它們拚命的追逐著金青苔，不知道是不是為「紅綠燈」報仇？抑或是吃「紅綠燈」時，它們也有一份？

只不過，金青苔從此就變得可憐起來，它們經常被雪雕追得上天無路、入地無門，整天要東藏西躲、暗無天日。還常常會碰撞著玻璃，向我和妹妹磕頭求救。

我請求爸爸再去買些「紅綠燈」來，好平復雪雕們的怒氣，或者使金青苔們又肥壯起來，但妹妹卻大聲的叫道：「不許！不許！那『紅綠燈』不是更可憐了嗎？」

唉呀呀，我們都不知道要怎樣辦才好了。原來，觀魚也是有這麼多煩惱的。

爸爸叫我們不要急，不要吵。

他說：「別看小小魚缸美麗又平靜，裡面也是有許多鬥爭的。」還說：「生活中煩惱的事情無所不在，有些表面上看不出來，有的一時間也感覺不到，但慢慢的，它們就來了。所以，對一些無傷大雅的小事，不要太認真和計較，才會有多一些的快樂。」

最後，爸爸說：「像觀魚這樣，如果能認識到魚缸裡的美好是有所取捨的，是沒有兩全的，是一時一處的，那也是一種收獲啊。」

哦？……有所取捨？沒有兩全？一時一處？也是收獲？

雖然，爸爸的說話我們還是聽不大明白，但觀魚的好處，倒真是很多。小小的魚缸，也是小小的世界，當我們觀魚和喂魚的時候，看到它們穿梭潛遊，看到它們爭奪搶掠；看到有些斯條慢理，看到有些不可一世……啊哈，這裡面也有著許多學問和精彩呢，魚兒讓我們得到許多樂趣。

魚兒悠悠，水草飄飄，單憑著這些清澈養眼的水中景象，我們就愛觀魚。

老榕樹（米奇）

我的小學校，在上環的一處半山腰上。每天上學，由下面熱鬧的馬路上到學校來，都要走過一個不大的公園，叫做卜公公園。這個公園很小，那些林蔭小道、花草灌木、長椅石塊和各種小型的健身設施，就迤邐的散佈在小小起伏的山坡上。

這個公園的四周，是一些低低矮矮的舊日唐樓，還有許多長滿青苔野草的石臺階梯。唐樓和臺階高高低低、遠遠近近的包圍著公園，使公園看來就像是沙漠裡的一塊綠洲。在現代都市裡，這是很難得一見的景象，有著淡淡的舊日情懷，又給了人一種脱離繁華、時光倒流的寧靜感覺。

公園裡，最引人注目的是一些奇怪形態的大榕樹，它們高大蔽日，盤根錯節又鬚根畢露的遍佈在各個角落，就像老態龍鍾、鬚髮飄拂的老人，笑呵阿的看著每一個過往的行人。其中有一棵老榕樹還伸出了長長的手臂，垂下了許多粗細不一的鬚根，遠遠看去就像是一條小橋，好不神奇壯觀，讓人喜愛。

清晨，這些公園裡的大榕樹舒展枝葉，讓鳥雀們嘰嘰喳喳的飛出去覓食，非常的熱鬧；到了黃昏，它們又敞開懷抱，把吵吵鬧鬧的雀兒們迎了回來，給它們棲身，溫馨無比。這裡的地面，常常有斑斑點點白色鳥糞，那就是鳥兒夜宿榕樹上留下的印記。於是，由沉寂到蘇醒，又由生機勃勃回歸到寧靜祥和，這些大榕樹啊，就像是公園裡的靈魂，不分寒暑雨晴，日復一日的守護著一些舊日景象和靜謐情懷，愛護著鳥雀，令人親切、舒心和愉悦。

我和爺爺的家，就住在公園下面不遠的文咸東街上，爺爺住在街頭，我住在街尾。初上學的時候，我還很小，有些早晨爺爺就愛在路口邊等著我，然後拉著我的小手，陪我走進公園，走上斜坡，走過一些老榕樹，去到那高高在上的學校裡。他有一支老樹根做成的拐杖，沉重結實，烏黑發亮，握在手裡時就像是蒼龍盤根，很是威嚴。每當走過公園的時候，爺爺總會揮動著拐杖，指指點點，告訴我一些在這裡發生過的往事。

爺爺說，一百多年前，香港開埠以後，這裡就是一大片簡陋的木屋區，有許多苦力居住在這裡。因為這裡是太平山下，所以就被叫做了太平山區。那時候的屋子，都是三角形的屋頂，有著灰色的磚牆和蓋瓦，它們面對著下面的海灣沉寂有序，一排排的橫列在斜坡上。後來，有一場特大的強颱風刮來，就把它們摧毀抹平了，變成了磚瓦砂礫。再後來，這些磚瓦砂礫就被推走了，堆填在下面的海邊一帶。然後，這裡就有了這些榕樹，也慢慢的建成了公園，一直到現在。

爺爺還說，我們家的位置，以前就是下面的海邊和碼頭來的，有許多船兒就在那裡停泊。後來，是風災和火災留下的殘垣敗瓦不斷的填海造地，才有了我們的長街。哎呀呀，這不就是小小的滄海桑田了嗎？這樣子想起來，我心裡就熱呼呼的，有種身歷其境、沐浴歷史的奇妙感覺。

我很喜歡這段歷史，因為它們就在我的身邊發生和變化。而每天，我都是生活和往返這裡的。難怪每走在這片街路上時，我都有親切和自豪的感覺，總感到我也是這段歷史裡的一員和一景。

漸漸的，我長大了，不再需要爺爺送我上學。但每走過公園的大榕樹時，有輕風拂過，那些樹葉就搖動著發出悅耳的沙沙聲響，像是在綿綿細語，像是在低聲訴述，像是爺爺那樣的，要慢慢的告訴我一些它們身邊的故事。

又漸漸的，我讀中學了，再也不經過這裡。但是，我仍是很懷念這個公園，尤其是這裡的老榕樹，它們總是給了我爺爺就在身邊的感覺。

直到了有一天，爺爺他走了，他去了一個遙遠的地方，家裡只剩下那支老樹根拐杖。於是，不知怎麼的，那支拐杖在我心目中，就成了一棵老榕樹。看到它，我總會情不自禁的想到爺爺，想到爺爺送我上學的樣子，想起公園裡那些老榕樹，想到爺爺與我喋喋不休的講述著那些以前的老故事。

我愛香港，我愛上環，我愛爺爺，我愛這裡的老榕樹。

後巷（米奇米妮全家人）

（一）

我是一條小巷，是身處上環、一條稍高位置唐樓邊的僻靜小巷。

我沒有名字，那怕你找遍香港戰前、戰後，甚至是更早時期的香港老地圖，也找不到我的名字。因為，我只是一條小小的後巷而已。

我這裡所有屋子的門牌，全都在另一邊。而我這裡的，只有一個個的後門而已。它們或大或小，或高或低、都是經常關閉著的，沒有什麼人進出。

所以，一直以來，我這裡都是靜靜的，連名字也沒有。

平時，我這裡很安靜，也很乾淨。因為沒有人活動，走動，那麼地上，就連果皮、紙屑和煙頭也沒有了。只有偶爾飛來的幾隻小鳥，或者跑來的一隻小貓，它們嘰嘰喳喳、或者嗚喵嗚喵的傻叫幾聲，然後又飛走跑掉了而已。

我雖然沒有名字，但長的卻並不難看，甚至還很寬闊明亮、又筆直舒暢呢。其實，比起人家許多有名字的小巷，我還是挺像樣的，站在我的巷尾，可以沒有阻礙的一眼就看到了巷頭，那裡就是有名的荷李活道。

荷李活道上人來車往，熙熙攘攘的很是熱鬧，遊客們手裡的相機，常常在那一頭閃光。但是不知怎麼的，一直就很少有人從我這裡走過。

所以，常常的，相比之下，我這裡就更是顯得寂靜和落寞了。

其實，我這裡是學校區來的。每天，有許多學生和家長，都在這附近的街路上匆匆忙忙、緊緊張張的來去過往。但不知道怎麼的，就是沒有人走進我這裡來，使得我很是委屈和失意。

有一天，終於有一家人走進來了。他們是年青的爸爸媽媽，送著一對小兄妹去上學。大清早的，周圍的街道還靜悄悄的，有兩個小朋友背著書包，牽著小手兒，就由爸爸媽媽帶著，從荷里活道那頭的巷口拾步上來了。

他們輕輕地說話，開心的交流，那清脆的笑聲，和小兄妹有時的蹦蹦跳跳啊，都使我感到了溫馨和愉快，我高興極了。雖然他們很快的就走了過去，消失在上面卜公花園的小斜徑裡，但那些脚步聲、說話聲和歡笑聲，卻久久的在小巷裡迴蕩。

我多麼希望他們這一家子，能天天的從我這裡過往啊。

（二）

他們真的是天天來了。

只要是上學的日子，不管是晴天陰天還是刮風下雨，他們一家人都走我這裡。開頭的原因很簡單，不過是隔壁原先走的那條小路「差館上街」，展開了水渠工程，一時間搞得狼藉不堪、行走困難罷了。許多路人都改了道，而他們這家人，就選擇了我。

但是，待到隔壁街水渠完工，路人又紛紛走回原路時，他們卻保持下來了。我聽到那小妹妹對爸爸說：「爸爸，這裡又乾淨、又寬敞、又明亮、又好走，我喜歡走這裡。」又聽到那小哥哥說：「媽媽，這裡又安全、又方便、又快捷、又順暢，我也喜歡走這裡。」

只有媽媽是滿臉狐疑的，她說道：「買東西要買正貨，走路也要走正道。這裡總還是後巷吧，沒名沒號的，又盡是人家的後門……不太好吧？」

我聽得緊張極了，真怕媽媽的話會決定一切，最終讓我失去他們。

好在爸爸也開腔了。

他對媽媽說：「不過是通道罷了，別看得太嚴重。孩子們不是說這裡既乾淨明亮，又安全方便嗎？只要沒有人車争道，又不會妨礙他人，就是好通道。何況，這裡還更清靜和直接呢，那就別管它什麼後巷不後巷了。」

「啊！」孩子們歡呼了起來，我也高興的幾乎想大叫——如果我也能發聲的話。

媽媽還是心有不甘，她吞吞吐吐的說道：「但是，沒有人走這裡呀，只有我們……」

爸爸笑笑地說：「那是『就不就腳』的問題囉，只要就腳，像我們這樣，以後就陸續會有人走這裡的，享用它只是因為有需要和方便又安全嘛。」

這「就腳」的說詞，說的就是順路、順時、順境、順便的意思，也即是一種方便和實在來的。多好啊！從此，他們這家人，就喜喜歡歡、快快樂樂的走我這裡了。

然後，一年又一年的，他們再不改道。

（三）

這家人走上學的安全捷徑，當然開心快意了，但最開心的，卻莫過於我。

每天早晨，迎著他們從這裡走過，看著大人對著孩子們吩咐這個、叮嚀那個，總有說不盡的話兒；又聽到孩子們嘰嘰喳喳，問這問那，也總有問不完的問題，多麼溫馨熱鬧啊。

每天下午，我又眼巴巴的等候媽媽帶著孩子們放學歸來。聽著孩子們向媽媽報告成績、講著學校裡發生的什麼事，連午飯吃些甚麼、好不好吃、有沒有吃完、誰誰誰又怎麼樣了等等，孩子們也要嘰嘰喳喳的講個不停。

啊！我雖然只是一條小小的後巷，靜靜的趴在這裡哪裡都不能去，但是，自從他們一家人在我這裡經過，我的日子就變的有意義起來。他們帶給我熱鬧和溫馨的信息，使我也與他們的家庭和學校，有了一點點的關係。

於是，漸漸的，也覺得了在等待和盼望著他們的時候，我，也就是他們中的一員。

有一天，我意外的聽到有人在那邊問路。

這人從卜公公園上面下來，要抄近路去文武廟，她是一個的學生家長，還領著一個客人。文武廟就在荷李活道上，靠在樓梯街的旁邊，離這裡不遠。被問路的人在一旁，指著我大聲的告訴她：「走那條小巷吧，走那條米奇與米妮那家人每天上學放學走的小巷。」

她一口氣把話説完，流利得很，連標點符號也沒有，可見對這裡是既熟悉、又自己，所以才能夠講得如此熟練、順口和流暢。

這兩人當然是相熟的家長囉，因此彼此間的對話一交流就馬上明白了。

於是，問路的向指路的道了謝，就領著客人從我這裡走去。她們在荷李活道那頭路上拐了個彎，很快就到了文武廟。而從此以後，我就知道了我也是有名字的，在家長們口中，我的全名就叫做：——「米奇與米妮那家人每天上學放學走的小巷。」

（四）

名字雖然長了點，但畢竟與別不同，是一些家長相互之間稱呼我的名字。後來，我的名字就這樣漸漸地傳開了去。

不久，我這條「米奇與米妮那家人每天上學放學走的小巷」裡，也走進了他們的同學：何兆文與何詠琪一家人，他們是馬田兄妹，剛好也是爸爸媽媽和一對小兄妹。

再後來，更多的同學、家長，還有各式各樣的人也走進來了。有位巍巍顫顫、步態蹣跚、戴著黑氈帽的老爺爺，他每天帶著剛上一年級的小孫子，走進我這裡時就總是笑呵呵的，他的小孫子也是蹦蹦跳跳。而他們，就是發現我「就腳」的關係，還喜歡我的乾淨又安全。

哎呀呀，我不再寂寞了。

尤其是有一次，那小哥哥米奇居然在寫作比賽時把我也寫進了作文裡，從此，就有更多的人知道了我。也開始有些好奇的人，專程的來看我、走我和試驗我。他們說，要體驗一下那篇文章裡的內容和感覺，看看為什麼有那麼長和奇怪的名字。

……

許多年又過去了……

現在，我仍然只是條後巷而已，而且仍然是沒有正式的名字。只有我自己，還記得我曾經被叫做「米奇與米妮那家人每天上學放學走的小巷」。但是那小哥哥米奇和小妹妹米妮，他們早就不走我這裡了，因為他們上了中學，又上了大學，當然要走其他的路。

不過，又有許多不同的人走我這裡了，只要他們覺得就腳，只要我能保持乾淨、明亮、安全和方便，就陸續不斷的，會有人走我和使用我。

不過現在使用我的人，常會簡稱我是「後巷、後巷」，一點尊重也沒有。我好希望人們還能用「米奇與米妮那家人每天上學放學走的小巷」來稱呼我，雖然長了些，但是有往事。因為在這個稱呼裡，有著我美好的回憶，有著我溫馨的感覺，還有著我一個很好的、甜蜜的夢境……而且，就是從那個時候開始，由米奇和米妮那家人走起，才有人經常走我、用我和知道我的。

（五）

喜歡我這樣與世無爭，默默為上學的孩子作奉獻的後巷嗎——「米奇與米妮那家人每天上學放學走的小巷」？

它現在還在，還沒有被遺棄或者改變。反而是，有許多搞美術的人看中了我，他們在我的牆壁和空隙處，畫上了大量大量五顏六色的塗鴉，讓我變得很另類。

現在，我滿身是色彩和圖畫了，它們一團團、一幅幅的，光怪陸離，流裡流氣，也不知道是好呢，還是不好？

那麼，你們還想來走走我、看看我和好奇我嗎？

我雖然還是喜歡熱鬧，喜歡人流，喜歡被人惦念，不過，不管將來再把我弄成什麼模樣，我只是默默的、久久的、溫馨的回味著那個曾經是很長很長的名字：米奇與米妮那家人每天上學放學走的——小巷。因為，當有朝一日，我被改造、拆除、重建、或者正式命名的時候，我將不再是我。

那個時候的故事，也與我無關了。

聖誕節（米妮）

聖誕節又到了。

一提到聖誕節，我最先想到的，總不是掛滿小飾物、五顏十彩、閃閃發光的聖誕樹，而是那穿著破舊單薄衣裙，在風雪中抖嗦著賣火柴的小女孩。自從小時候，聽過安徒生的這個童話故事以後，賣火柴的小女孩就與我的聖誕節緊緊的連在了一起，再也分不開了。

我喜歡聖誕節，也喜歡聖誕老人。我還很喜歡那些叮叮噹噹，悅耳動聽的聖誕歌曲，更喜歡想像著平安夜，聖誕老人的鹿車在飄著雪花的天空，叮鈴鈴飛跑過派禮物的樣子。

小時候，爸爸和媽媽總會告訴我和哥哥，說我們如果乖，如果聽話和早睡，那麼半夜裡，聖誕老人就會從窗口爬進來，把禮物悄悄地放在我們的牀頭。果然，一年又一年的，我們都能在平安夜的第二天，在牀頭拿到我們喜愛的禮物。

但是，不管什麼時候，一聽到聖誕歌，一看到聖誕樹，一拿到聖誕禮物，我都會不由自主的先想到那個賣火柴的小女孩。她好像總是默默地望著我，不出聲，眼睛裡充滿了憂愁，讓我在快樂的聖誕節裡，總會浮起了那麼一絲悲傷、沉重的感覺。

我也是小女孩，平時喜歡看書、唱歌、畫畫和聽故事。

我還很愛發白日夢，然後，與故事裡的人物交朋友和玩耍。

賣火柴的小女孩，從小就是我的好朋友，但是，她總會在平安夜裡，在我們睡去了的時候，悄悄地凍死去，讓我永遠的傷心。

賣火柴的小女孩，她也有聽到聖誕歌，她也有看到聖誕樹，她也想吃到一點點的烤火雞和麵麭、甜品，她也想見一見聖誕老人，拿到一份小小的聖誕禮物……

但是，她什麼也沒有得到。最後，她只能躲在一個小小角落裡，把賣不出去的火柴一根一根的點燃。然後，看著它們美麗的光環漸漸的消失去，這樣在微弱的餘光裡，想念著天堂裡的奶奶，盼望著奶奶能來把她帶走……

於是，離去的時候，她的臉上，還帶著微笑……

很多時候，我多麼想不要禮物啊，而只想要讓賣火柴的小女孩回來，讓她也能和我一樣的，讀書、唱歌、畫畫、和聽故事。

聖誕老人，您可以做到嗎？

聽到這個故事的時候，我還很小很小。那時候，賣火柴的小女孩是姐姐。現在，我長大了，她就變成了妹妹。將來，我再長大，她也仍然是小女孩。但是，我總是這麼的喜歡她、熱愛她、和想念她。

聖誕節又到了，街頭路尾，商場櫥櫃，到處都有沉甸甸的聖誕樹，到處都是悦耳的聖誕歌。還有那些色彩繽紛、閃爍光芒的聖誕燈飾，和滿街追著小孩子，樂呵呵地派糖果和禮物的聖誕老人……

這些種種啊，儘管都是大人們刻意營造出來哄孩子們的，但是，我還是願意把它們都當成是真。因為，賣火柴的小女孩，她永遠也長不大，她永遠都停留在平安夜裡。那一曲動人的「平安夜」，常常讓我想起了她。

我仿佛看到了她在風雪中，伸出了凍僵了的小手，放在嘴邊呵着一點點的熱氣。然後縮起小腳，默默地看著我們，像要說些什麼，但又什麼也沒有說。

那麼，她要說什麼呢？

她是不是要告訴我們：世界上，還有許多需要關心和幫助的人？

我愛聖誕節，但我又有些氣憤安徒生。

因為，他給賣火柴的小女孩安排了一個很不好的結局，讓我不能好好的過聖誕。當大家都在互相說著「聖誕快樂」的時候，賣火柴的小姑娘呢？

她有沒有聖誕快樂？

而我們，還能不能聖誕快樂？

讓我再好好想一想……

鵝肝（米妮）

香港美食節又到了，這本來不關我們小學生事的。何況，平日裡我並不怎麼重視吃，也沒有什麼機會經常去吃些什麼。但老師卻給了我們一個機會，讓我們去參加一個叫做「香港，美食天堂」的徵文比賽。

又是徵文比賽？

一聽到這個，我就來氣了。這「氣」，要從去年的一次徵文比賽說起。

去年，我參加過一個徵文比賽，是內地某大機構主辦的。那比賽還邀請了港澳兩地的小學生，與內地學生一起作題為「我最喜愛的節日」的文章，獲勝者除了有諸多獎項，還可以去某大都市受著名作家的接見和交流學習等等，非常吸引。

作文我們是經常有的，但參賽卻從未有過。老師鼓勵我們一班作文寫的較好的同學，不妨花花心思去參與一下。志在參與嘛，拿個經驗也好，於是，我和一幫喜歡寫作的同學就興致勃勃的參加了。

那賽事看來規模很大，很隆重，通告裡的條文和規矩也多多，而且從準備到發出已經有大半年時間了，但不知何因，拿到我們手上時，離截稿時間卻不到兩個星期。不過這難不倒我，一經決定參加，我很快就寫好了文章交上去，因為我最喜愛的節日就是聖誕節，而那時也剛剛是聖誕前夕，大家都在節日的期盼和歡樂中。

其實，我的喜歡聖誕節與別人有點不同，因為我是看安徒生童話長大的，尤其對賣火柴小姑娘的故事，就有很多的投入和喜歡。聖誕節到處有許多美麗的聖誕樹、許多好聽的聖誕歌、晚上有派禮物的聖誕老人在天空飛來飛去，還有好幾天歡樂假期。而且，哥哥還是那天生日的呢，我們常常在聖誕節裡吃生日蛋糕……

但是，賣火柴的小姑娘也是在平安夜裡凍死的，這讓我很不安樂。於是，我的聖誕節，就常常是在這樣矛盾的心情裡度過。當有機會讓我把這些心事在作文裡說出來時，就有了一種釋放了的感覺，覺得這樣才對得起她——賣火柴的小姑娘，所以這篇文章我寫的很動情、很順暢和很快。

文章交上去以後，我也有一些期待，不過不是期待得獎。爸爸早就跟我說過了，這種比賽，要得獎是很難的，而只是想在我最喜歡的節日裡，那種特別的心情能有人知道罷了，再看看別人有什麼反應。至少，有沒有人能夠理解我、同意我、或者批評我，就像老師給我的作文寫評語一樣。

不過，這個徵文比賽最後是一波三折、雷聲大雨點小。先是一拖再拖，再是延期改期，還有變動規則等等，到後來，便幾乎是無聲無息的就過去了、結束了，讓人好不失望。想不到這第一次參加的徵文比賽，就落了個莫名其妙的結果，讓我們一眾參與者都掃興極了。

本來事情已經過去了，想不到這美食節當前，老師又推薦來了，這能讓我不生氣嗎？

看到了徵文「香港，美食天堂」的題目，不知怎麼的就讓我突然的想到了鵝肝。鵝肝肯定也是美食，但與這個美食節卻是風馬牛不相及，只是蔡瀾伯伯的文章，幫我把它們聯繫起來了。

蔡瀾伯伯是經驗豐富、文采迷人的旅行家、美食家和散文作家，我很愛看他寫的書。他有一篇文章裡說，第一次吃鵝肝時，吃到了一個壞的，那真是奇臭無比，厭惡橫生，從此就再也不沾染鵝肝半點，連想起來也噁心反胃。但二十年後有人請他吃了一個好的鵝肝，原來是這麼香軟嫩滑、美味無比。

他後來不無感慨的說：要是第一次就吃到了好鵝肝，那就不會浪費二十年（不吃鵝肝）了……

如此說來，去年那次寫作比賽，就是我的第一個鵝肝。興致勃勃的吃了一隻壞鵝肝後，就令我不想再參加什麼比賽了。因為很難相信那些天花亂墜的宣傳和承諾，又不知道裡面到底哪句才是真的……難到要和蔡瀾伯伯一樣，再過二十年後我才會遇上一個好的鵝肝嗎（比賽）？

不過想想，我也不會放棄吃其他東西的，像蔡瀾伯伯一樣，他不吃鵝肝以後，不是也吃盡了其他天下美食嗎？中的西的，粗的細的，貴價的便宜的，好吃的不好吃的，他全都吃遍了，才能寫出那麼多有道理、有比較和有很好吃相的美食經來……我最多是不參加比賽罷了，卻還是要寫的！

不過，想到要二十年後才吃另一塊鵝肝，卻仍是有些憤憤然。好在有蔡瀾伯伯這個感慨，它讓我貼心極了，而且還享受到了一種很暢快的共鳴。

香港，確實是美食天堂，它除了鵝肝還有其他許多美食，可以讓我以後慢慢品嘗。所以，這篇叫「鵝肝」的文章我還是寫了，但沒有參賽。因為我知道，它離題了——實際上並沒有寫到香港的美食，而只是借題發揮，用美食來發泄一下對某場徵文比賽的失望和不滿而已。

我這樣做對嗎？

詩（米妮）

課堂上，
老師問大家，
什麼是詩？

同學們紛紛舉手。
「詩是音韻、旋律……
「詩是節奏、樂章……
「詩是浪漫情懷……
「詩是心情蕩漾……
還有人說，
「詩是春天、夏天、秋天、冬天……
「詩是晴天、雨天；篝火、星光……
「詩是白天和黑夜，詩是生活裡的每一天……
說得多好啊，
只有小妹，小妹她默默無語。

小妹是窮學生，
家裡供她讀書不易。
那天，媽媽趕了老遠的路，
給她送來了生活費。
天很冷，地很凍，
媽媽在學校門口等了很久、很久，
下課的時候，終於見到了小妹。
媽媽留下了所有的錢，
然後，又匆匆的趕回去了。

飯，也沒來得及吃一口。

臨走的時候，
媽媽攔住了要去給她買食物的小妹。
她說道：
「別買了，孩子。媽不餓。」
剎時間，小妹的淚水流出來了。
在她心裡，這就是詩，
——最美的詩。

詩，不一定那麼絢爛多彩，
詩，不一定要有音韻、旋律，節奏、樂章；
有時候，在滿滿是愛的時候，
只要一句話，
最簡單的說話，就是詩；
媽媽的說話，就是詩。

小巷深深（米妮）

爸爸說，小時候他住在一條小巷子裡。
小巷深深，但熱鬧得很。

早上，巷口的水龍頭擠滿了排隊買水的人。
那時不是家家都有自來水的，
但是排隊買水，嘰嘰喳喳，互相交談，
大家一樣的開心、快樂。
哪怕有時候爭吵起來，也別有一番風情，
平民生活就是這樣的。

上班的人，推著自行車出門了。
他們互相打著招呼，
身邊，此起彼落，
響起了一串串清脆的鈴聲。
送牛奶的大叔來了，
派報紙信件的郵差來了，
這時自行車上的鈴聲特別響亮、歡快，
因為巷子裡，有等著他們的人。

白天，還有賣菜的、補鞋的、收買破爛的、染衣服的小販，
他們挑著擔子、搖著浪鼓、高聲么喝著走進小巷裡來。
那些留在家裡的大人們、老人們、孩子們，
他們紛紛圍了過來，又是許多笑聲。
晚上，外出的人陸續回家了，
小巷裡又熱鬧起來。

家家戶戶的燈光裡，滿是菜香、飯香、茶水香，
到了深夜，還有讀書聲朗朗入耳，伴人入夢……

不過，這一切，現在都沒有了。
爸爸感慨的說：
「現在，沒有了一條條小巷，
換成是一幢幢大廈、一個個屋邨、一座座樓宇。
它們高大挺立、成圍成片，但冰冷冷的，人們不再相互來往。
生活裡，沒有了小巷，就像沒有了鄰居、街坊……」
爸爸懷念以前的小巷，
但現在，小巷只有在午夜夢迴，
令他默默回味、念想。

我沒有住過小巷，
但聽爸爸說的有趣，也深深嚮往。
照爸爸說的，比較現在的生活啊，
住在小巷裡，就像在享受著從前慢。
只是，現在的生活太匆忙了，
到處都講究一個快字，
哪裡還容許我們住小巷？
而且，現在的人情，是濃厚了，還是淡薄了？
現在的風尚，是進步了，還是退步了？

現在的生活，是快樂了，還是不快樂了？
如果再用小巷生活來比較，
那麼，該怎麼說好呢？

爸爸的說話，讓我認識了小巷。
小巷深深，小巷慢慢，
小巷生活，影影綽綽的，
從此就留在了我的心上。
看著身邊密密麻麻、遮天蔽地的高樓大廈，
我也常常期待著，夢遊去到那種舊時代，
享受一下爸爸生活過的小巷。

第十五篇：瀟　灑

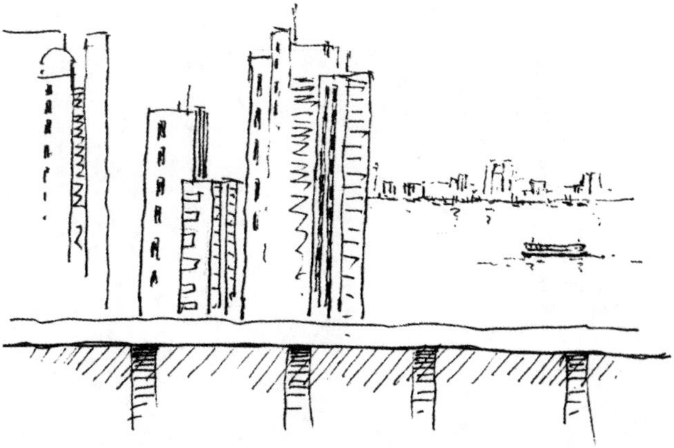

第十五篇：瀟灑

孩子讀書上了高中階段，身形很快就變得高大起來，幾乎趕上我了，這是不知不覺中發現的，所以，有時又覺得很是突然。

也許，孩子的變高是有基因元素的，但每天的負重（書包）、步行、爬高，沿著那些半山斜路上學和下學，恐怕也是原因。因為我們天天在一起，又總是一路上的說東說西、忘乎所以，所以有時的一些變化就會是不知不覺。不過，正是如此，到覺得他有些變化的時候，心情便有些複雜起來，欣喜中好像又有點失落，因為他們的孩童時代，正是這樣悄悄的離我而去。

那麼，這篇文章就來講講孩子的一些變化，而且也借以說明孩子的許多變化，都是受到身邊人影響的，尤其最先的就是父母。又借此與其他許多的父母們交流一下，說明著在孩子的成長階段，父母的言傳身教真的是非常重要的。在有可能的情況下，不要忽視了，因為到他們再長大的時候，要影響他們就不容易了。

這篇文章，以及這以下的各篇文章，就用身邊的一些日常小事來開始。

影響

我們家的太太那位，在兩個孩子米奇與米妮六歲和四歲的時候，就辭去了會計工作和僱請了多年的家傭，從此，她自己就又是媽咪又是工人，全職的理家和照顧起孩子來。

我們算過了，小家庭嘛，這理家的諸事是多有多做、少有少做，但孩子要上學了，照顧好孩子、輔導孩子和影響孩子的事，那才是最重要的，而且最好是親力親為。這方面，工人或者外人是怎麼也替代不了的。

當然啦，在孩子的媽媽來說，理家和照顧孩子可是比上班辛苦多了，如果盡責任的話，那幾乎是沒有了什麼個人的時間和空間。所以，我們的這種選擇，完全是為了孩子的明天著想，想要他們在將來有好一點的收獲，我們現在就要先付出一些代價。

有了這個共識以後，我們夫婦同心，就真的是這樣一步步開走過來。

既然說到了家政改變，那麼，還是要從我們身為父母的背景說起。

孩子媽媽以前的家庭比較富有，她家除了有自己的一整幢唐樓以外，生活環境也很好，是在周圍許多人的水平之上。於是，在家人的影響下，她從小對生活中的一些細節和享受，本來就比較認真和講究的，而初出來工作時又在製藥廠當藥檢員，屬於穿白大袍、戴藍手套的那種，這下子就連一些認真、執著和潔癖的習慣也上身了。

這樣，我們在香港認識又結婚後，有了孩子的小家庭在她的治理下，所有生活的環境及狀況都一直是嚴謹和健康的，連那些從我們家裡服務過而出去的家傭，也很受雇傭公司和其他顧主的歡迎和贊賞。大家喜歡的，就是工人們在家務中，都被影響和帶出了清潔衛生及真誠開朗的習慣與心境。

我們的孩子，就是在這樣的環境裡長大。

我呢？這方面，本來我的家庭背景也是不相上下的。

當年媽媽帶我回內地的時候，她在海外的職業裡有一項就是護士，所以我們家向來都特別注意生活裡的衛生環節，甚至嚴謹到有醫院的標準。媽媽到了內地的學校裡擔任校長以後，在校園裡仍是保持著以前海外的生活習慣。我們的飯前便後一定要洗手，晚上睡前要刷牙，從屋外回來要換鞋子，食物掉地下就不能再撿起來吃等等，這些規矩全都是我懂事以來的基本功，以至小時候我就常被一同玩耍的小朋友們，還有校工、老媬姆和媽媽的學生等，笑話是「衛生局長的兒子」，他們總是看不慣我們這些在當時當地，生活上有異於他人的「奇葩」行為。

不過，別看我出身文化家庭，也喜歡文化，還自小就受到良好衛生習慣的熏陶，但在文化革命中卻是陰差陽錯的進入了重工廠，當上了電工，也沾染了許多大老粗的習性。不過，受到了工人的影響，而我卻更喜歡了他們那種豪爽、粗獷、講義氣和不計較的作風，甚至連飲食、衣著及享受方面，也接受和喜歡了簡單、方便、隨意和不修邊幅的內容。我不但喜歡和親近小人物，也很接受孤獨，理解寂默、享受我行我素與落寞心境等等，當然啦，這已經是與文革的獨特背景，和那時的家境改變有關了。於是，在生活上我就成了樂於享受隨便和馬虎，而且是得過且過、不喜競爭的人。

早餐

我們的孩子，在家裡從小就受到了他們媽媽的影響，日子有功，漸漸的竟也學得了愛整潔、做事有條理和注重儀表的習慣。他們時時處處的在許多生活小節上，都表現出了小心謹慎、規行矩步又彬彬有禮的作風，這使得我有時候不小心的與他們「對照」一下，就會面紅耳赤起來。

是的，我的自嘆不如主要是在休閒生活方面。艱苦工作多年了，在難得一閒的時候，我的理解是享受一時的放鬆和自在，就不要太過認真和嚴謹，不要太過正經和計較。只要不影響到工作，不損害到他人，自己的一點不修邊幅、得過且過和糊塗做人等，才是真正的自由、放鬆和暢快，也才是真正的休閒。

但是這些，又怎麼能跟訓練有素的孩子們講呢？所以，看到他們現在好像是突然間就長大了，紅唇白齒、青春迫人，站在身邊一付翩翩美少年的樣子，我就覺得自己很有些相形見絀，抬不起頭。

有天早晨，孩子不用上學，我與孩子到上環文娛中心的熟食檔用早餐。在外面用餐，尤其是早餐，在我們來說是比較稀罕的事，所以值得一說。

這裡是二樓，雖然寬敞明亮，也有冷氣裝置，但還是大牌檔模式，而且用餐的人，都是打工仔居多。因為我素來喜歡大牌檔，喜歡那種自由自在和大眾化氛圍，孩子便隨我意了。

平時，我們都是在家裡用早餐的，鮮有出去外面吃。這原因很簡單，早餐一般都比較簡易：一碗泡麵、幾片麵包，加上幾許煙肉、腸仔，或者是煎兩個雞蛋就可以了。再還有的，也不過是一杯紅茶或者咖啡而已，這些搭配都是眼見功夫，誰都做得來，所以孩子們的媽媽就做的很趁手，大家也很滿意。但最主要的，還是在家裡吃怎麼都比在外面的用餐，要乾淨、衛生和便宜得多，而且時間的寬裕方面，就更是大家都受用的了。有了這種種好處，長期以來，我們便習慣了不在外面早餐。因為很少與孩子在外面用餐，所以一有了機會，倒是叫我新鮮和好奇起來：孩子是如何在外面用餐的？

我們坐下餐桌旁向伙計叫了餐以後，孩子又獨自要來了滿滿的一杯熱鬧水。開頭，我還以為他是要來喝的，正奇怪怎麼大清早的就要喝熱水呢，不料熱水來了以後，他只是用來燙洗餐具罷了。看孩子的動作流暢自然、有條不紊，慢條斯理的洗得很有節奏感，也有可觀性，我想，真像他媽媽呢。

清潔好餐具以後，孩子就把剩下的那半杯熱水輕輕的放在了一旁，然後正襟危坐、好整以暇，靜靜的等待著伙計上餐。那整個過程，看去真是行雲流水，清爽舒服，優美極了。

吃完了早餐，孩子用一點熱水漱了口，再取出了身上的紙巾濕了濕水，抹抹嘴角，然後，還倒出了些淨水來，洗了洗手指尖。做完了這一切，才又將杯子輕輕的擺放到一邊去。而我，卻是一把拿起了剩下的水，一口喝乾了，我是漱口連帶喝掉的，這就是我們父子倆在大牌檔用餐的某些分別。

一杯熱水從端上來到使用完，孩子用的鮮明優雅、駕輕就熟，有自然裡的美態，處處顯示出一種君子與紳士的風範。而我，則是有些粗魯了。不過，如此與孩子用餐，既衛生又健康，倒是很有安全感。怪不得他幾個要好的同學，都喜歡他的光明整潔和循規蹈矩，而他的母親與妹妹，則更是欣賞他的認真謹慎和一絲不苟。唯有我這受了大老粗改造的人，只是想他能更自由自在些生活罷了，尤其是「MEN」些，最後能夠把水端起來一口喝掉，那就更完美了。

孩子屬鼠，性格居然也是小心謹慎、機智又充滿警覺性的那種。而且，他不論是學習還是做事，總是不厭其煩、按部就班，那種認真堅持又兢兢業業的態度，又很像他媽媽。就説飯桌上吃些新的食物吧，孩子總是以試探性的動作開始。會先問明什麼，然後不急不忙的伸出了筷子，小心翼翼的挾起來左看看、右聞聞，再放入口中嚐嚐，最後才敞開來吃。這種吃法，無疑有美食家的風範，所以吃相淡定斯文，很是好看。

我就不一樣了，我吃東西時常是狼吞虎嚥、大快朵頤，圖個痛快而已。就是喝啤酒也喜歡用杯子，咕碌咕碌的大口喝，享受那種痛快淋漓、豪氣萬千的意境。難怪每看有人用飲筒啜啤酒，就總會替他們難受和不屑。不過，我們父子倆行為上的這些差異，卻也是各有所屬、各領風騷。孩子顯然有著些少「富貴」子弟的氣質，而我，卻只是流浪漢、落寞人的風塵形影而已。

開頭我還在想：不知道在他母親的眼中，我們倆個哪種會更好些呢？後來我確定了，當然是他的好些啦，因為，他就是在他母親的影響下成長的，有母親的風範和習慣。

不過這也好，因為孩子還小，在打基礎的階段，他的小心、謹慎與守規矩，尤其是學習和做事的認真負責與一絲不苟，常常在一些生活細節裡表露無遺，以至我們的家人裡，平時常常會戲謔他說：以後啊，小弟弟也許是到 ICAC 裡任職的最好人選。

天橋

説到了 ICAC（廉政公署），那比喻對孩子的行為來説還真是貼切、到位。

上街時，孩子總是耳聽四方，眼觀六路，有種小心翼翼的危機感，還有些機靈敏鋭的快速反應。

要是突然間有一陣橫風刮來，他便會迅速地轉身、擰頭、掩口、閉氣，避免煙霧與灰塵入眼入鼻。當雨絲剛剛飄起來的時候，他也是那些第一時間就開傘的人。而遇到了垃圾站或者危險的東西，他都會盡可能的繞道而行，就是路程遠些、麻煩些、時間慢些也無所謂。倘若有人抽煙、喝酒、咳嗽或者大聲講些粗言爛語，那便是他眼中的「危牆」了在可能的情況下，他一定會迴避開去、迅速遠離，決不猶豫半分……

這些種種，自然而然就是他母親平時的教導有方了，而他也學得一點不差。至於平時在家裡，那也是有許多較真地方的，不論是做功課，還是準備明天上學用的課本、文具、書包，甚至是早起要穿的衣服、鞋襪等等，孩子都是做足功夫、預先準備妥當，然後放在桌邊、床頭以便隨時取用的。他媽媽常告訴他，別小看了這些個鎖碎婆媽的事，緊急時，這些眼見功夫也可擔大事呢。

不過，這些行為看去雖然很是規矩整潔，有頭有尾，但也不免刻板了些。以至有時候這反而會讓我有些擔心起來，擔心這孩子生活中太過單純、潔淨和端正了，就會有些拘束和不快意。雖說陽光、正氣、清廉和堅毅是好風格，但如果拘謹到了不善變通、不懂「執生」和老老實實的地步，那今後踏進了商業污染嚴重、人情物事險惡、情勢瞬息萬變的社會，又怎麼應對呢？不是有句話叫做「水清無魚，人清無從」嗎？當事情具體到自己孩子身上時，當危機和污染迫到身邊時，我就不知道要怎麼教他才好了。

從孩子的表現來看，他顯然是個與人為善、與物為善、與事為善、與一切好東西為善的人，在他眼中和心裡，別人也與他一樣是善良、美好和真誠的，但人若是太善良正直了，怕就會吃大虧，因為在當前這樣污染重重、邪惡環繞、人心難測的社會環境裡，這虧，我們吃得起嗎？而且，它有止境嗎？

有一個禮拜天，我與孩子去大會堂圖書館，走的是中環海濱的行人天橋。天氣晴朗，行人稀少，上面是藍天白雲，下面的維多利亞港灣也一片碧藍。我們在寬大筆直的天橋上慢步走著，帶有咸腥味的海風撲而來，拂動著衣服，很是爽快。

我們邊走邊談，就像平時的上學路上。不過，這回是少了沉重的書包，多了休閒的心境，所以心情很好。尤其是看到孩子這麼高了，有點突然長大起來的感覺，心裡既是高興、又是感慨，所以這時候我們的交談，像朋友就多過了像父子。

一陣較大的海風吹來，把孩子的頭髮吹亂了。他按下了有些飛揚不羈的頭髮，扶正眼鏡，摸摸鼻尖，又整了整衣領，然後，走近了天橋大柱上的宣傳牌，借著玻璃的反影照了照樣子，又用手指理了理頭髮，好像就要去見面試官一樣，認真極了。然而，卻因為他這樣做的自自然然、一氣呵成，又顯出了一種很瀟灑養眼的風采——年少真好、青春真好。

看到了風華正茂的孩子如此注重儀表，又因地制宜，及時、認真地修飾著身上的「一切」，我又有些感慨起來。想當年，也是這般大吧，我卻是沒有這樣的條件和心思。那時候家庭正在蒙難中，父母、妹妹也不在身邊，我獨自一個就像流浪漢般，生活在一種寒酸和倉促的環境裡，哪有什麼「愛美」的心態可言？而今，時代雖然不同了，但我知道，這又必是孩子母親影響下的傑作。

在天橋上走著，任憑海風吹拂、衣服飄逸、頭髮飛揚、滿口咸味，我感到了一種來自大自然的痛快。不過，看到孩子不敵那不斷吹拂的海風，邊走邊用手不斷按壓著頭髮，還不免有點狼狽的樣子，突然間就想到了「瀟灑」這個詞來。這時我想到的卻是另一種瀟灑，是落寞人才有的瀟灑，是自然形態裡的瀟灑，是不知不覺、不以為意裡的瀟灑。

於是，我就告訴孩子：整潔乾淨和衣著得體，是讓自己舒服也對別人禮貌的表現，在生活中，這是一道美麗的風景，給人有教養和享受生活的感覺。但有時，卻又不必太過刻意和拘謹的去維護它（外表），否則，對自己就造成了一種負擔，對別人，也會被看成是一種怪相，有些時候，能順其自然就最好。

是的，瀟灑是一種感覺多過是一種表現，它是讓人們看到了形態，然後由心中浮現出來的觀感。

所以，只要是自然、純樸、真實的表現，只要有自由自在和忘我的情懷，那麼，不論是大人物還是小人物，不論是富翁還是流浪漢，他們都可以擁有瀟灑、表現瀟灑和享受瀟灑。瀟灑，其實是浮現在別人眼裡和心中的感覺。許多瀟灑的感覺，是由旁觀者眼中和心裡產生出來的。

這樣告訴孩子，是希望他日後不要被太多執著、刻板的規矩和形象束縛住了，變成了另一種辛苦的負擔和無趣。在這裡，我只是想適當的影響他一下，讓他就算是在一些行為舉止和衣著外表上，也不要有太多、太大的心理負擔和壓力。這樣，在生活中就能從容和輕鬆些，也會有多一些灑脱和自在伴身了。

瀟　灑

又一天來了。

這天上學，天空飄著微微雨花，不過，風很快就把雨花吹的四散無影，只不過路面上還有些濕漉漉而已。孩子背著書包，迎著風走，不時的用手掠平被風吹亂的頭髮。我見狀，忍不住對他說：「孩子，青春的頭髮是不必太『掠』的，只有中年人，或者上了髮蠟、焗油的那些頭髮，才需要常常的『掠』。」

我還趁機告訴他：「……青少年朝氣蓬勃，自有一股生氣、靈氣和英氣，怎麼穿衣服都好看，怎麼亂頭髮都有型。所以，有風吹來，有雨飄來，只要不是太大的，就由得它們好了，這是自然、自得、自信，也是瀟灑的表現。」

走著走著，我又道：「放鬆些、隨意些，孩子，要『掠（頭髮）』就到無風處再『抹』好了，那樣才有伏貼的效果。而且，那樣做，反而就有種滿不在乎的豪氣和灑脱了……」

孩子靜靜聽著，不掠頭髮時，神情專注時，頭髮有些「自然亂」時，整個人的樣子果然是更英挺和好看起來。不過，這樣不再「掠」頭髮的走著走著，他卻有些不習慣了，總覺得頭皮有些痕癢不適。

孩子說：「爸爸，我的頭皮有些發癢。」然後又想去掠頭髮了。

我問道：「是嗎？是不『掠』了的心理反應吧？」然後對他說：「也許並不是真的癢，不是物質性的那種，而只是平時『掠』慣了，現在要停止，要改變，就感到了不習慣和不適應而已，也許這是心裡產生了別扭的感覺罷了。」

當然了，這樣說雖然有些武斷和一廂情願，但也是有道理的。生活中一些實際行為，因「心理因素」而影響了感覺也是常有的事。既然說到了這些，就只有繼續說下去了，至少要有一個合理的解釋，才能讓孩子聽得下去和接受。況且，這個時候不斷的交談，分散了孩子對頭髮的注意力，也許就是一個很好的試驗來的。

我們由孩子的偶像說起。

孩子小時候喜歡漫畫，長大了也愛看書、看電影和看電視等，有時候還愛玩些電玩什麼的，對於「瀟灑」一詞，自有一種本能的感覺和喜歡，這恐怕是時下青少年們愛美和崇尚英雄的共性。而這些喜歡，都是結合在一些故事和興趣裡的，所以這樣的話題，孩子都有興趣。

像漫畫電影「風雲」裡，鄭伊健飾演的那個英雄角色，就有一種長衫飄拂、亂髮飄逸的灑脫樣子讓人著迷；又像周潤發、周星馳這些孩子們的偶像，也有許多不修邊幅、玩世不恭的形態令孩子們為之傾倒；甚至當時風騷一時的蘇州屎利哥，雖然只是個流浪漢而已，但經傳媒宣染，那別具一格的形象也讓人眼前一亮……這些種種，那些吸引孩子們的地方，有一點就是「瀟灑」。

與孩子談著這些他熟知的人物，我告訴他：這些人都有不同的身分、條件和背景，他們或富貴、或貧窮；或英雄，或落泊，但不論以什麼形象出現，給人的感覺，就總是有幾分孤獨、憂鬱，有幾許寂寞、無奈，而正是這種孤單和落寞，反而就引起了人們的同情和關注。於是，由身處局外人的眼光看去，他們身上就有了一種美的感覺，往往一些不經意的舉止或神情，就顯出了瀟灑，這經常是可遇不可求的。

如果這些是拍片拍出來的的效果，那就是導演與演員追求、營造的成功了，或者也是故事的成功。但如果是自然而來的行為風采，那便是「瀟灑」這種感覺的真諦。因為，瀟灑是不分貧富貴賤和時間地點的，它只講究一個「真」字，講究自然和機緣。而且，瀟灑不瀟灑，更多的評判和感覺，是存在觀者的心裡，而且還是每個人都不一樣的。

聊到這裡，孩子有些不懂了，他一臉疑惑的看著我，問道：

「爸爸，每個人都不一樣，是什麼意思呢？」

我說：「記得嗎？那天在天橋上，我就說過，瀟灑是一種感覺來的。」

然後，我又這樣告訴了他：感覺這種東西很主觀，很自我，每人的自身條件、背景和心境不同，對同一件事或者同一個人的感覺和評判就會有所不同，這是常識來的，而感覺在這裡，往往就是心念在起作用。所以，一些外觀看去明明是蓬頭垢面、狼狽不堪的人，卻可能讓人覺得瀟灑，因為這些人可能知道他有故事，而那故事又在感動著他們；另外一些，明明是衣冠楚楚、道貌岸然，卻不引人注意，或者引不起好感，甚至有時候別說瀟灑了，連反感、惡心和討厭的感覺都有呢……

所以，一個人只要「有料」、有故事、有背景，就能引人注目和重視。這「有料」，可以指有錢、有勢、有名利、有地位；也可以是什麼都沒有，只是有本事。不過本事這東西啊，就不一定在外表上看得出來了，也不一定現在就看得到。像前面剛剛說過的，它包含在某些故事裡。

就是這個意思。

其實，做為一個生氣勃勃、青春洋溢的少年，本身就是一種「料」。現在沒有表現出來，並不說明以後也不會表現出來。它缺乏和等待的，只是機會和時候而已。所以，青春就是有料，青春就是機會，青春就是美態，青春就是瀟灑，因為青春有無限未來，所以青春無敵。

最後我告訴孩子：只要身體健康，言行實在；只要做事專心，行為自然；一個能夠待人真誠又勇於承擔的人，無論做什麼動作、怎麼去動作、動作不動作，就都是美的，就都動人和有瀟灑，不必刻意去追求，也不必費心去營造，瀟灑常常自不然的，就閃現在旁觀者的眼裡心中。

……如此說著說著，就到學校了。

一路上，孩子的頭髮還是讓風吹的亂亂的，但果真沒有再見到他去「掠」了，更不曾說到頭皮痕癢之類。

會心的交談，果然有這效果嗎？

佛學

那天的上學路上，與孩子聊了一路「瀟灑」的話題，收獲之一居然是讓孩子在不覺中就忘了「風亂頭髮」的不適，然後是頭髮不掠也不癢了。於是，這又給了我們另一個新的話題，那便是「能量轉換」，也即是注意力轉換的話題。

說到了能量轉換，在現實生活中有許多現象都是。比如說，風能轉化為動能，熱能轉變為電能，電能又驅動出其他能量，還有化學的混合變化等等，這些都是科學領域裡的知識，孩子將來會在老師的教學中學到。

但由精神到物質，或者由物質到精神的轉換方面，也即是物質可以變精神，精神也可以變物質的現象，就玄妙一些了。它們既是科學的問題，又是哲學的問題，還可能是佛學的問題。於是，這些天來與孩子的上學路上，我們就盡聊這些，他也很有興趣。

我先告訴孩子，在生活中，科學和玄學是絕然不同的兩個領域，在有些觀點上，它們甚至可以說是水火不相容的。接著，我又說明了我的立場：我是無神論者，站在科學的一邊，但是對於玄學卻又有著敬畏。這是因為玄學裡面有相當一部分說法，已經融入了中國幾千年的傳統文化，有我們祖先生活中的智慧結晶和「能量」。而這能量，基本上是精神層面裡的，也即是說，與人的意識和心念有關，它們就是意志、思想和感覺等等，也許信仰也是。

在生活中，可別忽視了心念和意志的作用，它們時刻在左右著我們的許多事。於是，這裡少不得就會說到了佛學文化，因為佛學的真正偉大和實在之處，就在於它研究心。只要是研究了，它就可以是一門學問。所以對於佛學文化，我是非常敬仰、好奇和在學習中的。如此讓孩子知道了我的一些基本觀點，以後的一些談話就很好進行和理解了。

還是從那天上學路上，孩子在亂風中的「不掠頭髮」說起。

我說：「孩子，那天的路上，開頭你說頭髮痕癢了，想抓抓，但後來卻忘掉了，也不覺得它再痕癢起來，記得嗎？」

「記得。」孩子說。

「那麼好。」我對他說：「這原因可以有兩個：一是當時頭髮真的有些痕癢，但並不嚴重，所以交談裡就被忽略掉了。另外還有個原因，就可能是原本那種痕癢的感覺，只是不習慣的心理反應而已。它是被「反應」在感覺上的，而並非是實際裡所有。所以，一旦轉移了注意力，那痕癢的感覺就消失了，沒有了。也就是說，當你不注意它的時候，它就不在了。」

「這是自然而愈啊，孩子。」最後我這樣著重的提醒他。

自然而愈，這裡面的「愈」字，下面有個「心」，這才是重點。說明了這時候是「心念」起到了作用，是心念的改變，使痕癢不治而「愈」了。

不是嗎？感覺不到了，痕癢就沒有了，這個他自己也體驗過來的事，就是一個「精神和物質」間相互轉換的小小例子。而且祖先造漢字的博大精深和巧妙豐富，也實在是令人驚訝和佩服。

趁這件事，我又告訴孩子：人們的心理活動，往往在影響著身體內各種器官和能量的運行，而且作出了諸多「精神變物質」的表現。

有時候，突然間只需要一句說話、一個動作、一種回味、一次遭遇，甚至是一個頓悟，整個人就變樣了。這時候，膽小的變無畏，軟弱的變堅強，愚蠢的變聰明，懦夫的變勇漢。甚至是手無縛雞之力的人，也會突然間就力大無窮起來，像「狗急跳牆」和「急中生智」等等，不就說的是這些嗎？而糾纏在愛恨情仇裡的最美說詞，便是「女本柔弱，為母則強」這句話，且看到了生死關頭、危急時刻，不論是人還是動物，只要兒女有危難，當父母的不就會被迫出不可思議的力量（能量），舍身而出來保護他們、拯救他們嗎？

其實，在科學、醫學上，在物理、化學上，科學家們早就承認了這種現象，用他們的說法，是刺激、勃發、激厲、催化和裂變等等。他們說的是腎上腺分泌，是深層次條件反射，是能量的瞬間爆發等等，其實道理和現象是一樣的，就是精神在某種刺激下轉變或強化了物質。在這裡，能量分明就是一種物質了，它可以用音頻、脈衝、聲波、分子振蕩甚至是作用力等一些元素表現出來。

當然啦，這也是因人而異的事。同一句話，同一個動作，同一件事，同一種物品，對不同人產生的感覺和反應很不同，這就是對「心念」的研究非常複雜和不易的原因。而它們的複雜，也就在於那些個心念的不同和變化裡。

在這裡，我特別的告訴了孩子，不要小看了一些心念的不同。因為，心念的作用力是巨大的，對人造成的影響也非同小可：看看吧，是讓人破壞還是建設？是讓人奮起還是沉淪？是讓人歡喜還是悲傷？是讓人仇恨還是愛？這些巨大的反差，往往都在一念之間，往往都在一悟之時。

所以，善念惡念，恨愛情仇，美醜之別，信心與否，都是精神層面在主宰著人的行為，然後才出結果。很多時候，心念才是老大。

難怪在許多研究裡，研究人的心態才是最難的。這「人心似海」、「人心難測」等許多說詞，就說明了這個道理。而佛學文化的偉大之處，就在於它研究著精神層面上的人心。

是的，心態，在某種程度上說是決定一切的。所以，給孩子灌輸和強調心態的存在和重要，就是希望他在生活中能夠擁有一個好的心態，這才是人生健康和美好旅程裡的一個法寶。

心念

其實，說到了有關心念的問題，就有許多各方面的內容讓人體驗。生活裡，幾乎隨時隨地都能找到許多有趣的例子來說明。難怪幾天以來，上學路上與孩子的交談，他就一直是興致勃勃和問之不盡的。

我告訴孩子，這方面的話題不絕和例子多多，是因為每時每刻，人們都在運用心念、服從心念、以心念來表現「自我」。這個「心念」也即是人的意識，它與人的存在是渾然一體、分隔不開的。所以簡單來說，心念就是「我」，每一個我，都有他自己的心念。人的一切行為，都在心念的期望、追求和實踐中。

既然心念是來自「我」自己，而且每一個「我」的心念都是獨特的，所以在科學和佛學的認知上，這個問題就有了共識，這是很難得的共識現象。於是，不論是以科學的角度、還是佛學的角度來看心念，就會有一些共同的語言，有些現象彼此之間也好理解多了。

這天的上學路上，我與孩子又在說著「瀟灑」的話題，迎面剛好就走過來兩個年青女子。她們都有青春氣息，也很漂亮，一個穿著破爛的牛仔褲，一個披著寬大的男子大衣。這兩個女子都身材高大，濃眉粉臉，走路的形態也是搖曳生姿，有傲視群雄的氣勢，不知道是不是做模特兒的。我讓孩子留意一下，欣賞她們走路的風采，看看感不感覺到「瀟灑」。

不過，沒有故事，沒有背景，也沒有醞釀的時間，當她們突如其來的走近身邊時，便有一股很濃郁的香水味道不客氣的撲鼻而來，讓我們都差點打出了噴嚏。

穿破爛牛仔褲的那位，膝蓋位置的上下處都剪開了數個破洞，撕裂出一條條棉紗線，讓人可以不時的透過破洞，看到褲子裡面的細皮白肉。她的牛仔褲洗的乾乾淨淨，還有些發白，但人工營造的痕跡也太明顯了，反倒讓人看出了一些做作來。只是她的自我感覺很好，因為是昂首挺胸走路的，高跟鞋在石板地上敲得嗒嗒嗒響，看得出來，她必定是為這身裝扮而心生得意，而在這襲時裝裡，那破爛的牛仔褲，顯然就是營造瀟灑意境的主要道具。

另一位女子的形態也差不多，不過她那件男人大衣卻是未經改造的，而且還有點沉重和陳舊不堪，就像是倉促之間抓來了就披上似的。所以，相比之下，她走起路來反而就有了種隨隨便便和不合身、沒規矩的倉促感。當然啦，這只是個人瞬間的感覺，不過我還是向孩子悄聲的說了出來，這是想去影響一下他，讓他凡事也學會多作些不同觀察和聯想而已，那怕是天馬行空、光怪陸離和異想天開也行。

對這樣不意間擦身而過的模特，我給孩子說的評論且不管對不對，但起碼可以讓他明白一下：人的許多心念是很主觀的，它們對人產生的各種作用也因人而異，或者是因時、因地而異。且看吧，只是一個「瀟灑」的話題，就可以講上幾天，就可以講個沒完沒了，又可以隨便之間就遇上了例子，這不都說明了不論是科學還是佛學，一說到心念，就有永恆不歇的話題了嗎？

那麼，心念是不是很普遍又很神奇呢？

說回這兩個女子吧，如果她們真是模特兒的話，那麼，「瀟灑」就是她們的重要本錢、手段或者資源。運用得好的話，這可是一本萬利、眾所矚目和能夠輕鬆上位的捷徑。

是的，「瀟灑」本身就不是什麼實體，而只是人們的感覺而已。所以，這兩個女子給人的印象怎樣，是要結合當時、當地、甚至是觀者心境的，如何掌握好這些分寸，是一門很深的學問，當然啦，這是指刻意營造的「瀟灑」而言，那些自然流露的就不在此列。

想了想，我又給孩子說起了小時候，我也學人扮「瀟灑」的趣事。不過那時是簡單和樸素多了，但效果卻一樣的好，聽得孩子哈哈大笑起來。

那是少年的事了，當時我也就是孩子這般大。

那時我們看電影，一些主角或者英雄人物，總是把好端端的衣服不穿，而是隨隨便便的披在肩上；或者是穿上了但故意不扣扣子，就那麼懶懶散散的讓風吹拂擺動，享受著衣裾飄飄的感覺……哈哈哈，那怕是舊衣服，那怕上面打滿了補丁，但在我們心中，這樣就逍遙極了、英雄極了、有型極了。豈不知那種電影人物的瀟灑，都是有一段動人故事鋪墊的，都是有我們對偶像的崇拜心理美化的。而我們學他們將衣服披肩搭膊，就把逍遙懶散的外形當成是我們的瀟灑了。

聽到這裡，孩子又笑了起來。我說，那時候不懂得那麼多，我們又個個是毛頭少年，甚至還有小孩子，一出了家門、校門，就紛紛把衣服扒下來，披在肩上，搭在胳膊上，甚至乾脆把兩隻袖子交叉一起綁在腰上，就這樣大搖大擺的走路，扮演我們的瀟灑。我們還有把袖子故意卷上半截的，讓它鬆鬆垮垮、大大咧咧顯出了流里流氣的樣子，這就是我們心目中最簡單、最有型的瀟灑……

「哈哈哈哈！」聽著這些，想著畫面，孩子能不哈哈大笑嗎？

是啊，這就是我們那時候的瀟灑。

體會

看到孩子聽得那麼有趣，我也不由的來了興致，便繼續講起了以前的許多瀟灑事來。

其實，真正體會和享受到瀟灑的，還是我進入工廠當上了電工以後的事。有工廠經驗的人就知道，電工是工廠裡最好的工種，它在工廠裡的工作是無所不到，優人一等，而且常常是人人期待又非常重要的，屬於救急救難、又很有英雄感和成就感的那種。

那時，我也是風華正茂的年紀，上進心很強，非常喜歡和珍惜這份工作，所以在學徒階段就格外努力學習技術，勤快做事，很受師傅們愛護和倚重。當很快掌握了技術而被賦予重任時，也因常能勝任重擔而感到自信和快樂。

我們電工的腰圍上，經常要貼身挎著工具袋。雖然沉重，但工作起來卻很方便和有安全感。這是一種需要，一種責任，也是一種榮譽。所以，當時的工作服雖然破破爛爛，又常是塵跡油污滿身，但我們卻一點也不在乎。而且一旦工作起來就什麼都顧不上了，什麼愛美啊、有型啊、瀟灑啊，想都沒想過。

於是，不論是趴在轟隆隆的天車上，還是鑽到陰濕濕的地庫裡，抑或是露天作業時，在烈日下、風雨中、高高的屋頂或電線桿上，都讓我們有一種舍身工作、府視天下的豪氣感。一些艱苦卻使我更樂意了這樣有挑戰性又不斷轉換環境的工作。而這個工作還有一個特點，就是工作起來必須是全情投入和忘我，因為我們常常是排解故障和應急救難的，馬虎不得、退縮不得、也僥倖不得。當責任上身時，就總能時時處處感受到人們的信賴與敬重了……

奇怪，正是這樣，在工廠裡我們電工便有了很好的人緣和口碑，而且有些人還時不時的打趣我們，說我們工作的時候很瀟灑，說我們在哪裡哪裡瀟灑，說我們什麼時候最瀟灑等等，搞得我們很不好意思。其實，這些他們眼中的瀟灑，只不過是心生感激和贊美的一種表示而已，它來自被幫助了的心念、眼光和感謝。

不過，雖說如此，我心裡卻是很高興、很甜蜜、也很受用，這分明是一種看得起和尊重，是一種鼓勵和致意來的。那時我們沒有什麼物質上的享受，而精神上的享受就是這些了：一頂桂冠，它就叫做瀟灑，現在看來很不可思議吧？

於是，從此以後我慢慢就知道了：原來，工作是一種美，專心是一種美，投入是一種美，忘我更是一種美。而這些美，看在一些受惠和被感動的人眼裡，那就是瀟灑，那才是瀟灑。

瀟灑就應該是這樣子的，它常常在專心、忘我和自然裡，在別人的眼中。

是的，瀟灑的最美之處，就在於它的不經意、不做作、不在乎，還有不知道。就像那些不知道自己美的人一樣，當她們不知道自己原來是很美的時候，也許就是她最美的時候。而這個時候的美，是自然美；這時候的瀟灑，是真瀟灑……

孩子很專注的聽著這一些，沒有打斷我，看來這些往事很新鮮也能入心。

方才那兩個女子早就走得不見蹤影，但在評論她們瀟灑與否的話題上，我和孩子卻還是繼續下去，而且得到了一些共識。

我們都認為，穿牛仔褲的女子，在「瀟灑」一事上露出了太多的「破綻」。雖然她有破破爛爛「瀟灑」似的牛仔褲，但那些漂白潔淨呀，那滴答作響的高跟鞋呀，那昂首挺胸、闊步如飛、顧盼生輝的走路姿態呀，更還有那濃郁刺鼻的香水等等，都把她的「做作」給出賣了，結果她給人的印象不是真瀟灑，而是刻意扮出來的，這種誇張行為便使她的「瀟灑」失色了。

至於那位「男裝大衣女」，我們是這樣稱呼她的，她卻是比較的接近瀟灑。起碼那件大衣是男人的，而且陳舊厚重、未經改造，是真的可以隨手拿起來就披上去的，尤其還真的是不合身，穿起來滑來滑去有些滑稽可笑。這樣的裝扮如果不是反叛，就是另有故事……所以相比之下，她至少可以說是「扮的」比較像瀟灑那一類。

原來，瀟灑的學問還可以這樣解讀，但我們解讀對了沒有呢？這只能是見仁見智的事了，也只有讓孩子以後在生活中，自己再慢慢去體會。

這篇文章，到這裡本來是告一段落了，但孩子不甘罷休，還在思考著有關「能量轉換」的問題。看來，對「精神變物質」的現象，對「心念」的討論，他的興趣還是蠻大的，而且疑問也不少。

可惜，我不是科學家，所講的說事也只是一知半解而已，但挑起了頭收不了尾又很不好，所以這裡還是免為其難的再與他說下去。說的，也只能是大家都知道的一些生活常識罷了，起碼讓孩子能有個印象，待以後需要時，再自己去探索和跟進。

想到孩子喜歡福爾摩斯之類的破案故事，這次便由一些審訊疑犯、和有關測謊儀一類心理與科學的「心戰知識」談起，讓孩子在興趣上再加興趣。

說到了對疑犯的審訊，那幾乎是對心念變化的一個大測驗。主要是由審訊專家或者心理師，從被審人的眼光、神色、形為、身體狀況，尤其是他們不為人知的小習慣和下意識動作等等，攝取出一些有用的信息來，而這些信息，就是破解真實心念的密碼。在這裡，心理學知識和理論，以及一些科學儀器和數據，就是最好的武器。

在面對審訊時，一些人的神情表現總是有真有假，他們是恐懼、閃爍、回避、狡黠，還是緊張、無辜、錯亂、驚慌；是故作輕鬆，還是渾然不覺；是真麻木、還是假做作，都會由心念的變化而在形體上流露出蛛絲馬跡來。於是，在有經驗的專家眼裡，那些真假就都是有跡可循的，專家們不難從中抽絲剝繭的找出線索來。在這些心戰裡，如果能用測謊儀、心電儀那一類科學儀器輔助，則是直接動用了科學與醫學的理論和數據，這種實踐就更有效的驗證結果了，使犯事者無可遁形，敗的心服口服。

……對著這些說法，孩子很有興趣、很有同感、也很能接受。其實，他平時也知道不少呢，都是看書看來的。難怪他也說了：「爸爸，這心念的知識，這精神與物質裡能量的轉變，還真是值得好好研究和應用的。」

明白

那就好了。

所以說，跟一些人交談很愉快、很舒心，是因為這些人就是那些講道理的人，明事理的人，有文化的人。他們都樂於聆聽和從善如流，所以容易明白，善於理解，也易於共鳴。這種人就叫做明白人，明白人到處都受歡迎。

我希望孩子以後，就是這樣的人。

像我們這些交談就很愉快，而且還很輕鬆和有收獲。因為講這諸多心念的事，並非是我一個人說了算的，而是彼此間有疑問、有聯想、有探索、有討論，還有著許多身邊的事實和例子，在為我們做了諸多的驗證。

比如說到了人的心念變動會引起生理上的變化，也即是精神變物質的現象，這本來就是一種事實存在來的，所以我告訴孩子：人很奇怪，有時候突然間想到了什麼，就會面紅耳赤、額頭冒汗、手顫心跳、坐立不安等等。不論是喜的悲的、好的壞的、近的遠的、愛的恨的，只要是某種念頭突然上心，身體的其他方面就會有微妙的反應，這不就印證著人的心理與生理，由心念、精神到能量、物質的形式轉換嗎？

這麼一說，孩子馬上就明白了，因為上述的一些現象，他也常常體會，像羞赧啊、憤怒啊、興奮啊、激動啊等等，有些刺激就變成了動力……

不過，孩子又有問題了。他問道：「爸爸，既然精神可以變物質，心念可以轉換成能量，那麼，它們有強弱之分嗎？它們可控嗎？它們能隨時隨處的應用嗎？」天啊，他問的這些個，幾乎是玄學方面的問題了。因為坊間很有些人，就是追求這些的，而且還把它們神化了，甚至說的神神秘秘，神通廣大，簡直是一種特異功能。

記得之前跟孩子說過，我是崇尚科學的，至少，以前學的是唯物方面的知識，所以對這些問題，也只能用科學的道理來回答。那就是說：心念既然是一種隨形附影的存在，是每個人都有的「自我」行為，那麼它當然就有強弱之分和小範圍內的可控性了，也就是說，在心念的應用上，有的人強，有的人弱；有時候強，有時候弱而已。這些心念也就是意志，往往指一些想法、念頭、心事和願望，在某種壓力和刺激下的反應等等，它們通常用決心大小、毅力強弱和忍受程度多少來衡量和表現。

另外，就目前所見，所謂的「念力」，在許多時候只是一種意志力而已，它有提升人體功能的作用，但並非神奇到可以隨心所欲和操控成果的程度。所以，人的意志力現象不是「特異功能」，不要讓一些別有用心的說法迷惑和混淆了。比如說，人體上的忍饑忍餓、忍凍忍熱、忍痛忍睏，甚至是克制、偽裝和諸多忍耐行為等等，都是需要意志力來強化和操控的，這個時候就充分顯示了「精神變物質」那種能量轉換的優勢及效果。

說到這裡，又要為孩子舉例了。有時候，舉例子比單純的說教，那效果要好得多。

這次舉的例子，是幾天前我在灣仔一家餐廳裡用餐時見到的事。餐廳在一條熱鬧的馬路邊，但裡面卻是靜謐舒適。用餐的人進食、交談或者低頭使用手機，都是靜悄悄的，各有各天地。

又進來了兩位客人，是一個男子扶著一個女子，他們慢慢的走到裡面的座位上。男的小心的讓女的坐好，又說了些什麼，就匆匆出去了。

突然間，外面傳來一道撞擊聲。其實，是否撞擊聲也不知道，許多人根本就沒聽到，就是聽到了，也不以為然。因為都市裡街上噪聲不絕，沒多少人會留意與己無關的事。連我也不以為然，繼續低頭進食。

但那女子，她就坐在我後排的座位上，聞聲她卻突然一驚的就站了起來，只是剛站起來又坐下去了，不過臉色蒼白，一付心神不定、坐立不安的樣子。

然後，她還是坐不下去了，便掙扎著起身往外走，急的連桌上的手機、包包也不拿了。原來，她是個行動不便的人，左腳上還纏著繃帶和石膏之類。

伙計趕忙過來問她要什麼，她很不耐煩的推開他，一步一跳的向門口撲去，速度還挺快的。這下子才驚動了大家，食客們紛紛抬頭看她是怎麼回事。

不一會兒她又回來了，她只是去到了門口，往外面的街路上看了一下而已，然後就退回來了。進了門她是磨磨蹭蹭、一拐一拐的走回原座位去的，不過這時的她，臉上卻是咬牙咧嘴，倒吸冷氣，想必是強忍著腳上的痛楚。

又坐下時，她就滿臉通紅的向那個伙計連聲道歉，說剛才態度不好、很不好意思等等。原來，那送她來的男子昨夜工作一夜未睡，剛剛陪她看了醫生又要趕回去取藥，他是開電單車來的，電單車就放在外面。剛才聽到那一聲「巨響」（在女郎的耳中就是巨響），她只怕是那男子疲勞過度，急忙中在門口撞車了……結果一看，還好不是……

再說下去，那男子是她的愛郎來的。

好了，「念由心生，關心則亂」，女郎的這個例子就釋放了許多信息，都與心念有關，也與精神變物質和能量的轉換有關。

比如說，同一個場合裡，同一個聲量聽在不同人的耳中，就有強弱不同的效果；比如說，同一隻痛腳，在出門口看清楚真相的前後，又有了痛感不同的表現；比如說，同一件事（碰車與否），各人的反應也是不同的，大多數人是事不關己，高高掛起，只有女子是心急如焚、放大了猜疑和焦慮，並需要不顧一切的去看明真相才能罷休……

這裡面最大的因素是什麼呢？是愛，是有獨特關係的愛，它表現在心念上。那女子因為對愛郎有著深切的愛，所以獲得同樣信息時，就會在內心產生出與別不同的反應來。這些反應使她敏感、狐疑、擔心、害怕，然後強烈到果斷和勇敢起來，便不顧一切的衝出門去，這時候是連腳痛也忘掉了。於是，這個場面就證實了那句話：事不關己，無動於衷；事若關己，關心則亂。

女郎不顧一切的衝出門外，看清了不關愛郎的事，放心了，回來時才覺得腳痛，才領會到剛才的失態、失禮，才羞赧於一時的驚惶失措，然後趕忙向伙計道歉、道謝，這又是正常的表現了。

所以，人的心念在爆發的時候就是這麼的自然、真實和迅猛，它的可愛和迷人之處，也正是在愛恨交纏的時候，顯示了不可思議的「奇跡」。

難怪有些特異功能人士，常要拿它大做文章了。聽著這些，孩子又明白了許多。

樂事

是的，關於心念的問題，上述例子中有個聲音的趣事也可以說一下，作為順帶的補充和理解。而且，這也是孩子們小時生活的回味呢。

孩子小時候很喜歡看卡通片，對許多兒童故事都有深刻印象，其中一些角色的配音，還讓他們聽出了興趣與感情。比如說迪士尼卡通片裡，就有許多熟悉又喜歡的角色，那時他們雖小，但已經會分辨好壞與善惡了，他們分辨的辦法很簡單，除了卡通片上的動畫形象和故事，還有就是角色的聲音。與孩子回憶起這些往事時，他很有興趣，好像在聽別人的故事。

我跟孩子說，那時候有一部「跳跳虎」的卡通片，裡面就有一把聲音使他們著迷。那是一個小女孩的角色，因為在卡通片裡，這小女孩時時處處都有熱情、善良和愛心的表現，聲音也特別甜美，很得孩子們歡心。尤其是故事裡，她常常像小姐姐一樣的為人著想，常常關心人、幫助人和體諒人，以至她的聲音一出現，就為孩子們帶來了信任感和安全感。看了幾輯以後，孩子們就愛上了她，甚至還記住了她的聲音，以後只要一聽到那把聲音，就爭相著叫她「小姐姐」。

但是不是樣子美麗和聲音甜美的角色孩子就喜歡呢？也不是的，要看故事怎麼發展，因為後來孩子們又看了「白雪公主」和「鐘樓駝俠」的卡通片，那些故事就不同了，使得孩子們對美醜形象和聲音的感覺，就開始有了比較、選擇和變化。

就像白雪公主的繼母吧，她也是個漂亮女人，也有一把甜美到發膩的聲音，但因為做著邪惡的事，以致那種甜美聲音一出現時，就反而使孩子們害怕起來。而到了「鐘樓駝俠」的影片裡，那外形粗俗醜怪的鐘樓駝俠，雖然樣子醜陋古怪，聲音陰森低沉，但他卻讓孩子們聽出了安全和親切感來，這不就是故事入腦後，在心裡有了善惡和好壞的新標準了嗎？

我問孩子：「還記得這些卡通片的往事嗎？」

「有一些吧。」孩子說：「不過，現在想起來，倒是很同意這樣的分析。」在孩子明白了故事重要、印象重要、但心念更重要的時候，他又前進了一步。

孩子說：「如果長相不好，聲音也不美，但是能做好事，能救急難，常幫人，有善心，讓人知道了、感激了、認住了，那他的樣子就會讓人覺得順眼起來，聲音也變得好聽了，親切了、可信了……是這樣理解嗎？」

「是的。」我稱贊了他。又道：「反之，一個外表美麗，聲音甜蜜，動作又很優美的人，如果兩面三刀，搞陰謀詭計，在背後害人，那麼有一天被識穿了以後，再回想起她曾經的那些甜言蜜語和惺惺作態，就真能叫人膽顫心驚，作嘔不已了。因為這種人才是最可怕的，可怕在一直以最好形態示人，令人防不勝防：可怕在不知不覺中，就會被她出賣了……」

因為我說的很鄭重和嚴肅，孩子也聽得神色凝重起來。

我告訴他：「遇到這種情況，知道真相之前，這樣的人是優秀的，所以從外表到內在你都會很接受她，覺得她人美聲音也美，只有到了原形畢露、作惡多端被發現的時候，你才會對其產生惡感。而惡感由心念反應在感覺上時，就會有絕然不同的印象產生，那時候，原來好看的、好聽的感覺，一下子就反過來了，變成了什麼都看他不慣。雖然實際上還是同一個人、同一種形象、同一把聲音，但已經讓你厭惡或者懼怕起來。於是，在你心目中的印象，這種人就由天使變成了魔鬼。」

最後，我跟孩子說：「大抵上這種現象是心念的轉換起了作用，因為關係到心念，所以有「我」的個人因素和獨特標準作主，不能要求別人也要有與你一樣的感覺。像那些沒有受她傷害的人，那些與她沒有利害關係的人，甚至是從她那裡得到好處的人，他們自然就不必與你『一般見識』了。在他們的眼裡耳中，她就仍然是個形象好看和聲音好聽的人。」

就這樣，孩子又明白了一些。

至於孩子之前提過的「心念與能量的轉換可控嗎？」、「有強弱之分嗎？」、「能隨時隨地應用嗎？」等問題，我就只能作一個簡單的回答，其實我也是沒有把握的，而且仍在求知中。

就我所知：在小範圍內那些意志堅定的人，他們在特別的環境或背景下，在可遇而不可求的機會中，上述問題就都是有可能出現的，因為這是一種事實。不信，看看戰爭中一些有信仰的英雄；看看經過特別訓練的間諜、特工；看看與偵訊人員拚意志和鬥智慧的疑人；還有那些為了愛或恨而作出的極端行為；那些為某種利益而不顧一切、挺而走險的人；當然了，還有最偉大的母愛……

這些等等，就是我們身邊最切實可見的例子。

而最後，還要說說佛學文化裡的一些修煉行為：那些禪修、靜修、苦修；那些生活裡的勞作修、化緣修、苦行修；尤其是還有一些氣功、靜坐、面壁、冥想等等，都是追求一個「靜」字的修煉。在這裡，靜也即定。修練者往往以追求「靜」為手段，來達到各自希望擁有的境界。

就算是科學領域吧，許多科學家、醫生、學者、專家，不也是在一些緊要關頭、關鍵時刻，常教人要保持和做到「靜」嗎——「鎮靜」、「冷靜」、「沉靜」、「安靜」、「寧靜」、「靜心」、「靜默」……這些個「靜」字，就是科學和佛學兩大學識領域裡的共識，而它們的最終目的，也就是要人能夠盡真、盡善、盡美的控制好心念，以便運用和集中最好心念的狀態，來駕馭一些能量和控制一些行為。在這個角度上看，殊途同歸，諸多精神變物質和能量轉換的問題都體現在「靜」的狀態裡，就比較好理解了。

想不到啊，孩子的媽媽在生活上影響孩子，讓他變成了一個有優秀外表和行為的人，而我卻是試嘗著在另一方面也影響他，讓他的內在也能明白和優秀起來。這也是殊途同歸，只希望在孩子還能夠受教的時候，引導他們有個好的心態罷了，讓他們今後生活和工作的更健康，更智慧，更美好，而且還有個好的心態，去享受那種真正的、自然的、讓人舒心悅目和難忘的瀟灑。

用心良苦吧，但這也是為人父母們最樂意做到的快意事啊。

第十六篇：風衣

第十六篇：風衣

引子：胎教

有時候，文章的開頭難以下筆，常常是不知道要寫什麼、又怎麼寫才好。但用了引子以後，就好一點了。所以我的引子，其實多是給自己寫文章解圍的，先胡亂的說一番事，然後就漸漸的進入了某些內容或狀態。

道理很簡單，因為我不是什麼真正意義上的創作，而只是記事而已，記些自己的事，別人的事，或者以前的事，再加上一些感慨。這樣的記事比創作要容易多了，而且人人都會。因為寫的是自己熟悉的，又都是事實，所以寫起來就輕鬆隨意和舒心自然。

不過，要說到在不在意別人的看法，那還是有的，但那是寫的好不好的問題，是看能不能引人興趣和共鳴而已。只不過前人說的「文字立身」和「文章千古」等大道理，到我這裡就只是一點點自娛和回味而已。不過，沒有了那些個修養、抱負、情懷和操守等壓力，這寫文章的事就簡單的多了，也快意多了，它成了一種我行我素、天馬行空、自由自在和自我享受的樂事。

我身邊有許多筆記本，記事的、記夢的、寫讀書心得的、記錄別人好文章或好句子的，還有些是工作的采訪、速寫及與人的交流等等。這些筆記許多只是廢紙背而已，常常在隨意間就落下了，它們既不像本子又不成文章，只是一種習慣，一堆碎事，一時興起的記錄或感慨罷了。

多少年來，生活中留下的這許多記錄，最喜歡的還是關於孩子的部分，因為在孩子的成長過程中，那些筆記裡留下的親子回憶是最甜蜜、快意和美好的。那些日子過的飛快卻一去不返，所以回味起來就有些百感交集，苦樂參半，而且常常是不知道該怎麼說才更好。

這天翻翻舊筆記本，在有關孩子的記事裡發現一篇叫做「胎教」的，看了覺得有趣，就拿來作開頭了。

它不算故事，而且很短，但正好用來當一個引子。

結婚後不久，太太有身孕了。

某夜，電視裡正在放映外國童話故事「小人國歷險記」。太太不喜歡看，便「啪」的轉臺並說道：「嘿，神神怪怪的，有什麼好看。」我見狀忙拍拍她的肚子，說道：「是名著來的（改篇），說不定孩子喜歡呢，胎教吧。」她便又將臺轉過來了，但還是「哼」了一聲，不怎麼為然。

多少年後，我們的兩個孩子都相續出生了，而且成了小孩童。

有一天，電視節目裡又重播了那部「小人國歷險記」，我們陪著孩子坐在沙發上看著，並且給他們作些解說。

孩子的媽媽突然想到了什麼，就對小哥哥說：「當年，你還在媽媽肚子裡時，你爸爸就胎教你了，迫我看這電視。」

她也許是無意中想到的，但孩子卻眼睛一亮，馬上對我說：「是嗎，爸爸？怪不得看起來熟頭熟面呢。」——那時他才幾歲。

聞言，我不由得奇怪了起來，並在心裡嘀咕著：「胎教是這樣的嗎？」

也不知道是真是假，我奇怪的是孩子還小，不懂得幽默，但他卻說了「熟頭熟面」，這是什麼意思呢？孩子不知道我在嘀咕什麼，只仍是傻傻的堅持道：「就好像看過似的。」這下子我都不知道要說什麼好了，只好留下了這些疑團，以後再說。

那麼現在，正好將它拿來當引子了，然後再翻看筆記裡的其他事，看看有什麼可以回味的。

進補

其實，「胎教」這事已經過去許多年了，放下手中的筆記，我卻有些感慨起來。想不到，當年母親肚裡的孩子，坐在我們身邊看電視的孩子，和我們玩玩鬧鬧的孩子，離不開我們的孩子，就這樣長大了。

長大了，他們就不常在我們身邊，也不再怎麼需要我們。慢慢的，他們就會有了自己的工作、生活和家庭，然後，不論以後的日子過的怎樣，也都會給我們留下了一些疏遠的傷感和失落。不過，想想我們與我們的父母，又何曾不是這樣？還有別人、許多人、大家人，又何曾不是這樣？也許這就是人生。

凌亂的筆記本裡，都是些與孩子們成長有關的往事。那時候，除了日常工作，我們夫婦的關注力全都放在孩子身上，所以記「孩子筆記」就成了當時的生活習慣。想不到，它們現在倒成了寫孩童文章的資料庫，而且還常常的讓我們流連在一些回味裡。

所以我常說啊，我的寫作與別人不同，首先是享受在自娛和回味裡。然後，再寫出來與喜歡看的人，有興趣的人，交流和分享一下而已。

不過，像這篇文章，題目把它叫做「進補」，就有些令人莫名其妙。其實，那「進補」的意思對我們和孩子而言，只是一種補充學識的行為罷了。當孩子慢慢長大，讀上了小學和中學的時候，我們就利用每天接送孩子上學和放學的機會，一路上給他們講東講西，了解他們的興趣，增加他們的認知，解答他們一些疑問，隨時掌握他們的思想、情緒、心念和學習情況等等，在這樣的過程裡，我們與孩子的互動就像給孩子在正餐飲食之外，再加進一些營養補品一樣。於是，慢慢的，天長日久，果然就讓他們在不加重學習負擔的情況下，增加了知識和有了多一些額外的收獲，這就是「路上進補」的戲稱和意義了。

不過，這些知識「進補」的話題多有不同，內容也常會變化，許多時候都是隨意和隨機的，並沒有特定的模式，常常是幾天講一個內容，到了有新的話題為止。於是，像身邊有什麼事情啊，最近有什麼新聞啊，孩子有什麼問題啊，學校又有什麼活動等等，就都是我們交談的話題。

由於孩子正在求學階段，對生活有強烈的求知欲，他們又好像白紙，染上了什麼就是什麼。所以，我們給孩子說什麼、做什麼、看什麼，都是比較慎重的，只怕是不小心誤導了他們。於是，我們自己也就要時時的學習和增值了。

平時，我業餘的主要愛好就是看書，而這段時間裡，就更加是書不離手了。香港的各個圖書館，幾乎成了我常去找書的聖殿，為孩子而看書，也就變成了一種新的需要和責任。於是，在這樣的情況下，我們和孩子之間的交談互動就變得更豐富和有趣起來，而且我們自己也從中享受到了更多的親子樂趣。

可以說，在這方面，我們和孩子是一樣的成長和收獲的。而我自己，當留下了滿滿文字的孩童筆記時，就覺得生活充實和有意義多了。因為這個時候，進補的已經不僅僅是孩子們，還有我們家長自己。

冷風

某篇筆記裡，記錄著由「冷」談起的話題。

那是一次上學路上，與孩子連續幾天由「天冷加衣」談到了過去，談到了命運，談到了危機感和安全感等等。平時，在許多信口開河、順理成章的交談裡，我經常會隨意的把一些進補內容灌輸給孩子，於是，不知不覺和漫不經心裡，這樣的互動就成全了孩子認知路上的又一道知識「營養」。而那天的上學路上很冷很冷，一出了家門口遇上冷風吹過時，我和孩子就都縮起了脖子，默默的走路。我們一直逆風而行，上到了荷李活道，因為有些樓房擋住了風，而且也因為一直走動著，漸漸覺得暖和起來，於是，這冷，這風，這「天冷需加衣」的話題，就自然的成了我們交談的開始。

孩子的校服外面，有一件很厚的風衣，也是校服來的。我問他冷嗎？他聳聳肩說，有這校褸外套穿著，就不冷了。

他們的風衣是黑色的，有兩層。外面的一層不但防風，還防水，所以平時可以稱之為風衣，或者就叫做乾濕衣。而內層，卻夾有一件厚厚的絨面裏，天熱時可以除掉不用，而現在加上了它，就變成了厚重的風褸，像外套一樣，難怪這時候穿著它就說不冷了。

我卻是相當怕冷的人，比起許多人都較為怕冷，這恐怕除了基因的原故，還大抵與小時候生活環境的不良有關。就這樣，與孩子在冷風中有一句沒一句的，便由眼前的冷和風衣談起。

小時候，大約七、八歲吧，有段時期因為缺吃少穿又乏人照顧，我經常是在冷落和饑寒中過日子的，尤其是沒有上學、沒有小伙伴玩耍的時候，孤獨時更冷。

冬天，我常躲在人家的屋子背面避寒風，或者是在一些市場的熟食攤旁，看著火爐邊的人操作煮食和買賣，要不然就龜縮在路邊牆腳下曬太陽。那時候就像棵小小的向日葵，我總愛追著太陽轉，也愛用嘴裡呼出的熱氣呵著雙手，又常跺著小腳不停的跳動，就像「孤星淚」裡的流浪兒一樣。

說到這些行為和動作，孩子現在就不能理解，也很難想像了。

那時候對冷，總有一種由頭髮凍到腳指的畏懼，甚至是一想到了「冷」字，看到了「冷」字，就會心裡顫抖起來。而那時候的卸寒，還有一個做法便是喝熱開水，可見是多麼無助了，而那時的天氣也比現在的冷多。

後來進工廠當了學徒，情況好多了，有工作服和大皮鞋，還有帽子。但每天要早睡早起，然後徒步一個多小時的路程去郊外的工廠上班。那時最怕的也是冬天和雨天，因為時常的衣服不足，要縮著脖子哆嗦走路，甚至跑起來卸寒，這真是難事。那時別說沒有大衣、棉衣、羊毛衣、圍巾和外套了，連「風衣」是什麼也從沒聽說過。

說來真是可笑，我真正的豐衣足食，還是文革後來到了香港的事，而在香港的衣著方面，最讓我喜歡、滿足和感到享受的，首先便是從此就擁有了一件又一件的風衣（或者是無袖的夾克風衣），而且任何時候我都不讓它離身。

我告訴孩子，對風衣（在夏天也可以是薄的夾克），我的情意結是滿滿的，因為它又是衣來又是褸，既防風雨又卸寒，還有許多袋子讓我放東西。尤其在香港這樣到處有冷氣的地方，風衣甚至可以一年四季都穿用。當然啦，在使用上，它有輕薄型的、厚重型的，簡單的、複雜的，便宜的、昂貴的，平凡的、誇張的，還有實用的和有型的等等。它們花樣百出、形形色色，無不迎合著各種人、各種場合和各種品味的需要。

而最實在之處，卻是它時時處處的，給了我生活和工作上的方便與安全感。

風衣

一件風衣而已，何來那麼大的威力、魅力和作用呢？這是孩子聽了我的話以後，對我這麼看重風衣、喜愛風衣和鍾情風衣，感到了奇怪與不解。

難怪啊，人的生活背景不同，生活際遇不同，心態和理解就不同了，許多事都是這樣的，這風衣也是一樣。

就像我們家裡吧，孩子們的媽媽就不可能有我這樣的體會，而且她的認知也只會與孩子們一樣。所以結婚後，她就常常對我的去到哪裡都喜歡把風衣（或夾克）隨身攜帶的習慣、對我偏愛風衣的行為很有種不為然的感覺。

不過，我倒是理解她的，因為她不怕冷，她從來就不怕冷。在這方面，她與我幾乎就是相反的兩種典型。她是那種怕熱不怕冷的人，一點點的熱就受不了，就要搧風、抹汗和尋找涼快處，甚至是那種寧可不怕千辛萬苦，累得滿身大汗都要去尋找一絲涼快的人。

其實，「怕熱不怕冷」這種生理特徵，也許就是一種富貴命。不是嗎？這種表現時常印證在一些人的身上，成了她們的生活習性。

像孩子們的媽媽，她從小就是不愁吃穿的人，到處都有人關心呵護，而且幾乎是沒有受過什麼饑寒苦難。可以說，她是在父母和外婆的手心，在家庭的蜜罐裡長大，於是由身體機能到心態感受方面，她就有一種「吉人天相」的便宜，和到處都有貴人扶持的緣分。

命運這種東西有天成的因素，勉強不得、妒忌不得、也復製不得。所以對於我的怕冷，對於我喜愛風衣並常帶著它有備無患，對於我與風衣那種不離不棄的情意結等等，孩子的媽媽自然是不理解了。而孩子們平時在她的呵護和影響下，也難怪與她一樣的行為與心態。畢竟，無微不至和關懷備至，優良環境與舒適條件，有時也會麻醉人心的，因此所謂的「怕熱不怕冷」，其實也就是一種「富貴命」的反應來的。

我告訴孩子，把風衣提升到了危機感的層次，是有特殊狀況和思維的。

我的兒童與青少年時期都在內地度過，那時候最幸運的事情是進入了工廠，還陰差陽錯、百裡挑一的當上了電工。

那是文革時期，生活中許多反常的事常困擾著人們，尤其是我，我們家庭有右派背景，那時社會上統一的說法就叫做「黑五類」，處於社會的最低階層。

由於父母親也則是孩子們的爺爺和奶奶都是右派分子，要被送去勞教，這種政治包袱便沉重的壓在我們身上，使我在生活中很缺乏安全感。那個時代像我這種人，就是想努力工作和力求上進也要比別人困難許多，因為我們的許多行為，總是在人們的歧視和懷疑裡。

儘管如此，因為年青力壯又時間無數，我平時還是很爭取著向上的，但那時向上的目的與別人不同，只不過是想求點心安理得和做一個好人而已。而好人的標準也很樸素，在我而言就是盡量的向別人付出，對眾人作出些力所能及的勞動或幫助，而且還不求回報。用現在的話說，就是助人為樂與廣結良緣。

不過，期望還是有的，所謂的期望就是「讓人家欠我點兒人情」。因為我的家庭背景使我察覺到，只有在平時積累多些好人緣，才能讓我在遇到困難和陷入困境時，可以得到一些人的庇護，和容易度過。

現在明白了吧，因為這樣的背景，使我對「安全」的概念和追求就敏感了許多，以至後來會寄情於風衣，把某些安全的心理概念移植到它身上，成了我偏愛風衣的情意結，這時已經是與居安思危的心態有關了。

搭　配

聽著這些，孩子覺得很奇怪，奇怪的是我當年如此大費周章的「積谷防饑」，到處去討好人和做好事，居然只不過是為了追求一點點的安全感而已？

「是的，時代不同，際遇不同，追求就有所不同。」我這樣告訴他：「因為那個時候有著這些不同，所以現在聽來才會令人感到不可思議。」

那時候，內地人的生活非常簡單樸素，沒有假東西、假食物，也沒有什麼假仁假義，而且那時人們對生活都沒有什麼太大的追求。像我們年青人，渾身上下就沒有什麼風衣、背囊、腰包和錢包的，想都沒想過。許多人更是連單車和手錶也沒有，因為那時候整個社會的面貌，除了紅色、軍色和灰色，放眼就都是單色調的。那時就算想買一輛單車或者一塊手錶，也要供會和配額，好多人、好久才能輪上一回。而買衣服布料必須要有的「布票」，面額小到以「寸」為單位，一個人一年的定額也只是幾尺而已。可見「風衣」這種東西如果有，那也是多麼稀罕昂貴的。不過，那時人們都習慣和麻木了，難怪到現在回想起來，還是有點奇怪，奇怪那時的年青人在追求什麼？能追求什麼？

不過，我那時最自豪的，是有一個棕褐色的電工工具袋，它是牛皮製的。這個工具袋，可以讓我把一套常用的電工工具別在後腰帶上，隨身攜帶著到處跑，然後，方便我在工餘的時候，隨時為一些人修理水電、排除常會有的水電障礙等等，這在當時是常有的事。甚至在休息日的時候，還會常去幫助人家做一些安裝水電的活兒，因為那時候我已經是一名熟練又熱心的電器技工了。

那時我們許多年青人幫人做工，都是義務的，沒有酬勞不說，連下館子吃頓飯、喝杯酒也沒有。一是那時社會上沒有這種風氣，二是許多人的家裡也沒這種條件。反而是那時彼此間的人情味很好，我們又因為年青的緣故，因為無聊和有許多時間無處打發，反而是精力充沛的幫人做這些事、那些事，都感到順理成章，自然又開心快意。

那時我也是常看書的，去到哪裡都帶著本書。但那時看書很不安全，因為幾乎所有的書都被視為是毒草，所以只有將一些書偽裝起來，包上「革命」的書皮，然後揣在懷裡左藏右掖。為了看書，我經常趁著幹公家活的時候，爬在高高的屋頂上，或者躲到某些髒亂的角落裡，甚至是上廁所，在那些沒人去的自由小天地裡看書，是一種安全和方便。

於是，從那些時候起，我就總是「幻想」著能有一種不厚又不薄的外衣，可以讓我不引人注意的穿上、披上或者帶上，讓我隨時的不怕冷和擋風雨外，還能夠隱藏書本和遮掩後腰漲鼓鼓的電工袋。畢竟就是幫人做事，也不必張揚，而低調、沉澱和無形，才是自由自在和靈活安全的保障⋯⋯

當時關於風衣的「臆想」就這樣產生，它既然是一種需要，也是一種渴望，還有些搞笑和異想天開。畢竟那時我們小地方沒見過什麼世面，外面的時裝潮流也還沒有「吹」進來，所以這種理想中的風衣「設計」，不但樸素和實用，而且還很「前衛」，尤其是想到它可以用來掩飾左掖右掛的書及工具、又方便我到處活動時，便是一種自我滿足的小小「時裝」。

後來，到香港了才「發現」，原來人家早就有這種風衣了，而且還平常和多樣化得很，它甚至連工程型、攝影型、軍品型和旅遊型的都有。有的甚至可以加上裏子或者拆去，有的卻可以反過來穿，用它變換著顏色或式樣，真是千變萬化、應有盡有。於是，在得到了許多不同風衣的舒適應用和滿足以後，我從此就愛上了它們。

可以說，在香港的所有時裝裡，我最愛的就是牛仔褲和風衣的搭配（包括夾克風衣），而且至今仍是初心未改、鍾情綿久……

新意

在香港，有了風衣伴身以後，我的生活和工作似乎就更加生動活潑起來，而且有了許多靈動，因為不論是開頭的當回電工在港九、新界四處奔跑，還是後來的從事文化工作，尤其是有段時間去到各地搞採訪事宜，那幾乎是風裡來雨裡去，日夜兼程和馬不停蹄的狀況。於是，這種風衣加牛仔褲的搭配，便是我的最佳時裝，它們時時處處都讓我工作的更加得心應手和舒心快意。

我給孩子說過了，因為我是怕冷不怕熱的，也即是人們常說的勞碌命、辛苦命、奔波命，所以風衣和牛仔褲就是我的最佳拍檔。憑它們的普通平凡和實用，我幾乎可以隨時隨地的休息、吃東西、睡覺和伸懶腰，什麼儀態也不必顧及。而很多時候，這種隨意、隨興就是一種安全和方便來的。尤其在投入工作的時候，一些安全和舒心適意，就融入在自然、放鬆和方便裡，也表現在許許多多的不完美中。

其實，風衣在我來說，除了卸寒和擋風雨，它還是「百寶囊」，大有點「萬用」的意味。我特別喜歡風衣裡的各種夾層和內袋，並常在裡面擺放了許多備用物品，像筆記簿、各種筆具，還有小相機、電池和菲林等，方便我到處拍攝取材。甚至不當電工了，卻仍不厭其煩的將測電筆、電筒及小刀之類的小巧用具隨身攜帶，把它們這裡一件、那裡一件的塞在風衣裡，所以我的風衣常常比別人的沉重和百變。

漸漸的，這種習慣又給了我另一種快感，就是明知一些物品使用的機會不多，但伴在身邊時心裡就有著更多的充實感，因為這已經是「不怕一萬，只怕萬一」的心態了。而且受以前做事常要「執生」的影響，風衣裡有備件便使它變得萬能和可靠起來，讓我心裡更加的踏實、淡定和有安全感，其實這已經是自己營造出來的一種心態了。

可以說，居安思危升級了危機意識和安全感，使我的風衣被賦於了更新的意義。

不過，我又告訴了孩子一個搞笑的內容，也許是科幻、探險、武俠和穿越小說看多了，我平時的危機意識就比較高，有段時間甚至還想寫些這方面題材的故事。這種情況下，風衣夾克這類「百寶囊」似的隨身衣物，甚至就是享受夢幻和穿越不同時代的道具，那怕只是心態上的感覺。

於是，趁這次路上「進補」的機會，我便將風衣的諸多好處，那些虛的、實的；那些能源的、防護的；那些潛伏的、隱身的；那些騰飛的、穿越的；還有百變的和萬能的「功能」等等，都盡數向孩子娓娓道來，不外是要他出門時也考慮多帶一件風衣（夾克）護身罷了，像我一樣。當然啦，這只是隨便說說罷了，並不認真。而這也是所謂「進補」的好處了，它不是正餐正食，不是必要的營養，當可聽過就算了，不構成什麼壓力和負擔。但是，如果日後孩子突然需要了、接受了呢？那就是好事來的。到了那時候，這也許就叫做「有備無患」、「防患於未然」，或者是「先見之明」和「捷足先登」了吧？

是的，說不定有一天，當孩子遇上突發事件時，像第三類接觸啊、穿越事件啊、這樣那樣的奇遇啊種種，甚至簡單平常至只是一場小遭遇、小意外、小誤會，那時隨身的風衣就大有用武之地。不是嗎？故事中，影視中，生活中，不就常有這種風衣擋風擋雨、解急救難的事發生嗎？哪怕是能用風衣來掩飾一下尷尬的場面也好嘛，哈哈！

這方面，我倒是樂意像老頑童一樣的給孩子胡謅一下，把想像力結合在危機感上面，這就是路上「進補」的輕鬆、隨意、靈動和愉快之處。

於是，當我們越說越不正經、又把玩笑當真的時候，當我們哈哈大笑，覺得輕鬆、快意和天馬行空的時候，這上學路上的進補，就有了另外的收獲。

因為未來和未知怎樣？誰知道呢……

命運

風衣的話題，不覺中就與孩子講了許多，其中我那些與現在不同的生活往事，卻讓孩子聽出了新鮮感。於是，本來普通和平常不過的風衣，在孩子的眼中便有了些份量起來，它們不再是一件衣服那麼簡單了，而像是有了故事和生命，發出了光彩，還似乎真的有了一點「萬能」的意味。

是啊，現在孩子的時代，與我們那時候不同了，要他們憑空對風衣產生出像我一樣難分難捨的「感情」是不可能的，但經過這樣兜兜轉轉一說，卻又不同了。起碼，已經讓孩子有了點印象：原來，人的性格不同，命運不同，際遇不同，是會影響到一些認知的。像孩子的媽媽與我，我們就有兩種命運下的不同認識。

而孩子呢？還是那句老話：現在只是給他多了一種認識罷了，他現在也許感到了新鮮有趣，但倒底怎樣，還是要以後自己在生活中體會。而且有些體會說不定還是一生人的事呢，它們沒完沒了的在不斷變化中。

不過怎麼說都好，在現今這樣人心不古、利慾薰天、假劣物品橫行、到處都是紛爭的社會，人心是越來越灰暗和失落了，因為看到的前景模糊不定，安全感方面的領悟也只有各自理解和「執生」。所以我告訴孩子，平時出門，如果可以的話，養成多帶一件風衣的習慣是好的，它不但能防身，還可以解圍。其實只要理解和喜歡了，帶上了它做什麼都行。

是的，充其量只是一衣在手（或者是放在背囊裡）而已，很簡單的小事，但萬一有事情發生，有這風衣（夾克）擋在前面，就比許多人都淡定和瀟灑，到時候，也許可以助己幫人、救急救難，甚至還多了一層保護、一個選擇、一場應變，它的大派用途之處就不一定只是卸寒、擋風雨和自保那麼簡單了……

想不到，當我如此這般給孩子說了好些「萬一」的時候，孩子卻問我了，他說：「爸爸，你這樣大費周章作了許多遇到壞事的假設，會不會杞人憂天呢？要是時時處處都作這樣危險的預算，那生活裡豈不是變得寸步難行了嗎？」

咿？問得好啊，這正是我想說的另一件事，正愁不知道要怎麼開口呢。於是我就告訴孩子，這些假設多是「特定」在運氣不好的人身上的，我只不過是有些自知之明罷了。而過往，我就是憑藉著這樣一個個的杞人憂天和小心謹慎，才避過了一些為難和不便的，所以這裡也只是個人的經驗之談而已。

在這個說法裡，因為事關運氣，而命運與運氣又都是一個大課題來的，所以我們又談起了有關這方面的事來。

我告訴孩子了：生活中，「運氣」這種東西是有的，它跟性格有關，也與「命運」有關，但又不盡相同。如果說「命運」是戰略上的說法，那麼「運氣」就比較是戰術性的東西了，這比喻雖然不太準確，但也差不了多少。也就是說，「命運」好或者不好，並不妨礙它在某些時候的「運氣」怎樣，反之也然，這兩者未必都是同步的，即是說命運不好的人，他也有運氣好的時候。而單純的「運氣」好壞，具體的「運氣」如何，又未必能影響到整個「命運」。

一句話：「運氣」是細微些的、有時有候的表現，它常常溶解在「命運」裡……而命運，它應該從全局來看，看整個人生。

於是，這些繞口令似的說話，又聽得孩子傻楞楞的，眼睛一眨一眨的看著我不出聲，顯然又糊塗了。

還是要拿些例子來說明才好懂些。

差異

還是拿孩子的媽媽與我來說事吧，自己人的例子更可信和好懂。

由出生到成長，我和孩子媽媽幾乎是經歷著兩個時代、兩種背景和兩種命運。年紀的差異是一個原因，但主要的卻是社會大氣候下的諸多不同。

首先，我們都有美好和富足的出身。但我這方面，由於父母的身分突然間被改變了，使我在特定環境裡的際遇就一落千丈，幾乎失去了原有的一切。這種由佳境落入劣境的改變尤為讓人難以接受和教訓深刻。於是，從很小的時候起，我就要接受在人為歧視下，「小心謹慎」和「看人眼色」做人做事的大原則，這是生活裡一個很無奈的磵練和經驗。

從此，生活中的衣食住行，以及讀書、工作和許多願望及利益的追求等等，就都被當然的設計和安排在「不好命運」的前題下。許多時候，我只有學會了認命和遵守這些法則，生活才能夠比較容易的度過。所以說，這認命也是學來的，而且越早學會了代價就越小，這只是當時的經驗之一。

而孩子的媽媽就沒有這些問題了，她一直是順風順水、平平安安的生活在好環境、好氣候和親人的關懷裡。由於沒有經歷過我那些苦難，所以在一些認知上，我們就仿似是兩個世界裡的人。

小時候，我的生活由好到壞的變化，是非常突然和明顯的，突然到用「一夜之間」來形容也不為過，而明顯部分則好在我那時還小，最辛苦最難堪的部分都讓爸爸媽媽承擔去了，而我就只不過是昨天還被人奉為「校長仔」，而今天就變成不齒於口的「右派崽」罷了。

不過，突然間許多小朋友就不同我玩了，他們都被大人告戒說我的爸爸媽媽是壞人，我們的家庭成分是黑五類，必須要與我們劃清界限等等。我們的保姆因此被辭退了，說是不允許我們再剝削和欺壓勞動人民。然後，倉促間我們就被趕離了學校，搬到海旁一處貧民的出租屋去。這也只是幾天內的事，可謂是雷厲風行、刻不容緩。

當爸爸媽媽分別去勞動改造的時候，才兩歲的妹妹就要寄宿在朋友家裡，而我也成了那時候的「留守兒童」。這段獨自生活的時間有幾年之久，所以從小時候起，我就漸漸學會了勤快、忍耐和艱苦生活，也就是這種環境使我知道了命運不好而且無力改變時，就要逆來順受和低調行事。

是的，一個人的命運好不好，由不得自己說。都說命運是天注定的，這當然是無可奈何的說法，其實也只是借此來安慰自己罷了。

總之，這命運的問題太玄了、太大了、也太複雜了，不是三言兩語談得來，也不是我們小人物談得來的。但我卻知道了：如果知道了自己的命運不好，承認了自己的命運不好，那還是好的。因為命運不好已經是沒辦法的事，但只要知道了，承認了，就可以多作一些準備，這就是我初期危機感和安全感的由來……

於是，一通百通，當向孩子說到了這些時，他就開始明白了，明白我為何對風衣（夾克）這種平常衣物會情有獨鍾，也明白了他們的媽媽，為何與我有認知上的不同，和對風衣的不以為然……

一般情況下，那些自知命運不濟的人，在生活中往往會比較具有危機意識，因而也會比較有自知之明的謹慎和警覺，就像狼在大自然中努力生存一樣。這些都是讓「不幸」和險惡環境迫出來的，讓無數的失敗、失望和失意迫出來的。而這種種壓迫力，有時就會讓人產生出智慧，讓人有所準備和洞燭機先，進而去躲避一些兇險，減少一些劣勢，爭取一些好處，和改變一些結果。

孩子要是能這樣來看待我對風衣的偏愛和習慣，那就真是明白了，因為這不過是我由小到大，在生活裡親身煎熬出來的經驗教訓而已，沒什麼奇怪的。

領會

在「風衣」這個話題上，我提醒了孩子一句老祖先的話，叫做「笨鳥先飛晚入林」。其實，這句話的重點是前面四個字而已，那就是「笨鳥先飛」。

命運不好的人，可以視為是一種先天不足的「笨鳥」，所以對於「不好命」的現狀，只要知道了又有所認識，就要學會比別人更加努力和辛苦的去爭取，這就是「先飛」了。至於早入林還是晚入林，那倒不是太重要。

比如說好命的人吧，他們處處有貴人照拂，時時有良機出現，這樣的吉星高照和時來運轉，很多時候就是天意來的，既爭取不來，也妒忌不得，只有羨慕他們。

又比如說不好命的吧，也不必太過怨天尤人，這世界千樣人、萬種事，總會有不公平的地方，總是有命不好的人，而好與不好也沒有絕對的，何況對「公平與否」的評判，也不過是在各人心中的比較而已。好在我們還有一種適應性，就是碰上了不好事情或者不良際遇的時候，還可以說聲「命運不濟、運氣不好」等等，然後就原諒自己了。能夠如此自嘲一番，便算是一種釋然，也就是心安理得。畢竟努力過了，爭取過了，再得不到就還有「成事在天」的說法呢。所以命運不到最後一刻，常常是沒有定論的，難怪生活裡又有許多鼓勵人繼續努力的老話，就叫做「希望在明天」和「天無絕人之路」等等，讓人能不斷的爭取下去。

既然與孩子講到了命運，那還是要談談心態的。因為命運和運氣的事，只有用好的心態來面對，才健康、積極和可取，而中國的文化智慧裡，太多的「老話」看似大相逕庭、互相矛盾，其實裡面是各有妙處的，使用它們的時機、地方和人事背景均有不同，只有秉持好的心態，才能夠善用之和用得準、用得好及恰如天意。

所以我告訴孩子，生活中不論命運如何，運氣好壞，擁有一個好的心態才是重要的。有好的心態就能理會、察覺和接受老天爺的公平。而這老天爺，不過就是大自然、大道理和大循環而已。我們的命運，我們的運氣，我們的機會，就體驗在它們的運轉、變化和適當的時候裡，每個人都不例外。

其實，人的好運或不好運，有時候還是要放長視野去看的，而且角度不同、時候不同、心境不同，那認識和評判也會有不同。尤其是一些事情的好壞得失未必都在結果上，有時在結果裡得不到什麼好處，卻在過程裡就有了好的收獲或享受，比如說一些領悟就是，這畢賬，就要靠好的心態來結算和收成。

這裡，我又給孩子講了個身邊的例子，讓他代入去感受感受。

就在這上學路上，我們經常經過的那座豪宅大廈裡，有個內地山區裡來的小伙子，他因為能當上了保安員而非常開心。雖然只是守大門而已，但他很知足，又常常熱心勤快的幫人家開車門、提東西、做這個那個，甚至連清潔工的事也幫，很得業主和住客們歡心。這小伙子學識不高，但勝在健康和活力十足，而且凡事都很容易滿足，所以天天都笑嘻嘻的很快樂。他沒有什麼錢，但煩惱也不多，至少在大廈許多業主們眼中，他簡單的快樂甚至很感染人：加多一點獎金就快樂，多睡一個鐘頭就快樂，住客給他一點舊物品就快樂，接到家裡的來信就快樂，甚至連誇讚他一句也是快樂的……哎呀呀，許多富人眼裡平常不過的東西，放在他身上都可以快樂上半天，如此看來老天爺對他也是很公平的，他錢不多但容易快樂。

反倒是那些情況好過他千百倍的業主們，他們有樓有車，家財億萬，但情人跑了便氣憤，股市波動就緊張，兒女不聽話時也傷心，還有生意不順利呢？社交有問題呢？身體不健康呢？追求不如意呢？……他們一樣會失眠、心慌、驚悚、惶恐，一樣會吃不香、喝不甜、睡不好、坐不安。不論有多少錢財權力，不論有多高名譽地位，只要攤上了不好的事，他們就一樣的不快樂和擔驚受怕……當年做電工活時我就在這裡工作過了，所以認識他們，也知道這些。

於是啊，我就知道了這人的好命不好命、好運不好運，老天爺還是很公平的，看你用什麼樣的心態，怎麼樣去理解罷了。而當時的我，也就是像那個保安員小伙子一樣，很是簡單，很是快樂。

是的，學會用一個好的心態來生活；學會在不同的角度看問題；學會笨鳥先飛、比別人多付些辛苦和努力；學會居安思危，有危機感，將壞事變好事，等等。這樣就不必太在意命運的好不好了。因為，在意了又怎樣呢？它照樣是這樣發生……而且，一切都在未知裡——未知啊，才是真正的命運。

想不到，與孩子這一次路上的進補：由天冷、風衣、過去，到危機感、安全感、新鮮感，又到了命運、運氣和心態，繞了一個大圈子，總算給了孩子一點點新的認識和影響。天長地久，希望他以後再慢慢去領會。而我，就仍沉浸在許多往事裡，那個「胎教」的引子只是起個頭罷了，它讓我用一些舊日筆記，去尋找和重溫孩童的舊事。其實這也是經常的快樂，簡單的快樂，和隨時可有的的快樂，就像當年那年青的保安員一樣，不知他現在又怎樣了呢？

第十七篇：軍迷

第十七篇：軍迷

小軍迷

孩子有個同學，姓謝，是個小軍迷來的，但不是打野戰的那種。

香港地，打野戰的軍迷也有，但因環境和生活條件的關係，真正能玩野戰的人不多，也不大方便。不過香港是古今文化混雜、中外生活相融的都市，也是商情蓬勃的社會，什麼東西都有。於是，在軍迷的眼裡，不一定要打野戰，凡鬧市裡各類軍品店、拍賣場、俱樂部、退伍軍人會所，以及同學會、同鄉會、軍事電影會和荷李活道一帶的古舊物品商舖，還有那些遍地都有的舊貨品小販攤檔等等，就都有軍迷們的選擇和去處。

謝同學的「軍迷」就是這種，也可以說是收藏軍事垃圾或破爛的軍迷。他們這些人熱衷和流連的，有時候也只是某些軍事書籍、電影話題或者某段戰爭史和故事而已。

我只是遠遠的見過謝同學罷了，沒有直接交流過，也不知道他的家庭背景。知道他是軍迷，是孩子講的，那時他們上中三了，同學間相處了幾年，到後來才知道彼此都有「軍品情意結」的追求。這樣的愛好在同學裡並不多，但又很 MAN。於是，他們相見恨晚，很快的便成了談得來的軍迷好友。

什麼是談得來呢？第二次世界大戰的歷史，第三帝國的興亡，希特勒與他的納粹軍隊，美國的戰爭大片，還有各種各樣能夠見到、接觸到的舊軍品等等。於是，從電影、電視節目到書籍、展覽、圖片冊，還有關於它們的一些資料、故事、珍聞趣聞、秘史野史，再到舊貨攤上那些真真假假、大大小小的舊軍品，就都是他們的目標了。

原來，謝同學最喜歡的，還是收藏有關的軍品與二戰紀念物。當有一次上學路上，孩子與我說到了他和謝同學的交往時，我除了高興還很意外，因為軍迷好啊，男孩子就要有男孩子的氣質與愛好，而軍迷，分明就是很MAN的興趣與行為了，甚至在許多人的心目中，軍迷的形象是雄偉、豪邁和神聖的，尤其是當前小鮮肉開始泛濫的時代，軍迷的出現別具一格，令人倍感寬慰。

現在的社會，少年男兒的最好形象是健康雄偉、陽光正氣，這當然要在氣勢和愛好上表現出來。少年強則國家強，這就是雄風，也就是MAN。像美國大片裡「第一滴血」的史泰龍，像「逛野時速」裡的當立度，像鐵甲戰士和未來戰士裡的鐵漢阿華舒力加，像美國系列小說裡的憲兵硬漢李奇等等，他們就是許多年青人心目中MAN的偶像。這些猛漢強悍不羈、勇猛不屈、剛毅木訥、又火目金睛的形象，都無不令人熱血沸騰、豪氣萬千、蕩氣迴腸、過目難忘。不過在現代生活中，當然不可能再像他們一樣的打打殺殺、橫衝直撞了，但軍迷們卻也可以是MAN的一種。因為軍迷本身起碼是嚮往了MAN、貼近了MAN、甚至還可能就是MAN，絕不是舞臺上那些自我憐惜的「娘炮」形象可以擬比。

是的，現今的社會，不知是基因變異還是物種、食品和人性的污染，許多人的觀念變了，體能變了，連審美觀和愛好也變了。不見一些小男孩的成長過程，已經沒有了自立和磨礪，沒有了思考和探索了嗎？他們不像我們以前的能吃苦和會忍受，長大以後也沒有了粗獷和擔當，不但嬌生慣養、弱不禁風的現象比比皆是，連小鮮肉形象也大受歡迎起來，這是我們所不待樂見但又無可奈何的。當這樣的粉色潮流有席卷社會之勢時，就不禁令我們擔憂和惶恐起來，難到這就是我們的下一代嗎？

所以，只要單單是這個原因，「軍迷」一族的出現就足以讓人歡欣鼓舞，又好像讓我們看到了一些希望。知道了自己的孩子原來也是個軍迷時，不由得令我喜出望外，更還有慶幸和慰藉的感覺。我甚至還想：當不了蘭保卻當上了軍迷，這孩子也是未來的希望呢。

說　事

謝同學與我的孩子在「軍迷」一事上「邂逅」之後，就很投緣了，這段時間裡，他們的共同興趣是軍事、軍情和軍品等等，因此二戰歷史以及一些戰爭題材的電影、書籍和有關資料，就成了他們交往的主要內容。謝同學很喜歡和重視一些故事，對有關的二戰用品，尤其是第三帝國和納粹軍人的物品等等，是情有獨鍾，愛不釋手，常常到處去尋找察看、打探消息和伺機收藏，並將之引以為樂事。誠然，他是這方面的超級軍迷，而我的孩子便跟著他湊起熱鬧來，在一些交流分享中，也漸漸增加了不少這方面的認識及興趣。

得知了這件事，我是看在眼裡樂在心頭，因為早在小時候我就是個小軍迷來的，雖然那時還在內地生活，但軍迷是沒有國界的。於是，在好一段時間裡，在那些上學路上，我就開始給孩子講了些以前我在內地的軍迷「樂事」。

在內地，可能因為家庭的政治成分不好，不能當兵和得到信任，我的成長過程便與軍情、軍品一類事宜「絕緣」了，這是一種「注定」。但我的童年和少年生活，又偏偏是在辛苦的環境裡磨練過來的，比別的孩子都過得零碎和艱難，所以這就反而使我更加的嚮往和迷幻了軍人生活及軍事故事。不過其中的許多愛好，最終也只能落實在大量的看有關書籍和想像而已，以滿足心理的好奇與虛榮。一句話，我只能這樣悄悄的遨遊在許多軍事內容的遐想裡，用現在的話來說，就是做那種虛擬世界裡的軍迷，運用「想像」來滿足愛好的軍迷。

當年在內地的許多軍事題材裡，我喜歡和看的最多的剛好就是二戰歷史。那時也有同學是同好的，我們經常尋找和議論一些戰爭故事，尤其是德軍以「閃電戰」席卷歐洲戰場的「戰事」很讓人驚悚，而黨衛軍的嚴酷霸氣和蓋世太保的神秘可怕等等，更令我們印象深刻。

於是，當孩子興致勃勃的談起與謝同學的互動時，我不但能對他們的說事作出即時回應，甚至還很熟悉的把一些收藏品及玩物，隨口就說出個來源、背景或故事來，這種不假思索和頭頭是道，常讓孩子們感到驚訝之餘，又佩服的五體投地。其實沒什麼，只是對口味、有興趣和曾經喜歡過罷了。

我告訴孩子，第二次世界大戰對世界的影響很大，而且作為一段戰爭史來說，它發生的時間又不算太久遠，留存下來的物品和資料還是很豐富和真實的。況且在文革中，我在內地剛好是太無聊和清閒了，許多時間都是在看書中度過，作為軍迷的追求和享受，當時看過的這類書很多，到現在還是記憶猶新也沒什麼奇怪的，因為喜歡嘛。

不過，我奇怪的倒是是孩子，他只是受到了同學的影響，就能喜歡和跟上，然後還入迷了，這倒是難得。

只不過要注意的是，喜歡軍事內容，也是要有個健康、正確的立場才好，因為二戰中，德國納粹軍隊在歷史上的定位是不好的，是反面的。它惡名遠播又令人不齒，但偏偏對一些年青人有著很大的吸引力，而這方面的許多道理卻很難一下子就說得清楚。所以，我要孩子在這方面如果有什麼發現、問題和玩物、藏品時，最好能及時的告訴我，讓我幫他們分析和理解，千萬不要自己就鑽到牛角尖裡去了，不要搞到走火入魔的地步才好呢。

是的，因為納粹軍人有一些特別之處：他們是精銳部隊；有盲目的忠誠和勇敢；紀律嚴明又有極高的行動效率；精力充沛也反復無常，等等。尤其是作風和形象方面，他們既有亮麗和迷人風彩，又有冷酷和殘暴的作為……所以，當年他們有些特立獨行的行為和形象，已經鑲上了觸目的光芒，一直以來誘惑了不少的年青人。

別說當時就有不少人為他們所折服和迷惑了，後來也一樣。以至到戰後，以至到德國以外的世界各地，甚至是到了內地文革裡的紅衛兵，都有深受他們影響的「粉絲」。所以我格外的提醒孩子：既然對二戰軍事收藏品有興趣了，那就必須要注意立場和警覺心態，務必成為心態健康、行為規矩和宏揚正氣的軍迷。

收藏

此後好一段時間的上學路上，孩子就常常與我聊起了謝同學，說他近來又了有什麼新發現、新收獲，或者有什麼新玩藝兒到手了等等。而每談到了這些，孩子都很雀躍和興奮，就好像自己也有份一樣。

這天，孩子喜噗噗的告訴我，說謝同學又「淘到」了一件德國軍人的紀念品，是一個徽章來的。其實，或者只是軍大衣上的銅質鈕釦也不定，因為像是裝飾用的黃銅釦子，多了個十字型圖案罷了。雖然他們說得不清不楚，但只不過這樣，就夠他們高興一陣子了。

這謝同學平時比較內向，不大愛活動和交友，但很喜歡看一些戰爭題材的電影及書籍，尤其是對德國納粹軍人的物品很有興致。他是中產家庭，經濟情況不錯，所以經常去些小拍賣場、軍品店、地攤或者網上，淘買一些軍用小物品及二戰軍人的紀念物來收藏。什麼小刀、眼鏡、望遠鏡、放大鏡呀，麼麼銅鈕釦、錢幣、鐵徽章呀，還有些軍帽、軍壺、軍錶、賬簿、票據及簽名筆、開信刀和紙鎮等等。這些都是小物品來的，也不知道是真是假，但只要價錢不貴，弄上手了就會歡天喜地、洋洋得意，然後急急忙忙向我的孩子炫耀一番。

這些小東西說貴不貴，說便宜也不便宜，少則十幾塊錢，多的幾百塊也有，但對於喜歡的孩子來說，就很吸引和值得了。因為這些年代久遠的小物品，表面甚至是鏽蝕斑斑或者凹凸不平，但伴隨來的總是這樣那樣的驚悚故事或者傳說（也不知是真是假），有著歲月風塵才是它們的迷人之處。

因為孩子們重視的是那段歷史，是那些軍品的身分，是那種經歷過戰爭的痕跡。尤其那些軍人用過的東西，就好像還保留著當年威懾四方的戰火、凶險、殘酷與氣勢一樣，所以東西在手，他們便可以呆呆的對上老半天，尋思著、琢磨著、想像著，沉浸在那些似懂非懂、迷迷糊糊又久遠的年代裡。每當交集著看過的電影、閱讀過的書本、以及聽聞過的故事時，那些想像就會豐富起來，生動起來。這樣，收藏品就成了他們對某段軍史或年代的一種憑弔。於是，遇到了他們有所發現或者新話題的時候，我就會適時的加入了一份評說。

不過我的這份參與，對謝同學來卻說是隱形、隨意、又另類的，因為我只是將孩子作為橋梁，告訴他我的一些所知和看法而已，然後孩子就會將得到的信息拿去與謝同學分享。通常，能將一些有關物品的背景、資料或者歷史從旁佐證一下、說事一下、解釋一下，對孩子來說也就是一個及時和知己的收獲了。當然啦，這已經是另一種角度的參與和分享，所以，每當謝同學又有什麼新目標的時候，孩子總是興沖沖的告訴我，再把我的回應帶給他。而這種交談常常就在上學路上，變成了大家一種心照不宣又輕鬆快意的交流，很另類吧？

好一段時間以來，趁這些機會，我就斷斷續續的給孩子講述了一些二戰、第三帝國和納粹軍隊的基本資料及認知，孩子聽過了後，又會搬去跟謝同學交流分享。在這樣共同興緻的互動裡，他們享用著舊軍品的歡愉，就像穿越到那個年代一樣，不亦樂乎。而這種不經意間的悄悄交流，便很默契的維持在他們高中學業的一段時間裡，好不開心快意、有趣和新奇。

關於納粹軍隊的花絮，我給孩子講了一些，有大致上的，也有細微些的，有的本來就是歷史，有的卻只是故事、秘聞甚至是野史而已。這裡面有的已經是出版了書籍、拍成了電影而廣為人知的了，有的卻只是在坊間流傳罷了，不可考究……不過，孩子們起先都不知道，希特勒原來是以左翼面貌出現的極權主義者。在一戰時期，他先是國家社會主義工人黨（NaziSM）的成員，工會活動出身，後來號召工人推翻資產階級，提倡國有化，打起了納粹旗幟才成了領袖。於是，他要求黨員要忠於納粹的信仰，敢於為納粹（Nazi）獻身等等。

因為這樣，希特勒與他的納粹黨徒有一個共同點，就是對追求進步和有理想（野心）的年青人，具有強大的吸引力、號召力與感染力，很有迷惑性。

我告訴孩子，蓋因希特勒的口才很好，思維敏捷，尤其是演講起來魅力十足，很有搧動力、影響力和誘惑性，尤其在組織軍隊和駕馭精英方面，他更是有過人之處，堪稱是統治天才，所以從歷史上來說，雖然他已經敗了，被定義是壞蛋，但不能否認他的手段與能力超人，因而希特勒在成功掌握了第三帝國以後，極權在手便一呼百應，呼風喚雨，很能召集了一批人，跟著他用殘酷的戰爭手段，用秘密警察組織，用集中營和毒氣室為利器等等，把德國和許多佔領區變成了大軍營，讓人們都生活在刺刀下和恐懼中。

當時，那些蓋世太保、黨衛軍和衝鋒隊等組織，就是希特勒統治軍國社會的忠實工具，而他們的精鋭和效率，卻讓許多青年崇拜或迷惘不已。這些納粹精英在希特勒的駕馭下，沾沾自喜、耀武揚威、不可一世，卻不知道是在對著世界上的和平人類犯下了滔天罪行……可以説，希特勒統領與迷惑青年和軍隊的手段是相當成功的，要不然，就不會在納粹黨人被世界公認是殘暴和反人類的組織以後，還會有年青人仍視之為楷模而嚮往之、迷戀之、甚至是崇拜之——雖然只是少數人，而且只是在形象上而已。

既然說到了這些，就要讓孩子明白希特勒當年是如何揣摩心理，營造氣氛，對大批青年信徒投其所好，讓他們能忠心耿耿的引為己用的。而且這些手段的成功運用，也正好說明了希特勒的「魅力」過人，堪稱天才。

希特勒深諳年青人普遍都有積極向上的榮譽感和虛榮心，也有崇尚英雄和鶴立雞群的心理，他把納粹軍隊裡的蓋世太保、黨衛軍和衝鋒隊等精英組織，特別的提煉出來擺上了最高位置，不但授以特權和榮譽，還在精神和心理上給於他們更大的滿足，將之打造成了特殊的隊伍。這樣，就讓一眾熱血青年有機會在戰爭環境裡大顯身手和非同凡響了，至少在組織形態上，他們已經高人一等。

看看他們的裝備就知道了：武器的精良就不說了，單是那些制服穿起來就已經是嗶哩啪啦嚇死人：黨衛軍人的制服是黑色的，衝鋒隊員的制服是褐色的，它們都是用很好的料子貼身剪裁縫製而成。這兩種顏色本來就相當的壓抑和有神祕感，令人懼怕和保持距離，所以這些軍人也常被叫為黑衫軍和褐衫軍。由於他們都年青帥氣，行動敏捷，制服穿在身上更有種整齊乾淨、畢挺幹練和冷酷無情的震懾力，令人望而生畏。至於胸襟、肩膀、袖口等當眼處，也都綴著閃閃發亮的勛章、徽章、鐵十字章或者黃銅鈕釦等，頭上的鋼盔是黑沉沉的迫人，腳下長統皮靴也格格作響，上面還裝配著觸目的馬刺，這種樣子於人前一站，於聲於色都是傲氣十足、威風凜凜。

還有帶銅釦的寬身武裝帶，精巧的手槍、短劍，神氣又高貴的馬鞭（軍官）等等……臂上，更是白底黑符號的紅袖圈，這一切搭配起來相當鮮明、觸目和鄭重，每一個隊員看來都是厲兵惡偶，每一個軍官看來都像演員明星，當這樣的行頭上身時，他們就無不是威風霸氣和神氣飛揚了。而這樣的風頭一出，想要這幫年青的納粹軍人不得意、不顯擺、不張揚、不賣命都難。一些特殊感、榮譽感和滿足感，一些高人一等的忠誠之心和威風之態，就這樣有意無意的產生甚至泛濫了——他們鶴立雞群啊。

氣場

再看吧，希特勒把他的納粹黨旗設計的瘋狂霸道，不可一世，它用大片的紅色，稱托出白色圓圈裡黑色的反佛教符號，這樣簡單鮮艷的色彩和圖案，直截了當的就給了人一種強烈警告的意味，讓人印象深刻又膽顫心驚。他更還將之時時處處的像一匹紅色巨布，由盡高處耀眼的懸掛著一涉而下，強調著瀑布般的氣象非凡，遠遠看去就震懾人心。

他的士兵站立敬禮的姿勢，也是單臂向上、整齊劃一的甚如忠誠的雕像，那種一動不動、刻板冷酷的身形，沉重無比的壓迫力和嚴厲霸道的氣勢，都營造出了一股摧毀人意志的強大氣場，令人心悸不已；還有啊，希特勒的這一切，不只是表面上的風光亮麗而己，而是有強大的內在基礎穩穩當當支撐著的——那些背後實力的存在，才是他的納粹精英能夠強悍一時、令人戰慄的信心和關鍵。

比如說，他的著作「我的奮鬥」，就是當工人領袖時在監獄裡寫的，所以十分的振奮和搧情；比如說，他龐大的軍團裡有各兵種、軍種、機械化部隊和後勤機構，能強大而機動的橫掃戰場；比如說，他的軍工廠、科技實驗室和科學家，都是完善、精密和頂尖的，經常為他製造驚喜；又比如說，他的先進飛行器、神祕軍艦、強悍坦克、火炮與堅固的地下堡壘等等，都神氣活現，神出鬼沒，無不走在戰爭的前列，一度席捲大地如入無人之境……

除此，他還有一眾得力的親信戈林（空軍元帥）、戈培爾（宣傳部長）、希姆萊（秘密警察頭子）、海德里希（蓋世太保）……而這一眾將領又如明星般的耀眼奪目，是那些納粹信徒們的狂熱偶像。

就這樣，明的暗的、質的量的、精神的物質的、體面的心理的，各種因素相互交織成強大的力量，就是希特勒的第三帝國。希特勒對青年在精神和心理上的駕馭和倚仗，也是以這些實力為基礎的。所以，那些被作為工具的蓋世太保、黨衛軍和衝鋒隊員等等，他們的優越感和忠誠度便得到了鼓舞和催化，並且感染、影響和威懾著更多的人。

其實，說到了希特勒的年青信徒，一些納粹軍人裡本身也是有優秀人材的，只不過是搭上了希特勒的瘋狂戰車便神魂顛倒起來，在時勢的推波助瀾下，得以發泄和表現出邪惡的機會罷了。

先說希特勒吧，有傳說希特勒有某種潔癖，還有些神經質。他的大衣袋裡常備有紅藍鉛筆，演講時習慣手握鉛筆激烈揮舞，為此一場演講大會或者軍事會議下來，常要捏斷不少鉛筆，成為一段軼事。而他的潔癖除了表現在生活上外，還有反應在血統論上的，並還影響了一些政策和許多人，像對猶太人的敵視和滅絕行為就是了。希特勒認為，德國的日耳曼民族和高利安人種是世界上最優秀的，他們也因此而看不起其他種族，尤其是猶太人。在他們的觀念裡，就是通婚也要在高利安人種之間進行，以保持血統的純真和高貴……

正因為強調民族、人種和血統的優秀，希特勒的精英組織一開始還走純淨路線，並且要求成員有高貴、高尚、高學歷和高修養的身分。他的一些組織成員初期也是篩選而來，以至加入蓋世太保、衝鋒隊和黨衛軍等組織的人，開頭都是經過精准、嚴格和考究甄別。於是，由血統、形貌到學歷、修養、談吐和氣質，全都是考量的條件。這樣出來的黨衛軍人和風紀，就更加是眼高於頂、盛氣凌人和不可一世。

在這樣精心的策劃、鼓吹、造勢及「選拔」之下，希特勒核心部隊的地位不但高人一等，氣勢和權勢更是凌厲空前，難怪在後來的許多小說、傳聞和電影故事裡，表現出來的納粹軍人形象不是明眸皓齒、氣宇軒昂，就是冷酷無情、叫人心寒膽顫，而這樣塑造成的整齊高雅、沉默寡言和潔癖形象，不知道是不是一種理想和模範來的？不過在殘酷的戰爭裡，這樣高貴又冷酷的神態和形象，卻也真的是使人不敢正視之餘，又有相形見絀的感覺。難怪後來一些權力的追求者和享用者，也會在自覺和不自覺中欣賞他們這一套，甚至去比較和效法他們，然後在澎漲的虛榮心裡得到另一種滿足。

風光

當然啦，這些「美譽」也許是被過分誇張和美化了，但實際上，納粹軍人裡也確有不少青年軍官很講究儀表和風範。他們穿戴整齊潔淨，連手指甲也修得細細和美美的；他們的高筒皮靴擦得烏黑晶亮、一塵不染，雖然沒有騎馬，但皮靴上安裝的馬刺，也只是為了更加的耀眼和引人注目罷了；他們的鋼頭盔是流線型的，黑鏘鏘的很有威嚴和神氣；而他們的武裝帶寬大、貼身、緊束，突顯出身形的矯捷英偉，又講究了一絲不苟。尤其是筆挺的軍服上，經常佩綴有軍銜、軍階、鐵十字勛章和各式鈕釦、飾物，無時不刻的強調著官階功名和突顯出軍人的榮譽感，這種注重形象和神韻的風尚，又激勵和征服了不少年青人好強、好勝與攀比之心……

看到了吧，希特勒就是這樣，時時處處用心理和精神的治人之術，俘獲更多的年青人為他的帝國服務。

其實，納粹軍人裡有不少就是出身富貴家庭，或者受過良好教育的，他們本身或者就是音樂家、藝術家、鑑賞師、教師或者有學識的人。

難怪了，難怪這些人除了外表的懾人心魄之外，平時的行為舉止和談吐交流，也不乏表現出謙謙君子的風雅之態，因為本身有的就是紳士、學者和文化人來的，於是，不管是真情還是假意，不管是自然還是做作，能這樣包裝和重視外表，能崇尚文化和表現高貴，自然就博得一些人特別是婦人、少女和青年人的歡心，甚至還引來不少人的羨慕、效仿與追隨，這又成了它儘管是罪行罄竹難書、惡名遠播，卻又是魅力四射和迷惑人的原因。

真是奇怪啊，自二戰結束以來都幾十年過去了，世界上對這段歷史已經蓋棺論定，人們也有了共識，但是納粹軍人曾經的一些「風光」，還是令有些人津津樂道，無它，最少就有上述諸多「唯美」的因素在「作怪」，而這種種情意結，未必是戰爭性質上的追崇，也許只是形式上的一種嚮往罷了。

內地的文革中，初期紅衛兵就有彰顯血統論的現象發生。那時的高官權貴之後，是社會上另一類青年新貴，他們平時養尊處優，在生活中享有某些特權，很是高人一等。文革機會來了，一些早期的紅衛兵組織就以他們為馬首。於是，受血統論影響而出現了一些跳躍思維和反叛行為就不奇怪了。

記得文革初期，紅衛兵剛剛興起，血統論一時間就塵囂日上、不可一世。那時最出名的口號是「老子英雄兒好漢，老子反動兒混蛋」，以及「龍生龍、鳳生鳳，老鼠的崽子會打洞」和「鬼見愁」之類。雖然紅衛兵血統論的內容與納粹的風馬牛不相及，但本質是相同的，就是要營造組織純淨和忠誠的氣氛，彰顯精英和高尚，追求不同凡響和高人一等，以區別或駕馭普通大眾甚至是敵對階級，造就出「革命」的震懾力……

在這方面，那時候有些紅衛兵的做法就可說是如出一轍、異曲同工了，只是沒有當時納粹的那些基礎和條件，無法做到類似高級制服、裝備以及背景等等罷了，所以到最後也只是曇花一現，作鳥獸散。但是，當時在一些年青人的心裡，對組織和形象的嚮往與追求，卻是想得很呢。

我那時還小，但也接觸過一些紅衛兵。他們是年紀越小的就越羡慕軍人的「風光」，而且也愈想要標新立異、區別大眾，鶴立雞群、一鳴驚人。不過礙於國情與時勢的不同，他們的裝備就只不過是父兄穿過的舊軍裝而已，這基礎和條件雖然不同，性質和優越感卻是一樣的，而且別看身上都是舊軍品，但一般人是搞不到、而搞到了也是沒資格穿戴的，他們必須是革命者的後代。

於是，那些軍裝是越舊的越好，洗得發白的更好。當然還離不開配上舊的武裝帶、軍鞋、軍挎包、軍帽，還有紅衛兵袖章及紅語錄等等。別小看了這一套「時代」的行頭，在那個時候，這些便是最權威、最霸氣和最有震懾力的裝備，而且是真正的不可一世，人人懼怕，穿戴起來不啻於雷人傲世，完全不遜色於二戰時期的黑衫軍、褐衫軍……難怪那時候的紅衛兵人皆是一代天驕，是連軍人、警察也比之不過的天之驕子，連偉大領袖也要支持他們……

說真的，那時候的我就非常的羨慕他們，那些紅衛兵。

儘管我是黑五類子女，與紅衛兵有著天淵之別，還是他們專政的對像，但這也說明了虛榮心、榮譽感和崇尚英雄的心理，不論在哪個時代，都一樣是吸引年青人、迷惑年青人和感染年青人的。尤其是年紀還小的時候，那時又沒人指引，當然的，我就不分青紅皂白的去羨慕和喜歡了。

光明

是的，只要是年青人就會有活力、熱情和幻想，只要在成長中就會有上進心、奢望和追求，那麼，對當時納粹所表現出來的「風光」，對後來紅衛兵所張揚的「激情」，對洶湧澎湃的洪流產生了一知半解的興趣和嚮往就不奇怪了。這些慷慨激昂的情緒及追求潮流的事，德國青年有過，紅衛兵有過，我們當年有過，還有世界上不少地方的青年也一樣有過。而且是以前有、現在有、以後也還會有。雖然有時候只是想想而已，好奇而已、感興趣而已，甚至只是想湊一下熱鬧罷了。雖然一些念頭還沒有做出來呢，或者是不可能做出來，但這已經是一種追捧潮流、崇尚威風、渴望權力和表現儀態的虛榮心理作祟了，它們時常表現在各種好奇和興趣的玩事上。

就像謝同學吧，還有我的孩子，甚至有同樣心態的其他人，他們雖然在玩著這樣那樣的收藏，但不也一樣是好奇心在作祟嗎？雖說喜歡的只是軍人的小物品，小故事，但也必定與那些一知半解的歷史有關，與當年的「風光」及霸氣有關，與後來一些傳聞或者故事裡的加油添醋和神神化化有關。這就是我知道了孩子們的喜好以後，會重視而且主動的貼近孩子，又給他們及時說事的原因。因為這時候能及時的了解他們，正確的引導他們才是重要的，就像前面一開始說的，要防止他們鑽到牛角尖裡去，甚至是走火入魔了……

畢竟，納粹的「風光」是不風光的，就像紅衛兵的「革命」也非革命一樣。有了正確的認識，再來玩這些收藏，就有了檢討和正視歷史的機會，這樣的收藏和把玩軍品，這樣的軍迷行為，才讓人放心和稱譽，才會有意義。

是的，事情已經過去多年了，我孩子的興趣後來又有了改變。

先是他們漸漸成長了，能熟練的使用電腦，再需要什麼資料就自己直接去網上拿，我這裡反而是江郎才盡，再也掏不出什麼東西來了。

還有，這興趣的事有變化也是正常的。孩童時孩子愛塗鴉，然後是看圖畫書、電視和畫老夫子，再就是閱讀了，那時常看哈利波特、衛斯理和「飢餓遊戲」一類的書。到了後來，有一段較長時間的愛好是畫四格漫畫……而「軍迷」的興趣，也許就是這樣的鋪墊、交集和積累而來。後來，孩子們就要考大學了，他們對軍品的交流分享也不過維持了一年多而已，然後就各自投入到緊張的學習裡去。至少我的孩子在放棄玩軍品以後，就許久也不再見他提到與謝同學的互動了。然後，他們又分別考上了各自的大學，大家的生活軌跡就又開來，這是很自然的變化。

其實，孩子們如果把那段交往當為是中學生活的回味，也是挺美好的。只是孩子與謝同學久沒聯繫了，不知道謝同學是否還熱衷於那些小軍品的收藏？不知道他又有了些什麼新的愛好？不知道他現在又怎麼樣了……

作為家長的，我只是慶幸有機會用「路上進補」的方式，「參與」了孩子們當時的一段興趣活動罷了。而那種交流與分享，也讓我回味了以前不一般的軍迷生活，如果我那些看書、想像和迷幻軍情也算是「軍迷」行為的話。而在當時，我能給孩子們一些比較客觀的歷史知識，能建議他們去找些什麼書籍、參考什麼資料、看什麼電影、作什麼評判，能把納粹軍人的優劣和真實面貌揭開來，讓他們有確實的認知和思考，那也是一種家長的責任和榮幸。

記得，當時我跑了好多趟圖書館，翻看二戰歷史和第三帝國的資料，給他們提供了許多更準確的信息和有趣故事。尤其還告訴了他們，原來，在納粹黨人裡也是有真英雄的，這些真英雄從組織上來說也是納粹黨人，但他們沒有「風光」的制服與外表，沒有表裡不一的面貌，沒有血腥的雙手，而只有默默的、大量的冒險工作，他們的工作是與納粹軍人背道而馳的，因為，他們在戰爭裡努力的從那些集中營裡，從納粹軍人手裡，從日本法西斯軍人手裡，救出了成千上萬的猶太人（波蘭集中營）和中國人（南京大屠殺），他們就是納粹黨人裡的辛德勒和拉貝（看「辛德勒的名單」與「拉貝日記」）。

從這個定位上看，同樣是納粹黨人的辛德勒與貝拉，他們不就是二戰裡反法西斯的英雄嗎？

……

這篇文章，只是一個回味而已。

希望當年那段小小的「過去」，能讓孩子他們一通百通，在以後的繼續愛好和探求裡，有明朗和健康的路徑走——那就是尋找歷史，尊重歷史；還原真相，理解真相；這樣才能走出一片光明來。

如此而已。

第十八篇：活著

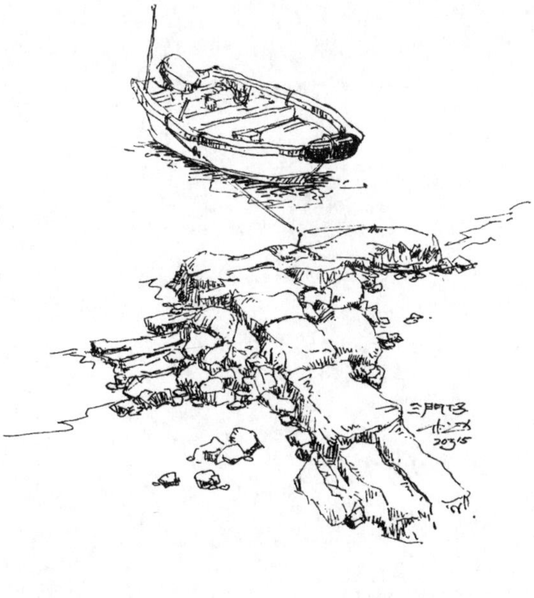

第十八篇：活著

活著

那天上學路上，孩子突然問了一個頗難回答、但又很多人會有的問題：人，為了什麼活著？或者是說：人，為什麼要活著？

孩子說是看書看來的，那本書裡的幾個角色，在這個問題上說著說著就吵了起來，而且各方的說詞翻來覆去，冗長又累贅，還很不好懂，結果繞來繞去的把就他都繞糊塗了，到最後還是弄不明白怎麼回事，也不知道哪個角色的說法才對。於是，孩子就想從我這裡得到一個簡單又明確些的答案：「最好是能夠用一句話就把它概括出來。」孩子還這樣說。

老實說，別看只是一句隨隨便便的問話，但這個問題卻幾乎與「說道」一樣的糾結、複雜和難以表述。那本什麼書，像這樣的問題別說孩子看不懂，就是我，我想我看了也一樣是不明白的。因為太多的人問，又太多的人答，而且這個問題是不同年紀的人，不同際遇的情況，不同時候的想法，說出來都不一樣，很難有標準和統一的答案，更別說要概括它了。

其實，問這個問題的人，應該是各有各的背景與際遇，而回答的人，又未必與問者有同樣的立場，或者同樣的心境。所以一聽到這樣的問題，我就知道又會是沒完沒了的交談，與以前的「說道理」一樣，因為這個問題裡包含著許多不明因素，那些不同的生活內容、生活追求、生活經驗和生活感受呀，還有許多科學的、哲學的與佛學的說法在內，等等。老實說，就連我自己也從來沒有認真的去想過這個問題，我總覺得生活就是生活，人活著是不需要太知道原因的，不然，鑽牛角尖去找答案就是多此一舉，太累和太無聊了。

說這些問題多此一舉，是因為它有點像「先有雞還是先有蛋」，以及「老婆與母親跌落水，先救哪個」之類，有無聊、執著和鑽牛角尖之嫌。就這樣，由一些假設性的問題開始，我與孩子便一路上不緊不慢的聊了起來，好在是「路上進補」的形式，隨意又輕鬆，於是，這話題又讓我們聊了幾天。

本來嘛，有些假設性的問題也不是太難答的，主要是看什麼人、在什麼地方，又什麼時間，有什麼背景或者條件罷了。而且它既是沒有標準答案，大家就可以各取所需、放開心態，無須太認真計較，我就是這樣告訴孩子的。

就像「先救老婆還是母親」這類問題，那要看是誰問的，或者答者是誰，然後，把最好的答案留給他們，有時討好當前才是重要的。因為是假設性的問題，又不是真的，只要讓來問者開心就是了，何必太認真了自找麻煩？所以，通常對這種問題，應付過去就算了，不必太費心。至於什麼才是最好的答案？沒有最好，沒有都好，也不一定是被救的才好，全看你怎麼利用環境、捉摸心情、「討好」各方而已。

比如說情人問你時，身邊還有一大幫人圍著看熱鬧。你大可理直氣壯的說：「先救母親！」。盡孝道是沒二話的，沒有人會說你不對，也沒有人敢說你不對。然後轉身又對情人堅決的說：「我再跳下去與你一起死。」

於是，有救母親的坦坦蕩蕩，又有哄情人的甜甜蜜蜜，這還不把她們都高興死？這下子，不但兩邊都討了好，連看熱鬧的大家也被感動了。這就是勉為其難的兩全其美，有些人就是追求這個效果的，是不是有些無聊呢？

那麼，再來說說「人活著是為了什麼」。

其實，這個問題是有許多答案的，而且也來自不同的背景與際遇，沒有人能答得完美，又沒有人能答得周全。一句話，這個答案沒可能令人人滿意。

比如成功的人和失敗的人，答案就不會一樣。比如那些商人、學者、政治家，那些有錢人和大人物，那些詩人、革命者或者人上人，甚至是那些佛家、道士、玄學者，他們說的與平頭百姓又未必一樣。像我們只是普通人而已，當然也有自己的說法，不必人云亦云。所以這裡，我只能說說自己的理解罷了，至於對與不對，也只能作個參考，想必各人心中有數。

就拿我們小人物來說吧，我們的生活比較簡單。簡單的意思就是生活簡單、頭腦簡單、要求簡單、滿意度也簡單。相比之下，我們在生活裡比較容易得到滿足。當然了，這只是比較而言，指的也只是多數普通人而已，而許多人的「容易滿足」，也不過是在無奈和沒得選擇中罷了。

如果人活著是快樂的話，是一種好的享受，那麼許多人活著便可以說是為了「快樂」了，至少這是小人物的簡單說法。但如果人活著是痛苦的，常常處在艱辛、掙扎和絕望的環境裡，那想法當然就不同，這裡面會有著許多的辛酸和無奈，而答案裡如果說出了「生不如死、生無可戀」的話，也就不奇怪了。

如果是返老還童的人，他們經歷過大風大浪，一切都看化了，甚至就會說出「吃飽穿暖」、「歲月靜好」這麼原始的願望也不定，直接就回到了起點。

所以啊，什麼樣的答案都有，就看你是什麼樣的人生罷了。

快樂

說到了這裡，又要說一些哲學的問題了，那就是：快樂，從何而來？

其實，快樂並不是一種具體的東西，可以拿給你你就快樂了。快樂是無形的「東西」，是有對比而存在的。而且，快樂只是心裡面的感受而已，它是一種感覺，存在或者擁有的時間也很短，所以用了個「快」字來表示很快的過去。

生活裡，有了一波的快樂是不夠的，還要有下一波的到來。一次性的快樂不算什麼，一波又一波的快樂才真正是美好和令人嚮往。所以，在某些意義上說，那些長時間存在的快樂，或者經常擁有的快樂，已經不止是快樂了，它應該叫做幸福。在生活裡，能擁有幸福的人不是太多，但快樂卻是人人都可以享有，許多小事上都可以享有，只是多與少而已，是輕易取得、還是很難得到，是經常擁有、或者少得可憐的區別罷了。

再說下去又有關心態了，而那些心態上的學問，哲學家和佛學家們會告訴我們，這裡就先放下、繞過去待後面再說。

生活裡，對快樂最簡單和直接的理解是：它往往是對比不快樂存在的，對比諸多痛苦和失望存在的。於是，一些虛榮、贊美、攀比和優勝能使人快樂，占了便宜也能使人快樂，就算是小小的失而復得，更可以使人快樂。而真正快樂的擁有，又往往要靠自己爭取而來，它與自己的努力和付出有關，而且是很個人化的享受，別人未必能夠理解和體會，也就是說，快樂可以感染，但又未必能夠共鳴，這與有無投入理解和切身體會有關。

嬰兒剛剛出生時，餓了冷了就會哭鬧，這種哭鬧就是他最初的爭取和付出。然後，得到了奶水和懷抱（或者食物、衣服、被褥），他飽了暖了舒服了，那種快樂就反應在甜甜靜靜的安睡裡。

逐漸成長了，慢慢懂事了，他追求的首先仍然是溫飽，有了基本的溫飽以後，身體舒服了才會想到要其他，因為這只是生命存在的基本需要而已。這時候他的意識在逐漸形成、積累與變化，許多最初的需要還只是生存的本能反應罷了，到了產生意識和有知識時，他就開始會不斷的努力爭取一些更好的生活。於是，「生活」就是生命的存在，也就是活著。

人開始出現的欲望是本能的，就是要生活的好一點而已。如果有別人可以比較的話，他自會去作此較，然後衡量自己，盡量去爭取和得到與別人一樣的東西，甚至是追求更好，這是正常和健康的情況。

這時候，就算他還沒有知識、還不懂道理，但也一定會意識到原來啊，一些「得到」是快樂的，不差過人家是快樂的，而這種得到是要用「付出」換來。但付出卻是辛苦、疲累、甚至是不情不願的，這就是比較和認知的開始。

很快的他也知道了，原來付出的代價越大、越多，得到的快樂可能就會越大和越多，甚至會感到愈難得到的快樂就越珍貴。這種認識可以無師自通，在生活的磨練裡得來，而更多這方面的學問和智慧，是需要學習和積累，是需要在具體的生活實踐裡自己體會。

於是，這裡就又需要回到原來的話題了。

人出生了，然後是一路走向死亡。

這說法無疑太直白了，但又是一個事實，只是簡化的太不像樣了。但這說法裡被省略掉的，恰恰就是最重要、最豐富多彩、又是最變化莫測的東西，過程。我們的生活，就是糾纏交集在這個過程裡的。過程，這裡有許多痛苦與快樂、失意與得意、成功與失敗、惡了與善了。在這些好與壞的煎熬之中，有許多問題和現象是辯證的，所以必須在這個時候告訴孩子，讓他有所認識。

活著是為了什麼？首先活著不是自己的選擇。當初進到娘胎，活不活著只能說是天意。沒有一個人（嬰兒）能事先就計劃好或者準備好，然後就來到這個世界裡「活著」。當然啦，這裡不包括佛學與玄學方面的說法，那些輪迴、投胎與轉世等等，是另外的學問，也未必個個認可。

嬰兒在來到這個世界之前，還沒有意識，還不能算是「我」，所以當他有了意識、成為了我、又懂事和能思維的時候，活著是為了什麼就各有各答了。不信？你問問那些家徒四壁、窮得有上頓沒下頓的孩子，他那時的活著，可能只是想吃飽穿暖而已，至於以後的，以後再說。你再問問那些生長在富貴家庭裡，要什麼有什麼的富家子女，他們的活著可能會要天上的月亮也不定。這怎麼去比較呢？

在這些孩子來說，追求雖然不一樣，但快樂的感覺卻是一樣的。窮孩子得到一塊麵包、一粒糖、一雙鞋子、一個書包，和富孩子得到一輛轎車、一艘遊艇、一座別墅、一個王國，那快樂是一樣的。窮人，尤其是那些貧苦、凋零、落後、無知的人，他們的世界很小，他們活著究竟是為了什麼呢？如果問我，讓我替他們回答，我還真的不知道要怎麼說才好。而且無論怎麼說，也決不可能是好答案，就像讓我去揣摩水裡的魚快不快樂一樣。

也許，在窮人的世界裡，他們最需要的只不過是有一個健康的身體罷了，讓他們在謀生時能倚仗著這份健康，去吃苦耐勞和應付許多的困難與困境，以求得溫飽和生存的機會。做到了、得到了，這便是他們首先的快樂。不是嗎，窮人們的最初快樂，也許僅僅是謀生和求生而已，這就是窮人的責任。他們只有健康的生存下來，才能進一步去爭取其他，包括了照顧父母、妻兒及兄弟姐妹……

於是，問題又回到了原位：大多數人的謀生，到底是為了什麼呢？好像還是沒有答到。

過程

人的生命，從起點到終點，走完了這個過程就叫做人生。而由出生之日起，又一步步的走向死亡，這又是生命和生活的必然之路，沒有人能夠例外。

這其間，生命的豐富不豐富、精彩不精彩、值得不值得、滿意不滿意，就都在這整個過程裡了。許多人都知道要努力爭取好的，但能不能得到，就只能在最後的日子裡用命運來評判。所以，就有謀事在人，成事在天的說法。

有人生命的過程很長，但不一定好；有人生命的歷程很短，但也不一定就壞。這裡面有很大的一部分要看他生活的快樂不快樂、滿足不滿足。所以，快樂常常也被叫做「快活」，快樂的生活、快樂的活著。因此，如果執意要問人「為了什麼活著」，那麼得到的答案可能就是「為了享受生活」，也就是為了「快活」了。

這享受生活，必須包括長的生活和短的生活；好的生活和不好的生活；有成功結果的生活或者是失敗結果的生活；還有得到的和失去的、以及痛苦的和快樂的生活等等，這才是完整的生活。

這裡面，有人成功了，得到了很好的結果，那麼，他可以說是生活的燦爛輝煌，其實那些豐富與精彩，也是要用許多吃苦和付出換來。也有人相反，他失敗了，甚至後果很狼狽、悲慘和不堪，但在曾經擁有的過程裡，他也許會一樣的轟轟烈烈和豐富精彩，只不過是沒有了後來的輝煌而已，這就輪不到他吹噓和炫耀了。不過，在吃苦和爭取的過程裡，他也一樣享受過快樂。所以，只要希望過、努力過、爭取過，失敗的也只是結果而已，而那些過程還是有收獲的，那就是一些來之不易、完全自我、不為人知和更為寶貴的快樂。如果能夠這樣理解的話，也就不枉在人生走了一場，也就不太在乎失敗了。

可以說，許多人就是為了那些，那怕是少少的、短暫的快樂而活著的。

由於快樂是內心的感受，雖然每個人快樂的內容不一樣，但快樂的感覺是相同的。也就是說，生活裡富人與窮人的快樂，大人物與小人物的快樂，過程中成功者與失敗者的快樂，回味裡曾經得到的或者失去的快樂，那種感覺和享受是一樣的。在這點上，老天爺對我們還真是公平，因為從某種方面看來，在快樂面前、在享受上面，快樂的感覺也是人人平等的，尚若能如此來看活著，就可以豁達和灑脫些了。

於是，我們不必太執著於一些得失和成敗，也不要太在意著一些痛苦與快樂。只要生命尚存，路未走完，就仍有機會。那怕還在困境裡、苦難中，那怕仍是痛苦和不堪，但快樂仍是存在我們身邊，甚至當我們減少了欲望、降低了要求、退而求其次之時，每度過了一個小小的坎，就仍能享有小小的快樂。生活，常常就是這樣一小步一小步挪過來的，而生活的道理也無時不刻的告訴我們：一切都在變化中，一切都在希望裡，痛苦和不幸，常常就在孕育著快樂，而這些快樂就隱藏在未知裡。

說到了這裡，又要告訴孩子一個重要的認識了，那就是生活中，痛苦與快樂常常是交集在一起的，它們既是冤家對頭，但又難分難捨，似乎有著一種共生的關係，使它們相輔相成、苦樂與共，這可以用辯證法來說明。

辯證法告訴我們：快樂來自於痛苦，痛苦孕育著快樂。不是嗎？生活中每一個人都有欲望，富有富的欲望，窮有窮的欲望，強有強的欲望，弱有弱的欲望。只要有意識，只要有思想，只要是「我」，就必定會有欲望。

那些有可能實現的欲望，通常我們會把它叫做理想、願望和希望等等；而那些沒什麼可能實現的欲望，就會被叫做是夢想、幻想和妄想了，這是人們自知之明的說法。理想和希望實現了，人們自然會快樂；夢想與幻想實現了，就更要用「驚喜」來形容了，因為那往往是意想不到的。人的欲望能實現就高興，這是基本的快樂，但這快樂只是滿足一時而已，所以又會有新的欲望產生，然後再期待新的快樂到來。如果能這樣不斷的延續下去，當然就是快樂的生活了。

然而，生活並不是這樣簡單，許多欲望不是想要就有，而是要刻苦奮鬥和努力爭取，還要天時地利和緣分時機。就算是做到了、做好了、做足了，也還有許多精神上與心靈裡的磨鍊要付出：像等待啊、忍耐啊、焦慮著急啊、擔憂害怕啊等等，甚至是屈辱、情急、渴望、壓抑和患得患失、惶恐不安……這些都是痛苦的，而這種精神和心靈上的痛苦，甚至比身體上受到的還要難受千百倍。但就是這些，這些來自身和心的痛苦，在時時孕育著欲望裡的快樂。

所以啊，生活裡，人的每一點快樂都來之不易。我希望孩子能這樣想，然後，以後就會耐心的去爭取每一種快樂，珍惜得到的每一點快樂。

「怪不得啊，怪不得有一句成語叫做『知足常樂』」，聽到了這裡，孩子就回應了這句話。

好啊，這說明他是聽進去了，而且還有所理解。

不過，我也告訴了他：「知足常樂」不僅僅是普通的成語，它甚至還是高智慧的禪語，它來自生活經驗，又包含著深刻的哲理，看起來很容易明白，但要做到就不容易了。因為人的欲望，天生就是不易滿足的，所以又有句話叫做「欲望無窮」，正面的說法就是「志比天高」、「壯志淩雲」等等。

比如說吧，「人到無求品自高」、「無私即無畏」、「無欲則剛」等說詞，都是大智慧和高境界的學問，都說到了人的修養、品格和風尚，但真正能做到的人，真正能做到的時候，真正能做好的事情，卻是不多，因為那些都已經是聖人的行徑了，是作為一種境界的標準和要求，讓人引為楷模罷了，至少可以用來警醒、鞭策和告戒自己：要知足，才能常樂；要無求，才能無畏。

生活中，如果我們能有自知之明、適可而止；如果我們能反省己身、謙和恬淡；如果我們能豁達低調、從善如流，等等，那麼，我們的快樂就會多一點、長久一點、和美好一點。

然後，我們就會珍惜和享受每一點快樂。

希　望

到底人是為了什麼活著的？說了這麼多，好像還是沒有能夠完整、明確的說出來，說通它。這實在是太難了，因為各種人會有各種不同的說法，而各種說法又都有各自很好的理由。

不過，面臨死亡的人，他們又會怎麼回答呢？也許，人只有到了最後的時刻，才會認真、全面、回顧的去思索一下這個問題。因為這個時候，已經是一種對「人生走一回」的最後檢視或反省了。

但是，像這樣的問題，就是想到了又如何呢？想通了又如何呢？想對了又如何呢？到了那種時候，什麼都沒關係了，而平時，卻是不在乎的，每一個人都幾乎是這樣。所以，前面早就說了，問這個問題還真是多餘，很有點多此一舉的意味。

其實有許多人，對於為了什麼活著還是有想法的，不過都很簡單樸素，不過就是為了「希望」而已，也即是前面說過的欲望。而這些人，也確實是為了心中的希望而活著的。只是這樣的想法太過平凡，既普通又不浪漫，所以粗俗膚淺到不像是答案，也沒有人會信以為真罷了。

是的，人為了什麼活著？不就是圖一點快樂嗎？但快樂存在希望裡，而希望又是未知的，它只有實現了才是快樂，如果實現不了，那它就是痛苦的了。所以，活著必須是先懷有希望，然後去努力爭取，再經受一些痛苦的磨練，這就是人活著的所思與所為。可以說，人就是倚仗著無數的希望、大大小小的希望、一個又一個的希望而生活下去的，這裡面又孕育在許多的未知裡。

不要説活著是為了世界和平、人類幸福和自由平等這些漂亮話了，這些偉大目標基本上是政治家和革命者説的，在説這些空洞的豪言壯語時，他們基本上不是人，而是神，就像是未來的救世主一樣。所以這些人必定不會多，他們也代表不了我們。而一些宗教信仰，或者像「活著就是一種責任」和「活著是為了愛」之類的華麗詞藻及詩篇，也不屬於我們。我們只是小人物、小百姓而己，那些説詞本來就與我們的實際生活無關。

我們關心的首先是溫飽，只有能維持基本生命了才能去講其他。許多人連溫飽都做不到，但仍是努力爭取生存，這樣辛辛苦苦的活著是為了什麼？不就是懷有一點生存下去欲望嗎，不就為了明天會更好嗎？儘管這些欲望能否實現還是未知數，但畢竟是希望來的，它需要時間、機會和緣分去實現。所以，就算是再窮苦不幸的人，一旦懷有了欲望，他們就能夠忍耐、等待和堅持下去，這就是人們活下去的理由，也説明了人們為什麼要活著，只不過為了能活著而已。

連不幸的人都可以這樣做了，那些比他們好上很多的人，不是更應該這樣做嗎？為了希望而活下去！為了活著而活下去！就是簡單至如此而已。

反過來說吧，一個沒有了希望的人，就像死了的人一樣。如果某些人、某些事、某種情況使他萬念俱灰，覺得生無可戀，那麼，他唯有死。希望沒有了也即前途沒有了，到了這時候活著還有什麼意思呢？不過是行尸走肉罷了。那麼代入去想想：一朝什麼希望也沒有時，什麼追求也不用時，那時不是「品自高」，而是活夠了。

這個世界上，對許多人來說生活其實是很辛苦的，要取得一些快樂付出的代價很高。如果不是存有這樣那樣的希望，那生活真的是很無趣和難熬。老天爺為了讓人能活下去，就給了人一些希望，不論是多麼微小的都好，只要在未知中隱藏有希望，比如說明天吧，那些永遠都有的明天，那麼就可以讓人追求下去、爭取下去，或者等待下去、期盼下去了。這時候的希望，就是源源不絕的生命動力。而它們，就在一個又一個的明天裡。

其實，「希望」這個詞，在這裡是可以「百搭」的。

人生裡，每個人生活的條件、背景與環境不一樣，希望和追求的內容也就不一樣。當用希望來表現活著的目的，或者用追求來指示奮鬥的方向時，人們在回答「活著是為了什麼」這個問題，答案自然就會有所不同。

所以，別小看「希望」只是小小的兩個字，其實它們好像是千軍萬馬，又仿佛有千萬斤重，可以撐起個人生活裡的整個世界。擁有了它，就擁有了未來。未來雖然充滿了未知，但因為存在著希望，所以活著就有了意義。

想到孩子要求我可否用一句話來概括「人為了什麼活著」時，看來只好用「希望」兩個字了，那就是「為了希望——為了各種各樣的希望。」

這就是目前我可以勉強告訴他的。

痛快

「人，原來是為了希望而活著的。」一默唸著這句話，孩子將信將疑又若有所思。見此我又概括的告訴他：嬰兒時不懂事，只是為了吃飽穿暖而已，那是原始的欲望和生存的欲望；長大些會想事和學知識了，便開始追求，就是簡單至與人攀比和想讓人稱贊，也算是一種孩童的欲望；進而踏入了社會，找一份好職業、謀求一個好環境，以圖賺取更多的錢和利益等等，就更加是成年人的欲望了；再下去，結婚生子、孝順父母、培育後代、貢獻社會等等，或者再多些什麼什麼的，這已經一個好人、一個正常人的生活表現和追求了，就這樣全都表現在一個階段又一個階段的欲望裡。

順利的話，人生就是這樣一步步走過來的，希望也是這樣一次次更換。直到有一天沒有了希望：或是樣樣滿足、立於頂峰上無欲無求了（其實很懷疑有無這種可能），或是事事碰壁、萬念皆灰到了絕望的地步，那就不再追求什麼了。人生走到了這裡已經是盡頭，生命便可以完結，難怪漢字裡有一個詞叫做「完蛋」的：「蛋」是指誕生、初生，「完」則是完結、了結，這樣就把人的一生都概括了，真是簡練至極。

「完蛋」雖然口不擇言、粗俗不堪，但也一針見血，概括的說到點上了。

其實，這樣一步步走著、一點點改變的人生軌跡，是自然不過的事，在這整個過程裡，希望永遠是我們生命裡的一種追求和需要，這時的富人和窮人，好人和壞人，老人和小孩，成功者與失敗者，這種需要都是一樣的。

看看那些沒有希望的人吧其實真的有這種人嗎？他們連一點點希望也沒有了嗎？或者是這種人還正常嗎？，這是給孩子解說時我又突然想到的。

理論上，沒有希望的人就沒有明天，也不在乎將來，因為已經無欲了，便也無求，而且心如死水、沒有波濤，不再會激動和沒有了感覺。於是，這種既不悲傷煩惱也沒有歡樂期待的人還能夠活著，不是植物病人或傻瓜，就是神仙了。不過神仙也是有所求的，聽說有的神仙還想修練升級呢，那他們就只能是聖人，是人們塑造出來的超人類，這種人就算有，也是高僧或大佛。

我們只是人而已，很普通的人，大眾化的人，芸芸眾生的人。只要給我們一點點的希望、念頭或夢想，就是我們活下去的理由，就是我們活下去的動力。於是，如此來理解「活著是為了什麼」，是不是會好懂些和好說些了呢？

不過，到了這時候，我也仍會有搞不懂的某些佛理：就是不明白佛家學說裡為何要教人們「無欲無求」？還說那是一種生活的至高境界。那不就違背了大自然嗎？那不是抗拒著天生和本能嗎？而如果真的做到了無欲無求，那還是人嗎？那幹嗎還要來到這個世上呢？那活著還有什麼意義？尚若如此，那麼關於「人活著是為了什麼」之類的答案，恐怕又會是另一種說法。

難怪我們不懂。

糊塗啊、矛盾啊、不解啊、抓狂啊……我只是知道，在知識、學問和道理上出現了矛盾的時候，就是時間或者空間被錯開了、扭曲了、擾亂了，它們必定不在一個維度裡。所以看似在為孩子解答問題，其實我自己也不知不覺的陷了進去，因為講著講著，許多問題我非但答不出來，甚至還無法自圓其說了。

真是好笑。

儘管如此，這裡還是要給孩子概括一下的，人生的大道理人人都知道，那些就不說了。這裡，就當是上學路上的進補好了。說的，還是些欲望的話題。畢竟，人是在各種欲望的間隙裡活下來的。

生活中，我們有許多常用的詞匯都與苦樂有關，像「苦樂參半」、「苦中作樂」、「苦事樂做」、「苦盡甘來」等等。而其中的「苦盡甘來」最能說明「苦與樂」的密切關係、相輔關係和必然關係，在某些事情上它們相互關聯，證明著苦往往就孕育著樂，因此它們也常常是秤不離鉈、鉈不離秤兩不分開。

不是嗎？我們追求快樂、享受快樂一定先要付出，這付出與收獲還不一定成比例，而各種各樣的「苦」和「樂」也是有時有候的，它們還有物質上和精神上的分別，所以，我們常會用「身心」一詞來表達苦與樂的感受。

苦的程度有大有小，苦的時間也有長有短，所以說苦的付出與樂的收獲不一定成比例，這是要看命運或運氣的安排了，人能控制的只有盡量做到知足常樂和心安理得而已。而苦的付出裡，除了艱難環境、條件和情勢等等身體力行的磨練以外，還有苦思、苦念、苦等、苦忍等等心理上的煎熬，就是這些身心的苦難不斷的鋪墊，襯托和積累，才讓人在度過了苦難之後，有著身心的巨大釋放和快樂，而這時候的快樂，已經主要是心理或精神上的享受了。

那麼，順便說一下，在漢字裡，我們常會用到一個詞叫做「痛快」。

有趣的是，這詞就是由「痛苦」和「快樂」兩個詞組成的，基本上表達了人在「身心」上的感受，那就是身體上的痛苦和心靈上的快樂。而這種經過了痛苦磨礪而得來的快樂，很有種乾脆、舒暢、豪氣萬千和大癲大肺的味道，甚而是一種豁出去了的痛快淋漓的感覺。

最典型的例子，是古時候英雄好漢在面臨砍頭的最後時刻，會大喝一聲：「給我一個痛快，十八年後老子又是一條好漢！」，何等豪邁又感天動地與震撼人心，而「痛快」一詞在這裡，就將他與又一次的人生聯繫起來，寄望下去，讓他在痛快裡永生，在永生裡痛快……

不知道是誰那麼聰明和智慧，把「痛」與「快」聯成了一個詞來使用，而這「痛快」兩字連在一起，就說明了很多問題，解釋了許多現象和道理，比我給孩子說的那些要好的多、直接的多，也精煉的多了。更主要的是它冉冉的說明了快樂與痛苦是分不開的，是來自於痛苦的一種巨大收獲和後果。

於是，有了痛快，就可以表現人生裡的七情六欲，就可以嘗遍生活裡的甜酸苦辣，就可以使人的生活更豐富精彩和有意義。這裡面，作為「痛」的有一些折磨，作為「樂」的就有一些享受，它們都是必然的和必須的。於是，它們在生活中連袂而來、身心相映，沒有人能夠例外。

痛苦與快樂，本來就是矛盾的存在和表現，把它們結合在一起來使用，說明了它們不但分不開，而且又是身與心的感受，這就是辯證法的道理，也是大自然的法則。它成全了一直很難講得清楚和想得明白的問題：人活著是為了什麼，不就是希望嗎？不就是痛快嗎？不就是活著嗎？如果要給孩子概括的話，這「痛快」就已經把人生裡的許多欲望、追求、奮鬥和過程都包含其間了。

在佛學知識裡，有一個頗難懂的詞叫做「涅槃」，別說孩子不懂，我也不懂，後來請教了大師，方知道是圓寂的意思。於是，我們小人物走完了平凡的人生，便可以直接的稱為「完蛋」。但那些據說是超越了時空、進入了真如境界的聖者，當他們的智慧和德行都圓滿時，連生死和煩惱也超越了、杜絕了，神化了，即是有了理想和美麗的歸屬，那麼他們這種修成了的正果，就是涅槃了，他們在本世的離去就被尊稱為大般涅槃。

我不會與孩子講這些難懂的「道理」，因為自己也糊塗著呢，所以只講了「欲望」、「希望」，「痛苦」、「快樂」以及「完蛋」和「痛快」之類世俗的說詞，其他更深入的，就等他以後在生活中自己去摸索和理會。

套句佛家的話來說：什麼事都是有時有候的，急不得。

所以，暫時來說，就讓我們為希望和痛快而生活吧，孩子。

第十九篇：童子故事

第十九篇：童子故事

說不清楚

這篇文章，題目叫做「童子故事」，但其實不是說故事，而只是借題發揮，說些有關由童子聯想到孩子的一些教育問題而已，而且也是作為這一系列兒童文章的一個小結罷了。

事緣最近，看到了一本講述童子的書。書中用的是第一人稱，所以讓人看著看著就很有些代入感和真實感，好像說的都是真的。

不過，這本書講述的童子卻不比一般的兒童，而是另有「仙子」身份的那種。在中國傳統文化裡，所謂的「童子」就是指天分或者身份都比較特別的孩子，因為關係到一些宗教信仰和輪迴理論，所以這樣的童子故事雖然活靈活現和生動傳神，很是吸引人，但同樣的也顯得了有些神祕莫測和不可置信，不是我們學科學的人所需要和能夠輕易認同的。

只不過，該書中的童子故事，講到的一些事實和現象，卻又讓人又不得不去認真思考，思考一下我們身邊的一些孩子現象，也就是生活中我們時而會遇到或聽聞到的「神童」現象，或者是天才兒童的事情。雖然這種兒童很少很少，但他們的某種特殊行為或者表現，卻總是與別不同的叫人驚訝和感到了一些不可思議。

要怎樣解釋一些兒童的奇怪行為或不凡現象呢？要如何才能對他們的存在有一個合理的解釋，或者讓人們有共識呢？看來這是直到現在，許多專家和學者都還沒有能夠解決的問題。因為生活裡許多事情，一旦涉及到了奧秘，科學家與玄學家的解釋就總是「共識」不到一塊兒，也許是時候未到吧。

比較常見和明顯的例子，就是一些孩子聰明，而一些孩子愚笨。當然，所謂的聰明和愚笨、活潑與遲鈍、靈巧與木訥等等都是比較而言。有些是性格，有些是表現，有時是環境，有時又是心情，而且對比的也多是那尖端的兩頭，一些很極端的例子而已。

每遇到了這種例子，科學家就會說「與基因有關，與性格有關，是遺傳的問題，是天生的現象」等等。而玄學家們，就直截了當的說到了輪迴上面去了，尤其是遇到了「神童」或者天才的時候，玄學家就會用某種前生記憶，或者一種投胎現象來省卻了許多解釋。

無論怎樣，科學家這個基因和遺傳的理論，與玄學家的輪迴轉世之說，都首先是承認了神童或天才的具體存在，還有他們具備的天生因素。但是在這些說法裡面，到底哪個才是對的？其中有沒有什麼微妙的關係？而它們相互之間在「天生」的意義上，又會不會真的有些什麼不為人知的內在奧秘呢？

直到現在，還是說不清楚。

說明什麼

不過，單是說到了孩童的聰明與否，那比較還是不大。而且，一些某方面「不聰明」的孩子，在另一方面又可能很了不起，只是沒有機會讓他展現出來罷了。這裡面，時候和機會就是一個重大的原因，這甚至常常是連孩子自己也不知道的。而且以後，他也會就這樣被埋沒在不知裡。也許因為這樣，古時候才有了「伯樂」的故事和伯樂這號人物。於是，要是遇到了一些所謂的神童或天才的情況出現，應該怎麼做，那就真的是發人深省了。

首先，我們要承認這個世界上還是有「神童」或天才存在的，用科學家的話來說，他們就是天才兒童。這些兒童的某些表現確實非凡，也就是說他們某方面特別聰明、敏感或者不可思議，而且這種現象是自然而來的，是天賦的。

在生活裡面和我們身邊，這樣的孩子為數不多甚至是鳳毛麟角，但他們的某些行為舉止確實讓人驚訝。而所謂的「天才」就是「天生才能」的意思，不一定全靠學習、培養和積累得來。或者說，這種人的才能被發現後加以引導和培訓，然後發揮和強化了作用，前題是必須俱備有某些天賦。這樣的人在某方面，往往是比常人優勝許多的。而那方面，那個詞，就叫做「得天獨厚」。

但是，這些孩子除了某些方面比較突出、神奇和與別不同之外，平時也還是常人，他們一樣的要吃飯、穿衣、走路和睡覺，甚至他們的有些常規功能還不一定如正常人，只不過他們的一些知識或學問，一些技能或感應，比尋常人更豐富靈巧，更輕易學會和得到罷了。甚至不知道怎麼的，他們就會了、就知道了、就做的很好。

別說偉大的音樂家貝多芬、莫扎特、畫家達芬奇、科學家愛恩斯坦等成功人士了，他們都是人們公認的天才。單只說說我們在一些綜藝節目上看到的天才兒童表演：那些認字的、計算的、聽歌的、背詞的，還有辨認圖像和「一心幾用」，用雙手寫字的天才等等（奇怪的多數是孩童和女子），他們才多大啊？有的甚至還沒有幾歲，完全沒有學習、認識和積累的機會與時間，但他們一些令人匪夷所思的才能、才藝、記性和表現等，就明顯不過的不是可以單靠培訓和努力得來，於別的孩童也沒有重塑性。他們的有些才能，就是連「惡補」、「巧補」或者怎麼催谷強化，在時間和範圍上也是來不及和不可能的。不信，可以另外找一些聰明人來試試，試看能不能光憑培養和訓練，就復製出一個同樣的「神童」或者奇才來。那些說可以將普通人培養出神童、天才或者奇人的，幾乎都是騙子和神棍，別信之。

好了，這也只是說明了「神童」只能是天生的而已，只能是可遇不可求，只能是發現以後及時的加以引導和培訓。且不管這些天才們長大以後會變成怎樣，是有用還是沒用，是發揮了還是沉淪了，但是單憑眼前的神奇表現就很難讓人去學習和復製，也很難有合乎情理的科學解釋。他們畢竟只是極少數、極少數的個別人個別情況，他們在生活的其他方面也與常人無異，連他們的父母親人也會對這種情況莫名其妙，甚至是無知和驚訝。所以，大多數的人對神童和天才的表現也只有驚奇、佩服和不解而已，因為這些人的鳳毛麟角和可遇不可求，就只能在發現時，給於適當的引導和培訓，而無法效仿和復製出來。

於是，這又說明了什麼呢？

順其自然

我們是講道理的，而且，我們要講道理。這個道理，首先就是尊重自然科學，它的另一方面也可以叫做物理。

像歷史的那種還不能算，因為我們常常看不到真正的歷史，它們都是人為審定的，難怪常有「成王敗寇」的說法。而且一些歷史裡面，難免會充滿著王者、講述者和撰寫者的偏見。又有些「歷史」就是看到了，甚至還身歷其境，本身就是其中角色，但也無法肯定自己就是客觀、全面和公正的。何況許多「眼見為實」的說詞裡還有漏洞和假象呢，像面對高超神祕的魔術表演就是。因此，歷史還不能算是鐵定、不變、永恆的道理。

道理是存在大自然裡面的，在萬物生長環環相扣的大自然裡，自有一種天地間孕育出來的物理和規律，它們已經是一種現象，能夠讓我們起承轉合、生存湮滅和代代相傳。所以說，我們遵循的道理首先是在大自然裡，在可以反覆論證、形成規律和逐漸被認識、掌握及應用的科學知識裡。

一些客觀存在的事實和現象，就是道理的內容和基礎，不管是知道的、不知道的、還是未知道的，它們的存在就都是物理和道理的演化過程及結果。在這個物理或者道理中，也許還有許多的奧秘和謎團讓我們迷惑與困擾，還有許多無知和不解讓我們追求和探索，但是我們只要遵守物理了，順應自然了，講道理了，就能心安理得，然後慢慢的明白，或者是繼續的不明白。這不也正是許多科學家以及佛學人士，甚至是玄學家們所一心追求的崇高境界嗎？

於是，我們就應該很樂意這樣用實事求是、開章明義、遵循科學道理的方式，來看待有關「神童」基因抑或是輪迴的一些現象。也因此，又會聯想或探索到更多其他的問題，讓我們有較合理的認知。

比如：那些個機遇、緣分之說，那些個本能、直覺之說，那些個聰明、愚笨之說，那些個命運、運氣之說；當然還有諸多努力、毅力和滴水穿石、日子有功等等問題。更還有天才與白痴、幸運與倒霉、成功與失敗、昇華與回歸種種。據說有時候啊，這些兩頭極端的區別還只是一線之差而已，而解釋不了的時候便也就用緣分、命運或者注定來說之、圓之了。

以上這些問題，彼此間難到沒有一點什麼關係嗎？有時候，這些就是叫做「注定」或者「緣分」嗎？遇到了無奈和無知的時候，我們還需要順其自然、安於天命嗎？或者是說，順其自然好不好呢？順其自然對不對呢？要不要順其自然呢？想想，這也真是個問題。

不過，就把它們當成是「有時有候」好了，不要一概而論。也許，只有因時、因地、因人、因事的去對待、考慮、行為和理解，才會有較好的答案。

或者寧願沒有答案，但繼續探求下去。

怎麼解釋

一個孩子出生了，他天生就俱備了「五感」的器官功能，這五種器官就是眼、耳、舌、鼻和皮膚。據我們所知道的科學知識說，孩子從娘胎裡呀呀落地，最開始接觸世界的是他的觸覺、聽覺和味覺，然後，嗅覺和視覺也來了。它們也許是一起來的，但前後左右那些時間和次序總是差不了多少。於是，總的來說，這些就叫做器官官能感覺。

這些原始的官能感覺，馬上就聚集在心上（此心非指心臟器官），成了孩子最初對世界、對人生的認識，也即是他知識和記憶的「感覺」。

這種感覺也即是意識，它們會累積、記憶、復製和改造，也會變化成潛意識，甚至還會舉一反三和一通百通等等，然後產生出新的知識和記憶來。而這些認識和積累的過程及現象，形成了叫做「意識」的感覺，在科學家看來就是「我」了，而當它們有時候突然閃現出來，常常就被稱為「直覺」或者第六感。不過，對佛學家來說，這意識的感覺早已經就是人的「心識」了，也即是「佛家八識」裡面的第六識，又叫「慧根」、「第六根」。

既然大家都稱這人的意識為「老六」和「我」，那看來這方面的認識，科學家和佛學家也是有共同之處的。

以後，孩童漸漸長大了，他的認知、感覺和知識也漸漸的豐富，然後他就會運用這些知識，去獲取或者製造出更多的知識，形成了更為複雜的「我」，演變成更多的意識和思維。用現在的話來說，人的意識亦即是知識，就是這樣「增值」了，思維也隨之豐富和複雜起來。

一般來說，人就是這樣不斷的在生活中接觸吸收、消化理解和運用知識的。然後這些知識漸漸的就成為了日後的經驗、教訓、學問和思想等等。而最後，它們是以記憶的形式變成了意識和潛意識貯存起來。以後的許多思想、心念、靈感甚至是夢幻等等，都是從這些積累裡提取和得來，無一例外。而人的許多思維行為，都取決於他意識裡的這種不斷積累和變化，這也無一例外。

但是，這裡面還是有分別的。

比如說，聰明一點的人對知識的學習、吸收和理解，就會比較容易和快捷；他的記憶也會比較牢固和特別；他的獲取和質量也是比較豐富、巨大和精深，而這個「聰明一點」顯然就是與生俱來，是一種「得天獨厚」。

假如只是與遺傳基因有關，那麼某些例外呢？比如，一些天才兒童並沒有優秀的父母，也有些特殊兒童的父母很是平庸，還有一些神童其兄弟姐妹一點也不出眾，甚至智商方面都有參差或明顯差異等等。所以，這也說明了一些人的聰明、敏捷或者記性好，他們的天賦或者好惡、習性以及性格等等，不一定非要與父母及遺傳有什麼特別關係。

除此以外，當一些興趣、口味、脾氣、個性和才能等等，甚至還有一些似曾相識的感覺或記憶，在不受周遭影響，沒有悉心培養，而只是憑本能得來的時候，又要怎麼去解釋那些遺傳的因素呢？

天公地道

至於說到了本能，可以說就是一種人的「本來」功能，一種感官意識裡天生俱備的自我保護或者求生能力，通常在表現在一些競爭和創意狀態上。

首先，「本能」就應該是每個人都天生俱備的，是本來有的「東西」。只是實際表現和應用上，有些人的「本能」比較強烈或者靈敏，「它」很主動的就表現出來了。而有些人的本能則是處在弱小、遲鈍，甚至被動狀態裡的，需要在後天的生活裡經過遭遇、磨難或者刺激和催迫，才能得到激發和釋放。這樣，經過適當的啓發和培訓，這些本能也能被發現、發揮和應用了。

只是每個人的「天賦」和際遇不同，本能出現的情況與應用也不同。有些「本能」出現時令人無知和意外，像一些直覺和靈感就是。當它突然在意識、感覺和行為上表現出來的時候，就能讓人迅速的在某種場合、對某種現象、向某些人作出即時的暗示、警覺或反應，這種反應常常就叫做直覺或者第六感，它不但與能力、技藝、思維等創意方面的暴發力有關，有時甚至還能救命。

「直覺」來的時候，常常是沒有什麼道理可講、也解釋不清楚的。而且有些人的「直覺」還相當的準確，相當的及時，相當的經常。雖然有一些直覺似乎是草木皆兵、無中生有，令人不知所措，但是當它們突然湧現的時候，就總會有些蛛絲馬跡，讓人疑神疑鬼、心神不寧……

這是什麼原因呢？是一些生理上的警示嗎？是一些環境裡的預兆嗎？是過分的關注或者緊張所至嗎？或者是心虛、不安情緒的敏感表現？像「事不關己，無動於衷」和「關心則亂」等現象，也許就能說明這個道理。

這真是有趣，也真是可怕，那些學習心理學、研究心理學的人，相信他們就會有更多和更好的理解。不過，生活中常聽有「女人直覺」與「孩子直覺」的說詞，因為在某些事情上，她們常常比男人和成人敏感，作出的特別反應也常叫人意外。是不是女人和孩子天生體格弱小，就比較具有危機感和防範意識？是不是因此老天爺眷顧她們，就賦予她們更多的功能？都說天公造物（包括了人）很公平的，看來還是很有道理啊。

其實，這種現象在殘疾人士身上也有很多體驗。

比如說眼盲的人，他們有特別靈敏的聽覺、嗅覺和觸覺；比如說聾啞的人，他們有的特別靈活的感應和靈巧的手；比如說失去了什麼的人，他們又總會有另一樣優秀的功能彌補回來，讓他們比正常人擁有的更好的運用……

雖然，許多結果是由後天環境和條件變化的壓力造就，是「逼」出來的，但這不也正正說明了「天公地道」的道理和大自然的造化，是公正、巧妙和神奇的嗎？天公，它就是能將一些功能「賜」給迫切需要的人，讓不幸的人能絕處逢生：天公，也則是大自然不讓人絕望的一種規律和法則，它既然讓人來到世上，就會給人以生存的權利和本事。就連神聖至「女本羸弱，為母則強」這樣的道理，不就是表現了母愛的強大心態和動力？不也是「天公」給人的本能所造就成的奇蹟嗎？不就是天無絕人之路的體現嗎？

不過，這些個道理和奇蹟，又要怎麼來弄明白呢？

很難明白

太高深、複雜或者神祕的現象就不説了，就説説身邊常見到的吧。一些孩子喜歡讀書，也會讀書，他們看起來讀的很輕鬆，成績也很好；而另外一些孩子不喜歡讀書或者不善於讀書，於是，他們就算是很努力了、很刻苦了，結果成績還是差強人意，這是孩子們學習生活裡很普遍的現象。許多家長總是自覺或者不自覺的，就愛拿兩者去作比較，甚至還由此衍生出了許多像「不能輸在起跑線上」的説詞，然後就開始在學習和成績上催谷孩子。

其實，這兩種情況是不能作比較的，尤其是不能光拿成績和會不會讀書來比較。更何況，不會讀書、不喜歡讀書的孩子，他可能在其他的方面會做的更好，而且還要在以後、在遇上了機會時才能表現出來與證明得到。

比如説：體育運動、音樂藝術、塗鴉、玩遊戲、做手工、甚至是吹牛皮、講大話等等，只要引導和培養得當，在以後都可能是一種本事來的。人生漫漫長路，不僅僅是讀書而已，讀書只是孩子成長路上的第一道關口罷了。

當然了，起步很重要，但又不是一切，如果過早就拿著讀書和成績來當標準，比較孩子的優劣和衡量以後的人生，那對他們是不公平的。

有句古話不是這樣説的嗎，「天生我才必有用」，這個「必」字相當重要。

每個人都有某種才能，這種才能和應用要看能否被發現，又要看放不放正了位置，還要看對不對時候等等，這些都是條件和機會來的，缺一不可。只有全部都對上了，這種「才能」才能夠發生作用和有用。

這裡面，顯然會牽涉到機緣際遇、牽涉到所謂的運氣及命運種種，那是更加複雜的問題了，但總算是人人都有機會的，只是有些人幸運和及時，有些人卻來遲了，有些人又失去了機會而已。這就是前面看了有關「童子」的書，然後繞了一個大圈又談回來的原因。

那本書是這樣來解釋童子和一些天才及奇怪兒童的：

書中說，某些所謂的神童、天才和奇怪兒童，他們就是童子身份；

書中說的童子身分便是輪迴中天上犯錯的仙子，或者是他們因各種原因被貶下凡間來了，成為了童子，也則是相對於普通人的天才；

所以他們才會比常人較為特別，但也因此就要接受一些災難或磨練等等：

然後，就有了許多例子和故事出現在書裡面，都很生動、傳神、吸引……

其實，童子書裡面說的例子也是有「基因」和「遺傳」因素的，比如說到了上一輩的親人，或者下一代的後輩等等，這些就是「血統」的親緣關係了。但他們用的不是 DNA 之類的分子結構，不是一些化學、數學和物理名詞及公式，而只是那些前生後世、因果循環等證實不到的故事罷了。

於是，他們裡面「遺傳」的因素，就因為證實不了而讓人困惑和犯疑。

但畢竟上，他們還是講到了某種「牽聯」的，那似乎也是「遺傳」的原因，只不過是記憶上的罷了。所以書裡面那些個似是而非、周而復始、圓通圓滿、自言其說的說詞，就弄得我們不得不往科學方面去作聯想了，我們只是希望玄學和科學的研究，到最後也能有一個交接點罷了，可以共同探討大家都關心的問題，可以達到某程度的共識。

不過，沒那麼容易啊。因為諸多的玄奇和空泛，因為太多的迷惑與不解，都令人看了書就仍不禁會苦苦思索，尋思著那些個神童、天才，那些個聰明人和特殊人的問題：他們的存在本來就是一個事實，但這種事實究竟是基因遺傳呢，還是記憶流通？他們的奇特究竟是輪迴轉世、仙子投胎呢，還是意識間的異體傳送、轉移和吸收？

抑或是，還有更加科學、或者更加玄學的說法？

……

親子伯樂

別以為這些問題很虛無空洞和異想天開，其實它們有一些還是普遍存在的，而且除了別人的例子，就是我們自己身邊、身上，也不時的會有體驗。

比如說我們會沒來由的對某種東西喜歡或者討厭；比如說我們會覺得某些東西好味或者不屑；比如說我們會很喜歡某首歌曲或者厭煩之、會對某個人很好感或者憎惡他；抑或是沒有理由和先兆的，就對某些人、物、事有了懼怕的感覺，產生出防範心理和警覺行為等等，顯然這已經是直覺和預感了。

又比如說，我們會沒來由的感覺到有人在注意我們，結果是真的；又或者突然間就侷促不安，有嚴重的危機感，又是真的；又或者一陣子的心跳加速、預感到了什麼。甚至，我們有時會對某些環境物事或人很有眼緣、很是熟悉和親切，像在哪裡見過、又像有什麼關係，其實是沒有，或者不知道……

有的人還天生的害怕一些小動物，厭惡鮮花或者美艷，排斥熱鬧和光亮……而許多這樣奇特的感覺，往往都是主觀、執著、怪異和沒道理可講的。因為在別人眼中，在普遍共識裡，個人好惡的主觀、自我、逆眾、反常和不可理喻都很難被人理解，所以說出來只是讓人覺得不可思議而已。

於是，人的性格、脾氣、愛好、品味和習慣種種，就這樣的分明起來、主觀起來、執著起來，成了一個個不同的我、特別的我、唯一的我。當這種感覺不是後天形成，而是先天俱來的時候；當這些「天賦」與父母的遺傳基因無關，而是莫名其妙就擁有的時候；當這個「我」糾纏著是非得失、希望與失望、痛苦與快樂等等無法自主又不能自拔的時候，那麼，這又會是些什麼原因和道理在主宰著呢？

說了那麼多問題，結果還是沒有答案。因為這些道理已經遠遠的超出了我們的認識範圍，而科學家與玄學家，他們就仍是只能各説各話而已。

不過，能夠提出這些問題來還是有意義的，起碼可以讓我們的一些家長，更加關心和重視孩子們的學習、生活和健康成長。至少單是憑著「天生我才必有用」這句話，就應該給那位古人點上幾百、幾千、幾萬萬個贊。因為他鼓勵了許多許多的人，讓大家都能來正視「才能」的配位問題。也就是説，讓每個家長都來親子，讓每個家長都來當伯樂，讓每個家長都能在孩子剛剛起步的時候，就細心、耐心、親力親為的去觀察和發現他們的任何興趣與才能。

然後，因利乘便、因勢利導、因材施教，讓孩子學習在輕鬆和喜歡裡，讓孩子成就在能幹和自信裡，讓他們有活潑快樂的童年，而日後也有好的發展。

因為，天生我材必有用。

才能對位

其實，親力親為的親子行為，在開頭也不過是及早注意孩子的一些興趣、行為和習慣罷了，這些都表現在各種各樣、點點滴滴的日常生活裡。孩子的許多活動都蘊藏著一些「天生」的信息，它們無時不刻、隱隱約約、悄悄的釋放著某些「才能」的信號，讓人們去發現、驚奇和不解。然後，再看看能不能重視和善用，能不能提供條件或者營造環境，對他們加以引導、培訓和幫助。

於是，一些人就捕捉到了。如果他們發現了、重視了、跟進了，那麼，這孩子的才能就能夠得到保護，然後在適當的引導和培養下有更好的發展。而這種發現和落實，不過是為孩子創造了一些更好的條件而已，但決不應該拿出來表演、炫耀或者做其他神神化化的「用途」。炫耀和表演是最無知和短視的行為，那只是把天才浪費和糟蹋掉了。

於是，最好的做法是迎合孩子的興趣，給孩子請更好的老師，用更好的設備和提供更多的空間、時間，讓他發揮出更大的潛能……當然了，這只是有條件的做法和情況而已，不是每個家庭都做得到。

只是，現在社會上看到的卻未必是這樣，坊間有許多家長一樣的愛子心切，一樣的望子成龍，一樣的想讓孩子能夠出人頭地。不過，他們重視和投入的只是受人影響而已，然後就自覺或不自覺的陷入到了摹仿和攀比的追求裡，而追求的也只是人有我有、人要我要而已。

常見的現象是不甘後人、一窩蜂上，一些家長不分青紅皂白，把自己的孩子也塞進了這個班、那個班，豈不知這樣做會害苦了一些孩子。不是嗎，面對著音樂、繪畫、舞蹈、書法、棋藝、手工，還有某些運動等等，什麼都有，一些孩子並非有那種天分，並非有那種聰明，甚至並不是有那種興趣或者愛好，但被寄於了厚望以後，就被送去苦苦磨練和培訓了，還會不斷的被拿成績去作比較，去參加考試、比賽和競爭等等，結果呢，最後有幾個是成功和有用的？

家庭條件好的，孩子多了一些學習的機會、樂趣甚至是出路，那當然是好的，只是可憐了那些經濟條件差的家庭。家長們努力掙錢又省吃儉用，一心讓孩子花著巨額學費去學習和修煉，如果到時得不到預期的結果，那心情之委屈和複雜可想而之。因為，這樣不問孩子自身條件，而只是為了追求才能去作種種催逼和努力，只怕是難為了家長自己，又折騰和委屈了孩子而已。

所以，不論孩子是喜歡的也好、苦學的也好，是他們主動的也好、被動的也好，是已經看到了成積的也好、還沒有出成積的也好，最重要的還是要「才能到位」——或者說，最好是「才能對位」、「才能配位」。尤其是在孩子的課外活動上，最少要讓他們參與「很喜歡的」和「有興趣的」項目或內容。

如果能做到這樣，不但學習和收獲的成果能事半功倍，就是在那些努力學習的過程中，他們也會是苦中作樂，或者不覺得苦。這樣，就不管他們是不是神童才子，會不會輪迴轉世，有沒有基因遺傳，是不是記憶傳承……這孩子在學習的過程中，就當會比較的輕鬆快樂和身心健康。至於以後有沒有成果、會不會成功，能不能成龍，那已經不是太重要的了。孩子們的一些快樂和收獲，已經在學習的過程中得到，而不一定要有好結果。

至於「童子故事」那本書裡面說的，就讓它們繼續是故事，仍然是故事吧，那已經與我們無甚麼太大的關係了。

我們還是踏踏實實，培養孩子健康成長就好了。

第二十篇：進補花絮十篇

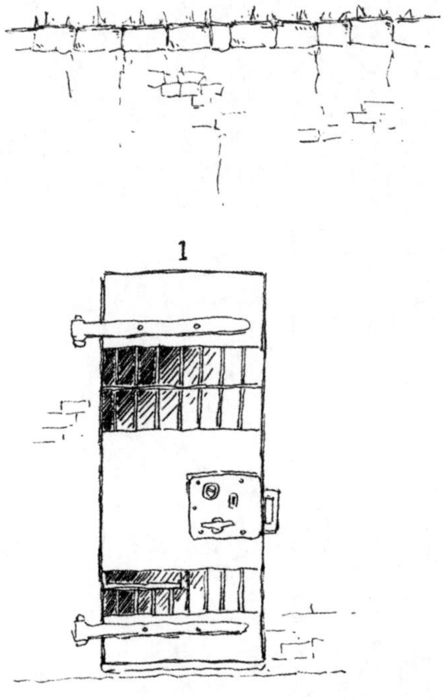

第二十篇：進補花絮十篇

代價

這天上學路上，微微細雨掃街。由於早，路上還沒有什麼車輛行人，經過的街區裡，許多鋪頭都還沒開張呢，周遭好一派清晨裡的靜謐肅然。

一路上冷雨霏霏，我們各撐著雨傘，在濕漉漉的街路上走著，偶爾還能聽到雨點灑在傘上的沙沙響，說明了雨有時也不是那麼細微，起碼還讓我們聽到了喃喃細語，像要和我們交流什麼。

「它們在說什麼呢，這雨？」我有意的問問孩子，就這樣打開了話題，開始了今天的進補。因為如果這樣一直低頭默走下去，也未免有些郁悶了。

其實這話題有些無中生有，不過是挑起一些話興，引他給自己多些遐想罷了，如果有時能想像與身邊的物事對話，心緒也許就可以豐富和浪漫起來，這樣走路或做事，也不會覺得那麼單調、辛苦和無趣了。

像今天這樣，孩子的書包（背囊）很重，有八公斤以上呢，雖然平時都是這麼背著上學的，但今天是冷雨加路滑，要撐傘又要留意腳下的坑坑窪窪，走起路來垂頭喪氣的，看他起步有些吃力和煩悶的樣子，我才這麼逗他的。

我們每天這樣步行上學的時間，約摸要走半個鐘頭，而且有一半走的還是斜路（徑），那是緩緩向上的意思，很費勁。由下面的大馬路到荷李活道，再抄近路繞過些小街小巷去到堅道，最後才到了上面的羅便臣道。學校高高在上，就在那盡頭之處，再上去便已經是舊山頂道了。那裡樹木森森、灌木叢叢的一直到太平山上，如此看來我們就像行山人一樣，在「每天一行山」呢。

其實，在都市裡生活，能每天這樣走路也是一種福氣來的。幾年來，孩子每天都是這樣走的氣喘喘、累吁吁，日曬雨淋或者大汗疊小汗。雖然蠻辛苦的，但也許正是因為這樣適應了下來，他的身體卻不覺中就強壯了許多，不但飯量大了，能吃粗食和不撿吃，人也牛高馬大和健步如飛起來，這不能不說是一種潛移默化裡，長期負荷步行積累下來的良好代價。

孩子的同學裡，像我們這樣全程步行上學的人不多，主要是因為大多數人住的遠，不具備行走的條件。而我們住在上環這裡，卻又因為離學校不遠又不近，所有的巴士路線及校巴都不經過我們家，也不方便乘搭去上學，所以我們的步行，開頭也是有點逼出來的意味，很是無奈。

剛考上這所半山上的中學時，就是因為這個原因，我們曾經很為孩子每天的如何往返而煩惱。記得第一天上學，孩子是與兩個新認識的同學約好了一齊坐的士上去的。那時在大馬路邊的一個的士站，三個同學中數他個子最矮小，而且瘦怯怯的被大書包壓彎了腰，搞得我要拜託那位高大些的陳同學，請他在有需要的時候幫忙照顧一下。看著他們三個孩子擠進的士裡絕塵而去，當時我心裡就不禁的想到：今後還有六年啊，難到每天就這樣低頭喪氣的往返？

後來，當我們決定步行上學時，開頭就由我陪伴他了。開頭還是要為孩子背書包的，但也只是背到學校附近罷了，因為孩子怕同學看到。後來，很快的孩子就不讓我幫他背了，非要自己咬著牙根背上去不可，他怕人知道了笑話。

於是，想不到這一走就成了習慣。

而我這方面，早起伴行，陪孩子上學，也變成了每天上班前的晨運。而且風風雨雨，幾乎就這樣保持了六年，卻也有了越走越精神的感覺和狀態。

於是我就告訴孩子，生活中有些逼出來的情勢，未必是不好的。

理解

開頭，孩子走這條漫長的上學之路要克服的困難是負重，接著是遠行和爬上高高的斜徑，更多的則是冷風吹拂和日曬雨淋。不過這一切都好辦，有我們家長的一路陪伴，尤其是上篇文章說過的那種「路上進補」，使孩子辛苦的注意力被分散了，所以不但很快的適應了下來，而且還很喜歡呢。

記得開頭走路的時候，常要為孩子的辛苦打氣。那時孩子很羨慕人家那些搭車的同學，看到他們輕輕鬆鬆、好整以暇的在學校門口跳下車，又說說笑笑的走進校門，便有些委屈和沮喪，總感到自己渾身大汗來到學校門口，似乎是白白浪費了好些時間和努力，他把這學校門口當為是學校生活的起步了。

我卻告訴他：別羨慕那些表面的「風光」，那些搭車的同學每天也是要很早起身的，然後匆匆忙忙去搭車和轉車，他們也要看時間、趕班次，然後和許多人擠迫在狹窄的車廂裡搖搖晃晃……那也不是輕鬆事啊。何況，他們也許有許多人反而在羨慕你可以走路，羨慕你可以輕輕鬆鬆、逍遙自在，羨慕你有家長陪同，可以一路東看西看、東拉西扯，羨慕你可以享受早晨的清新空氣……當然啦，他們也一樣沒有想到你的書包沉重、道路斜陡，還常會遇到風雨或者走的渾身大汗……

所以，每個人的情況不同，處事方式就不同了，但總是有道理和代價的，總是有好的一面、也有差的一面。只有站在人家的角度去看和想，只有設身處地、將心比心，才能真正的理解和體會個中滋味。

孩子有一個同學姓馮，家住在北角。開頭一段時間，這位同學的父親也是每天早晨陪著孩子，一起乘搭地鐵到中環，然後又一起走路上到學校來。

那時候我和這位家長不時的就會在學校門口碰上，然後聊上幾句又一同下山，再各自去上班。我們一路談些孩子的事，都能感受到一種陪伴孩子的福氣和歡愉，因為這種機會並非是人人有又時時有的，為此我們都很珍惜。

後來，大約一年以後，這位家長就沒有再來了，我們只有在學校一年一度的家長會裡見面。他告訴我：很享受和回味那陪伴孩子來上學的一年，後來不是不來，只是因其他的原因無法再來而已……他的感慨裡流露著許多無奈，畢竟，許多事情是變化中的，並非可以隨心所欲。

這位馮同學父親的那種無奈和感慨，我很理解，也很感慨。像這樣步行上學還是乘車上學，像這樣陪伴孩子還是放開孩子，好處與壞處都各有一說，沒有什麼標準或者模式，也沒有什麼最好或者不好，且看各人的生活環境與具體情況怎樣罷了。因而，每個人的上學模式想必都是他們所能做到的最好的。

於是，在這個微雨霏霏的上學路上，我與孩子的談話就是讓他明白什麼是代價，和學會怎樣去理解別人，而其中的理解更為重要。因為代價只是一種因果關係裡的表現而已，是有收獲時必須付出的條件來的，而理解，就已經升華到領悟的境地了。在生活中，如果能夠學會理解別人的處境和處事，那麼就是眼光清明和心胸開闊的收獲，這種收獲已經是心境上的所得，而且還更長久和實在。甚至，有時還能一通百通、無師自通，從而豁達、釋然和瀟脱起來。

於是，那些坐車的人或走路的人，大家付出各自的辛苦，就有各自的收獲，不必去羨慕旁人、批評旁人或者指教旁人，只需去理解旁人就好了。然後，根據自己的環境，尊重自己的條件，適應自己的方式，堅持做好自己。

人生裡，只有不完美的生活才是真實的生活。

是的，在真實的生活裡，孩子堅持步行上學，到現在為止只走了三年的時間，卻明顯長高了、長壯了。當年乘搭的士的三個同學裡，孩子現在的身高體重已經趕上了另外兩位，而負重步行和風來雨去，想必是其中的重要原因。

……一路聽著我這些細雨般的碎碎語，孩子的眼裡放出了信心的光彩。頭上，仍是灑著微微細雨，它仍是沙沙的發響，似乎在搶著說話，但孩子已經聽出來了，它說的就是我給他說的那些。

而孩子的路，卻走的更有勁和更輕鬆了。

胡謅

上學路上與孩子說事，很隨意也很暢快。隨意的是可以天馬行空、無拘無束，有一種自由的感覺，一些話題和道理孩子也比較容易接受。暢快的，是有時就算胡謅幾句，也輕鬆、舒服和自在無比，沒有什麼壓力。所以，我和孩子的親子互動在這段時間裡，是最經常和方便的，也自然有趣，非常回味。

就像那天吧，我們因閱讀的事談到了星系、星團、星雲，談到了重力、引力、磁場，談到了電波、光速和超光速等等，都是天文和力學方面的話題。原來，孩子最近看了一些科幻和魔法的書，想了解有關穿越時空和不同維度之謎，又想從科學的角度來認識和解釋它們，因為他開始不滿足單純的玄奇怪異事件和魔法魔術之說了。不過，這樣的認真和好奇倒是難倒了我。

說真的，這話題本來就是我喜歡和感興趣的，但卻沒有好答案，因為它也是我苦苦追求又沒有結果的謎團來的。但孩子既然問到了，又不能沒有反應，於是我便就著一些已知知識，與他胡天胡地的聊了起來，也就是胡謅。

我們先說到了每秒鐘三十萬公里的光速，談到了脫離地球引力所需要的第一宇宙速度，說到了五千多度熱力的太陽表面，和不時會出現的太陽風暴、太陽黑子、以及影響地球磁場的強力電波等等，還講到了天體中重力、引力的基本知識，最後又提到了大名鼎鼎的宇宙黑洞……聽得孩子連連說我了不起。

我卻跟他說，沒什麼了不起的，這些都不過是科學家研究出來的基本知識而己，將來他都會學到，當然啦，除了黑洞。

我告訴孩子，很快的，他的老師就會把好些天文及物理的知識傳授給他們，而他如果對穿越時空有興趣的話，就特別要學好數理化，更還要注重對時間的理解和探索，因為如果有些什麼科學上的進展或突破的話，那必定與時間有關，因為時間的奧秘太大、太深又太奇妙了。理論上，物體的運行只要超過了光速就有可能玩穿越，所以許多魔法小說和科幻故事，那些轉移空間的基礎和條件，很可能就來自時間扭曲和變異的結果。

然後，我就給孩子講起了一知半解的黑洞來，其實也就是繼續胡謅。

不過，給孩子講黑洞我還是沒有底氣，因為目前黑洞的研究只是進行中而己，科學家還沒有什麼確鑿的證據或權威的結論可以提供，一些有關說法，也只是物理、數學和哲學方面的推斷。

由於我只是一知半解但又興致濃厚，便也只能狐疑不決的告訴孩子，說根據目前的研究看來，黑洞只是不斷收縮或者無限澎漲中的暗物質罷了，或者也叫暗能量，它會吞噬空間和時間，改變或扭曲物質的密度，影響天體的運行等等，可以說是宇宙裡不為人知的狂魔來的。甚至說宇宙黑洞就是哈利波特裡的伏地魔（那個人）也不定。人們見不到它的真面目，甚至不敢提他的名字，但一想到就會心驚膽顫、情緒失控甚至精神錯亂，這種沒法解釋的恐懼、心悸、戰慄和瘋癲，恐怕只有夢境中才能感受，也只有伏地魔可以比擬……

我又這樣胡謅起來。

不料孩子聽說了以後卻是較真了，他將信將疑的問我，也是很認真的說：「那麼，宇宙裡又有沒有白洞呢？」這下子我就傻了，也啞了。

開頭還不知道要怎麼回答他的，但想了一下只好再繼續胡說下去，我說：「大概有吧？」想想又有點心虛，語氣就變成了：「理論上應該有。」

是的，因為在我們的生活中，我們的地球甚至宇宙裡，以我們對大自然和物理、道理的認知和理解，許多物質和現象都是對立統一的，這樣才能夠互相成立和制衡，才能夠體現陰陽交錯和生息存亡的兩極變化，也才能夠周而復始的循環和永恆。這是自然和科學的道理，也是數學、哲學和佛學的道理。

不過，現在對孩子說這些也許是太深了，現在的階段，他只需要知道有是就有非、有對就有錯、有熱就有冷、有矛就有盾等等，那樣就行了。於是，「有黑洞就有白洞」，在理論和現象上應該是成立的，只可能是稱呼有所不同罷了。

孩子聽了後點點頭，仍是不明白。不過他怕也是看出我「也是不明白」的了，點頭只是表示一種心照不宣罷了。

這就是我們的互相胡謅——有聲的和無聲的，明裡的和默契的，心知的和意會的，很好玩吧？

哲學

那天與孩子胡謅宇宙裡「黑洞」、「白洞」，又引起了他對哲學問題的求知，因為交談裡，在說到了天文知識的時候，我幾度提到了數學與哲學。數學涉及到計算、測量和一些規則、定律及規矩等等，那還可以理解，但哲學好像就沒有什麼關係了吧，他不明白的就是這個。孩子問道，哲學看來是理論上的東西，能與科學和天文有什麼關係呢？於是，這天的上學路上，我們就談起了哲學的問題。對孩子來說，這只不過是很初步的入門而已，遲些時候，學校的老師就會教他們的，而這裡我不過是稍作些解釋罷了，也不知對不對，所以還不能說是「進補」，只當又是胡謅了。

我先告訴孩子，在我的認知裡，哲學其實也可以理解為科學裡的一部分，不過，這還要從大自然說起，從地球的起源說起、甚至從宇宙說起。一句「從頭說起」，本身就是科學的，那是尋根究底的意思。而且這句話在某種角度上說，已經是很有「哲學」的意味了。

首先是科學知識告訴了我們，地球上的一切物質，包括有生命的和無生命的，都是由各種元素組成，什麼細胞呀、分子呀、微粒呀、更小的單位去到了納米等等。它們越發現就越微小，現在都小到了以夸克為單位，以後不知道還有什麼。這裡面的許多「東西」，肉眼看不見已經是常識，而到最後只有用感覺、推算、甚至是「想像」和「道理」這樣虛擬的知識和說法來證明和表現。而這樣貌似「虛擬」的做法，在業內已經是進行中並且有了許多共識，所以也漸漸變成一種科學的常識。

至於擴大到地球以外的其他天體與宇宙，暫時來說那基本道理也是一樣的，就是「萬物生存平衡」，就是「對立與統一」，還有「物質不滅、循環再生」等等。長篇大論的話就不說了，簡單至上面這些理論已經是哲學的精髓。於是，對立用「陰陽兩極」來表示，統一用「平衡共處」來表示，不滅用「永恆」來表示，循環用「再生」來表示。如此詮釋這種現象和道理，這種學問便可以說是哲學，它包羅了一切人類已知甚至還未知的知識、規律及道理，有些甚至可以在辯證中推算出來，如此來看哲學，它便也是一種講道理的科學。

所以，大自然裡太陽與月亮的升落圓缺、大海的潮起潮落、四季氣候的寒暑變化、生物生命的生死存亡、以及人為社會裡各種行為運作的強盛衰敗，都因為有一定的規律和法則，而形成了道理與共識。這些理論皆來自科學，也經過了論證，當這種學問又以講道理的「身分」出現，去指導人類接受大自然、適應大自然、融入大自然、與大自然共處的時候，它幾乎就是與科學同驅並駕的知識之車，也是人類思想修養的智庫明珠了——這就是哲學。

說到了這裡，我又特別的告訴了孩子，中國古代的四書五經就是哲學和科學結合的範典，兩者在互相展現和驗證中，其關係密不可分，可以說哲學是用來解釋科學的，而科學又往往證實著哲學。而且，幾乎所有的中國傳統文化，那些詩書詞曲、格言諺語、增廣賢文、翁笠對韻等等，都無一不充滿了哲學與科學的精華與智慧，這些都是人類文化歷史幾千年來的展示、沉澱和積累。

所以，別小看了哲學，它真是可大可小，包羅萬象的學問，只要認識到了這點，今後許多關於相對絕對，中庸平衡，循環轉化，變易辯證等話題，還有相生相剋、周而復始等等，就會在生活中給他許多領悟，助他解決煩惱與困惑。而這個「哲學」看似虛無但並不空洞，說是深澳卻又是簡單，想來神秘但又很平凡，如能認識、學會和掌握了它，生活中將會是受用不盡。

由於哲學的課題太大了，不是我們這些「路邊人」三言兩語就能說得清楚，所以我只能翻沙滾石般的講了些皮毛，讓孩子囫圇吞棗的聽個大概罷了，這也是「路上進補」的好處了，因為只有如此不拘泥於形式與內容，交流起來才沒有壓力又容易接受。

不過，給孩子講了這麼些，除了讓他知道哲學是什麼以外，還希望能讓他明白「有時有候」和「相對而言」的道理。就是說，許多道理、說詞、例子、比喻都是有一定的時間、地點和範圍限制的，有特定的人物、條件與背景，不可一概而論、籠統套之和一刀切，而這裡的「有時有候」更是最至關重要。比如說，對那些工作狂，便要勸他保重身體，給些時間家人，在工作中也享受人生和及時行樂等等；相反，對那些不務正業、懶惰成性又貪圖玩樂的人，就要勸他們努力工作、勤快做事、爭取好的未來。許多道理和說詞都是因人而異、因人而用或因人施教的，這就是具體、貼身、靈活和實用的哲學。

於是，同一句話，同一個道理，在不同的時間或空間，對不同的人物或情景就有著不同的使用和解釋，這樣才科學和公平。而這樣來應用哲學的行為，其實就已經是佛學的智慧和行為了。

所以說，哲學與科學和佛學，都有相互相關、密不可分的關係。而那怕是在天文學的天體運行方面，也有哲學和佛學的規則及知識在內。如果能這樣去理解它們、解釋它們和證實它們，那已經是在更多學問和胸襟裡的領悟了。

我希望孩子明白了這些，今後能認識哲學、重視哲學和善用哲學，那麼他的生活就會好過和易過許多。而其他更多的，就讓他們的老師教他，還有自己在生活中領會吧。

閱讀

孩子小學時看書還是比較多的，原因是開頭聽了一些好故事，或者看了有趣的電視電影，喜歡上了又想追下去，就只有找有關的書來看了。那時看的書由「老夫子」、「蠟筆小新」和「叮噹」等漫畫開始，當然還有「龍貓」和「遊動城堡」等等，因為那時流行的就是這些，許多孩子也在玩耍中互相影響著。

長大些時，讀小學高年級了，因為能認識些字，就迫不及待的看起一些文字書來，像「哈利波特」、「衛斯理」和「饑餓遊戲」什麼的，常常是結合著聽來的故事，被吸引住了便去找有關的書來看，所以好奇心和愛聽故事，是孩子開始看書的一個誘因。

不過，隨著電腦與智能手機的發展與普及應用，網上資訊內容又是那麼的豐富和吸引，書本的魅力很快就蕩然無存。加上讀中學以後功課多了，學業緊忙起來，尤其是考大學的競爭和壓力與日俱增，孩子們受到大眾潮流的影響，看書的時間就漸漸的少了，少到什麼程度，少到後來是基本上不看。這對於一向酷愛看書、又由小到大都看書不斷的我來說，無疑是想不到和很不待見的，我甚至將孩子們的不看書視為是一種末日「危機」。

但有什麼法子呢？其他孩子也幾乎一樣，整個社會都基本一樣，這不看書和沒有閱讀習慣的風氣，幾乎席捲了社會，成了主潮流和大氣候。時代不同了，閱讀似乎已經落伍，娛樂和快樂的方式也改變了，反而是我們要去適應和接受孩子們的世界。所以，看到了這些變化，不由得令人感到悲哀和無奈。

這天上學路上，我與孩子談起了看書的事情，為的就是看看能否喚起他的閱讀興趣和熱情。當然，這只是聊天而已，沒有嚴肅、認真和道貌岸然的說教，完全是隨意和輕鬆的交流，所以就由身邊事，由我自己的喜歡看書說起。

其實，小時候我喜歡看書的事早就給孩子們講過了，我們那時沒有像「老夫子」、「哈利波特」和「衛斯理」這麼好看的書，也沒有太多的選擇，所以我開頭看的只是「小朋友」而己，那是當時內地唯一圖文並茂的兒童讀物。爸爸媽媽為我訂閱了全年的月刊，然後每個月在差不多的日子裡，我就會坐在學校傳達室門口呆呆等待。那時還小，沒幾歲吧，就這樣開始在等待書的緊張和期盼裡過了一年又一年，直到現在，還能記得當時「眼巴巴」等書的一些情景。

我看的第一本純文字書是小學三年級的事了，那本長篇小說就叫做「蝦球傳」，寫的是一個叫蝦球的孩子浪跡香港和珠江流域的故事。那時吸引我的，主要是蝦球正好與我一般大，卻有著刺激的流浪生活，使我很喜歡代入到他的背景裡到處流浪。雖然那時識字不多，看的又是囫圇吞棗和一知半解，卻也能無師自通的享受著「投入」的快感。從此，我就學會了投入角色的去看書。

想不到，由那以後一直到現在，看書的投入角色、背景、故事和心情，就成了我的喜好與習慣。當然啦，這種投入自我的閱讀心態，必須是好看的書。

後來，不論是中國小說還是外國小說，像水滸傳、西遊記、封神榜，或者是安徒生童話、一千零一夜、馬克，吐溫的許多歷險記，還有大仲馬的「三劍客」以及莫泊桑、屠格涅夫和巴爾扎克的長、中、短篇小說等等，我都是這樣看的，投入自我的閱讀行為和處境，對我來說真是樂趣無窮和世外桃源。

因為我的喜歡看書是一發不可收拾，而且早就由學校、工廠的生活伸延到了日常的衣食住行裡，又從內地延續到香港，再從過去持續到現在，所以「人不離書、書不離手」就成了習慣，而吃飯看書、等候看書、乘車（船）看書、睡前看書和上廁所帶書等等，也幾乎是我的生活特點，難怪當起問孩子「由小到大見過沒帶書出門的爸爸嗎？」一時，他們都不約而同的哈哈大笑起來。想不到，這樣平凡普通的往事，敘述起來孩子們倒還是聽的津津有味，因為我這「書不離手」的形象和行為，確實是他們由小到大的每日所見和習以為常。

由此，我常向孩子們強調，看書、看好書、看喜歡的書是一種很個人化的享受，如果能投入到書的意境裡，便有那一刻的寧靜與自我，那種享受是崇高、神聖又自在的，別人很難理解。

可惜現在有看書、能看書、又會看書的人太少了，坐一趟地鐵，所見全是看手機的。雖說手機裡也有書可看，但又有幾人是看書的？以前說的「書中自有黃金屋，書中自有顏如玉」，指的就是「投入自我」的看書，沉浸想像的看書，流連忘返的看書，只是這種美好享受現在還有多少人能理解和應用呢？

孩子告訴我，說老師前幾天指定了幾本書，讓他們看後寫「讀書心得」。這讀後感不但是功課，還是試題來的，分數將計入學年的成績裡。於是，對著這些指定的書，有不少同學就叫苦連天了，不是說不好看，就是說看不下去，或者是看不懂，還有說時間不夠的……

難怪了，平時不習慣看書，現在又遇上了不喜歡的書，這樣勉強寫出來的讀書心得必定不好，但又有什麼好抱怨的呢？問題是平時沒有看書的興趣和行為，而這樣臨時指定的書又未必合心意，於是，這就是許多人叫苦不迭、考得不好和害怕看書的原因。

對孩子說的這番景象，我到是很能理解。老師與學生各有為難之處，他們的委屈和抱怨也都有些道理。那麼，以後老師就只好指定多幾本不同體裁、內容或者趣味的書了，讓不愛看書的考生們有多些選擇，也少些抱怨。雖然這種考試結果必定差強人意，但誰叫他們平時沒有養成基本的閱讀行為呢？

這次路上的「進補」，對閱讀的問題只能是略談幾句、點到即止，讓孩子慢慢去思考、消化和理解。畢竟閱讀是要講究興緻與情趣的，啟發和誘導可以，介紹些好書可以，但強迫就不宜了，除非是與學業有關的書或者工具書。

另外，不愛讀書的人常有一個借口，就是沒有時間或者時間不夠。其實對喜歡閱讀的人來說，這不成問題，時間一擠就有了，而不喜歡的人是多少時間也沒能夠用上。所以我最後給孩子說的是：如果今後有看書，只要是對胃口的、喜歡的、好看的，就試著代入某些角色，投入到故事裡去闖蕩一番、放肆一番、胡天胡地一番，就像操控夢幻一樣，那是好玩的多、也有意思多了。

是的，這不過是我看消閒書幾十年來的一點切身經驗和樂趣罷了，而一些生活知識和做人處事的道理，就是這樣不知不覺的從書本裡吸收進來的。

日子有功，讓我們都來喜歡和看好所有愛閱讀的人。

監獄

與孩子上學，天天要經過一座監獄，就是不想經過它而繞過去，也總是能在行人天橋上，或者其他橫街窄巷和斜徑路旁看到它黑灰色的屋頂，紅磚圍牆，或者是屋角高處那些瘦骨猙獰的鐵絲網，結果是怎麼樣都繞不過去。

這座監獄並不大，但卻歷史悠久，名聲遠播，算起來也有一百幾十個年頭了。不過，現在它已經變成了遊人很喜歡的旅遊景點。

這座監獄就叫做域多利監獄，是香港開埠時建起來的。也許是如此「早出生」和老資格的緣故吧，它才能在這鬧市中央佔據了一個絕好的位置。我們上學經過它的時候，它還不是旅遊景點，但也沒有關押犯人了，那時候只是「丟空」了而已。監獄前面靠荷李活道的部分，仍是差館來的，我們這裡都習慣將警察局叫做差館，而這裡就是以前的大館，即是香港的第一座警局。後來的滅火局也曾經在這裡待過。而這裡，那時還有最早的裁判司署。

於是，這樣一個小小地方，四面高牆之下，就集警局、法庭、監獄一身，履行著抓捕、審判、拘留和監禁犯人之職，成了香港官法如爐的重地。

這裡要說到它，是當時它雖然已經人去樓空，但那些高牆鐵窗之下，厚磚鋼閘之間，仍留下了許多陰森森、慘惻惻的遺跡，令昔日監獄的餘威還是那麼的霍霍懾人、深不可測，讓人看多一眼也遍生怯意、不寒而慄。

而我們，卻是要每天的與它打個照面，擦肩而過。

開頭經過監獄，我們是從「長命斜」上去的。「長命斜」是一條斜斜向上的小路，本名叫奧卑利街，由荷李活道上到堅道而已。它雖然很短，但因為又斜又陡，走上去就頗為吃力了。又也許是監獄的出入口大門就開在這裡，所以上上下下、進進出出的人，都頗為的喘息辛苦、汗流浹背。加上有監獄的背景壓在心頭，是否如此便被人叫為了「長命斜」呢？我不知道，不過我們的上學之路在此，有時卻也是避無可避，只是平時盡可能的繞開它罷了。

初看到那高高的紅磚牆時，孩子很是好奇。因為紅磚畢竟是暖色，給人以溫暖明亮和古典的感覺。但走到了中段，出現了鏽跡斑斑的大鐵門、小閘口、告示牌和門樓崗哨時，它們那些肅穆陰森的氣息、嚴酷冷悚的形骸才令他害怕起來。當我告訴他這就是監獄的時候，他就更吃驚了，怎麼也沒想到，堂堂的監獄居然就建在這樣尺土寸金的中環地帶、心臟地帶、鬧市中心？

「這就是關押壞人的監獄嗎？」第一次見到它的孩子，不由吃驚的問。

其實，說到鬧市中心，說到尺土寸金，這裡是有個先來後到的問題應該說清楚。簡單的說，一百多年前，這香港只是個荒島而已。那時島上有人住的漁村，是在南部的香港仔和東南部的赤柱、石澳一帶。後來英軍佔領了香港島，便是在我們家附近的水坑口登陸的。然後，在上環和中環建起了兵營和政府機構，而靠西駐紮軍隊處就叫做西營盤。

當時這中環一帶的小山坡，因為是政府機構的駐地，後來就被叫做了政府山。而當時的差館即是警察局，就設立在政府山邊的這個位置上。因為它是第一間差館也即是總部，後來就被叫做了「大館」。有了差館就有犯人，因為必須要有關押犯人的地方，於是差館的後面就設立了監獄。這樣，域多利監獄從開埠初期，就在這裡一直屹立到今。這麼説，大館和監獄是先在這裡安家落戶的，他們才是原來的主人，而周圍的高樓雲集、繁華似錦，人流熙攘、摩肩擦踵，卻都是後來逐漸蠶蝕和圍繞而來……

這一説，孩子伸伸舌頭，不由的對這一大片圍牆之內的早期建築群，表示了由衷的敬重和敬畏之心，因為它們已經是一段香港的歷史了。

當時我們經過這裡，雖然監獄的整個架構都在，但已經停止了運作，在等待著保育活化，政府準備將其改造為旅遊景點。這很好啊，一是作為英國殖民地的遺址，可以讓人回味一些歷史歲月，畢竟它是香港最早的港英政府機構，但更重要的卻是作為一個特殊教育的場所，將有不一般的意義，因為一牆之隔，兩個世界，在裡面生活的人失去了自由和尊嚴，需要改造和反省，而這正正是我們所有在外面的人，要引以為戒和警惕再三的。

我告訴孩子，這個監獄裡的犯人遷走時，也只是幾年前的事，那時我曾經進去參觀過，還拍攝下了好些作為資料的相片。監獄的前面是警署和裁判司署，以它們為鄰是一種走司法程序的需要和方便。而監獄裡的囚倉分有男倉、女倉、大倉、單人倉、重犯倉等等，分別在後面小磚樓的二樓和樓下。這裡還有行刑室，是懲罰違規犯人的。也有一些勞動和生活的設施，比如工作坊、洗衣房、廚房、醫務室及操場等等。奇怪的是這裡居然還有給犯人用的育嬰室和小教堂，不過教堂只是蝸居在一間小屋裡而已。

回家後，我給孩子看了當時的許多照片，他很是驚訝和好奇，説想不到裡面也是一個小小世界呢。不過，這個世界與外面就大大不同了，應該説是：沒有人想進來。

是的，就因為這點不同，我便也告訴了孩子，高牆內的人（指犯人），都是犯有某些罪案的，他們失去了人身自由，只是被強迫在這裡改造而已。但是他們的思想和心態卻還是自由的，所以真正的改造是在心裡。只有真正的想通、反省和檢討以前的錯誤，才能夠重新做人，才是真正的洗心革面。但是，不知道有多少人能夠明白這個道理？能夠理解這點、又能夠做得到呢？

不過，我們身處高牆之外，看是自由了，卻也不一定自在。我們自由的也只是身體而已，而內心卻也是時時處處在改造中的，為的是爭取能夠自在。因為自由只是身體表面的行為而已，而自在，才是內心的感受和釋放，那已經是一種心安理得和舒暢了。所以，自在比自由更難得，是一種更高層次的釋放，它是我們每一個人都應該追求、修養和享受的境界。

對著每天要經過的監獄，我借題發揮的給孩子講著自由自在的話題，但說著這些孩子又有些不明白了，畢竟那時候他還小啊，剛上中一。

「不要緊，慢慢來，反正上學路上還長著呢，今後還有大把機會去認識和理解。」我拍拍孩子的肩膀告訴他：「而且啊，對自由和自在的真正領悟，也許是一生人的事呢，來日方長。」這回孩子就若有所思的點點頭了。

這老牌的監獄，就這樣給了我們不同的話題和思考，將之保存下來和改造成旅遊景點，是它的另一種新生，讓那些經過它的行人、遊客和旁觀者，心理和覺悟上有了「裡面和外面」、「自由和自在」等的更深層的領悟，這不是更好的存在嗎？

誰說監獄沒有春天？

思懷

上學路上，不一定常常有話可說，也不一定話題多多，要看孩子的情緒與興緻如何，所以，有時候我們是各想各的默默走路，就這樣一直走到學校。其實這也是一種思索或者揣摩問題的「進補」，因為消化一些所得，醞釀新的內容，或者有不一般的領悟，都是需要時間沉澱的。

像今天，孩子一路上默不出聲，似乎在想著什麼，我也就沒有打擾他了。不過，我卻是趁著這個機會，一直在想著與孩子有關的事，主要是以他的現在，比較著我的過去，看看又有什麼話題可以啓發他和影響他的。

陪伴孩子的上學之路，不覺中也走過了幾年，感覺很好。孩子還小的時候，天真無邪、求知欲強，是新生的、健康的、活力向上的一代，所以我們常說他們「性本善」，就像是一張白紙，等待著染上顏色，繪上圖畫，而一旦被繪上了某種印記，也許就會漸漸的影響到他們的成長，甚至還是一生呢。

孩子這張白紙，作為父母的就算是不去動筆填寫，人家社會上也自會有人來塗鴉。如果是這種，到時候被畫上什麼就不知道了。既然如此，在可能的情況下，這種早期的筆觸還是我們自己來畫好了，這樣，起碼在一些是非善惡的問題上能讓孩子有個好的開始，這點挺重要。畢竟，孩子的「性本善」時期是最可塑的，如果錯過了、丟失了或者塗壞了，那會是很可惜，而且以後可能要花費更多和更大的代價，才能夠重塑和修好。

就是這個原因，我們都很重視和珍惜一些親子互動，包括這樣上學路上的影響。要知道，這個時候教導孩子們什麼，告訴他們什麼，要求他們什麼，都是代價最少而又效果最好的，因為這是他們最依靠父母、聽從父母和崇拜父母的時候，而這時候的父母在孩子們心目中，就像大山大海一樣的無人可替代。

說到了親子互動，想起了自己的童年，便總是有些感慨。因為那時我們家的情況比較特別，特別到與孩子們講起來的時候，他們就總是覺得不可思議，但又新鮮有趣，有趣到了甚至還想穿越過去看它一看。

孩子覺得有趣主要是好奇，一種隔岸觀火、無關痛癢、身在此岸看彼岸的好奇。就好像夢醒了又看回夢境一樣，這種感覺是奇妙的，所以說一些美好的東西、故事或者感覺，有些距離才更好，空間的距離、時間的距離、或者是得不到的距離。有了這樣適當的距離，就能使感覺變得更加奇妙、有趣和吸引了。而且到了這種時候，那怕是不好的感覺，也就沒有了那麼大的殺傷力。

就説我小時候吧，小時候父母親由海外回到內地，他們那時是年青氣盛、朝氣蓬勃和志高氣揚，對未來充滿了信心和希望。由於他們的生活充滿了陽光，我便也跟著享受了幾年的好日子。

開頭，由於媽媽是校長，我們就住在校園裡，但那時與我有較多互動的卻不是父母，而是貼身照顧我的娸姆、妹妹的奶媽、還有經常與我玩耍的學生，以及住校教職員工們的子女。因為父母親那時候的職位比較重要和忙碌，社會責任也大，他們在工作中很專注和忘我，所以家庭裡只是給了我許多生活享受的好條件而己，他們自己卻是沒有什麼時間和機會陪伴我。

不過那時我也很快樂，因為除了衣食無憂、要什麼有什麼外，平時校園裡總是有許多好玩的事和陪我玩的孩子。而且那時我已經很喜歡看書了，由繪畫的書看起，到一些父親編輯的雜誌、月刊、劇本和詩集，又連媽媽公務學習的「時事手冊」也拿來看，不亦樂乎。

於是，那時我互動的對像除了娸姆和小伙伴外，就是許多書，難怪後來有時説到某些事的「無師自通」，其實還是「有師」的，那「師」就是不知不覺潛意識入腦的書本知識。那時候的校長室，爸爸的編輯部，還有爸媽的臥室裡，到處都堆滿了各式各樣的書籍、雜誌和報紙，引得我經常愛鑽到書堆裡翻找書本，享受讀書樂，由裡面的漫畫、版畫、照片或者是插圖開始，就這樣親近和喜歡了各种各樣的書籍，還知道了很多畫家和作家。

不久，當爸爸和媽媽都成了右派以後，我們的生活就徹底變了樣。

首先被抄了家，書堆的環境沒有了；接著是搬離了校園，沒有了娸姆；然後，有幾年的時間裡父母要去外地接受勞動教養，我就連他們的面也見不上了，這時還能有什麼家長與孩子的親子互動呢？

就這樣，對比起現在能天天與孩子作親子活動，能享受上學路上的一起步行，能與孩子作各種交流和分享，能陪他一路歡笑一路成長……啊，儘管有時是這樣默默的走路，我還是很享受很享受和大有收獲，這就是與孩子共處的時光裡，默默之行也讓我有浮想聯翩和不盡歡愉的感慨。

童林

很久以前，還小的時候，曾經看過一本武俠小說，叫做「童林傳」。它原來是民間評書來的，在北京一帶很是流傳，後來被改編成了百多萬字的長篇巨著，更是一紙風行，很受平民讀者歡迎。該書說的是雍正年間一個叫「童林」的孩子，由上山學藝到成為大將軍，然後縱橫天下、叱吒風雲的武俠故事。

看這本書已經許多年了，內中很多故事早已經忘的七七八八，但有一個情節卻是牢牢記著的，而且一直影響著我的飲食生活以及某些處世觀點。所以我常給孩子說，看書的好處很多，其中一種就是有些書只看過一遍，卻記住了裡面的某些「精華」，然後終生不忘和頻頻受益，我當時看的「童林」就是這樣。

不過我也告訴孩子，由於每個人對「精華」的喜好不一樣，需求不一樣，所以一些「精華」的內容或者性質是無從比較的，只能說是緣分使然。至於我的這個心得，只是供給孩子參考而己，讓他以後在讀書樂中，也能尋找和吸取一些可以影響自己的「精華」。當然啦，這也是可遇不可求的事，需要慢慢來。

作為上學路上的又一個「進補」內容，那天的上學路上，我就與孩子講到了這段對我影響至深的童林之事。想不到孩子聽了很喜歡，還不斷的追問些有關童林的其他事。

可惜了，當時的童林，也就是這件事讓我念念不忘而已，其他的倒很一般，與尋常武俠小說裡快意恩仇的江湖故事無異。於是，我只講出了影響我的這段，看看能否借此也影響一下孩子，讓他有良好的讀書心態外，也能有健康的飲食習慣。因為好習慣，是能使人的生活更方便、更自由自在和更美好的。

故事中童林似乎是個孤兒（忘了），孩童時隻身到江西臥虎山上跟一個老道人學藝。這老道人教他的方式很是嚴謹和特別，武藝方面就不說了，單是這每日的吃飯就與眾不同。

那時童林還是小童，老道卻每天給他許多谷子，要他赤手空拳的脱掉谷殼，還規定能脱出多少米粒就可以吃多少飯。也就是説，這脱出來的米粒就是他當天的口糧，吃多吃少全看他脱谷殼的本事了。

於是，開頭童林經常會為了沒飯吃而苦惱，因為日常的功夫還是要練的，但為了吃飯卻又要額外費上很多時間去脱谷。初時人小力弱，往往剝上一天谷殼都夠不上一碗飯吃，所以常常捱餓，這樣就不得不努力琢磨和錘煉剝谷子的功夫了。到了後來是日子有功，他終於憑毅力練出了絕好的內力、手勁、技巧與功夫，不但剝得輕輕鬆鬆吃飽三餐飯沒問題，甚至只要雙手隨便一搓就有白花花的稻米從掌心滾滾流出，夠吃上幾天了。就這樣，童林不知不覺的練出了許多絕頂功夫，連一些功藝深藏不露還不自知，然後幾乎到了天下無敵的境界。

不過，故事到了這裡還不夠奇特，奇特的是在山上七、八年了，童林只是每天可以吃飽米飯而已，卻從來沒有任何菜餚伴飯。也就是説，他只知道有飯吃飽就好了，卻從不知道吃飯還有「菜餚」這種東西的。

童林吃飯不知有「菜餚」，是因為經歷過只有徒手剝谷殼才有飯吃的階段，所以「有飯吃」就已經非常滿足和感恩了，不再作他想。而山上，也只有他一個苦行僧而已。於是，當藝滿下山第一次在山腳店家吃飯時，看見人家吃飯的桌上都有一兩碟菜餚，這令他很是好奇和不解。當人家吃完飯走開後，他悄悄拿起人家碟裡的殘湯剩汁嘗嘗，竟是美味無比，感到十分驚訝。於是，他開始在以後吃飯時，也學人加入了一點點的菜餚，任什麼都好，任多少都好，只是要一點點，就是澆上菜汁或者剩湯也能令他食慾大開，感到其味無窮。這種發現使童林太驚喜和意外了，所以，儘管別人做來很當然和平常，但對童林來說，卻已經是鄭重其事和珍貴無比的美好享受。

問題就在這裡了：因為從未有過，因為驚奇和稀罕，童林從此就視任何菜餚為珍品，任何那怕在別人看來是簡單不過或者不堪入口的食物，那怕是殘羹剩汁、腌菜鹽花也好，只要來到他桌前碗裡，都可以讓他就著白飯幾大碗、幾大碗的吃得津津有味，吃的很香、很甜、很飽和很滿足，而他那種認真吃飯、珍惜吃飯的吃相，也非常的動人、感人和迷人。

於是，到了以後，童林成就了大事業，又成了人上人，有著不盡的榮華富貴和享受了，卻也一樣是保留著以前那種不撿食、隨便吃和將粗食劣食也當美食的好風格、好習慣、好心態和好吃相……

也因此，童林就成了我孩童時最早的英雄偶像。

共鳴

講完了這段童林的故事，孩子很好奇和感興趣。但當我繼續講到小時學童林的其他舊事時，他就被觸動了。因為童林的是故事，而我的是生活，兩者要怎樣來比較呢？當年看童林故事時我還小，又正值父母被遣送去勞教，家中只剩下了我一個「留守兒童」，開始過著孤兒般的生活，難怪童林能深入我心了。

那時的我比現在的孩子還小，而且真的是又瘦又弱、缺吃少穿和沒人照顧，經常餓的饑腸轆轆和頭昏眼花。按當時的糧食供應量，父親給我買足了整個月的飯菜票讓我帶在身上，每天三餐時間到了就自己跑去家附近的華僑食堂吃飯。附近的幾家食堂都讓我跑遍了，為的就是比較看能不能吃多一點或好一點的，除此，家裡就沒有什麼食物了，沒有零食和一切可以吃的東西。

那時的食品和日用品都是按人頭憑票證供應的，就是有錢沒票證也買不到，何況我是沒錢的，而且我身邊連爺爺奶奶、姨媽姑姐的什麼親人都沒有。於是，那時我的拼命看書和喜歡看書，有一個原因就是用書中的黃金屋和顏如玉，來抵抗寂寞、抵抗孤獨、抵抗饑餓和抵抗好些想吃的誘惑。

由此，那時看到童林的沒飯吃、吃不飽和整天埋頭搓谷子脱殼，一種同病相憐的感慨就讓我不知不覺得把他視為了知己，真想與他交上朋友和搞結拜。那時他每天要脱出谷殼才有飯吃，而我卻是要將飯菜票省著吃、均著吃、計算著吃才能拖熬到月底。但我畢竟不是練功人，沒有童林的毅力和內力，常常在月初、月中就把飯票吃過量了，然後到月尾還差幾天就要餓肚子。

漸漸的，我就學會了不吃早餐，只吃午晚兩頓，然後更發展到中午吃少些，留在晚飯吃多點、吃飽點。這也是有道理的，那就是白天有學校，有同學，有許多熱鬧的活動分散了注意力，那時再怎麼餓一玩起來就忘掉了。但到了晚上孤獨一人，四處寂靜，如果肚子太餓了就連睡覺也難受。

這樣，我常會無師自通的在早上不吃、中午吃少些、忍到晚飯時吃多吃飽，這樣至少在心態上就會好受許多。於是，每天長長的時間裡，總覺得吃飽的時候還在後面，這種自己營造出來的期待和滿足感，果真很好使呢……

且不說這些了，還是給孩子說說我與童林最有共鳴的地方，那就是吃飯可以不怎麼用菜餸。光憑這點，我與童林就真的可以引為知己，成為兄弟。

不是嗎？童林一開始是吃不飽飯，然後是吃飽飯了，又不知道原來是有菜餸可以下飯的。而到了後來，卻又是因為感恩、知足和珍惜，做到了能夠將每一次有菜餸吃飯都視為欣喜、滿足和感恩。所以童林接受和善待吃飯時的有餸無餸、大餸小餸、粗餸細餸、每一道餸。那怕是一點點什麼餸，多麼粗劣簡單隨便，他都可以吃出好味道來，而這一切的大前題就是要吃得飽。因為只要身體健康，能吃得飽，顯然就比一切菜餸的好壞要實在得多、也重要的多。

我也是這樣子想、這樣學和這樣做的，以至後來遇到吃的困境時，吃不飽呀、沒有菜呀、不合口胃呀、不好吃呀等等，我就會想到童林，然後就美美的吃下去，或者忍下去，不就一餐飯嗎？

那時候，「童林意念」給我的享受和滿足，常常可以大過飯菜的本身。

這時給孩子講著這些，只是希望多多少少影響他一下，讓他最少能理解我們那代人，也接受我們飲食上的粗俗、不雅和意念化，尤其是別太在意他人是怎麼吃、怎麼看和怎麼想的。我行我素在這裡，是一種勇氣也是一種智慧。

我又給孩子説，當年，我最大的問題是常常吃不飽，那種日子有好幾年呢，所以輪不上講究菜餚的有無和怎樣。後來進了工廠，飯量也大了，但供應量又不足，人工也不高，所以還是常常吃不飽和很想吃。那時不太重視吃飯有什麼餸，只是關心能否飯多些和吃得飽而已，這種心態不就跟童林一樣嗎？

後來，童林不忘本的將這種習慣保留下來，這點我也學到了，而且還很堅持和自豪。直到現在看求生電視「人在野」節目，或者特種兵絕處逢生的影視片斷，我都會不由自主的想到童林，想到他的堅忍堅毅和包容豁達，於是，遇到困境時，便也能在簡單、粗劣和隨意的食物裡，享受出一種另類的痛快來。

小時候，我家巷口就是自由市場，有許多熟食攤日夜喧嘩吵鬧，那裡人來人往、香氣繚繞，許多好吃的東西無時不刻的誘引著路人。熟食攤是各式各樣的，它們香飄四溢、熱氣騰騰，就像是上天故意用來引誘我、考驗我和磨練我似的，偏偏那時我沒人管，是全巷裡最自由的孩子。於是，白天我常到熟食攤旁邊看人們搞吃的、買吃的，什麼煎蚝烙、炸豆乾、抄粿條、滷鵝肉，還有牛丸魚丸和麥芽糖、花生糖等等，看的火眼金睛、肚子咕咕亂叫還是要看。

晚上就是歸家了，那些誘人的聲浪還是隨著陣陣香氣追進窗口來，又讓我感受著熱鬧而輾轉難眠。不過這些情景童林可能就沒有遇到過了，他在深山老林裡是一派肅穆冷清，只有山風樹影和月光淡淡。我當時就想過了，想過如果讓他也來這小巷口煎熬一下，儘管他武功高強，但不知道肚子裡的定力又如何呢？他受得了這些香風熱氣嗎？不過這也只是想想而已，當然沒有答案。

只是，經過了熟食攤這樣熱辣辣的誘惑，還有肚子裡饑腸轆轆的折騰，我倒是練出了喜歡大牌檔和民間小食的偏好來，而對那些堂皇酒樓、華麗餐廳的山珍海味和精美食品，卻保持了一種敬而遠之的心態，那已經是一種生疏和見外的疏遠了。這點，不知道童林有知又會否與我有共鳴？

……孩子聽了這些，長嘆一聲。

他說：「爸爸，要是能穿越就好了，我就選擇那個時候穿越，去你當年那個地方。我會帶很多、很多的食物和錢去給你吃和用，不讓你受餓……」

孩子聽的很投入，所以也說得很動情、真誠、和感人。

「謝了。」我拍拍他的肩膀，仿佛他就是穿越在我身邊似的，眼裡卻不禁閃出了一沫淚光，心裡說道：「值了、值了，這孩子……他聽進去了。」

我扭過頭去，不讓他看到泛光的雙眼。不管孩子對我和童林的這種飲食習慣理解不理解，接受不接受，贊同不贊同，但能有這樣的用心和說話，就是對這一番說事的最好回報。

穿越吧，我倒是希望孩子能好好學習，學好科學知識，到今後真能有掌握穿越本領的那一天，然後，就在那裡相見。

到時候，也許我們還要一起去找找童林，看看童林是怎麼說的。

勇敢與想當然

這天的上學路上，孩子又給我提了個看似簡單的問題：「什麼是勇敢？怎樣才算是勇敢？」原來，他最近看書，對書中「勇敢」的一些情節和行為有了疑問，並且開始思考起來。

提得很好，這問題在生活裡很常見，而且也容易表面化，引伸出去，又可以從道理和哲學的層面來解說，而且還能引來更多的問題和啓發。於是，在接連的幾天裡，我們的上學路上就又有了淺入深出、由表及裡的熱烈交談。

不過也奇怪，這種交流進補的形式總是在路上就隨隨便便進行了，沒有預設，也沒有勉強，然後在自然隨意裡就有種舒暢的感覺。如果在家裡，面對面舒舒服服坐著，恐怕就沒了這樣的談興。也許那是太過正經和規矩的緣故吧，父子之間的談話一旦像教誨、訓導和耳提面命，一旦有了居高臨下和敬畏服從的意味，那孩子就不自在和不喜歡了。

其實，在家裡也沒有這種機會啦，看現在社會上的大體情況，倘若有一點點時間的話，孩子們都會用在電腦上，電腦的內容肯定比與老爸說話自由、豐富和精彩。回想過去我當孩子時也是這樣的，那時雖然沒有電腦，但老爸的專家學者身分，就像一座權威、嚴肅又高高在上的大山，給我無比壓力，我就從未安心快活的與他坐在一起談話的，那已經無關電腦事了，我只是怕他而已。也許就是有此前車之鑒，現在孩子提出來的諸多問題，我們都是在路上邊走邊「解決」掉的，在親子互動上，這真是一條及時方便又輕鬆快意之道。

說到了勇敢，有表面上的勇敢，有實際上的勇敢；有別人以為的勇敢，也有自己才知道的勇敢。對這些分別，必須舉一些例子才能讓孩子很快明白，而這樣又比長篇大論好說多了。

比如說吧，很多人怕蛇、怕蟑螂、怕老鼠，怕螞蟻，尤其是女孩子，她們見到了這些蛇蟲鼠蟻都會大驚失色，驚惶失措甚至是大喊救命。這時如果有人出手相助、為之解圍，她們感激之餘便想當然的會視那人「很勇敢」。其實，在有些解圍人來說，這不過是舉手之勞罷了。因為一些人對這些小玩藝兒，根本就不存勇敢不勇敢的問題，而只是願意不願意而已。比如那些不怕蛇蟲鼠蟻的人就是，他們甚至還將之當寵物來玩呢。尚若如此，於他們又何來勇敢之說？

所以，表面上的行為不一定說明了實質上的問題。但是，如果那位來解圍者自己也是懼怕這些東西的，而又能夠挺身而出、救人救難，那就不同了，這時他的行為當然就是勇敢，區別就在於他本身是不是也在害怕之中。

真勇敢，是本來膽小的人、害怕的人、弱小的人、無能力的人、甚至是不可能做到的人，為了救人幫人，為了親人朋友，甚至是為了信念或者愛情、義氣、承諾等等，就能捨身而出、勇往直前，就能不自量力、大膽大妄為，這就是大無畏和真勇敢了。所以，勇敢的定義應該放在那些明明害怕，明知不敵，明顯有困難和危險，甚至還力有未逮卻仍能奮不顧身、拚死一戰的人身上。這種勇敢並非盲目大膽而已，而是有視死如歸、成全他人的氣概和精神。

於是，不管結果如何，他們已經在氣勢上壓倒對方了。而且，就是失敗了，失手了，失誤了，他們仍是勇敢。

聊到這裡，又衍生出了一個「想當然」的話題。

什麼是想當然？就是自以為是的意思。生活中有些事情表面上看是這樣，但實際上卻不一定是這樣，甚至可能是那樣。但如果還是一定要這樣去看、去想、去「以為」的話，那應該就是想當然了。

「想當然」是一種很主觀的表現，只執著於自己的理解和說詞。

舉個最近看書的例子，某人物傳記裡說到一位偉人的生活故事，偉人的人之龍鳳和豐功偉績有目共睹，無可置疑。但他老了，為了使他的形象更加光輝偉大，書裡就把他的生活習慣也誇大起來，連一些平常不過的個人愛好、口味與行為，也提昇到了很崇高的境界，於是他就被「想當然」的神化了。

本來，偉人成了偉人以後，憑資格和條件是要什麼有什麼了，但如果由於年紀大了，功成身退又樣樣滿足，不用再與人爭雄鬥利和攀比炫耀，便會漸漸回味起以前的吃喝穿用來，甚至又喜歡了以前的生活節奏和人情世故，一句話：懷舊了，回歸了，這是很自然的事，於他的生活也是一種釋放。

於是，他照樣愛吃家鄉的紅燒肉、淡水魚，照樣喜歡簡單的蔬菜、蘿蔔、辣椒和豆腐。因為吃得不多也不讓浪費，每餐飯菜都是少少幾樣就夠了，如此吃食卻感到了更加稱心可口和心情愉快。至於衣著方面，他又喜歡了那些舊衣服舊鞋子，只要乾淨和清爽就行了，甚至打了補釘也無所謂，其實這穿戴方面的真正講究是半新不舊才舒服，回歸啊，這就是偉人也即老人的自然本色。

但是，一些傳記卻愛把他們的這種行為拔高起來，對他們的頌讚也超越了真情實況，尤其是愛作「想當然」的理解和說事，將偉人樸實的需要和行為功業化了，強調他們是在「修練」中，以便讓他們具有更高尚的美德和不凡的境界。於是，弄得偉人就像還吃得下山珍海味而不去吃，還喜歡穿金戴銀而不去穿似的。殊不知許多偉人已經老了，根本就不在乎什麼榮華富貴和修練，他們只是在還原自己原先的好惡罷了，而那種返璞歸真，才是他們真正的自我。

是的，代入去想一想，這時候偉人的晚年生活，更多需要的是健康，還有享受一種遂心所願和心安理得，他們追求的已經是平靜，難得的就是簡單，喜歡的更是習慣。而這種簡單、樸素和平凡，這些口味、要求與嗜好，根本就不關修練與境界諸事，不過是舊日生活的淡淡回味罷了，這裡面自有種歲月不再和回歸自然的感慨。作為一個老人來說，還原他的自然本色才是真實可貴的。

聊到這裡突然想到什麼，我又對孩子說，如果我也成了偉人，甚至也變的不可一世，要什麼有什麼，那麼，恐怕在這吃穿住行的基本享用上，也仍會是「老土」和「喜舊」，就像童林一樣。因為在個人來說，能保持一些愛好和習慣才是舒心快意的，才有自由和自在，才會跟定一生和自然可親。這完全不關修養和情操之事，也別動輒就扯到高尚、美德和境界上去。對許多人來說，不管是不是偉人，當它是一種生活習慣的時候，當它是來自歲月烙印的時候，尤其是那些從苦難日子、大風大浪裡走過來的人，尊重他們就好了。

最後我問孩子：「我們聊的是不是離題了？是不是還不明白？是不是又有什麼問題呢？」

「那是當然的。」孩子揚起眉頭笑笑說：「問題還多著呢。」

於是，孩子與我就這樣一天一講的，繼續輕鬆快意的聊下去。

後記
回歸自然

善與惡

在上學路上，與孩子不覺也走過了幾個年頭，眼看著他們上完了高中就要升讀大學了，以後，再也沒有這樣好的機會，可以每天與他們一起隨意的交談、盡興的交談、輕鬆自如的交談，想來便有些悵然若失。

孩子漸漸長大，有知識了，也有了是非觀念，這是必然的事，也是好事來的。不過，孩子從簡單清純的世界，進入到複雜多變的社會裡生活，就開始要受到各種各樣的誘惑了，這也是必然的。

說到了誘惑，那是好的和不好的都有，因為誘惑之淋淋種種，都是由好奇和感興趣而起，而且有些誘惑還會「上身」，成了影響至深甚至是引人入迷的「東西」。孩子們就是這樣，由單純的天真快樂和無憂無慮處境，轉入到了要分辯是非善惡，要計算利益得失，要善用條件和把握時機的心態與背景中去的。因為有了新的認識和追求，也就有了得失之心和煩惱。於是，生活從簡單快樂到有期盼與失望，有低潮與高潮，有深谷與高峰，有不同的得失與喜怒哀樂等等，他們就這樣一天天的成長起來，複雜起來和成熟起來。

以後，孩子們的一些變化，就不是我們家長所能夠左右和操心的了。

「人之初，性本善」是「三字經」裡的起首句，也是生活中人們經常引用的俗語。古時候，孩子們念書識字和啟蒙教育等等，都是以它為開始的，說明了它深入人心，至於應該怎樣去理解和詮釋它的意思，後人們則是各有各說，而且都有道理。這天的上學路上，孩子又提到了這個問題，使我一時之間又不知道要怎麼給他說才好。記得以前也給他講過類似問題，但這種千古問題，又豈是能夠隨口說說就完事和明白的？

「人之初，性本善」講的是人呱呱落地，自娘胎初來到這個世上時，那種善惡方面的狀況，說的就是本性。不提現在說的「基因」與「胎教」了，這古時的「人之初」應該是指自然態裡的「娘胎帶來」，還沒有接觸到外界時，嬰兒一種純淨而沒有被污染過的狀態。也許就是這樣才被定義為「善」，其實它只是非常的「純淨可塑」罷了。而這個時候的「初之人」，除了貧富環境與背景、或者是健康情況不同之外，基本上是人人一樣的，他們都還沒有認知和知識，但也只是在那一陣短短的時間裡而已。

當嬰兒開始嚎哭、掙扎，追求食物、溫飽和寵愛的時候，接觸到了外界，尤其是有了比較和競爭，意識上就會被印染上善惡方面的不同「知識」。而從這時候起，「性本善」的說法就有了改變，所以也就有了「性本惡」的說法（西方宗教的原罪之說就是）。所以，真正的說法裡，這「善或惡」恐怕還是後天的影響來鑄就。

人一旦有了意識，成了「我」，有了各種知識和認知的積累，就會變，有的是變好了善了，有的則是變壞了惡了。而這好與壞又不是「非黑即白」那麼的清楚、簡單與直接，也不是一成不變，而是白中有黑，黑中有白，甚至是淺灰色、深灰色那種，並且以後仍會不時改變。更何況何謂好、何謂壞？對誰善、又對誰惡？都很難一下子說得清楚。所以儘管「人之初」原本是善的，但在環境或條件的影響下，也有可能就變惡了。

如此看來，一些「性本善」抑或「性本惡」的爭辯就沒什麼意義了。而如何界定善與惡，如何抑惡揚善，如何在後天裡作一些正確的認知和心念上的學習與修行，才是重要和必須的。

就這樣，在上學路上，我只能陸陸續續、點點滴滴的給孩子說了個大概，說明了「人之初」或者是「初之人」，那種「善」只是純淨可塑而已。

取與舍

其實，天地萬物和大自然裡，由於「矛盾」的存在和「辯證」的實行，人們對於純淨美善的認識與體會，都是在與混濁醜惡的比較中得來，不可能單一得到。所以不論是多麼純真無瑕的孩子，也必會接觸到生活裡邪惡不良的一面，而他們也正是需要這些對立面的比較，並且在諸多污染甚至是侵犯裡磨練和成長，所謂的「性本善」，只是一種簡單說法和可塑的定義而已。

從原始社會開始，人在生存中，由追求溫飽到有了物資盈餘，又到有了選擇和享受的機會，那些差距和競爭是越來越多、越來越大、也越來越複雜了。所謂的進入文明社會追求更好生活，不過是使用了更加巧妙和細膩的競爭方式來進行罷了，而且文明的多是物質，不一定包括了精神。所以，現在的善惡不是那麼容易的分辨出來，而誘惑也是多種多樣的。許多人只有在生活裡真正的經受了大風大浪和千辛萬苦，在許多變化中切身感受到了悲歡離合，當他們在千錘百煉裡嘗遍了甜酸苦辣的時候，才會反省走過的生活路。像返璞歸真、返老還童和大徹大悟、歸於平靜等等說法，就是基於有了這個過程和體驗才能得到的感悟和認識。而在佛家和一些學者眼中，這種回歸自然的心態和追求，甚至就成了一種人生裡的至高境界，但那必須是自己在生活中磨鍊和感悟得來。

我們現在的社會並不是一個美好的社會，其中現實與理想的差別是太多、太大、也太常了。大的方面，從戰爭、災難、政治風波到各種紛爭和動亂，它們是無時不刻的遍地腥羶、惶恐人心，世界和平與世界大同只是美好願望和遙不可及的口號而已。而不少悲情也來到了身旁，那是生活裡的爾虞我詐、追名逐利、貪污腐敗和弄虛作假，還有人們之間的相互猜疑和小心防範等等。這些，稍一留意就能在許多身邊的商業、教育、醫療和民生活動裡感受到。

我們身邊，已經是一個互相利用和競爭的環境了，在無數緊張、焦慮、急躁、疑心和恐懼裡，一些最基本的誠信美德和友善行為，也似乎在漸漸的遠離和消失去……這個時候再來說「性本善」，不啻是望梅止渴和天方夜譚。

情勢如此，對孩子的成長、變化和未來，想得太多反而是無從著墨，因為我們太弱小了，根本無法抗衡好些社會影響，無法抗禦無窮的商事污染，無法抗拒大氣候的碾壓和抗擊身邊人情物事的誘惑及牽制。

是的，孩子還小，剛剛在成長，現在與他們講這些似乎太早了，也不大適合。因為他們什麼都還沒有嘗試過，對所有的一切都在好奇和翼翼欲試中呢。落地這個「文明」社會，孩子們一入世就有了許多美好的享受，不過卻也只是物質上而已。慢慢的，當他們知道了最好的享受其實是在心靈裡也即是精神享受的時候，那才是真正的懂事和成熟。

只是，他們一定要先經受種種的磨練和影響，這些磨練和影響除了受苦受難、百般委屈和折磨之外，還包括了身邊和社會上諸多的誘惑和污染。在那時候，他們就會體會到原來，享受物質文明是有代價的，往往在得到許多物質享受的時候，就會失去一些精神的文明和快意。不見日益澎漲的商業利益和人心欲望，已經讓現在許多人的道德風尚和精神面貌今不如昔、每況愈下了嗎？精神文明、心靈美好的取捨和享有，常常就交纏在一些物質享受的誘惑之中，很難兩全其美，很難完美定奪，而且未到時候也不易取捨和認識。

苦與樂

孩子現在的天真爛漫和沒有機心，他們純淨的童心，是我們很珍惜和享受的。這時候的他們就像是一張白紙，可以染上不同顏色，展現不同光彩。

我們的社會就像是一個大染缸，孩子們進入社會必會被染上不同顏色。顏色的搭配是由許多因素和機緣造成，不是我們所能控制。所以，無法去過分的擔心，而且擔心也沒用。但是，在可能的情況下，我們還是想先給孩子染上一點保護色，讓他們日後在大染缸裡有所認識、有所警惕、也有所選擇和保障。要不然，總是不懂爭取，總是毫無機心，總是等待和忍讓，總是不會保護自己，那還是會吃大虧的。

本來，生活中吃些虧倒是無甚所謂，而且有許多事正是要能捨才會有得。但若總是吃大虧、常常吃大虧就無法生存了，因為這個社會畢竟是會吃人的商業社會。於是，我們的所謂保護色，就是這些年來與孩子親子的互動，那些在上學路上諸多認知的「進補」。這些進補，是順序漸進和潛移默化的，需要時間和機會，需要交流和互通，需要堅持與恆常。

於是，我們有幸做到了。

以前有段時間，我不時的要去出差和採風，旅途中比較喜歡與人打交道，尤其是樂於解讀一些小人物的內心世界，回來以後趁興就寫了一些有關的書，其中不乏是風土人情和小人物生活心態的。

開頭，像講故事一樣的講給孩子們聽，他們都感到了新奇和有趣。後來到他們會看書時就選了些給他們看，不過是讓他們對不同社會生活和人物，有一個初步的認識和比較罷了。畢竟，他們從未離開過香港，只是生活在熙熙攘攘的鬧市裡，認識的也只有眼前的種種方便與文明罷了。

於是，借著一些親身經歷的小故事，我告訴了孩子那些越是貧窮落後、未曾開發的地方，那些越是交通不便、遠離人煙的角落，那裡的民風鄉俗和人情世事就越是淳樸潔淨和有人情味；那裡人們的生活雖然簡單貧困，信息閉塞，世界很小，但他們卻知足知慳、不貪不狂、而且熱情純真，所以那些窮鄉僻壤裡，漁耕樵牧中，反而有著許多歲月靜好，也隱逸著如夢天堂，是很多在動蕩歲月裡過來的人，反而時時嚮往和苦苦追尋的所在。

是的，生活裡，當享夠了物質的時候，人們追求的便是精神上的歡愉和暢快，這時心靈上的知足與寧靜才是人生的至高享受。不過，這些只有在人生歷程上受過種種苦難，有過許多得失與變化的磨練才能享有，它們往往是在比較中得來，只不過是有些人到了有這種感悟的時候，便已經是人生末路了，這也是很令人掃興、無奈和唏噓的。

回顧這些年來，能順其自然、輕鬆又隨意的給孩子時時「進補」，那真是一種運氣和緣分來的，也是一種福氣，所以我們一直很是感恩。

現在的孩子，生活環境比我們那時候好，但他們遇到困難和逆境時，適應性和應對能力卻比我們差多了，這種「一代不如一代」的情況正是令我們不得不擔心的。所以，這裡我就把一些與孩子互動的故事，給孩子「進補」的內容，還有許多感慨，寫出來與其他的家長們交流和分享。

我們是普通打工討生活的人，沒有什麼財產留給孩子，能夠讓他們健健康康、快快樂樂的成長，就是我們的本事和福分。所以在這方面來說，我們很是知足而樂，而且問心無愧。

現在的生活裡，到處都有許多教人如何做人、如何向上的心靈雞湯，不過對孩子來說，太過豐富的內容和精彩的金句，反而累牘連篇和眼花撩亂的讓他們無可適從。其實有時只要簡單的教他們認識辛苦、接受辛苦就好了，讓他們學會經歷一些苦事，享受一些苦事。只要學會了苦中作樂，日子就會容易過些，收獲也會在不知不覺中得到。

人生裡，什麼事都是有代價的，沒有免費午餐，天上也不會掉落餡餅。只須謹記一分耕耘一分收獲的道理，在生活中踏踏實實、腳踏實地，時刻保持低調和從善如流，這樣就享有了真正的自由和安全快樂。而這些，才是孩子們最需要認識和體驗的。

所以，千言萬語裡，對孩子最好的教育可以簡單至一句話：就是讓他們吃苦，吃些苦，這樣他們就什麼都明白了。

因為回歸自然的那種懂事和成熟，就是在許多吃苦中得到的。

《童心燦爛》

書　　名：《童同燦爛》

作　　者：吳曉華
封面設計：畢覺文創
插　　圖：松子
出　　版：出版工房
書　　號：978-988-79906-9-7
售　　價：HK$98